BEST 嚴選

奇幻基地出版

刺客系列

弄臣與蜚滋1

The Fitz and The Fool Trilogy

弄臣刺客・上冊

Fool's Assassin

羅蘋・荷布 著

李鐳 譯

Robin Hobb

BEST 嚴選

緣起

在繁花似錦的奇幻文學花園裡，你或許還在門外徘徊，不知該如何抉擇進入的途徑；也或許你已經置身其中，卻因種類繁多，或曾經讀過不合口味的作品，而卻步、遲疑。

BEST嚴選，正如其名，我們期許能透過奇幻基地對奇幻文學的瞭解，以及對讀者的理解，站在出版者與讀者的雙重角度，為您精選好作家與好作品。

他們是名家，您不可不讀：幻想文學裡的巨擘，領域裡的耀眼新星。

它們最暢銷，您怎可錯過：銷售量驚人的大作，排行榜上的常勝軍。

這些是經典，您務必一讀：百聞不如一見的作品，極具代表的佳作。

奇幻嚴選，嚴選奇幻。請相信我們的眼光，跟隨我們的腳步，文學的盛宴、幻想世界的冒險，就要展開。

excellent bestseller classic

瞻遠家族家系表

THE FARSEER

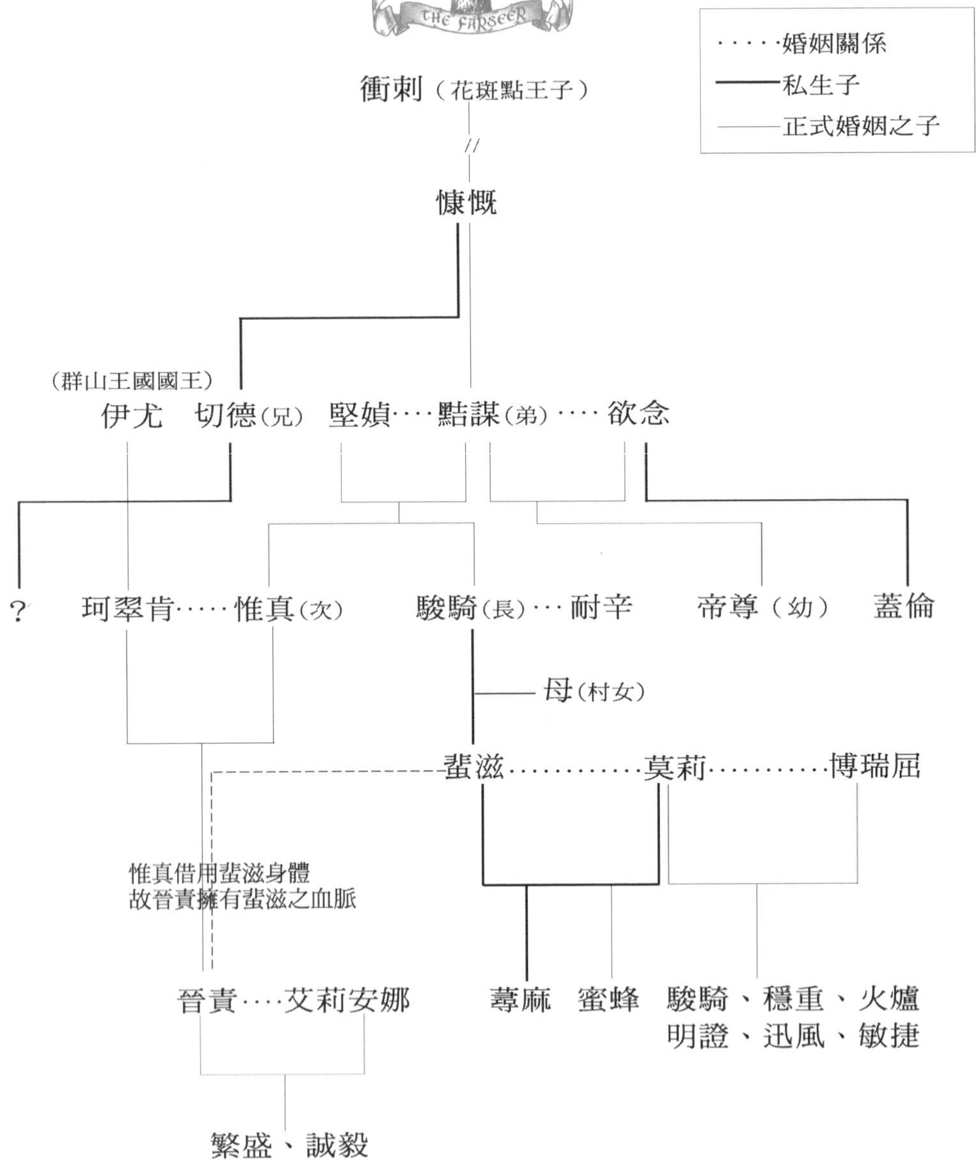

這本書獻給
索倫、菲利克斯，以及布萊克

弄臣刺客

目錄

上冊

下冊

六大公國
冰礁淺灘
國界
烽火臺
白島
近鄰群島
群鷗島
鉤島
海豹灣
貝歇島
高陵地
公鹿
鹿角島
冶煉鎮
帘布島
爪島
淺潮小島
潔宜灣
瑞本
小南灣
守望島
蛋島
N
W
E
S

冰河平原
白海
鴉島
冰凍海岸
小角灣
冰城
冷灣
渡輪鎮
畢恩斯
熊河
提爾斯
涂湖
酒河
公鹿河
公鹿堡
群山王國
冷河
法洛
藍湖
寶石河
雨野原
沙緣
恰斯國
雨河
修克斯
繽城
商人灣
偽灣

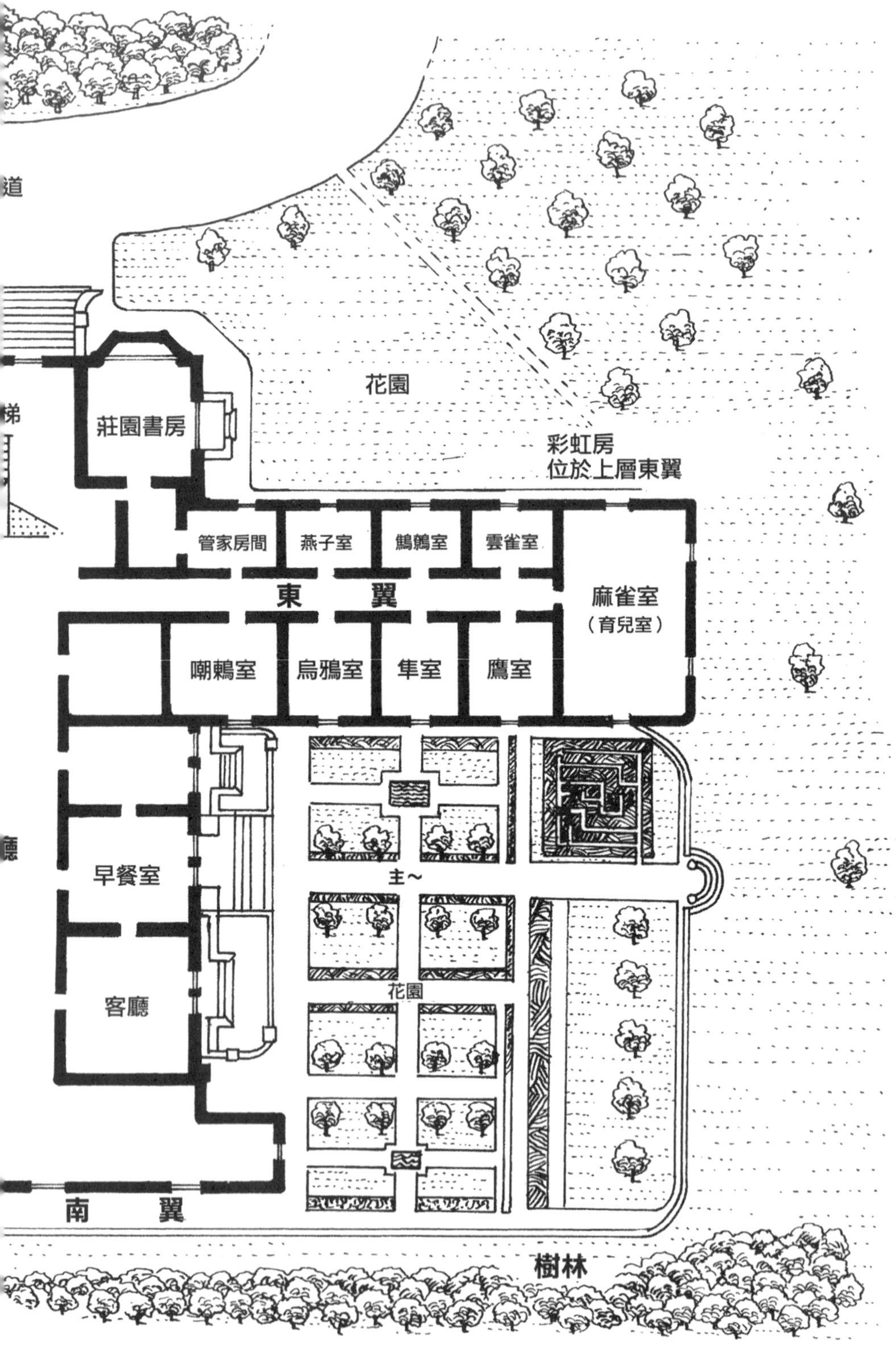
道
梯
花園
莊園書房
彩虹房
位於上層東翼
管家房間
燕子室
鵪鶉室
雲雀室
東　翼
麻雀室
（育兒室）
嘲鶇室
烏鴉室
隼室
鷹室
廳
早餐室
主～
客廳
花園
南　翼
樹林

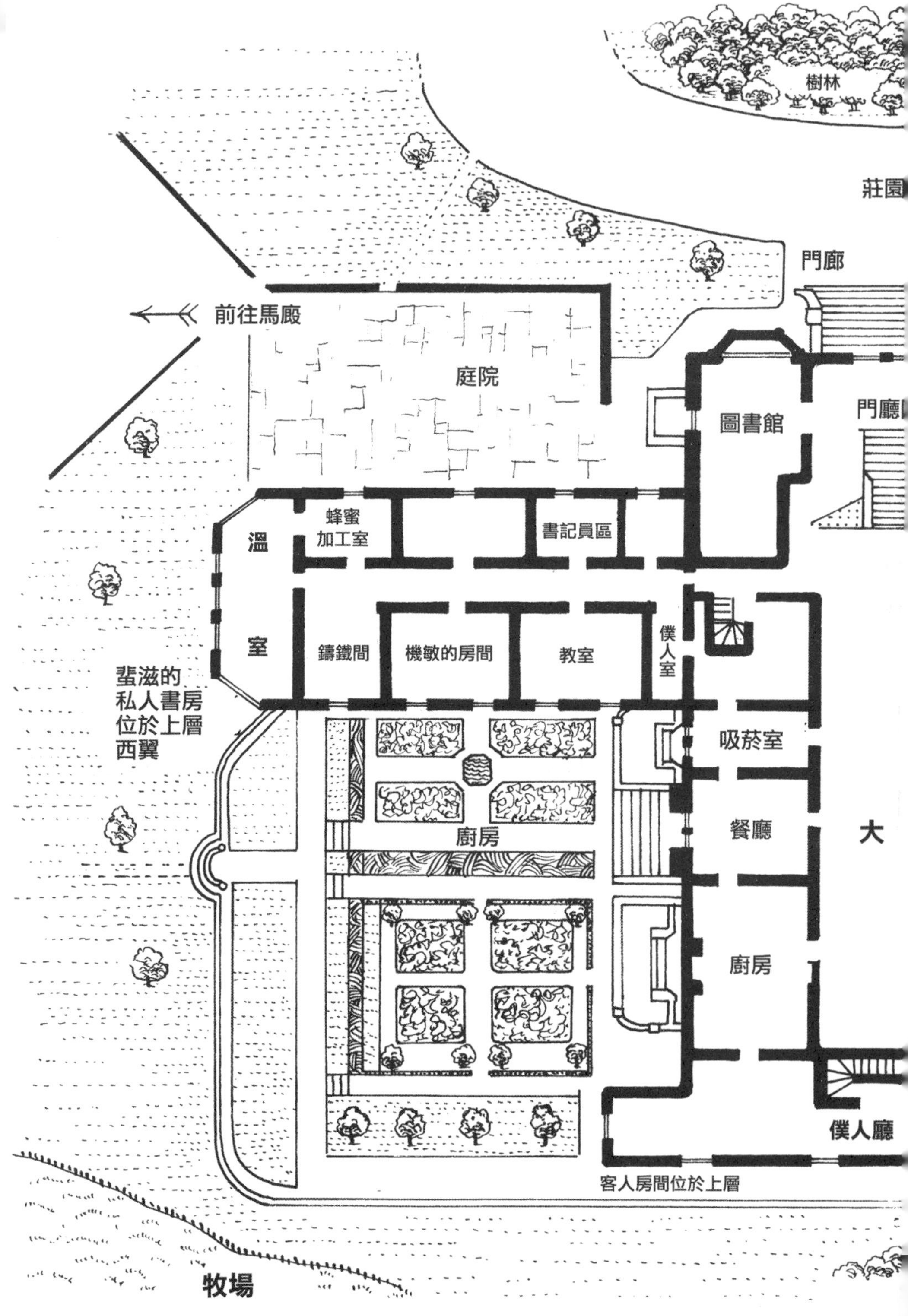
樹林
莊園
門廊
前往馬廄
庭院
圖書館
門廳
蜂蜜
加工室
書記員區
溫
室
鑄鐵間
機敏的房間
教室
僕人室
蜚滋的
私人書房
位於上層
西翼
吸菸室
廚房
餐廳
大
廚房
僕人廳
客人房間位於上層
牧場

0

序章

我親愛的芬妮絲女士，

我們長久的友誼讓我在妳面前無須隱瞞。就像妳以微妙的言辭所暗示的那樣，是的，我收到了令人震驚的訊息。我的繼子，也就是駿騎王子終於顯露出早已被我察知的粗野本性——他和一名群山蕩婦誕下的私生子暴露了身分。

這件恥辱之事本應該以謹慎的手法處置，他那個愚蠢如石的弟弟——惟真王子應迅速而果斷地抹去這個汙點。但他卻輕率地送信給我的丈夫，告知了他這個孩子的存在。

那麼，面對這卑賤的恥辱，我們的國王是怎樣做的？他不僅堅持要把那個私生子帶到公鹿堡，還授予了駿騎細柳林爵士的頭銜，讓他去那個地方悠閒度日，竟也讓他那個寡廉鮮恥的不孕妻子同行。細柳林！我的朋友們都很想要那片封地。他卻將它賞賜給了他的兒子，只是因為那個兒子和一名異族平民生下了私生子。而且，黠謀國王竟然絲毫不以為恥地讓那個私生子回到公鹿堡，讓我所有的宮廷成員都能看到這個小群山野人。

這是對我和我的兒子最終的侮辱嗎？他已經宣布，惟真王子將登上王儲之位，成為下一個欽定的王位繼承人。就在做了恥辱之事的駿騎體面地放棄他的繼承權時，我曾在暗中感到高興，相信帝尊立刻就會被宣布為下一任國王。儘管他要比他的兩個同父異母的兄長年輕，但沒有人能夠否認他的血脈更加高貴，他的身分就像他的名字一樣尊貴無比。

實際上，我在這裡已經是一個廢人，就像我的兒子帝尊一樣再無未來。當我放棄統治權柄和頭銜，成為黠謀的王后時，我相信我為他生的孩子肯定要比他的前一任王后給他的那兩個魯莽男孩好得多，而且我的孩子會在黠謀之後成為國王。但如今，他是否會對著駿騎承認將他任命為繼承人是個錯誤？不，他只是將駿騎放置一旁，又任命他愚蠢的弟弟為王儲。惟真，笨重的方臉惟真，根本就是一頭笨牛。

這一切都太過分了，親愛的。太讓我難以忍受了。我要離開宮廷，只是這樣的話，帝尊就少了一個保護者。

——欲念王后致提爾司的芬妮絲女士之信函

我還是孩子的時候就在恨她。我記得第一次找到這封信的時候，它並沒有被寫完，也從沒有被寄出過。我讀了這封信，讓自己明白了那個我尚未正式謀面的王后，的確是從她知道我的那一刻開始就在恨我了。於是我也恨起了她。我從沒有問過切德他是怎樣得到這封信。切德自己也是一名私生子，是黠謀國王的半個兄弟，為了瞻遠王座的利益，他無論做什麼都不會有半點猶豫。也許它是從欲念王后的桌子上偷來的。又也許讓這封信出現只是他的一個計謀——後來王后因為沒有得到芬妮絲女士的回信而冷落了她。現在這還有關係嗎？我不知道，我也不知道我年長的導師利用這次盜竊實現了什麼樣的目的。

不過我有時候的確會想，我能夠發現並細讀這封信到底是因為偶然，還是切德有意為之。那些日子裡，他是我的導師，傳授我刺客的技藝。作為刺客、間諜和公鹿堡王室的操縱者，切德以冷酷的手段侍奉他的國王，並將這樣的手段和行事風格教給了我。他對我說，一名王室私生子只有在有用處的時候才能安全地生活在宮廷中。表面上，我只是一個卑賤的私生子，被人忽視，遭受種種輕慢與侮辱，混跡於公鹿堡危險的政治亂流中。但黠謀國王和我都知道，國王和他的刺客正是我的保護人。切德教我的並不只是如何使用毒藥、匕首和詭計，而是一個王室私生子所有必須的生存技能。他這樣做是想給我一個警告？還是讓我懂得恨別人，並因此而更加堅定地追隨他？但等我想到這些問題的時候也已經太晚了。

在這些年裡，我曾經見識過欲念王后的那麼多偽裝。首先她是一個痛恨我父親，並且更加恨我的可怕女人，一個有能力奪下我父親頭頂王冠，又讓我的名字成為私生子標誌的女人。我還記得在人生中有一段時間，我甚至害怕讓她看到我。

在我到公鹿堡的數年以後，我的父親被殺害，而她很可能是幕後主使。但我和切德卻對此無能為力，根本沒有辦法為我的父親伸張正義。我還記得自己那時很想知道，黠謀國王到底是對此全不知情，還是並不在意？我還記得自己非常清楚，如果欲念王后希望我死，她大可以發號施令。我甚至懷疑到那時，切德會保護我，還是會選擇屈從於自身的職責，任我自生自滅。任何一個孩子對於這種事情都會耿耿於懷的。

一開始，細柳林對我來說只是一個模糊的概念，我覺得那裡應該是一個恥辱而嚴苛的流放之地。當我還是個孩子，生活在公鹿堡的時候，我被告知自己的父親正是去了那裡，只為了躲避我帶給他的恥辱。他放棄了王位和王冠，向他飽受傷害、怒不可遏的合法妻子——耐辛——低頭，因為他不潔和喪失判斷力的行為而向國王和整個宮廷道歉，隨後便丟下他的私生子逃走了。

那時我只能根據我所居住過的地方去想像細柳林。我以為那裡也會有一座山丘上的城堡，就像是群山王國被城牆環繞的月眼城堡壘，或者是位於險峻的黑色懸崖上，能夠從陡峭的城牆上俯瞰大海的公鹿堡城。我曾經想像我的父親陰暗的身影在冰冷的石砌大廳中徘徊。那座大廳裡應該懸掛著許多旗幟和古代武器。我還曾經想像那裡有亂石荒野和瀰漫著灰色霧氣的沼澤。

後來，我發現細柳林是一座大莊園，位於平緩遼闊的山谷之中，一個宏偉又舒適的家。它的外牆並非由岩石砌就，而是用金色的橡木和色澤豐潤的楓木搭建而成。儘管房間的地板是扁平的河道石，內牆卻也都是溫暖的木板。柔和的陽光灑滿遍布農田的山谷，透過又高又窄的窗戶落入房間，變成一片片很寬的長條形光斑。通向正門的大道兩旁栽種著高大美麗的白樺樹。到了秋天，路面上就會鋪上一層金色的樹葉地毯。冬天的時候，白樺樹枝被沉甸甸的積雪壓彎，在道路上方形成白色的拱頂，透過這一重拱頂的縫隙可以看見點點藍天。

細柳林並不是一座被放逐者的城堡，也不是什麼流亡之地，而是一片寬容的田園，為我的父親和他不孕的妻子敞開了大門。我覺得我的祖父對父親的愛，就像我父親的繼母對他的恨一樣深。黠謀國王送他去細柳林，是為了他的安全。

後來，我和心愛的女人帶著她那些活潑的男孩們去了那裡，我們和那位一直想要成為我母親的女子，在那裡度過了一段平靜而安逸的隱居歲月。

時間是一個不友善的導師，當我們學會它所傳授的知識時，往往已經太晚，再也無法使用這些知識了。很多事情我都是多年以後才明白，而當我明白的時候，這些事卻已變得沒有意義。現在，我回頭去看「老」國王黠謀，看到的是一個被慢性疾病長年困擾的人，這種疾病偷走了他肉體的舒適和精神的敏銳。而更糟糕的是，我現在看清楚了欲念王后：她不是一個只想讓我那幼小的人生充滿悲劇的邪惡女人，而是一位對她的獨子充滿了殘忍愛意的母親，容不得她的兒子受到一點怠慢，並且會不遺餘力地把兒子推上王座。

為了保護我的小女兒，我又有什麼不會做？又會認為什麼樣的行動過於極端？如果我說：「我會把他們全殺掉，沒有半點後悔。」這就會讓我成為一個怪物嗎？

或者只是一位父親？

但這些都沒有意義了。所有這些知識和教訓都來得太晚了。當我還是個年輕人的時候，我在充滿青春活力的肉體中卻像是個垂垂老者，只能感覺到痛苦和歎息。哦，我那時是那麼擅長於自怨自艾，為我所做的每一個荒唐的決定找藉口！然後，當我應該成為睿智的成年人，擔負起家庭重任的時候，我卻被困在這副中年人的軀體裡，依然常常屈從於那些激情和衝動，依然更依賴於我右臂的力量；缺乏智慧，不懂得適可而止，不知道運用理智的力量。

太晚得到的教訓，幾十年後才明白的道理。

結果就是，有許多東西都白白失去了。

1

細柳林

博瑞屈，我的老友，

我想，我們已經在這裡定居了。對我來說，這算不上是一段喜悅的歲月。如果你那封稍顯簡短的信中包含著我所懷疑的某種心境，那麼這應該也不是你的愉悅時光。這幢房子很大，對於我們兩個而言有些太大了。你在問及我的身體狀況之前先問了我們的馬，這果然是你的風格。那麼我就先回答你的第一個問題。我很高興地告訴你，絲絹已經從容而平靜地掌管了馬廄。牠一直都是一匹性情良好的女士坐騎。高個兒則恰恰相反，牠現在養成了欺凌當地公馬的習慣。不過我們已經把牠們的畜欄和牧場都分開了。我減少了高個兒飼料中的穀物，並且找了一名年輕馬夫——他的名字很奇特，叫做塔爾曼（Tallman），他很高興地接受了我的要求，每天一次把那匹馬牽出去狠狠跑上一段路。這樣馴服一段時間，我相信牠很快就會老實了。

我的妻子，你並沒有問候她，但我很瞭解你，我的朋友。所以我要告訴你，現在的狀況讓耐辛感到瘋狂、受傷、憂鬱、歇斯底里和其他上百種不同的情緒。她斥責我，說我在我們相逢之前對她不忠，片刻之後，她又會原諒我並責備她自己無法給我一個繼承人，堅持「這件事的責任明顯全在我的身上」。不管怎樣，我們兩個必須承受眼前的這種狀況。

我很感謝你幫我擔起了其他的責任。我的兄弟早就清楚地告訴了我，你要對付的那個人的脾氣，所以我要向你們兩人致以我的同情和深深的感謝。除了你們，我在這樣的時候還能依賴誰，請誰幫我這樣大的一個忙？

我相信你懂得我對這件事為什麼會如此謹慎。代我拍拍母老虎，給牠一個擁抱和一塊大骨頭。我相信，我應該像你一樣感激牠的警覺。我的妻子正在走廊裡叫我，我只能停筆於此，就這樣把這封信寄出了。下次你遇到我兄弟的時候，他也許會給你帶去我的訊息。

——寄給馬廄總管博瑞屈的未署名之信，來自駿騎

道路兩旁的樺樹上，新雪沿著裸露的黑色枝椏堆積，彷彿一道道白色的微型城壘。黑白分明的顏色就像是弄臣的冬日裝束。雪花紛紛揚揚地撒落下來，在庭院中的積雪上又鋪了一層閃亮的

白色，這使得道路上剛剛被車輪壓出的堅硬車轍重新變得柔軟，也抹去了男孩們在雪上留下的雜亂足印，讓路面上幾乎看不出曾經有人經過。就在我看著這一切的時候，又有一輛馬車到了。拉車的是一隊花斑灰馬。馭手披著紅斗篷的肩膀上同樣堆積著雪花。一名身穿黃綠色制服的侍者從細柳林的臺階上跑下來，打開了馬車門，伸手歡迎我們的客人。從我的位置上，我一時還分辨不出車中的人是誰，只能看到他們的衣著更像是細柳林商人，而不是來自於臨近封地的上流人士。當他們逐漸向我走近的時候，他們的馬車夫已經將馬車趕向了我們的馬廄。我抬起頭看了看下午的天空。肯定還會有更多的人來。我懷疑雪會下一整個晚上。好吧，這樣也算不錯。我放下窗簾，轉過身，看到莫莉正走進我們的臥室。

「蜚滋！你還沒有準備好？」

我低頭瞥了一眼自己，「我還以為我已經……」

我的妻子向我一咋舌，「哦，蜚滋，這可是冬季慶。現在大廳裡都已經用綠色植物妝點好了。耐辛讓廚師準備的宴席大概足夠全封地的人吃上三天。她邀請的三隊藝人們都到齊了。我們的半數客人也都到了。你現在應該在樓下迎接他們，而你甚至連衣服都沒有穿好。」

我本想問問她，現在我身上的衣服有什麼問題，但她已經開始從衣箱中找出一件又一件衣服，看看它們，又扔到了一旁。我只是靜靜地等待著。「這件，」她一邊說一邊找出了一件袖子上鑲綴繁複蕾絲花邊的白色亞麻襯衫。「配上這件外衣。所有人都知道，在冬季慶穿綠色會帶來好運氣。用你的銀鍊來配鈕扣。下身穿這條褲子。這種老式的褲子讓你看上去像個老頭子，但至少不像你現在穿的這條褲子那麼不像樣。我知道，要讓你穿新褲子根本就是白費力氣。」

「我已經四十七歲，的確是老傢伙了，我當然可以想穿什麼就穿什麼。」

她額頭稍稍前傾，帶著嘲諷的意味瞪了我一眼，然後將雙手抵在腰間，「那麼你的意思是，我也是一個老婆子了，老兄？我記得我比你還要大三歲呢。」

「當然不是！」我急忙否認，但還是忍不住有些忿忿不平地嘟囔著：「但我還是不知道為什麼每個人都想要穿成遮瑪里亞貴族的樣子。這條褲子的布料這麼薄，只要一小根棘刺就能把它刮破……」

她抬起頭看著我，很是惱怒地歎了口氣，「是的，這話我已經聽你說過上百遍了。我們就不要去想細柳林裡面那幾根荊棘了，好不好？好了，穿上這條乾淨的褲子。你現在穿的這條實在是太丟人了。你昨天晚上給那匹馬修補裂開的蹄子時是不是就穿這條褲子？穿上你的室內軟鞋，把這雙爛靴子脫下來。要知道，今晚你是要跳舞的。」

她完成了在衣箱中的挖掘工作，直起了身。我則放棄了沒有意義的抵抗，開始脫下身上的衣服。正當我將頭退出襯衫下襬的時候，我的目光和她的交會在一起。她的臉上露出了我所熟悉的微笑。我看著她的冬青葉花冠，上衣點綴的一串串蕾絲和裙襬上華麗的刺繡，我也用微笑向她做出回應。她抬起眼睛，和我四目相對，又向後退了一步，看著我，臉上的笑容變得更加燦爛。

「好了，蜚滋，客人還在下面等著我們。」

「他們已經等了這麼長時間，完全可以再等一會兒。我們的女兒會照顧他們的。」

我向她靠近了一步。她向門口退去，一隻手按住門把，同時不停地搖著頭，讓黑色的鬈髮在她的額頭和肩側來回搖動。忽然，她又低垂下頭，透過睫毛看著我。在我的眼裡，她又變成了一個女孩，公鹿堡城中一個狂野的女孩，讓我在沙灘上追逐她。她還記得嗎？也許她真的還記得——她將下唇咬在皓齒之間，我看到她的心幾乎已經軟了下來。但她還是說道：「不，我們的客人不能等。儘管蕁麻在招待他們，但這個家族的女兒的分量肯定及不上你和我。謎語也許會站在她身邊，作為我們的管家幫助她，但在國王許可他們結婚之前，我們不應該讓他們以伴侶的形象示人。所以你和我必須等一等，因為我今晚可不打算只要你『一會兒』，我可是會要很多的。」

「真的？」我向她發起挑戰。然後疾行兩步逼近她。但她只是發出一聲少女的尖叫，然後就跑出了門。當她就要將門關上時，她又在門縫中說道：「快一點！你知道耐辛很快就會讓派對失控。就算是我已經讓蕁麻打理一切事情，但你也知道，謎語幾乎就像耐辛一樣糟糕。」她停了一下又說道：「如果你敢遲到，讓我沒有舞伴，我們走著瞧！」

我剛摸到門把，她就把門關上了。我停下來，微微歎了口氣，然後向我的乾淨褲子和軟鞋走去。她要和我跳舞，我就必須竭盡全力。我知道，謎語很擅長於在細柳林的各種慶典中尋找樂趣，他在這裡熱情如火的樣子和那個在公鹿堡中冷若冰霜的人簡直完全判若兩人，當然，在表面上他還只是我們的前任管家，儘管他現在的樣子和這個身分多少有些不符。我發現自己正在微笑。有時候，蕁麻也跟著謎語一起胡鬧，展現出她在國王宮廷裡很少有的快活模樣。莫莉的六個已經長大的兒子當中還留在家裡的那兩個——火爐和明證，更是會迫不及待地加入他們的尋歡作樂之中。耐辛邀請了半個細柳林的居民和遠超過一場晚會所能容納的樂手。我早已料到，我們的冬季慶慶典至少會持續三天。

我有些不情願地脫下舊褲子，換上了莫莉給我找的褲子。這是一條深綠色接近於黑色的褲子，質料是薄亞麻，整條褲子寬鬆得就像是一條裙子。最後，我用一條寬絲帶把褲腰在腰間繫好，算是完成了這次荒謬的著裝。我告訴自己，這樣穿衣服會讓莫莉感到高興。而且我估計謎語也要穿上類似的衣服。我又歎了口氣，心中奇怪我們為什麼必須都要模仿遮瑪里亞的穿衣風格。然後，我放棄了腹誹，穿好衣服，又把頭髮編成武士風格的辮子，然後就走出了臥室。我在寬大的橡樹樓梯前停下腳步。聽著飄入耳中的歌聲和歡笑聲，我深吸一口氣，彷彿就要潛入深水中一般。當然，我沒有什麼可怕的，也沒有理由要猶豫，但我在遙遠的孩提時代就養成的習慣依然根深蒂固地盤結在我心裡。我當然有權利走下這段樓梯，走進那個歡樂的人群中，作為這棟房子的主人和擁有這棟房子的女士的丈夫。對於下面的所有那些人，我是莊園管理人湯姆・獾毛，也許我的血統來自於平民，但與莫莉女士的結合讓我晉升到了貴族階級。那個私生子蜚滋駿騎・瞻遠——國王們的孫子、侄子和堂兄弟——在四十年以前就已不存在了。對於下面的人，我是湯姆管理人，是他們正在享用的這次盛宴的主人。

即使我只是穿著很傻的遮瑪里亞褲子。

我又停下了一會兒，仔細傾聽。我能聽到兩隊樂手正賣力地演奏著，顯然是打算將對方壓倒。謎語清晰而響亮的笑聲突然響起，讓我也微微一笑。大廳裡人們的笑鬧聲隨之變強，然後又低沉下去。一隊樂手佔據了優勢——他們歡快的舞曲壓住了嘈雜的人聲，成為了宴會的主旋律。我的確是遲到了，最好趕快下樓。不過站在這裡的感覺也很不錯，能夠凌駕於眾人之上，想像著蕁麻躍動的雙腳和閃光的眼睛，還有牽著她的手完成一個又一個舞步的謎語。哦，還有莫莉！她一定在等我！我在這些年裡已經變成了一個還說得過去的舞者。這當然是為了她，而她也很愛這樣。如果我讓她一直呆站在那裡，她可不會饒了我。

我兩步一階地走下拋光的橡樹階梯。一進入大廳，突然遭到了樂惟的伏擊。他是我們年輕的新管家。今天他穿了白襯衫、樣式莊重的黑色上衣和黑色褲子，全部是遮瑪里亞風格，不過看上去非常漂亮。他的綠色室內鞋閃閃發亮，和他脖子上繫的黃色圍巾非常配。綠色和黃色是細柳林的顏色，我懷疑這套衣裝出自於耐辛的設計。我沒有讓自己的嘴角再露出笑容，但我想，他應該是從我的眼睛裡讀出了笑意。他將身體站得更直，低下頭用莊重的語氣對我說：「主人，有藝人在門外等候。」

我困惑地看了他一眼，「那麼，就讓他們進來好了，這是冬季慶。」

年輕管家依舊一動不動地站著，甚至還不以為然地抿起了嘴。「主人，我不認為他們是受到邀請的藝人。」

「這是冬季慶。」我重複了一遍，心中有一點惱怒。讓莫莉再等下去，她肯定會不高興的。「耐辛邀請了她遇到的所有樂手、木偶戲藝人、雜耍藝人、修補工匠和鐵匠，這些人都會在我們這裡逗留一段時間。她也許在幾個月之前就邀請了他們，然後又完全忘記了。」

他將脊背挺得更加筆直——我本以為他的脊背已經不可能更直了。他說：「主人，他們正在馬廄外面，想要透過木板的縫隙向裡面窺望。塔爾曼聽到狗叫聲出去查看才發現了他們。那時他們才說他們是樂手，受邀請來參加冬季慶。」

「然後呢？」

他短促地吸了一口氣：「我不認為他們真的是藝人。他們沒有樂器，儘管當中有一個人說他們是樂手，但另一個卻又說他們不是樂手，而是雜耍藝人。當塔爾曼要領他們到宅邸大門的時候，他們卻又說不必了，只想要討一個避風之所過夜，馬廄就很好。」他搖搖頭，「塔爾曼私下對我說，他帶他們過來的時候，就覺得他們並不是自稱的那種人，我也這樣想。」

我看了他一眼，他則將雙手在身前交疊，避開了我的目光，同時頑固地抿起了嘴唇。我告誡自己對他應該有一點耐心。他很年輕，對於家族事務的管理還不熟悉。我們的老管家克拉維特．妙手在去年去世了。謎語扛起了本屬於那位老人的許多責任，但他堅持認為細柳林需要一位具備專業素養的新管家。我本來只是隨意地回答說還沒有時間去找，結果三天以後，謎語就把樂惟帶到了我們面前。現在時間剛剛過去了兩個月，我告訴自己，樂惟還在學習的過程中，而且謎語很可能向他灌輸了太多謹慎的情緒。畢竟謎語曾經是切德的人，他被安插進我們家族是為了守衛我的安全，也許也兼有監視我的任務。儘管他現在是一副樂天的樣子，還深深愛上了我的女兒，但他從骨子裡是一個小心翼翼的人。如果讓謎語掌管這裡的一切，細柳林很可能就會出現一支規模堪與王后衛隊相媲美的守備部隊了。想到這裡，我急忙又把自己的心思拉回到眼前的問題上。

「樂惟，我很欣賞你的謹慎態度。但這是冬季慶。不管是藝人還是流浪的乞丐，無論是因為這個節日，還是這樣一個大雪紛飛的夜晚，我的家門都不會向任何人關閉。這裡有足夠的房間，他們不需要睡在馬廄裡。帶他們進來。我相信不會有任何問題的。」

「是，主人。」樂惟依舊不同意我的決定，但他服從了我的命令。我壓抑住一聲歎息。這樣應該可以了。

我轉過身，向大廳中的人群走去。

「主人？」

我又向他轉回身。這一次，我的聲音變得更加嚴厲了：「還有什麼事，樂惟？有什麼很著急的事嗎？」我能聽到樂手們正試著讓他們的演奏更加和諧整齊，突然間，樂曲聲又嘹亮起來，我已經錯過了第一支舞曲。想到莫莉正一個人站在舞池邊看著歡快盤旋的舞者們，我不由得咬緊了牙。

我看到年輕管家咬了一下嘴唇。他決定不要退縮：「主人，信使還在您的書房裡等您。」

「信使？」

樂惟故意苦著臉歎了口氣：「幾個小時以前，我派遣我們的一名臨時侍從去告知您這件事。他說，他在蒸氣室的門外喊過您。我只能向您提議，主人，如果我們使用未加訓練的男孩和女孩擔任侍從就會遇到這樣的狀況。我們應該安排幾名正式的人，對他們進行訓練，哪怕只是以備未來所需。」

我有些疲憊地看了樂惟一眼，年輕管家清了清喉嚨，改變了策略：「向您道歉，主人，我應該讓他再回去確認您已經聽到了他的稟告。」

「我沒有。樂惟，你介意代我處理一下這件事嗎？」我猶豫著向大廳裡走了一步。樂聲已經再一次響起了。

樂惟稍稍一搖頭。「很抱歉，主人，但那位信使堅持要將她的訊息只稟告您一個人。我已經問過她兩次我是否能代為轉達，並且提議她將訊息寫下來。」然後，他又搖了一下頭，「但那位信使堅持訊息只能告訴您。」

我猜到了那是怎樣的訊息。巴里特領主曾經極力想讓我同意他的一些畜群和我們的羊群一同放牧。我們的牧羊人則堅稱我們的冬季牧場容納不了那麼多牲畜。我打算聽從牧羊人．林恩的建議，即使巴里特現在願意為此付給我一筆不錯的價錢，我也會拒絕他。冬季慶的夜晚可不是用來做買賣的。這件事可以等到以後再說。「沒事的，樂惟，不要對我們的侍從太嚴厲。你是對的。我們應該有一、兩名專職侍從。但他們在年長以後畢竟還是要去果園工作，或者接收他們母親的生意。我們在細柳林卻很少能用到他們。」我不想現在去考慮這件事。莫莉正在等我！我深吸一口氣，做出了決定，「讓一位信使等待這麼久的確是草率的行為，但如果我讓我的夫人在第二支舞曲的時候依然沒有舞伴，那才是真正的粗魯。所以很不幸，我必須耽擱一下，請代我向那位信使致歉，為他提供食物和飲料，確保他在這裡過得舒適。告訴他，我會在第二支舞曲以後直接去書房。」我並不想這樣。今晚的慶典正在向我發出召喚。於是我想出了一個更好的主意。「不，請他來加入慶典吧。告訴他，在這裡可以盡情享樂。我們明天中午之前可以坐下來促膝詳談。」我想不出這一生中有什麼能比今晚更需要我關注了。

「是她，主人。」

「樂惟？」

「是她。信使是一個女孩，主人。看相貌幾乎還稱不上是一個女人。當然，我已經為她提供了飲食。我絕不會怠慢任何來到您家門前的人。更不要說是一個風塵僕僕、疲憊不堪的人了。」

音樂正在演奏，莫莉還在等待。讓信使等總好過讓莫莉等。「那麼就給她一個房間，問問她是否想要洗一個熱水澡，想不想在我們明天見面之前安靜地單獨進餐。一定要保證她生活舒適，樂惟，明天她想和我談多久都可以。」

「我會的，主人。」

他轉身向前廳走去，我則快步走向細柳林正廳。正廳的兩扇高高的大門敞開著，金色橡木門板在火光和燭光的映照下光彩熠熠。音樂和有節奏的舞步聲一直流淌到壁板走廊中，但當我向大門走近的時候，樂手們已經在演奏最後一個小節，隨著一聲歡呼，第一支舞結束了。我不由得為我的壞運氣翻了翻白眼。

但就在我迎著樂手們的歡呼聲走進大廳的時候，我看到莫莉的舞伴正莊重地向她鞠躬。我的繼子援救了他的母親，將她帶進了舞池。年輕的火爐在過去的一年中就像野草一樣竄高起來，而且就像他的父親博瑞屈一樣黝黑而英俊，但他的眉毛和微笑的嘴唇是屬於莫莉的。儘管剛剛十七歲，他和莫莉共同邁過一個個舞步的時候，已經能夠俯視他母親的頭頂了。他的面頰因為剛剛的躍舞而變得緋紅，莫莉則沒有半點想念我的意思。她抬起頭，和我隔著大廳四目相對，眼睛裡露出了笑意。我心中感謝火爐，並確定要找一個實際的方式向他表達我的謝意。在大廳對面，火爐的長兄——明證正靠在壁爐旁。蕁麻和謎語站在不遠處，蕁麻的面頰透著粉紅色的光彩，我知道，明證正在和他的姐姐開玩笑，而謎語顯然也加入了其中。

我穿過人群，向莫莉走去，一路上不得不經常停下腳步回應向我鞠躬的人，對許多向我致意的客人互致問候。不同階級和行業的人都聚集在這座大廳中。我們封地內的上流人士和低階貴族們穿著精美的蕾絲長裙和亞麻衣褲，我也看到了匠人約翰和村中的女裁縫，還有一名本地的乾酪師傅。他們的節日服裝也許有一點陳舊和磨損，但他們也都為了今天梳洗打扮，頭上戴著剛剛摘下、新鮮閃亮的冬青花冠。莫莉拿出了她最好的香味蠟燭，當那些舞動的燭火給牆壁塗上了一層金色和蜂蜜色光澤的時候，這裡的空氣中也充滿了薰衣草和金銀花的芬芳。旺盛的火焰在全部三個壁爐中跳動，從村中僱來的小夥子們照料著烤肉叉，面孔也被火烤得通紅。幾名女僕在角落裡的啤酒桶前忙碌地來來往往，捧著堆滿啤酒杯的大托盤，趁著音樂暫停的時候把啤酒端給那些喘不過氣來的舞者。

在大廳的一端，桌子上堆滿了麵包、蘋果和一盤盤葡萄乾、乾果、油酥和奶油點心，盛在一只又一只大盤裡熱氣騰騰的魚和肉，還有很多我不認識的許多菜餚。剛從烤肉叉上切下來的一片片烤肉還流著肉汁就被放進了人們的餐盤中，為節日又增添了一重馥郁的香氣。長凳上坐滿了正在享用美酒佳餚的客人。這個宴會上的啤酒和葡萄酒也都有充分供應。

在大廳的另一端，第一支樂隊將舞臺讓給了第二支樂隊。舞池中已經為客人鋪好了沙子。毫無疑問，在客人們剛到的時候，這些沙子肯定被鋪擺成了精緻的圖案。而現在，它們上面已經全都是凌亂而歡快的腳印了。就在樂手們讓音符重新響起的時候，我來到了莫莉身邊。和第一段充滿喜悅氣氛的曲調相比，這段旋律顯得雋永輕柔。莫莉抓住我的手，牽著我進入了舞池。我握住她的雙手，在動聽的舞曲中聽到她說：「你今晚看起來很不錯，獾毛管理人。」她把我拉進了其餘男人排成的佇列中。

我繼續握著她的手，鄭重地一鞠躬，回答道：「如果能讓妳高興，我就滿足了。」我沒有理會在我們轉身時拍打在我小腿上的褲腿，在短暫的分離之後，我們的雙手又扣在一起。我瞥了一眼謎語和蕁麻。沒錯，謎語穿著同樣的寬鬆褲子，只不過顏色是藍色。他在舞蹈中不是勾住我女兒的指尖，而是握著她的手。蕁麻正在微笑。當我又回頭去看莫莉的時候，她也在微笑——她已經注意到我目光的方向。

「我們也曾經是那麼年輕嗎？」莫莉問我。

我搖搖頭。「我不覺得，我們在這個年紀的時候，生活要嚴苛得多。」

我看出莫莉正在回想多年以前的事情。「當我還是蕁麻這個年紀的時候，我已經是三個孩子的母親，還懷上了第四個孩子。而你……」她沒有再說下去，我也沒有搭腔。我那時和我的狼一起住在靠近冶煉鎮的一棟小房子裡。我就是在那一年收養幸運的嗎？那個孤兒很高興能有一個家，夜眼也很高興有一位活潑的同伴。那時我本以為自己已經接受了命運，將莫莉交給了博瑞屈。那是十九年前的事情了。我將這些歲月悠長的陰影推到一旁，向她靠近一步，雙手放在她的腰間，在旋轉中將她舉起。她的手按在我的肩頭，驚訝而喜悅地張開雙唇。在我們周圍，其他舞者都愣了一下。當我把她放回到地上的時候，我說道：「所以我們現在就要更年輕。」

「你，也許吧。」她的面頰變成了粉紅色，似乎有一點喘不過氣來。我們又循著舞曲的節奏並肩向前邁步，然後轉身，分開，再重聚——或者是差一點重聚。不，我應該再次轉身，然後……我徹底把舞步搞亂了，儘管我還很自豪地記得我們上一次跳這支舞的時候，我一步都沒有邁錯。其他舞者都在避開我，從我兩側一掠而過，就好像我是溪流中一塊頑固的石頭。我轉了一圈，尋找莫莉，發現她正站在我的身後，雙手捂在嘴上，徒勞地抑制著自己的笑聲。我向她伸出手，想要讓我們回到舞蹈中，但她只是拽起我的兩隻手，把我拉出了舞池，一邊還笑得喘不過氣。我翻了翻白眼，想要道歉，但她搶先說道：「沒關係，親愛的。我們先休息一下，喝些東西。火爐矯健的舞步已經讓我累壞了。我需要片刻的休息。」她讓自己的呼吸平順下來，然後一下子靠在我身上，她伸手到脖子後面，揉搓起那裡痠痛的肌肉。在她的眉毛上閃爍著汗水的光澤。

「我也是。」我對她說了謊。她紅潤的面頰上露出淡淡的笑容，一隻手按住胸口，彷彿是要讓自己亂跳的心停下來。我也向她露出微笑，將她帶到壁爐旁她的椅子前面。還沒等她坐下，一名侍者已經捧著為她準備的葡萄酒來到我身邊。莫莉點點頭，那名侍者便急忙走開了。

「縫在他帽子上的是什麼東西？」我有些煩亂地問。

「羽毛，還有馬尾。」莫莉還在喘著氣。

我帶著懷疑的神色斜睨著她。

「這是耐辛今年的品味。她從細柳林僱的所有男孩都要穿成這樣。羽毛代表我們所有的麻煩都飛走了，馬尾代表我們一切的問題都跑掉了。」

「我……明白了。」這是我在今晚撒的第二個謊。

「嗯，你能理解實在是太好了，我可是理解不了。不過每個冬季慶都會有些特別的東西，不是嗎？你還記得那一年嗎？耐辛給了每一個參加慶典的未婚男人一根常綠樹手杖。而且手杖的長度還是根據她對於每一名男士陰莖長度的估計而製作的。」

我努力嚥下差一點噴出喉嚨的笑聲。「是的。她顯然是認為年輕的女士們需要清楚地瞭解哪個男人能夠成為她們的最佳伴侶。」

莫莉揚了揚眉毛：「也許是這樣。在那一年的春季慶中，有六對新人結為夫婦。」

我的妻子抬頭望向大廳對面——我的繼母耐辛正站在那裡，身穿一襲華麗卻已顯陳舊的淺藍色天鵝絨長裙，在袖口和領口鑲綴著黑色蕾絲。她的灰色長髮被編成辮子，用別針固定在頭上，就像是一頂冠冕，上面還別著一根冬青樹枝和呈現各種角度的幾十根亮藍色羽毛。在她的手腕的一只鐲子上掛著一柄藍色扇子，正好匹配她的長裙和羽毛的顏色，而且扇子的邊緣也鑲嵌了黑色的蕾絲。我覺得她真是又可愛又古怪，她一直都是這個樣子。此時她正在向莫莉最年輕的孩子擺動著一根手指，似乎是在發出某種警告。火爐站得筆直，滿臉嚴肅地低頭看著她，但他的十根手指在背後緊扣在一起，顯示出了男孩心中的煩躁不安。他的哥哥明證站在不遠處，一邊掩飾笑意，一邊等待著弟弟被釋放。我有些可憐他們兩個。耐辛似乎認為他們仍然只是十歲和十二歲的兩個孩子，卻看不到他們的個子現在已經有多高了。明證就要過二十歲生日，即使是最年輕的火爐也有十七歲。但他現在仍然只能像是一個闖了禍的孩子一樣，恭順地承受著耐辛的訓斥。

「我想要讓耐辛女士知道，又有一批她請的樂手剛剛到達。希望這是最後一批了。如果人再多，我懷疑他們一定會為了誰能上臺演出和演出時間長短而吵起來。」每一位被請來在細柳林進行表演的藝人都會得到充足的餐點款待和一張溫暖的睡榻，以及一小袋錢幣酬謝他們的辛勞工作。並且他們還能夠從觀眾那裡贏得獎賞——通常表演最多的樂手收穫也最大。現在的三隊冬季慶樂手對於我們這種規模的封地已經非常充足了。四隊人馬簡直就是一種挑戰。

莫莉點點頭，同時抬手捂住自己薔薇色的面頰。「我現在只想在這裡多坐一會兒。哦，小夥子已經把我的酒送來了！」

舞曲平息了下去。我趁著這個機會快步走過舞池。耐辛看到我走過來，先是面露微笑，隨後又皺起了眉頭。等我走到她身邊的時候，她已經完全忘記了火爐。莫莉的小兒子趁這個機會和他的哥哥一同逃走了。耐辛用力合上扇子，用它指著我，用責備的語氣問道：「你的褲子變成什麼樣了？到底是在你腿上晃蕩的裙襬，還是被風暴扯爛的船帆?!」

我低頭看看自己的褲腿，又抬起頭看著她。「這是遮瑪里亞的新款式。」看到她不以為然的神色更加明顯，我又說道：「是莫莉選的。」

耐辛女士只是盯著我的褲子，彷彿那裡面藏了一窩小貓。然後，她抬起頭看著我的眼睛，微笑著說道：「顏色很可愛。我相信她一定很高興你能這樣穿。」

「確實。」

耐辛抬起手，我伸出手臂，她將手搭在我的前臂上，我們開始緩步在大廳中行走。人們紛紛為她讓開道路，向她鞠躬或者行屈膝禮。耐辛女士完全表現出了她今天應有的樣子。根據向她致敬者的不同身分，她分別向他們回報以莊重的點頭、溫暖的問候或熱情的擁抱。我只需要作為她的陪伴者就好，她大可以在人群之中自娛自樂。只是當她在我耳邊悄聲抱怨杜爾登老爺的口臭，或者是用憐憫的口氣感歎匠人丹恩的頭髮掉得有多麼快的時候，我都必須努力保持面容的平靜。一些年老的客人都還記得她不只是細柳林女士，還是駿騎王子的王后的時光。在許多方面，她依然是這個地方的管理者；蕁麻在很多時間裡都是公鹿堡晉責國王的精技師傅，莫莉則滿足於讓耐辛負責處理細柳林的大部分事務。

「有些時候，女人的生活中必須有其他女人的陪伴。」五年前耐辛和我們一同入住細柳林的時候曾經這樣向我解釋，「女孩們在成為女人的時候，家中需要有一個年長的女性，向她們解釋她們的各種改變。而當另一種變化早早來到一個女人的身上，尤其是當那個女人本希望生下更多孩子的時候，那麼有一個同樣瞭解這種失望的女人給予指導就是一件好事。男人在這種時候半點忙都幫不上。」當耐辛第一次帶著她裝滿牲畜、種子和各種植物的行李車隊來到這裡的時候就已經證明了她的睿智，讓我清楚地知道了她的各種安排是多麼妥當。儘管如此，我還懂得一件事——兩個女人能夠如此相安無事、心滿意足地共處在一個屋簷下，實在是極為罕見的現象，我實在應該感激我的好運氣。

我們來到壁爐旁她所喜愛的椅子前面，等她坐好以後，我為她拿來一杯蘋果酒，然後對她說：「我下樓的時候得知妳請的最後一批樂師已經到了。我還沒有看見他們進來，不過我想，妳肯定希望知道他們到來的訊息。」

她向我揚了揚眉毛，然後轉頭去看大廳。第三隊樂師正在登上舞臺。她向我轉回頭：「不，他們全都在這裡了。我今天選擇樂隊時非常小心。我對自己說，為了冬季慶，我們必須找一些溫暖的人來驅走寒意。所以，如果你仔細看就會發現，我邀請的每一支樂隊裡都有一個紅頭髮的人。看到那個正在暖嗓子的女人嗎？看看她那一頭濃密的紅色長髮。難道你不覺得，只是她那種火熱的精神就足以讓這場宴會溫暖起來？」不過那名歌手似乎並不是一個非常火熱的女子。她唱起了一首敘事長歌，以此讓跳舞的人能夠有時間休息一下。老老少少的聽眾們紛紛聚集到她周圍，傾聽她詠唱那個古老的傳說——少女受到冬日老人的引誘，被帶到他位於遙遠南方的冰雪城堡之中。

所有人都被這個故事迷住了。就在這時，我發現有兩個男人和一個女人走進了大廳。他們用有些眩暈的目光向周圍掃視了一圈，也許這是因為他們剛剛在大雪紛飛的夜晚跋涉了很長一段路。很明顯，他們是徒步走來的，因為他們的粗皮褲直到膝蓋都浸透了水漬。他們的衣著很奇怪，看上去像是樂手們常見的穿著，卻又和我見過的任何樂手服裝都不一樣。他們黃色的及膝長靴因為被水浸透而出現了許多深褐色的斑點，皮褲很短，幾乎遮不住靴子的上沿。他們的上衣也是用同樣的皮革做成，顏色同樣為淺黃褐色，皮衣裡面是厚實的羊毛編織襯衫。那些衣服看起來並不是很舒服，似乎羊毛襯衫在皮衣的包裹中有些太過臃腫了。「就是他們。」我對耐辛說。

耐辛坐在大廳深處看著這些人。「我沒有僱請他們。」她彷彿受到冒犯一般地哼了一聲，「看看那個女人，膚色就像幽靈一樣蒼白。她的身體裡根本沒有半點熱量。那兩個男人也像寒冬一樣冷，頭髮簡直和冰熊的皮一個顏色。呸，他們看我一眼我都覺得冷。」然後，她眉毛上的皺紋平展開來，「所以，我可不會允許他們在今晚獻唱。不過我們可以在盛夏的派對上邀請他們，在那些悶熱的夜晚，讓人打寒戰的故事和冰冷的風一定會很受歡迎。」

但還沒有等我按照耐辛的吩咐有所行動，一聲吼叫已經傳入我的耳中：「湯姆！是你啊！能見到你實在是太好了，老朋友！」

我轉過身，喜悅和沮喪交雜在心中——大概只有這種不同尋常，又有著深厚情誼的朋友突然來訪，才會讓人的心中產生這樣的感情。羅網正大步穿越大廳，迅風緊跟在他身後一、兩步之處。我張開雙臂歡迎他們。這位粗壯的原智師傅在最近幾年裡肚子大了不少，雙頰還是那樣紅燦燦的，彷彿剛剛從寒風中走出來。莫莉的兒子迅風緊跟在他身後，但就在他們快走到我面前的時候，蕁麻從人群中竄出來，一下子抱住了她的弟弟。迅風停下腳步，把姐姐高高舉起，快活地轉了一圈。這時羅網才給了我一個幾乎要折斷我脊椎的擁抱，緊接著又在我背上狠狠拍了幾下。「你看起來不錯！」他對正努力恢復呼吸的我說道，「差不多還是完整的，對不對？啊，還有耐辛女士！」將我從他極度熱情的問候中釋放出來以後，他以優雅的姿態向耐辛鞠了一躬，接住女士向他伸出的手，「您的裙子真是藍得漂亮極了！讓我想起了松雞亮閃閃的羽毛！不過還請告訴我，您頭髮上的羽毛不是從活鳥身上拔下來的！」

「當然不是！」耐辛似乎覺得羅網的這種想法非常可怕，「我去年夏天在花園小路上找到牠的時候，牠已經死了。我當時想，我終於能看看這些可愛的藍羽毛下面是什麼樣子了。我留下了牠的羽毛，當然，我在仔細拔下每一根羽毛之後，又在沸水中去掉了牠的肉，只剩下骨架。當我拋掉那鍋松雞肉湯之後才能開始真正的任務：將牠的小骨頭重新拼接起來。你知道嗎，鳥的翅膀和人手，還有青蛙的蹼趾非常相似。那些小骨頭簡直是完全一樣！嗯，你肯定能想到，這項工作還攤在我的工作檯上，就像我的許多項目一樣剛只完成了一半。不過就在昨天，當我想著讓我們的麻煩像羽毛一樣都飛走的時候，我一下子記起我還有滿滿一盒子的羽毛！我真是走運，小甲蟲們還沒有找到這些羽毛，把它們吃得只剩下莖幹。天哪！那些甲蟲以前就是這樣毀掉了我的海鷗毛。哦！海鷗！我是不是開始胡思亂想了？如果有失禮還請原諒！」

她顯然是突然想起羅網曾經與一隻海鷗牽繫。不過羅網只是友善地微笑著說道：「當生命結束，所餘只剩空虛的時候，我們原智之人自然會知道。我相信，關於這件事沒有人能比我們更清楚。我們能感覺到所有生命的存在，其中一些比另一些更加明亮和熾熱。一株草的生命力在我們的感覺中不會像一棵樹那樣強。當然，一頭鹿的光芒會讓草木黯然失色。而一隻鳥的生命光彩是最明亮的。」

我張開口想要表示反對。借助我的原智，我能夠感覺到鳥雀，但我從沒有覺得牠們的生命火焰更加耀眼。我想起在許多年以前，當博瑞屈——那個除了沒有養我長大以外幾乎給了我一切的人——宣布我不會與公鹿堡的獵鷹們一同工作的時候曾經對我說：「牠們不喜歡你，你太溫暖了。」我那時還以為他說的是我肉體的溫度，但現在我懷疑他是感覺到了我的原智，只是他當時無法向我解釋。因為原智是一種受到鄙視的魔法，如果我們承認擁有這種魔法就會被絞死，屍體還會被切開，放在水面上燒成灰燼。

「為什麼你要歎氣？」耐辛突然問我。

「請原諒。我並不知道自己在歎氣。」

「你是在歎氣！原智師傅羅網正在和我說一些關於蝙蝠翅膀的奇妙軼聞，你卻突然歎了口氣，似乎你覺得我們是這個世界上最無聊的兩個老東西！」她的扇子隨著她話語中的每一個音節一下一下地敲在我的肩膀上。

羅網笑了。「耐辛女士，毫無疑問，他正在想別的事情。我和湯姆是舊識了。我很清楚他那種憂鬱的氣質！啊，我真想一直跟您談話，但有其他客人來找您了！」

耐辛有沒有相信羅網的謊言？我想是沒有，不過她也很喜歡來找她的這位頗具魅力的年輕男士——一定是蕁麻派他來陪伴耐辛，好讓我和羅網能夠脫身出來進行私下交談。不過我幾乎有些希望蕁麻不要這樣做，羅網已經給我送來了幾封信，我知道他現在想要和我談什麼。我很久不曾透過原智和動物牽繫了。也許羅網覺得我只是一個感情用事、生悶氣的孩子，但實際上，我卻認為這種感覺，更像是一個度過了漫長婚姻生活的男人突然失去了妻子，就此遁世隱居。在我的心中，夜眼是無可取代的，我也無法想像自己能夠再和其他動物建立這樣的聯繫。就像他說的那樣，離去的已經離去了。我的狼留在我體內的回聲已經足以支持我。那些記憶是那麼鮮活又堅強，有時候，我甚至覺得我還能夠在意識中聽到牠的意念，這讓我再也無心去進行任何其他的牽繫。

而現在，羅網又開始喋喋不休地談論起我的過去，而我關心的只有莫莉是不是開心、今年田地裡的收成好不好，所以我需要把話題引開，否則他最終肯定會要求我學習更多關於原智的技巧，並討論我現在這種孤身無伴的狀態。只是我很滿足於這種狀態，打算餘生都這樣度過。總之，我已經不需要更多的原智學識了。

於是我向仍然站在門口的「樂師」們點頭，對羅網說道：「恐怕他們走了很遠的路來到這裡，到現在還沒有得到任何招待。耐辛已經告訴我，冬季慶典上應該讓紅頭髮的歌手引吭高歌；而金髮歌手要保留到夏季。」我相信羅網能夠像我一樣體會耐辛女士這種奇思怪想之中的幽默意味。現在那三個陌生人並沒有加入大廳中的慶典活動，而是一直站在門口處彼此交談。看上去，他們並不只是相互認識，而更像是長久以來都保持著親密關係的同伴。其中個子最高的那名男子有一張飽經風霜、皺紋堆疊的臉。他身邊的女子正將臉向他傾側過去。那名女子的顴骨很寬，高高的額頭上也有幾道皺紋。「金髮？」羅網一邊問我，一邊向周圍掃視了一圈。

我微微一笑。「大門前那三個穿著怪異的人，看到了嗎？就是穿黃色靴子和外衣的？」

羅網的目光掃過了他們兩次，然後才猛然定在他們身上。他的眼睛睜得更大了。

「你認識他們？」我察覺到他恐怖的眼神，便問道。

「他們是被冶煉的人？」他用沙啞的耳語聲問。

「被冶煉的人？怎麼可能？」我盯住了他們，心中尋思是什麼讓羅網產生這樣的警惕。冶煉會剝離一個人的人性，將他從生命網絡中撕扯下來，讓人不再具有關懷和求取關懷之心。被冶煉之人只愛他們自己。在六大公國中曾經有過許多這樣的人，不斷傷害他們的家人和鄰居，讓王國從內部分裂，是紅船劫匪將我們的同胞轉變成為我們的敵人——冶煉正是蒼白之女和她的船長科伯．羅貝所掌握的黑暗魔法。但我們戰勝了紅船劫匪，將他們趕出了我們的海岸。紅船之戰在多年以前就結束了，我們乘船到達了她在艾斯雷弗嘉島的最後堡壘，徹底終結了他們。他們所創造的被治煉的人早就進入了墳墓。現在已經多年不曾有人施行過這種邪惡魔法了。

「我覺得他們就是被治煉的人。我的原智無法找到這些人。除了用雙眼，我幾乎無法感覺到他們。他們是從哪裡來的？」

作為原智師傅，羅網所依賴的野獸魔法遠比我的更加敏銳。也許這已經成為了他的主要知覺。原智能夠讓人對一切生命產生刺激性的知覺。得到羅網的警告之後，我有意將我的原智向那些新來的人伸展過去。我並沒有羅網那樣靈敏的知覺，這個人群密集的大廳更模糊了我的感知能力，讓我從他們身上幾乎什麼都感覺不到。我聳聳肩，放棄了努力。

「不是被治煉的人，」我做出判斷，「他們湊在一起的樣子太友善了。如果是被治煉的人，他們只會立刻開始尋找自己最需要的東西：食物、飲料或者溫暖。他們在猶豫，不願被這裡的人認為有失禮儀。卻又不知道我們的待客之道，所以感到很尷尬。所以他們不是被治煉的人。被治煉的人從不會在意這麼細節性的禮儀。」

我突然意識到，當我對這三個人進行分析的時候，口氣特別像是切德的刺客學徒。他們是客人，不是目標。我清了清喉嚨：「我不知道他們從何處而來。樂惟告訴我，他們自稱是為慶典而來的樂手，或者也許是雜耍藝人。」

羅網還在盯著他們，確定無疑地說道：「這兩種人都不是。」好奇心也隨之從他的語氣中流露出來，「那麼，就讓我們談談，確認一下他們到底是誰吧。」

我看著那三個交頭接耳的人。高個男人說了些什麼，引得那個女人和年輕男人突兀地點了點頭。然後，他們兩個就像是被高個男人放進羊群的牧羊犬一般，突然從他身側走開，鑽進人群中，迅速向前遊走——他們顯然有著很清楚的目的。那名女子的一隻手貼在腰間，彷彿她的手指正在尋找一把並不在那裡的劍。他們一邊走一邊左右轉頭，目光向四處梭巡。他們在找什麼？應該是在找某個人。那個女人踮起腳尖，想要讓目光越過眾人的頭頂。而大廳裡的人們正在看著再次開始輪替的樂隊。三個人之中的那名首領向大門口退去。他是要守住大門，以免獵物逃走嗎？還是這些都只出於我的想像？「他們在找誰？」我聽到自己在輕聲問道。

羅網沒有回答。他已經開始向他們所在的地方移動了。但就在他從我面前轉過身的時候，一陣活潑的鼓點響起，隨之又是嘹亮的管樂旋律，人聲再次鼎沸，跳舞的人紛紛湧回到舞池中。一對對男女旋轉跳躍，就像是隨著歡快樂曲轉動的陀螺。而我們的道路和我的視野也被他們擋住了。我伸手按在羅網寬闊的肩膀上，把他從紛亂的舞池中拽回來，對他說：「我們繞過去。」然後就帶他朝另一個方向走去。但就算是從舞池外面走，還是耽擱了不少時間。不斷有客人向我們問好，而我們也不能以太快的速度從交談的人們身邊跑過——那會被視作無禮的行為。羅網不停地嘮叨著，一直將注意力轉移到別的地方，似乎已經失去了對那些古怪陌生人的興趣。每一個被介紹給他的人都會吸引他的注意力，彷彿他們是誰、怎樣生活，以及在今晚過得是否愉快就是他最關心的事情。客人們也通過簡單的交談便感受到了他的魅力。我則抬頭環顧大廳，卻已經找不到那些陌生人了。

我們經過大壁爐的時候，他們並沒有在這裡取暖。我也沒有看到他們享用食物和飲料。他們沒有跳舞，沒有坐在長凳上觀賞慶典活動。當音樂結束，舞者散開的時候，我堅定地向正在交談的羅網和精質女士告辭，大步走過大廳，來到最後看到那些陌生人的地方。我已經確信他們不是樂手，也不是無意中來到這裡，不過我還是在竭力抑制著自己的懷疑。我早年接受的訓練並不能幫我在社交場合有良好的表現。

那三個人我都沒有找到。我走出正廳，來到外面相對安靜的走廊中，徒勞地尋找他們。不見了。我深吸一口氣，決定放棄我的好奇。毫無疑問，他們正在細柳林的某處換上乾衣服或者喝上一杯酒，或者就是還混雜在跳舞的人群中。我遲早會再見到他們的。現在，我是這場宴會的主人，我的莫莉已經一個人被留在大廳裡太久了。我還有客人要照料，要陪美麗的妻子跳舞，要享受一場可愛的筵席。如果他們是樂手或者雜耍藝人，他們很快就會成為眾人目光的焦點。毫無疑問，他們肯定想要贏得客人們的讚譽以及慷慨的打賞。他們甚至有可能正在尋找我，因為正是我控制著支付酬金的錢包。如果我等得夠久，他們一定會來找我的。如果他們是乞丐或者旅人，這裡同樣歡迎他們。為什麼我總是要想像我愛的人會遭遇危險？

我回到了嬉鬧的大廳裡，再一次與莫莉共舞。隨後我本想邀請蕁麻和我跳一曲吉格舞，卻發現她已經和謎語共舞了。這時我看到火爐正在為了取悅一個漂亮的細柳林女孩，而嘗試在一只盤子裡用蜂蜜蛋糕堆砌成盡可能高的尖塔，我制止了他這種浪費食物的行為。隨後，我吃了不少薑汁餅乾，在麥酒桶前替自己倒酒的時候被羅網找到。他在我的杯子裡灌滿酒，然後用臂肘推推我，我們一同走到距離壁爐不遠處的一張長凳旁坐下。我在尋找莫莉，不過她和蕁麻正把頭湊在一起。我看到她們推了推正在椅子裡打瞌睡的耐辛。耐辛發出微弱的抗議，而她們則把她扶起來，送她回房間。

羅網開門見山地說道：「這不正常，湯姆。」他的聲音中充滿了責備的語氣，根本不在意周圍的人聽到後會覺得有什麼不妥，「我能夠在原智中感覺到你的回音，你是這麼孤獨。你應該敞開自己，探索再次牽繫的可能。任何一名原血者這麼長時間都沒有同伴，肯定是不健康的。」

「我並不覺得有這樣的需要，」我對他實話實說，「我在這裡與莫莉、耐辛和孩子們度過了一段很美好的人生。這裡有實實在在的工作需要我為之忙碌，而我的閒置時間可以用來陪伴我愛的人。羅網，我不懷疑你的智慧和經驗，但我也不懷疑自己的心。我現在所擁有的一切已經足夠了，不需要更多。」

羅網盯住我的眼睛，我毫不避讓地與他對視。我最後這句話幾乎可以算是實話。如果我能再讓我的狼回來，那麼這些話就會更加真實，那樣的生活一定會更加甜美得多。如果我能打開門，發現弄臣正笑著站在我的門口，那我的人生一定就完整了。但為了無可奈何的事情而歎息是沒有意義的。這只會干擾我的心神，讓我無法看清自己真正擁有些什麼。我現在所擁有的已經超過了我之前人生中的任何一個時期；一個家、我的妻子、在我的屋簷下正日漸成長的少年們，還有晚上能在我自己的床上安然入睡。有人從公鹿堡帶來足夠多的問題尋求我的建言，讓我感覺到外面的世界依然需要我。不過實際上我也知道，公鹿堡送來的問題其實數量很有限，他們沒有我的建議也一樣能把所有事情處理好，他們並不想真正打擾我的和平。這段歲月本身就讓我感到驕傲。莫莉作為我的妻子已經有將近八年時間。而我更是有幾乎十年時間不曾殺過人了。

我最後一次見到弄臣，也差不多是十年前的事情了。

想到這裡，我覺得就像是有一顆石子落進我心中的深井。我不讓這種情緒表現在臉上或眼裡。畢竟，那道深淵與我多久沒有動物伴侶沒有任何關係。這是一種完全不同的孤獨，不是嗎？也許不是。除了那個因為離去而造就了這種缺憾的人以外，沒有人能夠再填滿這道孤寂的深淵。嗯，也許從這一點來說，這兩種孤獨是一樣的。

羅網還在看著我。我發覺自己正越過他的肩頭，看著遠處的舞者。只是現在舞池已經空了。我將目光移回，與他對視，「我很好，老朋友，心滿意足。為什麼我要擾亂現在的生活？我已經擁有了這麼多，難道你還想讓我貪求更多嗎？」

這個問題完美地阻止了羅網好心的糾纏。我看到他將我的話思考了一番，接著臉上露出一抹深沉的微笑，那是來自於他心中的笑容。「不，湯姆，說實話，我並不希望你有這種貪求。我是一個有錯就認的人，也許我是在以我之心度你之腹了。」

這個討論忽然讓我感到一陣心煩意亂。我不假思索地說道：「你的海鷗，風險，牠還好嗎？」

他的笑容一下子變得有些不誠實。「不算很糟。牠老了，蜚滋。我們相逢的時候，牠只有兩或三歲，牠跟著我已經有二十三年了。」

我陷入了沉默。我從沒有想過一隻海鷗能夠活多少年。現在我也沒有問他。這類問題都太殘酷了，所以我只能閉緊雙唇。羅網搖搖頭，將目光從我身上移開。「我最終還是會失去牠，除非意外或者疾病先將我帶走。我會為牠感到哀痛。否則就是牠為我而哀痛。但我也知道，如果我一個人被留下，遲早會尋找另一名伴侶。這不是因為風險和我不曾共同度過美好的時光，而是因為我是原血者。我們的靈魂不應該孤僻獨處。」

「我會認真考慮你說的話。」我向他承諾。這是我應該向羅網表達的好意。但現在該放下這個話題了。「你有沒有和我們奇怪的客人說上幾句話？」

羅網緩慢地點點頭。「是的，我們的交談時間並不長，而且我只找到了那個女人。湯姆，她讓我很不安。她以怪異的方式刺激著我的感覺，但那種刺激非常模糊，就像是被塞進棉花的鈴鐺發出的微弱鈴聲。她說他們是旅行的雜耍藝人，希望能夠在稍後一些時候為我們提供娛樂。關於她自己，她說得很少，卻向我問了各種問題。她正在尋找一個朋友。那個人也許最近剛剛來過這裡。她問我是否聽說過此地有其他旅人或者訪客？我告訴他，儘管我是這個莊園主人的朋友，但我也只是今晚才到。然後她就問我是否在路上遇到過其他陌生人。」

「我有些懷疑，是不是他們的一名同伴和他們走散了。」

羅網搖搖頭，「我覺得不是。」他的雙眉微微皺起，「她問的是路過的陌生人，湯姆。當我問她那是誰……」

就在這時，明證碰了一下我的臂肘，低聲說道：「媽媽需要你幫忙。」這是一個簡單的請求，但他的聲音讓我感到一絲警覺。

「她在哪裡？」

「她和蕁麻正在耐辛女士的房間裡。」

「我立刻去。」我說道。羅網點點頭，我便起了身。

2

灑落鮮血

在所有已知能夠為人類擁有的魔法中，最崇高和尊貴的莫過於被稱為「精技」的一脈。在瞻遠王權施行統治的數個世代裡，精技魔法常常會出現在那些注定將成為國王和女王的人身上，這肯定不是巧合。人性的力量和精神的寬宏，這是埃爾和艾達所給予的祝福。它們經常會與瞻遠家族所遺傳的魔法相伴而生。精技讓其使用者能夠將自己的思維傳送到遠方，在細微間影響他的大公和女大公們的想法，或者將恐懼植入敵人內心。傳統告訴我們，許多瞻遠君主的力量都來自於他的精技小組的勇氣和技藝。這樣的力量能夠奇蹟般地治癒肉體和精神，並且控制君主在海上的航船和陸地上的防禦力量。靈顯女王為她自己建立了六個小組，也就是在每一個公國中安置了一個精技小組。這使得在她統治期間，她所信任的每一位大公和女大公都能夠使用精技魔法，從而讓她所有的臣民都獲益匪淺。

處於魔法光譜另一端的則是原智，一種低級而且腐朽的魔法。這種魔法通常會落在那些地位卑賤的人身上。他們很喜歡養育動物，與他們的動物共同生活。這種魔法曾經被認為只能捉弄一下女孩、牧羊人和馬童。現在我們知道，它是危險的。可能遭遇這種危險的不僅是承受原智魔法的人，還包括他們周圍的所有人。與野獸進行意識對意識的聯繫所造成的汙染，會讓人做出野獸一般的行徑，有野獸一樣的食欲。儘管本文作者曾哀歎即使是承襲貴族血脈的年輕人也會淪為野獸魔法的犧牲品，卻仍然無法對他們予以同情，只能希望他們會被盡快發現並滅除，以免無辜之人被他們可憎的欲望所侵染。

——《關於六大公國的天賦魔法》，書記員甜舌

當我快步走過細柳林走廊的時候，幾乎忘了我們的陌生來訪者。我一開始擔心的是耐辛。她在上個月已經跌倒過兩次，但她只是責備房間「突然開始打起轉來」。我沒有在走廊中奔跑，但還是盡量邁大了步子。當我走到耐辛的房間時，沒有敲門就徑直走了進去。

莫莉正坐在地板上。蕁麻跪倒在她身邊，耐辛站在一旁，用一塊布為她搧風。整個房間裡充斥著一股刺鼻的草藥辛辣氣味，一只小玻璃瓶滾倒在不遠處的地上。兩名侍女站在角落裡，顯然是剛遭到耐辛的嚴詞喝斥，並且從莫莉身邊被趕開的。「出了什麼事？」我問道。

「我暈倒了。」莫莉的語氣顯得氣惱又羞愧，「我可真傻，扶我起來，湯姆。」

「好的，」我一邊說，一邊竭力掩飾著自己的驚慌向她伸出手，她的身子重重地朝我靠過來，我扶起她的時候，她還有些搖晃，但總算是抓緊我的手臂，站穩了身子。

「我沒事了。只是在舞池裡轉圈多了一些，也許又喝了太多酒。」

耐辛和蕁麻交換了一個眼神，似乎並不認同莫莉的判斷。

「也許妳和我今晚的活動應該結束了。蕁麻和小夥子們可以負責打理家中的事務。」

「胡說！」莫莉喊道。她向我抬起頭，依舊有一些眼神渙散地說道，「或者你已經累了？」

「我累了。」我熟練地說了謊，掩飾住心中不斷積聚的警覺，「那麼多人聚在一個地方！而且這樣的慶典還要至少進行三天。我們會有足夠的時間交談，享受美食和美酒。」

「那麼，如果你累了，親愛的，我就依你吧。」

耐辛以最輕微的動作向我點了一下頭：「我也要睡了，親愛的。這身老骨頭需要在床上歇一歇了。不過明天我一定會穿上我的跳舞軟鞋！」

「那我可要多加小心了。」我剛說完這句話就被她的扇子打了一下。當我帶領莫莉轉向門口的時候，蕁麻給了我一個感激的眼神。我知道，明天她一定會將我牽到隱蔽處，進行一場低聲的交談，而且我將無法給她答案，只能告訴她，她的媽媽和我都在老去。

莫莉靠在我的手臂上，跟隨我平靜地在走廊中前行。我們走過狂歡的人群，客人們和我們的攀談耽誤了一點時間。他們紛紛讚揚宴會的食物和音樂，並向我們道晚安。莫莉拖曳的腳步和緩慢的回答讓我感覺到她的疲憊。但就像以往一樣，她在客人們面前便是莫莉女士。終於，我將她從人群中拖了出來。我們腳步遲緩地登上樓梯。莫莉完全靠在我身上。當我們到達臥室門口時，她響亮地發出一聲寬慰的歎息，又抱怨說：「真不知道我為什麼會這麼累。我其實並沒有喝太多酒。我真是把一切都搞砸了。」

「妳什麼都沒有搞砸。」我表示反對，同時推開屋門，發現我們的臥室完全變樣了。我們的臥床被常春藤所環繞。姿態優雅的常綠樹枝妝點著壁爐，讓空氣中充滿一股清香氣息。粗大的黃色蠟燭照亮了房間，散發出冬青樹和月桂果的香氣。床罩和紋飾相配的幔帳是全新的，色彩是代表細柳林的綠色和金黃色，上面的花紋是纏繞在一起的柳樹葉。我完全驚呆了：「妳是怎麼找到時間布置這些的？」

「我們的新管家是一個有許多才能的人。」莫莉微笑著回答，然後又歎了一口氣，「我本以為我們會在午夜之後才回到這裡，並且完全沉醉在舞蹈、音樂和美酒之中。我本來還計畫要引誘你一下。」

還沒等我回話，她又說道：「我知道現在已經晚了，我不再像以前那樣熱情如火。有時候，我覺得自己只是一個乾癟的女性軀殼，沒有機會再給你一個孩子。我本以為我們今晚能夠重溫激情，至少是暫時的……但現在，我覺得頭重腳輕，這種感覺讓人很不喜歡。蜚滋，我覺得今晚除了睡在你身邊以外，已經做不了任何事了。」她放開我，蹣跚幾步坐到了床沿上，用手指摸索著裙子上的緞帶。

「讓我來替妳解吧，」我說道。她向我挑起了一道眉弓，「可不要想多了！」我向她保證，「莫莉，只要妳每晚睡在我身邊，我多年以來的夢想就實現了。等妳不這麼累的時候，我們還有足夠的時間。」我為她解開緞帶，讓她從禮服中解脫出來。她又歎了一口氣。她上衣的鈕扣很小，是用珍珠做成的。她將我笨拙的手指推到一旁，自己解開它們，然後站了起來。讓裙子落在散亂的衣服堆上——這和她整潔的風格很不相符。我為她找到一件柔軟的睡袍。她將這件睡袍從頭上套下，睡袍的領子掛在她的冬青枝頭飾上。我輕輕把睡袍和頭飾分開，看著我所珍愛的這個名叫莫莉．紅裙的女子，露出了微笑。很久以前的一場冬季慶飄入我的腦海，我相信那個節日就是為她而出現的。但是當她再一次坐到床沿上的時候，我看見了她皺起的蛾眉之間深深的皺紋。她抬起一隻手揉搓著前額：「蜚滋，我很抱歉。我把計畫好的一切都毀了。」

「胡說。來，讓我給妳蓋好被子。」

莫莉抓住我的肩膀站起身。當我為她掀起被子，露出亞麻床單的時候，她的身子又晃動了一下。「躺下吧，」我對她說。她沒有做出俏皮的回答，只是重重歎息一聲，坐倒下去，躺平，把腳也抬到床上。然後她閉起眼睛：「整個房間都在旋轉。這不是因為酒。」

我坐在床沿，握住她的手。她緊皺著眉頭說道：「我一動都不能動，只要動一下，房間就會轉得更快。」

「會過去的。」我對她說，心中這樣希望著。我一動不動地坐在她身旁，看著她。蠟燭釋放著穩定的光亮，散發出她在去年夏天保存在它們之中的芬芳。壁爐中的火苗嗶剝作響，吞吃著仔細堆放在其中的原木。慢慢地，她臉上不舒適的線條平緩下來，呼吸也趨於穩定。我保持著年輕時透過訓練掌握的寂靜與耐心，一點點讓我的體重離開她身邊的臥床。當我終於從床邊站起的時候，我估計她沒有感覺到任何動作。她已經睡著了。

我如同幽靈一般在房間內行走，熄滅了大部分照明火光，只剩下她的兩根蠟燭，又撥了撥壁爐中的火堆，加上一根原木，然後落下遮火板。我並不睏，甚至絲毫不感到疲倦。但我也無意返回宴會，向人們解釋為什麼只有我一個人還在慶典中，莫莉卻不見了。我又站了一段時間，爐火溫暖著我的後背。莫莉在大半落下的床帳後面，變成了一個影子。在火苗竄動的聲音中，我的耳朵幾乎能夠將樓下歡樂的人聲和雪花親吻窗櫺的聲音分辨開來。我慢慢地脫下節日服裝，穿回舒適的居家褲和長外衣。然後，我無聲地離開房間，在背後緩緩把門關上。

我沒有從主樓梯走下去，而是繞了一點路，使用了僕人的後樓梯，走過基本上看不到其他人的走廊，來到我的私人房間。我打開兩扇高門板上的鎖，悄然走入屋中。這裡的壁爐中只剩下一點閃爍不定的殘燼。我從桌上拿起幾張紙，揉成團丟進爐中，讓火重新旺起來，也燒掉我在今天上午寫下的這些無用的遐思。又向壁爐中添加了一些燃料之後，我回到書桌後面，坐下來，抽出一張白紙。盯著這張紙，我心中想道：為什麼不直接把它們燒掉？為什麼要把它們寫下來，端詳它們，然後才燒掉它們？難道我的心裡真的還有什麼東西只能悄悄寫在紙上的？我已經得到了夢寐以求的生活：一個家，心愛的妻子，長大的孩子。公鹿堡尊敬我。這裡則是我一直夢想的靜謐港灣。我甚至已經有十年沒有想過殺人了。我放下鵝毛筆，身子靠進了座椅中。

一陣敲門聲讓我吃了一驚。我筆直地坐起身，本能地向房間中掃視，確認這裡有什麼是我應該立刻隱藏起來的——這種反應可真傻。「是誰？」除了莫莉、蕁麻和謎語之外，還有誰會知道我在這裡？而他們進來的時候都不會敲門。

「是樂惟，主人！」他的聲音有些不穩定。

我站起身。「進來！什麼事？」

他推開門的時候還有些喘不過氣，面色蒼白，直挺挺地站在門口：「我不知道，是謎語派我用最快的速度來找您。他說，快一點，馬上到您的書房去。我將信使留在了那裡。哦，主人。那裡的地面上有血，而信使已經不見蹤影了。」他顫抖著喘了一口氣，「哦，主人，我很抱歉。我本來為她提供了一個房間，但她拒絕了，而且……」

「跟我來，樂惟。」我的口氣彷彿他是一名由我指揮的衛兵。聽見我的喝令，他的面色變得更加蒼白，身子也挺得更直了一點。不過他顯然很高興能夠由我來做出決定，他只需要服從就好。我的雙手直覺性地確認了幾件一直暗藏在身上的武器。然後我們就離開房間，在細柳林的走廊中飛奔。鮮血灑在我的家裡。除了我以外，還有人讓這裡灑下鮮血——不是謎語，否則他會悄無聲息地將一切清理乾淨，而不是召喚我。有人在我的家中使用暴力，傷害我的客人。我努力克制著在胸中湧起的怒火，用冰冷的恨意壓住它。無論是誰做了這件事，都只有死路一條。

我領著樂惟繞過一條條迴廊，避開了可能遇到客人的通道，一路上只是驚擾了一對冒失的年輕情侶，嚇到了一個喝醉了酒、正在找地方想打個盹的年輕人，隨後便來到了莊園書房。我不斷斥責自己竟然讓這麼多人走進我的家，這麼多我只有一面之識，或者只知道名字的人。

莫莉還一個人睡在屋裡，身邊無人守衛。

我在書房門口猛然停住腳步，拿出一把綁在前臂上的鋒利匕首，遞給樂惟。他在恐懼中踉蹌著後退了一步，我則用憤怒而沙啞的聲音向他喝道：「拿著，到我的臥室去，看一下我夫人的狀況，確保她沒有被打擾，然後站在門外，殺死所有想要進去的人。明白嗎？」

「主人。」樂惟咳嗽一聲，又嚥了一口唾沫，「我已經有一把匕首了，主人。是謎語給我的。」他笨拙地從自己一塵不染的短上衣中抽出匕首。謎語的匕首有我這把的兩倍長，更像是一件儀式武器，而不是那種刺客常用的武器。

「那就快去，」我對他說，他立刻照做了。

我用指尖敲門，知道謎語憑藉這種敲門聲就能認出我。然後，我推門進了房間。蹲在地上的謎語緩緩站起身。「蕁麻讓我來找一瓶上等白蘭地。她說你把那瓶酒放在這裡了。她想要請坎特比大人喝上一杯。我走進來就看見落在地上的紙張，還有血，於是我立刻派樂惟去找您。看這裡。」

樂惟顯然是將為信使準備的食物和葡萄酒擺放在我的書桌上。為什麼她會拒絕前往客房，也不曾加入我們在大廳中的慶典？她是否知道自己身處危險之中？我判斷她至少吃了一些食物。不過現在盛放食物的托盤已經和我書桌上的幾張紙一起掉落在地上。掉在地上的酒杯並沒有碎裂，杯中的葡萄酒在拋光的深色地板磚上灑下了一片半月形的汙漬。在這一輪彎月周圍散布著許多血滴的星星——這樣的血跡應該是向地面甩動刀刃形成的。

我站起身，視線掃過整個書房。凌亂的痕跡只有這麼一點。沒有一個抽屜被拉出來翻檢，沒有任何東西被移動或拿走。除了書桌前的地面，再沒有任何反常的地方。血跡不算多，無法確認信使死在這裡，但也看不到其他任何搏鬥的痕跡。我們無聲地交換了一個眼神，一同走向掛著厚簾子的外門口。到了夏天，我有時會將這扇門敞開，這樣就能看到滿園的石楠和莫莉的蜜蜂了。謎語伸手要將簾子撥向一旁，卻沒能撥動。「簾子被夾在門縫裡了。他們是從這個地方出去的。」

我們抽出匕首，打開通向室外的門，向外面的落雪和黑暗中望出去。屋簷邊緣處的雪地上能夠看到半個腳印，再向外的積雪因為不斷被風吹散，就只能看到一些幾乎無法分辨的淺坑了。就在我們站到門口時，又一陣冷風吹過，彷彿今夜的風也在幫助這些逃走的歹徒。謎語和我盯著門外急驟的風雪。謎語審視著殘存的足跡說道：「兩個或者更多。」

「追上他們，再耽擱，他們的足跡就要完全消失了。」我說道。

他低下頭，苦著臉看了一眼自己像裙子一樣輕薄寬鬆的長褲：「好吧。」

「不，等等。你去還在慶賀的人群中走一走，看看能發現些什麼，然後，提醒蕁麻和男孩們多加小心。」說到這裡，我停了一下，「今晚來了一些怪人。他們自稱是來表演的藝人，但耐辛說她並沒有僱用他們。羅網和那些陌生人之中的一個有過交談。他本想告訴我他們談了些什麼，但我那時被叫走了。有一點非常明顯，那些怪人在找某個人。」

謎語的面色陰沉下來。他轉身朝走廊而去，半路上又忽然回過頭問：「莫莉呢？」

「我讓樂惟守在她的門口了。」

他做了個鬼臉。「我會先去看看他們的狀況。樂惟很有潛質，但至今為止那仍然還只是潛質。」隨後他便向門口走去。

「謎語。」我的聲音阻止了他。我將白蘭地瓶子從架子上拿下來，遞給他，「不要讓人們覺得發生了意外。如果你認為合適，可以告訴蕁麻。」

他點點頭，轉身離開。我也向他點了點頭，然後摘下掛在壁架上的劍。現在這把劍只是一件裝飾品，但它曾經是一件武器，而且還會再次變成武器。這是一把好劍，重心很穩。現在沒時間穿戴斗篷和靴子，也沒有時間去拿油燈或者火把了。我手中握劍，徑直走進了雪中。背後門口中的燭光成為我的唯一照明。只向前走了二十步，我就知道了我需要知道的一切——風將歹徒的腳印徹底抹平了。我站在原地，盯著面前的黑暗，將我寬廣的原智投入到夜幕後面。沒有人。有兩隻小動物，也許是兔子正蜷伏在覆滿雪花的灌木叢中。僅此而已。沒有任何痕跡。剛剛行凶的人已經徹底離開了我的視野和原智範圍。如果他們就是今晚突然出現的那些陌生人，就算近在眼前，我的原智可能也無法察覺到他們。

我回到書房門前，抖落掉已經潮濕的鞋上的雪，走了進去，關上門，放下門簾。我的信使和她帶來的訊息都消失了。死了？還是逃走了？的確有人從這道門出去了，或者她剛才打開這道門把某個人放了進來？地板上的血是她的嗎？還是其他某個人的？想到也許有某個人在我的家中對我的客人施暴，剛才的怒火再一次在胸中騰起。我將怒意壓抑下去。現在不是發洩的時候。我首先需要找到傾瀉怒火的目標。

找到目標。

我離開書房，將屋門在身後關好，迅速而悄無聲息地沿走廊移動。歲月、尊榮和當前的社會地位全部被一掃而空，抹除乾淨。我的身上沒有半點聲音、半點光亮，只有握在身側的那把劍。首先是我的臥室。我一邊飛奔，一邊整理紛亂的思緒。那個來找我的信使，可能是攻擊者，也可能遭到了攻擊。然而，也許我才是這起暴力事件的真正目標。我像狩獵的貓一樣跑上樓梯，全身的每一種知覺都如同火焰般明亮熾烈。我感覺到欒惟正守在屋門口。而他又過了很久才發現我。

我向他靠近，將一根手指豎在嘴唇前。他看見我的時候吃了一驚，不過並沒有發出任何聲音。我來到他身邊，用不比呼吸聲更響的聲音問：「一切安好嗎？」

他點點頭，輕聲回答道：「謎語不久之前剛來過，主人，他堅持要進屋去確認女士安然無恙。」他一邊說，一邊看了一眼我手中的劍。

「她沒有事？」

管家猛地轉回目光盯著我：「當然，主人！如果不是這樣，我怎麼還會如此平靜地站在這裡？」

「我相信你能守護好她。請原諒我那樣問你。樂惟，請留在這裡，直到我回來告訴你可以離開，或者我會派謎語或莫莉的一個兒子來告訴你。」我將那把劍遞給他。他接過劍，像拿一根撥火棍一樣拿著它，又看了它兩眼，才將目光重新轉向我。

「但我們的客人……」他有些無力地開了口。

「那些人絕對沒有我們的女士重要。守住這道門，樂惟。」

「我會的，主人。」

我忽然覺得不應該像對待牲口一樣對他呼來喝去，於是我又說道：「我們還不知道是誰流了血。有人利用書房通向外面的門跑進了花園。我也不知道那些人是就此逃走，還是留在了我們的家裡。和我說一說那名信使的相貌。」

他咬住自己的上唇，開始從他的記憶中尋找資訊。「那名信使是一個女孩，主人。應該說是更像一個女孩，而不是一個女人。她的身材纖細苗條，淡金色的頭髮鬆垂在背後。她的衣服質料很好，但磨損比較嚴重。衣服的剪裁風格顯然來自於異國，斗篷在腰間收窄，向下又變得寬鬆，袖子也是那種蓬鬆的款式。衣服顏色是綠色，看起來很厚重，但不像是羊毛材質。在她的兜帽邊緣鑲嵌有皮裘，不過我看不出它來自於哪一種野獸。我曾經想要接過她的斗篷和兜帽，但她並不想把它們給我。她穿著寬鬆的長褲，也許質料和斗篷一樣，但那褲子的底色是黑色，上面有白色的花朵圖案。她的靴子不到膝蓋，似乎很薄，被靴帶緊緊繫在她的小腿上。」

他竟然記得信使這麼多衣著的細節！「那她本身又是什麼樣子呢？」

「她很年輕，因為剛剛經歷過嚴寒而膚色煞白。當我為她撥旺了爐火，並給她端上熱茶的時候，她看上去非常感激。她從我手中接過茶杯時，手指蒼白得像是小冰柱，還在不斷顫抖……」管家的聲音漸漸低了下去。他突然抬起頭看著我，「她不想離開書房，主人，也不想脫下斗篷。我是否應該想到，她當時很害怕？」

謎語是不是真的認為這個人的才能不僅是做一名管家？現在他一雙褐色的眼睛裡已經能看到歉疚的淚光了。「樂惟，你做了你應該做的一切。如果說有人犯了錯，那正是我。我應該在得知有信使到來的時候就去書房。請繼續在這裡站崗，我不久之後就會派人來接替你。然後你應該回去做你最擅長的工作。照顧我們的客人，不要讓任何人懷疑這裡發生了意外。」

「我一定做好，主人。」他低聲說道。他的眼睛裡的責備意味是對我，還是在對他自己？現在沒有時間考慮這種問題了。

「謝謝你，樂惟，」我拍拍他的肩膀之後就離開了他。我在走廊中快步移動，同時用我的精技魔法碰觸到蕁麻。當我們的意念相碰的時候，我女兒的憤怒立刻衝進了我的思維。謎語都告訴我了。怎麼有人敢在我們的家裡做這種事！媽媽安全嗎？

她沒事。我正在下來。樂惟正守在媽媽房間門外。不過我希望妳或者是男孩中的一個去接替他的位置。

我去。我找個藉口馬上就來。思維的傳遞停頓了一次心跳的時間，然後又猛然襲來，找出是誰幹的！

我正打算這麼做。

我冰冷而篤定的心情似乎讓她很滿意。

我快步走過細柳林的走廊，身上的每一點知覺都被喚醒。當我繞過一個轉角，發現謎語正在等我的時候，心中一點也不感到驚訝。「有什麼發現？」我問他。

「蕁麻已經去了她母親的房間。」他向我身後瞥了一眼，「你應該知道，也許你才是目標。」

「也許，或者目標就是信使或她攜帶的訊息。也許有人會圖謀延遲或毀掉這個被送來的訊息，傷害發出訊息的人。」

我們並肩快步前行，像追蹤獵物的狼一樣小跑著。

我好喜歡這樣。

這個念頭突然襲來，讓我幾乎踉蹌了一步。我喜歡這樣？在我神聖不可侵犯的家中，剛剛有人攻擊了其他人，我在獵捕凶犯，而我喜歡這樣？為什麼我會喜歡這樣？

我們一直都喜愛狩獵。一個古老的回音出現在我的心中，那是我曾經成為的狼，至今牠還在我的心中。狩獵肉食是最棒的，但任何狩獵都是狩獵，任何時光都及不上狩獵那樣生機勃勃。

「我現在就挺生機勃勃的。」

謎語帶著疑問的神情看了我一眼，但他並沒有問我任何問題，反而又提供了一些資訊：「樂惟親自為那名信使送去了食物和茶。守在前門的兩名侍者還記得信使到來時的情景。她徒步而來。一名侍者說她似乎是從後面的馬廄走過來，而不是來自於門前大道。除此之外就沒有人見到過她了。當然，廚子們還記得為她做了一托盤的飯菜。我還沒有來得及去馬廄，看看那裡的人都知道些什麼。」

我低頭瞥了自己一眼。現在我這身衣服很不適合出現在我們的客人面前。「我現在去做這件事。」我說道，「記得提醒男孩們。」

「你確定？」

「這是他們的家，謎語。他們已經不再是男孩了。過去三個月裡，他們一直在討論要離開這裡。等春天到來的時候，我估計他們就要展翅高飛了。」

「那麼你就沒有別人可以信任了。湯姆，等這一切都結束，我們要再談一談。你需要幾名家族扈兵，幾個在有需要的時候可以奮勇作戰的人，而不是只能開門向客人奉酒。」

「這個我們以後再談。」我有些不情願對他表示同意。這已經不是他第一次向我指出，我需要一些家族扈兵來保衛細柳林了。我一直在抗拒這個主意。我已經不再是一名刺客，我的人生意義也不再是守衛國王，執行他的祕密旨令。我是一名受尊敬的管理人，一個擁有不少葡萄園和羊群的人。現在我的生活重心是犁頭和剪刀，而不是匕首和利劍。我必須承認，我一直在幻想自己可以保護這塊土地，對抗任何可能來至我門前的、有限度的威脅。

今天，我的幻想破滅了。

我離開謎語，穿過走廊向馬廄小跑而去。我告訴自己，就算是細柳林有人流了血，但這一點血跡並不表示真的有人死在這裡，也不代表這就一定和我或我身邊的人有關係。也許只是信使的敵人跟蹤她來到了這裡。我跑到僕人進出的門，推開沉重的門板，衝過積雪的場院來到馬廄門前。雖然只在室外跑了很短一段路，我的脖子後面還是堆起了雪花，嘴裡也飄進不少風雪。我拉開馬廄的門閂，推開一道僅容我側身而入的門縫。

馬廄裡面的空氣因為牲畜的體溫而顯得相當溫暖，充滿了令人喜悅的馬匹氣味。被遮住的油燈掛在鉤子上，灑落下柔和的光線。我一進門，塔爾曼就已經跛著腳向我走來。現在馬廄中的大部分工作都已經由他的兒子高塔曼負責了，但塔爾曼依舊認為自己要負責管理馬廄。白天的時候，這裡會有許多人和馬出入，到了晚上，他會對馬廄中的馬匹進行細緻嚴格的管理，絕不會任由拉車的馬隊在日落之後還佩戴馬具站立著。他在昏暗的光線中仔細看了我幾眼，在認出我之後顯然吃了一驚：「湯姆大人！」他用沙啞的聲音喊道，「難道你不應該在正廳裡和上流人物一起跳舞嗎？」

就像細柳林的許多老人一樣，長久共處的歲月已經讓他不太在意我們之間地位的差別了。或者也許是因為他親眼見到了我以嫻熟的手段清理畜欄，所以才對我有了能夠平等相待的敬意。

「我只是來轉轉。」我回答道，「要知道。舞蹈會一直持續到黎明。但現在風雪已經很大了，我想要來這裡確認一下馬廄不會有狀況發生。」

「這裡一切都好。這座二十年前建起來的馬廄非常結實，我相信它還能再站上十幾年。」

我點點頭。「樂惟管家告訴我，今晚你這裡來了幾位訪客。他們讓你有些不安。」

老馬夫探詢的眼神立刻變得陰沉起來。「是的。對行事像偷馬賊一樣的人，我只會用對偷馬賊的口氣說話。那種鬼鬼祟祟、暗中偷窺的人根本就不像是什麼藝人。他們根本就不是樂手，就像黃銅不可能是矮種馬一樣。我一下就聞出了他們的味道不對。所以我把他們領到了前門。」他又偷偷瞅了我一眼，「那個叫樂惟的傢伙應該警告您。您沒有讓他們進門，對不對？」

儘管要承認自己的失誤並不容易，但我還是點了一下頭：「這是細柳林，我不會拒絕任何人。」看到他低垂的目光，我清了清喉嚨，「在那以前，你有沒有注意到別人經過馬廄？或者其他任何異常跡象？」

「您是說那個外國女孩？」

我點點頭。

「只有她一個人。她來到這裡，彷彿認為這裡是一幢房子。『我需要跟這裡的主人說話，』她對一名馬夫這樣說，那名馬夫就把她帶到了我這裡。他一定是以為這個女孩找的是我。但女孩看了我一眼就說道：『不，是那位有鷹勾鼻子和獾一樣頭髮的主人。』請原諒我這樣說，不過她的話讓我們知道她要找的是你，於是我指點她去了莊園的宅邸。」

我放下正在撫摸鼻梁和鼻梁上那處舊傷的手。事情變得益發古怪了。一名消失的信使來找我，只能描述出我的樣貌，卻不是說出我的名字。「就是這樣？」我問道。

老馬夫若有所思地皺起眉頭。「是的。我還能告訴您的就只有商人考特雷比想要讓我收留他的馬，但那兩匹馬全都有疥癬的痕跡。真是可憐。我把牠們放在了柴棚裡。不過牠們絕不能靠近我們的牲口。如果他的車夫想要抱怨，我就會讓他明白，他自己又是怎樣對待馬匹的。」他用熾烈的眼光看著我，彷彿我會挑戰他的智慧一樣。

我向他微微一笑：「你這樣對待馬匹已經很仁慈了。你可以送他們一些你調製的那種擦劑。」

他盯著我，片刻之後稍稍點了一下頭：「這樣做應該不錯。畢竟這是因為他們不懂得照顧牲口，不是牲口自己的錯。」

我準備離開，卻又轉頭問道：「塔爾曼，那個女孩和那三個被你當做偷馬賊的人，他們的出現時間相差多久？」

塔爾曼聳了聳枯瘦的肩膀：「女孩是在考爾．托利之前到來的，然後那個裁縫就到了。接著是柳樹姐妹騎著她們一模一樣的小馬。她們從不會乘馬車，不是嗎？然後是考博家的男孩們和他們的媽媽，然後……」

我試著打斷他：「塔爾曼，你覺得那三個人會不會在跟蹤那個女孩？」

老馬夫停住了話頭。我不耐煩地等待著他搜檢自己的記憶。然後，他緊抿住嘴唇，點了點頭。「我本來應該想到這一點的。他們有一樣的靴子，而且那三個人直接來到馬廄旁邊向馬廄裡偷窺。他們不是想要偷馬，而是在跟蹤那個女孩。」老馬夫氣惱地看著我，「他們傷害了那個女孩？」

「我不知道，塔爾曼。女孩不見了。我正想要確認那三個人是不是還在這裡。」

「應該的，如果他們不在這裡了，在這種天氣裡也不可能走得太遠。您覺得我是否應該派個小伙子去斯托克家，把他們的追蹤犬借來？」他搖搖頭，又沒好氣地說道，「我說過許多次了，我們自己也應該養一群獵犬。」

「謝謝，塔爾曼，但我們還不需要狗。雪下得這麼急，我懷疑根本就沒有足跡可以讓我們追蹤。」

「如果你改變了注意，湯姆，就讓人通知我。只要一眨眼，我就能讓我的兒子把那些狗牽回來。還有……」他向正打算走掉的我喊道，「……如果你想清楚了，明白我們需要養狗，也盡快讓我知道！我知道有一頭很棒的母狗，牠春天就會有小狗兒了！一定要讓我知道啊！」

「以後再說吧，塔爾曼！」我也向他高喊，卻吃了滿嘴的雪。大雪迎面襲來，風也愈來愈緊。我突然有了一種確定無疑的心情——我要找的那些人還在細柳林。沒有人會瘋狂到在這種暴風雪中逃入荒野。我向蕁麻伸展出意念。妳的媽媽還好嗎？

我沒有打擾她的睡眠，只是讓火爐坐在壁爐前的椅子裡陪著她。我告訴火爐把屋門在我離開後拴好，而且我聽到他這樣做了。我正與謎語和明證在一起，還有我們的客人。我們沒有發現任何異常的地方。這裡沒有信使的影子。

死了？逃走了？藏在細柳林裡？一定是這三者之一。有三個遲到的吟遊歌者，兩個男人和一個女人。他們讓羅網很不安。他們還在我們的客人裡面嗎？我將那三個人的相貌在腦海中描繪出來，讓蕁麻能夠清楚地看到。

我先前見過他們。但我絲毫不覺得他們像是樂手。他們的行為舉止和樂手完全不同，而且根本沒有要上臺演出的意思。

請讓明證來找我。我們要對無人的房間進行一次迅速的搜查。如果妳和謎語找到了那三個陌生人，一定讓我知道。

明證和我搜查了細柳林一個又一個的房間，在宅邸中無人行經的地方尋找一切闖入者的跡象。在這棟龐大而又雜亂的老房子裡完成這項工作並不是一件容易的事，我在使用雙眼的同時也依靠原智來判斷房間裡是否真的空無一人。蕁麻和謎語一直沒有找到那三個陌生人。他們問過許多客人是否曾見過那三人，客人們的回答相互矛盾，幾乎毫無用處。就連我們的僕人也無法報告任何有價值的訊息——他們都是對家中事務兢兢業業的優秀僕人，有時候他們的嚴格態度甚至會讓我感到些許惱火。那三個人和信使全都消失了，就彷彿根本沒有來過一樣。

在午夜過後，我們的客人都已經吃飽喝足，盡情享受了音樂和舞蹈，正紛紛離開正廳，回家或者前往我們提供的客房。我終止了搜查。謎語和小夥子們再加上樂惟，一同負責確保所有通向外面的門戶都已鎖死，然後又在宅邸的南翼進行了一番無聲的巡邏——這裡是我們安排客人住宿的地方。當他們做這些事的時候，我決定去一趟我在西翼的私人房間。從那裡，我能夠使用一個只有耐辛、莫莉和我知道的偵察網。我打算今晚借助它來窺伺我們入睡的客人，看看是否有人在自己的房間裡為那些陌生人提供了庇護。

我抱著這樣的念頭來到書房門前，卻突然感覺到脖子上的毛髮直立了起來。還沒等我的手碰到門把手，我就知道這道門並沒有被拴好。但我清楚地記得在我跟隨樂惟去找謎語的時候，我將這道門牢牢地關上了。在我離開之後，一定有人來了這裡。

我抽出匕首，輕輕將門推開。房間內部相當昏暗。蠟燭上的火苗忽明忽暗，爐火也即將熄滅。我在門口站立了片刻，用我的知覺探索整個房間。原智告訴我房間裡沒有人，但我還記得那些陌生人就連羅網也幾乎感覺不到，而羅網對於原智魔法的掌握要比我精熟得多。所以我並沒有輕舉妄動，只是豎起耳朵等待著。但讓我憤怒的還是我的嗅覺。血，就在我的祕密房間裡。

我將匕首舉在身前，開始邁步，同時用另一隻手點亮一根新蠟燭。然後，我又停住腳步，環顧四周。他們來過這裡。就在我的祕密房間中，他們的身上還帶著新鮮的血腥氣息。

如果切德不是上千次地訓練我在離開房間的時候對其內部狀況進行精確記憶，也許我還不會注意到那些人曾在這裡出現。我嗅到了桌角一抹鮮血的氣味，在桌上的紙張被移動的地方還有一點紅褐色的汙漬。即使沒有這股血腥氣味和這一點汙漬，我還是能看到紙張被碰過，我正在翻譯的卷軸也被挪動了位置。他們想要打開我書桌的抽屜，卻沒有能找到那個隱祕的開關位置。有人拿起了弄臣在數十年前為我製作的記憶石雕像，又將它放回到了壁爐架上，讓顯示出我的臉的那一面向著房間。當我將記憶石拿起，擺正位置的時候，我的嘴唇因為憤怒而扭曲了。在弄臣的那一面，一根拇指留下的血印沾汙了他的面頰。怒火在我的胸中驟然爆發開來。

當我將記憶石舉起的時候，我感覺到儲存在其中的記憶奔流。弄臣最後的話語在我的耳邊迴響。它被儲存在這塊石頭中，揪扯著我的心緒。「我這個人一向都不大明智啊。」他如此說道。

這是在提醒我們莽撞的青年時代，還是在承諾終有一天，他會不顧警告地返回來？我對這段訊息關閉了我的意識。現在不是時候。

而我又愚蠢地想要用拇指抹去他臉上的血跡。

記憶石是一種非常特殊的材料。古老的精技小組前往群山王國中一座偏遠的採石場，在那裡用記憶石雕鑿巨龍。並將自己的記憶注入到記憶石裡面，直到自己完全被石龍所吸收，從而讓這種岩石造物擁有了某種類似於生命的力量。我曾經見到過一次這樣的事情發生——我的國王惟真讓自己融入到一頭石龍之中，以這樣的身軀向六大公國的敵人帶去了恐怖和戰爭。在艾斯雷弗嘉島，我發現這種閃爍的黑色石材雕成的小方塊。它們被古靈用於儲存歌曲和詩章。

我自己也曾經獻出鮮血，並利用一種結合原智與精技的魔法，將這種沉睡了許多世代的巨龍喚醒。

記憶石上的鮮血和我的碰觸——精技和原智同時在我的體內沸騰。這片血汙立刻滲入到石塊之中。

弄臣張大了嘴，發出尖叫。我看到他的嘴唇繃緊，牙齒暴露，舌頭變得僵硬。這是一種因為持續不斷的痛苦而發出的慘嚎。

我的耳朵並沒有聽到任何聲音，這更像是一種意念的聯繫。無孔不入的折磨將我吞沒，讓我感受到極度殘忍的痛苦，這痛苦找不到源頭，又持續不斷，沒有止境，泯滅了一切希望。我的身體完全被它充斥，皮膚遭受燒灼，彷彿我是一只盛滿了黑色絕望的酒杯。這種感覺太熟悉了，它不是那種發生在肉體上的強烈疼痛，而是一種對意識和靈魂的徹底吞噬，而且還會讓人明白——這種折磨是絕對無法阻止的。我自己的記憶在一片慘烈的尖叫聲中騰起。我再一次躺倒在帝尊王子的地牢中，身下是冰冷的岩石地面，殘破的身軀禁錮著飽受折磨的意識。我將自己的知覺從這段回憶中扯脫出來，否認了自己和它的聯繫。記憶石表面上雕刻的弄臣雙眼茫然地直視著我。片刻之間，我們目光相接，然後一切都變得黑暗，我的眼睛燃燒起來。我無力的雙手摸索著那塊石頭上的雕紋，差點失手將它落下，但我還是將它緊抱在胸前，雙膝跪倒在地。我感覺到在遙遠的地方，一頭狼仰起頭，發出憤怒的長嗥。「我很抱歉，我很抱歉，我很抱歉！」我盲目而語無倫次地說著，彷彿我傷害的是弄臣本人。汗水從我全身的每一個毛孔中流淌出來，將我浸透。我仍然緊攥著那塊石頭，側身倒在地上。慢慢地，我充滿淚水的眼睛又能看見周圍的景物。我盯著即將熄滅的爐火，卻彷彿看見暗紅色的刑具被火舌吞噬，陳舊和新鮮的血腥氣息與恐懼的刺鼻臭味混雜在一起。我還記得如何閉起眼睛。我感覺到狼走過來，站在我身邊，要撕碎一切敢於靠近的人。慢慢地，痛苦的回憶過去了。我又吸了一口氣。

鮮血有喚醒記憶石的力量，不管那是古靈雕刻的巨龍還是弄臣製作的雕像。在這一段短暫的連接中，我知道了那個女孩已經死亡。我感覺到她被追殺，被逼入角落時的恐懼；關於她遭受折磨的記憶，她死去時的痛苦。通過這種連接，我更清楚地瞭解了那名曾與樂惟接觸的信使女孩，而不是那個我所見到的，和那兩個男人在一起有軍人風範的女子。他們在我的家中追獵她，殺死了她。我不知道他們要阻止我得到的是什麼樣的訊息，也不知道他們為什麼要這樣做，但我會找到他們，得到我想要的答案。

我翻過身趴在地上，仍然將記憶石按在胸前。在依舊還很混亂的思維中，我跪立起來，伸手按住桌面，站起身，踉蹌著走到椅子前坐了下去，將記憶石放在我面前的書桌上，看著它。它並沒有任何變化。弄臣無聲的嚎叫與盯著我的雙眼只是我的想像嗎？我是否分享了弄臣的某一段遙遠的經歷，還是從這塊石頭中感受到了那名信使死亡時的恐懼和痛苦？

我想要將這個石雕舉起來，按在我的眉毛上，再一次查看它為我儲存在其中的記憶。但我的雙手不住地顫抖，只好將它放回到桌面上。現在還不行。如果我真的將那個女孩的痛苦融入到這塊石頭裡，我現在並不想真正瞭解那種痛苦，或者再一次真切地體會它。現在，我需要狩獵。

我用袖子遮住雙手，把記憶石雕像放回到它在壁爐架的原位上，然後微微顫抖著繼續查看我的房間，尋找那些人留下的蛛絲馬跡，卻再沒有任何收穫。

有人來到了這裡，就在我的私人房間。他們強行打開門，翻動了一些非常私密的物件。這裡幾乎再沒有什麼東西能夠像那件雕像一樣觸及我的內心，那件寶貴的雕像將我和過去的歲月緊緊綁縛在一起。在那段歲月裡，我和兩位我所知道最親愛的朋友一同效忠於我的國王。而那些陌生人竟敢拿起它，還用他們的暴行之血玷汙了它。這讓我怒不可遏，心中充滿殺意。當我想到這件寶物竟然如此容易就會被偷走，我的視野也在片刻之間變成了紅色。

我憤恨地搖搖頭，強迫自己冷靜下來。現在我必須思考，他們是如何找到這個地方的？這很明顯。當樂惟被派來找我的時候，他們一直在跟蹤他。但如果他們真正目的是找到我，為什麼在那時不發動攻擊？我又怎麼會沒有察覺到他們？難道就像羅網所說的，他們是被冶煉的人，心中的人性已經被徹底剝除？我對此表示懷疑。他們在舞廳中的行動配合默契，而且顯露出了憂慮的神情和自我控制的能力，我從沒有在被冶煉的人身上看到過這些特質。那麼，他們是否有辦法遮掩他們的生命跡象？我不知道有這種功能的魔法。當我的狼還活著的時候，我們費了不少力氣才學會讓別人察覺不到我們的交流。但這和完全隱蔽自己、讓其他原智之人無法察覺並不一樣。

片刻之間，我將這些思慮推到一旁，用精技向蕁麻伸展過去，迅速將我查知到的絕大部分訊息告訴了她。我並沒有提到記憶石雕像和上面的血汙。這是我的祕密。

我和媽媽在一起，謎語帶著火爐和明證走了。他讓明證守住耐辛的屋門，他則和火爐一起搜查宅邸中每一個無人的房間。

很好，媽媽怎麼樣？

還在睡覺。她看上去和平時一樣，我在她的身上察覺不到什麼異常。不過我非常在意她之前暈倒的事情。我不希望她看到我在擔心，但我現在真的放不下心來。外祖父過世的時候只比她現在老兩歲。

他用酒精毀了自己的健康，還有那些伴隨著酒精的紛爭和愚蠢的意外。外祖母也是在很年輕的時候就過世了。

我抬起手掌按住雙眼，用手指揉按眉毛。這太令人害怕了。我沒辦法去想這種事。請留在她身邊。我還想要搜查幾個地方，然後我就去接替妳。

我在這裡沒事。你不需要著急。

她是否想到了我要做什麼？我對此表示懷疑。只有耐辛、莫莉和我知道細柳林如同迷宮一般的密道網絡。儘管這些密道中的窺視孔無法讓我看到每一個房間，但我還是能藉此監視許多房間的狀況，看看它們裡面有沒有我們的客人之外的人。

當我從那些密道中走出來的時候，時間已經接近黎明了。我全身都是蜘蛛網，疲憊不堪，冷空氣一直滲進了骨髓裡。除了有至少兩名女傭不是在她們自己的床上過夜以外（也許她們是為了討個好運，或者是因為心裡喜歡，要不然就是想要些錢），我一無所獲。我看到了一名年輕的妻子掩面而泣，她的丈夫則醉醺醺地在床上打鼾；還有一對老夫妻在享受著濃烈的熏煙，那些煙飄進密道，這一點煙氣就讓我感到頭暈眼花了。

但無論是那些陌生人還是信使的屍體，我都沒有找到。

我回到臥室，讓蕁麻去她的房間休息。那一晚我沒有入睡，甚至沒有躺下。我一直坐在壁爐旁的椅子裡，看著莫莉，思考著。那些入侵者會不會瘋狂到逃進暴風雪中，同時帶走了信使的屍體？但至少他們之中有一個人在細柳林中停留了足夠長的時間，跟蹤樂惟進入到我的房間裡。為什麼？他們到底有什麼目的？那裡沒有任何東西被偷走。我的家族成員也沒有受到傷害。但我決定要揭破這個謎底。

在隨後幾天時間裡，那三個流浪藝人和那名信使卻彷彿變成了我們做過的一場夢。莫莉恢復了精神，回到宴會之中，在整個冬季慶中不斷地同我們的客人一起舞蹈、歡笑，再沒有顯露出任何疾病或者軟弱的跡象。我向她隱瞞了那些血淋淋的事實，這讓我感覺自己很糟糕，而更糟糕的是，我還禁止她的兒子們提起那樁暴行。不過蕁麻和謎語都同意我這樣做。莫莉現在不需要額外的擔憂了。

大雪又持續下了一天一夜，覆蓋了所有人來往的足跡。當那些血跡從地板上被清理掉之後，我們的外國來訪者就再沒有留下任何痕跡了。讓我吃驚的是，樂惟一直對這件事守口如瓶，無論是對於謎語還是蕁麻，他都沒有多說什麼。我相信這種謹慎的暗中探查，應該能比公開我們的意圖更有可能為我們獲得情報。但除了少數幾名客人還記得那些外國人突然出現，又迅速離開了宴會，完全沒有參加慶典的意思，我們就再沒有任何發現了。羅網除了已經和我說過的話之外，也沒能告訴我更多事情。一直讓他感到奇怪的是，那個女人始終都沒有對他提起過正在尋找的那個「朋友」的名字。僅此而已。

蕁麻、謎語和我一直在為是否應該把這件事告訴切德而爭論。我並不想這樣，但最後，他們還是說服了我。在冬季慶後第一個平靜的夜晚，當我們的客人盡數散去，細柳林相對平靜一些之後，我去了書房，蕁麻陪著我，謎語則陪著她。我們坐下來，蕁麻將她的思維與我合併，我們兩個人的精技力量向切德伸展過去。蕁麻保持著平靜，而我則將我們的遭遇進行了詳盡的彙報。我本以為蕁麻會提供更多細節，但我只感覺到她靜靜地確認了我所說的一切。切德幾乎沒有提問，不過我知道，他沒有錯過我所說的任何一個細節。我還知道他會從他分布遼遠的情報網中搜集一切有用的訊息與我分享。但是當他開口的時候，我還是吃了一驚。「我建議你等待下去。有人派來了信使，如果信使沒有返回，那個人也許會再次與你聯絡。讓謎語在你的封地中轉一轉，在不同的客棧裡住上幾夜。如果有值得注意的傳聞，他一定會聽到。我會進行一些謹慎的調查。除此之外，我相信你已經做了所能做的一切。當然，就像以前那樣，我建議你考慮增設幾名家族扈兵，你需要一些既能奉茶又能割斷喉嚨的人。」

「我覺得沒有必要。」我堅定地說道，同時感覺到了他在遠方的歎息。

「如果你認為這樣最好，那就這樣吧。」他說完便讓思維離開了我們。

我按照他的建議，派謎語去客棧進行調查，但他沒有聽到任何傳聞。似乎沒有任何人關心那名信使到底怎樣了。一段時間裡，我無論走到哪裡都是寒毛倒豎，不會放過任何一點最細微的異常之處。但幾天過去了，接著又是幾個月過去，這樁意外逐漸淡出了我的視野。謎語提出，也許那些人和我們想像的並不一樣，他們只是恰巧在細柳林解決了一場舊日恩怨。這種說法在我看來也漸漸變得更符合實際了。

數年之後，我會為我的愚蠢而感到驚歎。我怎麼可能會沒有想到？多年以來，我一直在等待，一直在渴望著得到弄臣的音訊。而當它終於到來的時候，我卻沒能收到它。

3

秋星跌倒

祕密必然是未曾告訴別人的事情，將它告訴一個人，它就不再是祕密了。
——切德．秋星

小雞的啾啾聲和小羊的咩咩聲交織在一起，滋滋的烤肉香氣瀰漫在夏日的空氣中。藍色的夏季天空覆蓋著水邊橡林的集市貨攤。這裡是從細柳林莊園能夠輕鬆到達的最大集鎮。水邊橡林位於一個十字路口，從這裡可以方便地前往周圍山谷中的各個農場，以及一條受到精心修整的國王大道，通過這條大道可直達公鹿河上的一座港口。河道上游和下游以及周圍鄉村的貨物紛紛匯集於此。每個月第十天的市集是最熱鬧的。農夫的大車擁擠在市場周圍，規模小一些的商販也會擺出貨攤，或者在鎮子的草坪上鋪開毯子。他們身邊就是這個城鎮因之而得名的高大橡樹和歡騰的溪水。小商販們的貨物往往只是堆在毯子上的新鮮蔬菜或者家庭手工製品。來自於更大村鎮的農夫們則搭起臨時貨架，在上面擺放出一籃又一籃的染色羊毛、輪狀乳酪和大塊的煙燻豬肉。

在十日市場擁有常駐店鋪的則是水邊橡林的本地商人。這裡有一家鞋匠鋪子，一個紡織品商店，一個補鍋匠的鋪子，還有一個大鐵匠鋪。國王忠犬旅店在門外的樹蔭中也擺好了桌子和長凳。布匹商人在貨架上掛滿了布料和擰成一束束的染色紗線。鐵匠鋪提供各種錫、鐵和銅製的貨品。鞋匠將他的工作檯搬到了店鋪外面，坐在那裡縫製著一只紅色女士軟鞋。人們講價和閒聊的聲音匯聚成一種愉悅的喧囂，不時地流入我的耳中。

我正坐在橡樹蔭下的一張旅店長凳上，手邊放著一杯蘋果酒。我的差事已經完成了。我們從明證那裡得到了一封信，我們已經有許多個月不曾收到他的信了。他和火爐差不多是在三年以前離開了家。就像所有年輕人一樣完全不在意長輩對他們的關心，到現在為止都很少會寄信回家。明證已經在高落鎮完成了馬車匠學徒的第一年學習生活。他的師傅非常喜歡他。他還在信中說，火爐在一個渡口找到了工作，並且似乎對此很滿意。得知他終於安定下來，而且還做得不錯，莫莉和我都感到很高興。但明證也提到他丟失了最喜歡的匕首，那是一把骨柄匕首，有著細長而略微彎曲的鋒刃。那是他十三歲的時候，水邊橡林的鐵匠為他打製的。我已經在兩個星期以前向鐵匠又訂做了一把，準備給明證寄過去，今天我就是來取貨的。現在這只小包裹就放在我的腳邊，和莫莉購買的許多商品堆在一起。

我正看著鞋匠，心中想著莫莉是否會想要一雙紅色軟鞋。不過很明顯，這雙鞋已經有人定下了。就在我的眼前，一名身材苗條的年輕女子披散著一頭深褐色的鬈髮，從市場的人群中緩步走出，來到鞋匠面前。我聽不到他們說了些什麼，只看見鞋匠又在鞋上縫了三針，打好一個結，然後咬斷了縫線，將那一雙軟鞋遞給女子。俏麗的笑容點亮了女子的面孔，她把一疊銅幣放在鞋匠的長凳上，並立刻坐下來試她的新鞋。穿上鞋以後，她站起身，幾乎將裙襬提到了膝蓋的位置，在泥土街道上試了幾個舞步。

我笑著望向周圍，看看有沒有人在和我一同欣賞這個不知害羞的快樂女孩。但在我的長凳另一端的兩名老農夫正忙著抱怨缺少雨水的年景，我的莫莉還在各家店舖之間流連，享受著和商人們討價還價的樂趣。過去，當男孩們還年輕、耐辛還在世的時候，集市日總會是一段複雜得多的旅行。但在幾乎只有一年的時間裡，我們失去了我的繼母，又送我們的小夥子們各自踏上前程。在那一年的大部分時間裡，我覺得我們兩個全都被人生的突然變化驚呆了。而在那之後的將近兩年時間中，我們一直在一個突然變得非常大的家中輾轉徘徊。直到最近，才開始小心地探索全新的生活空間。今天，我們決定逃出封地女士和管理人的生活限制，過一天屬於我們自己的生活。我們為此制定了詳細的計畫：莫莉定出一張不算很長的購物清單。我則不需要用一張清單來提醒自己這是我悠閒懶散的日子。現在我正期待著在旅店大廳吃上一頓有音樂伴奏的晚餐。如果逗留得太晚，我們甚至可以在這裡過夜，等明天早晨再返回細柳林。我無聊地尋思，為什麼一想到能夠和莫莉單獨在旅店裡過夜，我的心情就變得像是一個十五歲的男孩，而不是一個五十歲的男人？這讓我不由得微笑起來。

蜚滋駿騎！

觸及我的精技如同在我的腦海中爆發出一陣吶喊。這是一聲焦急萬分的呼喚，但市場中的其他人全都無法聽到。我立刻就知道發出喊聲的是蕁麻，而且她的心中充滿憂慮。精技就是這樣：大量的訊息能夠在一瞬間得以傳達。我意念的一部分注意到她喊的是蜚滋駿騎，而不是湯姆・獾毛或湯姆，或者是影狼。她從沒有稱過我父親或者爸爸。我在許多年以前就失去了擁有這些稱號的權利。但「蜚滋駿騎」仍顯示出，現在發生的事與瞻遠王冠更加相關，而不是我們的家族事務。

出了什麼事？我在長凳上坐穩，在自己的臉上固定住一抹空洞的微笑，同時將精技伸展到海岸邊遙遠的公鹿堡。於是我在看到藍天之下向上生長的橡樹枝杈的同時，也察覺到了蕁麻周圍陰暗的空間。

是切德。我們覺得他摔倒了，撞到了頭。他今天上午被發現的時候正躺倒在王后花園的臺階上。我們不知道他在那裡已經有多長時間了，也無法扶他起來。晉責國王希望你立刻過來。

我來了，我向她發出確認，讓我看到他。

我正在碰觸他。你感覺不到他？我感覺不到，晉責也感覺不到，阿憨已經完全困惑了。他對我們說：「我看到了他，但他並不在那裡。」

恐懼伸出冰冷的觸鬚，從我的腹部一直深入心中。我的腦海裡閃過了關於惟真的皇后的舊日記憶——珂翠肯，她也曾這樣摔倒過——那是一個要殺死她未出生孩子的陰謀，於是她成為了那個陰謀的犧牲品。我立刻開始懷疑切德的摔倒會不會並非意外。我竭力向蕁麻隱瞞住這種想法，同時透過她探查切德的狀況。什麼都沒有。我感覺不到他，他還活著嗎？我一邊問，一邊努力假裝鎮定。我推動精技，對於蕁麻所在的房間有了更清晰的感知——蕁麻正坐在一張幔帳低垂的床邊。窗簾都拉了下來，讓整個房間顯得相當昏暗。房間中的某處點燃了一個小火盆。我能夠聞到有滋補效用的草藥發出刺激性的煙氣。我自己正坐在新鮮的空氣中，卻能夠感覺到正被密閉空間中悶熱的空氣包裹住全身。蕁麻吸了一口氣，透過她的眼睛讓我看到切德。我的老導師正直挺挺地躺在床上，身上蓋著毯子，就好像他已經變成了火葬堆上的一具屍體。他的面色煞白，雙眼凹陷，一側額角有青色的瘀傷，同一側的眉頭也腫脹起來。我能夠透過女兒的眼睛看到這位晉責國王的參謀，卻無法再深入地感覺到他。

他在呼吸，但他無法醒來，我們都感覺不到他。就好像我正在碰觸……

爛泥。我給她的思維做了補充。這正是阿憨在多年以前向我表達過的感覺。那時我懇求他和晉責伸展出精技，幫助我治療弄臣。那時他們認為弄臣已經死亡，而且回歸了塵土。但他還在呼吸嗎？

我已經告訴過你，他在呼吸！慌亂和急躁所產生出的怒意在她的情緒中如同根根利刺。蜚滋，如果這是一次簡單的治療，我們就不會來找你了。如果他死了，我也會直接告訴你。晉責想要你立刻過來，愈快愈好。即使有阿憨借給他們力量，精技小組還是無法觸及他。如果我們不能觸及他，我們就無法治療他。你是我們最後的希望。

我正在水邊橡林市場。我需要返回細柳林，收拾幾樣東西，找一匹有馬鞍的馬。我會在三天之後趕到，或者更快。

這樣不行。晉責知道你不喜歡這個主意，但他想讓你從門石過來。

我不會那麼做。我強烈地表達了這個想法。但我心裡已經知道，為了切德，我會冒這個險，哪怕我曾經在多年以前迷失在那些石頭裡面。想到要進入那個閃爍的黑暗空間，我頸後和手臂上的毛髮全都豎了起來。我感覺恐懼正在折磨我的肉體，讓我幾乎連起身邁步的力氣都沒有了。這麼強烈的恐懼，卻又無法遮蔽這其中的誘惑。

蜚滋，你必須這麼做，這是我們唯一的希望。我們召來的治療師完全沒用。但他們都同意一件事——切德的狀況正在惡化。我們無法用精技觸及他。他們說，根據他們的經驗，只要幾天時間，切德就會死去。他的眼睛因為頭部遭受的撞擊已經凸起。如果你三天後才能趕到，就只能看著他在火葬堆上被焚化了。

我會來的。我沉悶地回覆了這個想法。我能讓自己那樣做嗎？我必須那樣做。

穿過那些石頭，蕁麻還在逼我。如果你在水邊橡林，你距離他們在絞架山的判決石應該不遠。我們的圖表上顯示，那塊石頭有對應我們的見證石的符文。你可以在日落之前就輕鬆到達那裡。

穿過那些石頭。我竭力掩飾住思緒中的苦澀和恐懼。妳的母親和我一起乘高輪馬車來了市場。我只能讓她一個人回去了。我們要再一次因為瞻遠家族的事務而分別了，在旅店歌手的歌聲中共用一頓晚餐，這個美好夜晚的簡單幸福，就這樣被奪走了。

她會理解的，蕁麻想要安慰我。

她會的。但她絕不會因此而高興。我讓自己的思緒離開蕁麻。我一直沒有閉上眼睛，但在精技聯繫中斷的時候，我感覺彷彿一下子睜開了眼睛。新鮮的空氣和夏季市場的喧鬧，明亮的陽光透過橡樹葉灑落下來，就連那個穿紅色軟鞋的女孩似乎也突然闖入我已經陰沉許多的心境之中。我意識到，就在我使用精技的時候，我無法視物的目光一直盯在她身上。現在她正以疑問的微笑回應我的瞪視。我急忙低垂下雙眼，該是離開的時候了。

我喝下最後一點蘋果酒，把空杯子放回到桌子上，站起身在熙熙攘攘的市場中尋找莫莉。我看到她的同時，她也看見了我。莫莉曾經像那名穿紅舞鞋的女孩一樣苗條，現在她則是一位已過中年的女子。她在人群中行走時，步履也許不再那樣輕盈，但依然穩定從容——一個嬌小健康的女人，有著明亮的深褐色眼睛和堅定的雙唇。她正抱著一疊柔軟的灰色布料，彷彿那是一份通過艱苦奮戰才贏來的戰利品。一看到她，我在片刻之間將其他念頭都拋到了腦後，只是站在原地，看著她向我走過來。她向我微笑，一邊用手拍著她購買的商品。我有點可憐那些在討價還價中成為她的犧牲品的商人。她曾經是一個非常節儉的人，成為細柳林的莫莉女士也沒有改變這一點。陽光照在她曾經純粹的深褐色髮鬈，透出當中一縷縷銀絲。

我彎下腰，拿起她之前的採購成果。這其中有一罐她喜歡的特軟乳酪、一袋製作香味蠟燭所需的醋栗葉，還有一些被精心包裹的亮紅色辣椒——她叮囑我千萬不能赤手去碰它們。它們要交給我們園丁的老奶奶：那位老人說她能夠配製一種藥劑，用於消除關節的疼痛和緊張。莫莉想要試一試。最近她的腰一直很痛。除此之外還有一只被塞住的罐子，裡面裝著她想要嘗試的補血茶。

我提了滿手的東西轉過身，卻撞上了那個穿紅色軟鞋的女孩。「請原諒，」我一邊說一邊向後退去。但她卻帶著快樂的笑容看著我。

「沒事的。」她安慰著我，又歪過頭，唇邊的笑紋變得更深了，「不過，你的確是差一點踩到我的新鞋子，如果你想要補償，不妨買一杯蘋果酒和我分享。」

我目瞪口呆地看著她。她以為我在使用精技的時候一直在看她。好吧，確實如此，我一直在盯著她。但她把我的注視當做了一個男人對漂亮女孩的興趣。她的確很漂亮，而且很年輕。我這時才意識到她比我最初以為的還要更年輕得多。就像我其實比她充滿興致的眼光中所見到的那個男人要老得多一樣。她向我提出的要求讓我感到得意，卻也頗有些不安。「那麼妳只能接受我的道歉了。我正要去找我的妻子。」我向莫莉點點頭。

女孩轉過身，直視莫莉，又轉向我：「你的妻子？或者你想說的是你的母親？」

我俯視著那個女孩。她的年輕靚麗所產生的魅力在我的心裡完全消失了。「請原諒，」我冷冷地丟下這一句，就從她身邊離開，向莫莉走去。一種熟悉的痛楚捏住了我的心。這是我每天都在抗拒的恐懼。莫莉正在老去。緩慢卻無情的歲月湍流裹挾住她，讓她離我愈來愈遠。我已年屆五十，但肉體卻頑固地停留在三十五歲的狀態。一股受到精技加強的治療力量從多年以前就存留在我的體內，每當我傷害自己的時候就會醒來，在我的全身暴走，直到今天仍然不曾衰退。在它的控制下，我很少會生病，無論割傷還是瘀傷都能迅速痊癒。上一個春天，我從乾草棚上摔下來，跌斷了前臂，結果我只是打上夾板睡了一個晚上，一覺醒來，我感到肚子餓得厲害，身體瘦得像是一頭冬天裡的狼。我的手臂還很痛，但我已經能夠使用它了。這種我並不需要的魔法讓我的身體健壯年輕。而當我看著莫莉在歲月的重壓下慢慢彎曲了腰背，就更感覺到這是一種可怕的祝福。精技拒絕讓我的身體發生和她同樣的變化。冷酷的時間河流將她從我身邊沖走，從不曾有片刻延緩。自從她在冬季慶暈倒之後，她的衰老速度似乎加快了。她更容易感到疲憊，偶爾還會頭暈，視線模糊。這讓我心生哀傷。而她卻選擇無視這些變化，拒絕談論它們。

當我向莫莉走過去的時候，我注意到她的微笑變得僵硬了。她看到了那個女孩和我之間的交談。我搶在她說話之前開了口，在市集的喧鬧聲中提高聲音，讓我的話語能夠傳進她的耳朵：「蕁麻用精技聯絡了我。切德出事了。他受了重傷。他們想讓我去公鹿堡。」

「你必須在今晚離開？」

「不，是馬上離開。」

她看著我。各種情緒出現在她的臉上——氣惱、憤怒、然後是屈從，最後這種情緒讓我的心情變得格外糟糕。「你必須去，」她說道。

「是的，恐怕我必須去。」

她僵硬地點了點頭，從我的手上拿過一些她購買的商品。我們一同穿過市場，向旅店走去。我們的兩輪小馬車就停在旅店外。我本來已經把馬送進了這裡的馬廄，希望我們能在這裡過夜。將她買的東西全部放在馬車座位上以後，我說道：「妳不必急著回家。妳可以留下來，享受一個完整的購物日。」

她歎了口氣：「不。我現在就讓馬夫把我們的馬牽出來。我來這裡不是為了買東西，蜚滋，而是為了和你共度一天。而這一天已經結束了。如果我們現在回家，你可以在日落之前上路。」

我清了清喉嚨，將實情告訴了她：「這件事非常緊急。我必須使用絞架山的石頭。」

她盯著我，微微張開口。我看著她的眼睛，竭力隱藏我的恐懼。「我希望你不要那樣做。」她有些喘息著說道。

「我也希望不必如此。」

隨後的一段時間裡，她只是仔細端詳著我的臉。有那麼一瞬間，她不再那樣紅豔的嘴唇抿緊了，我以為她會和我爭吵，但她只是生硬地說：「去牽馬吧。我趕車送你去那裡。」去絞架山的路很好走，但我並沒有爭論。她想要去那裡。她想要看著我走進門石，從她的視線中消失。她從沒有看過我這樣做，也從不想看我這樣做。但如果我必須如此，她就要看著我離去。我知道她的心情。如果我的精技出錯，這可能將是她最後一次看見我。我唯一能給她的寬慰就是對她說：「我平安到達公鹿堡之後，就會讓蕁麻立刻派出一隻鳥來報信。所以妳不必擔心。」「哦，我會擔心的。我至少要等一天半，直到那隻鳥飛到我面前。至少要等這麼長時間。」

當我在絞架山頂扶她下馬車的時候，夕陽下的影子剛剛開始拉長。她沿著陡峭的山道一直走到山頂。水邊橡林並不像公鹿堡那樣擁有排列成環形陣列的一連串門石。這裡只有古老的絞刑架，被夏日陽光炙烤的灰色木架吃力地舉著它乾枯的臂膀，而雛菊卻在它周圍歡快而茂盛地生長著，顯得很不協調。在它後面，這座山的最頂端，矗立著一塊孤零零的石頭。閃光的黑色岩石表面上能看到銀色的脈絡：記憶石。它足有三個人高，一共有五個側面，每一個側面都雕刻著一個符文。自從我們發現這些石碑的真正用法之後，晉責國王就派出許多隊人馬去清理每一塊這樣的石頭，記錄下上面的符文和符文對應的方向。每一個符文都表示一個目的地。其中有一些我們已經瞭解，但對於大部分仍然不甚清楚。我們對於這種被遺忘的精技魔法卷軸已經研究了十年有餘，但大部分此種魔法的實踐者依然認為藉由門石旅行是危險的，會造成不良的影響。

莫莉和我一同環繞這塊石頭走了一圈，仰頭仔細打量它。當我看到那枚符文的時候，太陽正照進我的眼睛裡。就是這枚符文將帶我到達公鹿堡附近的見證石。我注視著它，感覺到腹內冰冷的恐懼。我不想這樣做，但別無選擇。

這塊黑色的石頭寂然無聲地立在我面前，向我發出召喚，就如同炎炎夏日中的一池靜水。我會落進這座幽深池塘的最底部，被永遠淹沒在那裡。

「盡快回到我身邊來。」莫莉悄聲說道。然後，她張開手臂緊緊地抱住了我，伏身在我的胸口上說：「我恨那些我們必須分開的日子。我恨仍然在牽扯你的責任，它們總是要將我們拆散，所以我恨它們。我也恨你只要一受到它們的召喚，就會立刻起身離開。」她狂亂地說著這些話，讓每一個字都如同一把小匕首插進我的身體。然後她又說道：「但我愛你，正因為你是那種會承擔起責任的男人。我們的女兒在召喚你，你要去她那裡。我們都知道，你必須去。」她深吸一口氣，因為自己不受控制的脾氣搖了搖頭。「蜚滋，蜚滋，我是那樣害怕失去擁有你的每一分鐘。當我老去的時候，我只想更加黏著你，這想法從沒有絲毫的減少。但你去吧，去做你必須做的事情，然後用最快的速度回到我身邊來。但不要再用那些石頭了。平安回來，親愛的。」

這些簡單的話語，直到今天我都不明白它們為什麼能夠支撐起我的勇氣。我抱緊她，挺起胸膛安慰她：「我不會有事的。上一次我會在石頭中間迷路，只是因為我之前太過頻繁地使用它們。其實這種旅行很容易。我從這裡邁步進去，隨後就能從公鹿堡城上方的見證石中走出來。我一到那裡就會向細柳林放出飛鳥讓妳知道。」

「鳥至少要用一天時間才能飛到這裡，但我會一直注意的。」

我再一次親吻她，然後從她身邊離開。我的膝蓋在晃動，突然之間，我很希望自己剛才已經小解過了。有意投身於一個以前體驗過，並且明知會對生命造成威脅的任務，和面對突然而未知的危險完全不同。這就像是故意走進一堆篝火，或者在暴風雨中站到一艘船的護欄上。我可能死掉，或者更加可怕，永遠都不會死去，永遠被困在冰冷而黑暗的寂靜中。

那塊石頭距離我只有四步遠。我不能昏厥，我不能讓我的恐懼顯現出來。我必須這樣做。石頭只有兩步遠了。我最後揮手向莫莉道別，卻不敢回頭去看她。純粹的恐懼讓我喉嚨發乾。揮手之後，我將那隻手掌按在石頭表面，就在將要帶我去公鹿堡的符文下面。

石頭表面傳來一股清涼。精技以一種無法形容的方式注入我的身體。我並沒有邁步走進石頭，是它吞沒了我。一陣黑暗和閃爍之後，什麼都沒有了。一種難以名狀的幸福感撫慰著我，引誘著我。我彷彿站在一道懸崖的邊緣，再向前走一步就能夠理解到某種極為奇妙的存在。片刻之間，我幾乎能夠將它完全握在掌心。我不只是理解它，我還會成為它。完完全全，不再理會其他任何事物、任何人。我已在此達成圓滿。

然後，我踉蹌著走了出去。當我摔倒在公鹿堡上方潮濕的山麓草坪上時，我的第一個想法和我走進門石時的最後一個想法完全一樣——我很想知道在莫莉眼中，我是如何離開她的。

我現在全身的重量都壓在一雙顫抖的膝蓋上。我沒有試著移動身子，只是抬起頭，呼吸著來自於公鹿堡海灣中略帶有一絲海水味道的空氣。這裡的空氣更加涼爽，風也更潮濕。最近一定剛剛下過雨。綿羊正在我面前的山坡上吃著草。一隻綿羊抬起頭看到我，結果一下子栽倒在草地上。我能看到公鹿堡的城堡後牆綿延穿過多石的牧場，和被強風吹得歪歪扭扭的樹木。這座高高矗立的黑石城堡和以前沒什麼兩樣，從它的塔樓上能夠清晰地俯瞰遠處的大海。雖然看不到，但我知道，在它陡峭的崖壁下面，公鹿堡城如同一大片人和建築形成的青苔，覆蓋了整片山腳。家，我回家了。

慢慢地，我的心跳恢復了正常。一輛嘎吱作響的馬車爬上山坡，正向城堡大門走去。我審視著正在城牆上緩步巡邏的一名哨兵。現在我們正享受著和平生活，不過晉責並沒有鬆懈守衛工作。這樣很好。恰斯似乎正深陷於內戰中無法自拔，但有傳聞說，現在那位女大公已經控制了她的大部分行省。隨著內戰的烽火漸漸平息，恰斯毫無疑問會再一次與它的鄰居展開爭鬥。

我回頭看著那根精技石柱，心中忽然非常渴望能夠重新進入它，再一次讓全身沐浴在那種閃爍的黑暗裡，那一陣紛亂激蕩的喜悅之中。這種欲望緊緊抓住了我的心。那裡有某種巨大而神奇的東西，某種我迫不及待想要融入其中的東西。我能夠回去，找到它。它正在等著我。

我深吸一口氣，用精技向蕁麻伸展過去。向細柳林放出一隻鳥，讓莫莉知道，我來到了這裡，並且平安無事。要選能夠最快飛過去的鳥。

好的。為什麼你在進入石頭之前不讓我知道？我聽到她正在房間裡和某個人說話。「他到這裡了。馬上派一個小夥子帶著馬去接他。」然後她又將注意力轉向我。如果你像許多年以前那樣，在出來的時候失去知覺，沒有辦法告訴我，又該怎麼辦？

我沒有反駁她的責備。她當然是對的。切德如果知道，一定也會生我的氣。不，這個念頭讓我心中充滿了冰冷的惶恐。切德也許再也不會對我生氣了。我開始向城堡走去，並漸漸不由自主地跑了起來。我再一次透過精技向蕁麻說道：城門口的衛兵知道我要來嗎？

晉責國王親自命令他們等候獾毛管理人，他們都知道你會帶一封媽媽的重要信件給我。沒有人會阻攔你。我會派個男孩帶馬去接你。

我會在他離開馬廄之前就趕到。我開始跑了起來。

切德的臥室非常大，像死一樣寂靜。這間臥室和晉責的王室寓所位於同一層。我懷疑我的國王的房間也沒有這名曾經是刺客、又變成參謀的老人的房間這麼寬敞。我的腳陷進了厚實的苔綠色地毯中。厚重的窗簾讓陽光一絲不透。照亮這個房間的只有閃爍的燭光和融化的蜂蠟氣味。在床邊一個閃亮的黃銅火盆中散發出恢復草藥的煙氣，充盈在整個房間裡。我咳嗽了一聲，摸索著來到床邊。這裡還有一只大水罐和一只盛滿液體的杯子。「只有水嗎？」我問旁邊的治療師，有人向我點頭確認。我喝光了杯子裡的水，又咳嗽起來。我剛剛從沿著城堡寬闊的臺階衝了上來，還在努力想要控制住自己的呼吸。

晉責國王和蕁麻來到我的身後。阿憨坐在角落裡的一只凳子上，舌尖頂住下唇，傻傻的臉上滿是哀傷和淚水。他的精技旋律成為了一首無聲的輓歌。他斜著眼睛看了我許久，一張大嘴才露出歡迎的微笑。「我認識你。」他說道。

我也認識你，老朋友。我的精技伸向他，同時從腦海中趕走了「他年紀還不算大」這個念頭。他這樣的人壽命都不會很長。實際上，公鹿堡中任何治療師都沒有想到他能夠活這麼久。

老切德已經和死掉一樣了，他焦急地向我傳遞著思緒。

我們會盡全力讓他醒來，我向這個小傢伙保證。

蕁麻同母異父的弟弟——穩重和一部分國王的精技小組成員都站在阿憨身邊。我迅速向他點了一下頭以示問候，然後穿過聚集在這裡的治療師和他們的各種助手，來到切德的床邊。這個房間裡全都是滿心焦慮的人們散發出來的氣息。這些氣息在壓迫著我的原智感覺，彷彿我走進了一個裝滿正在等待屠宰的牲畜圍欄。

我絲毫沒有猶豫，「拉開窗簾，打開窗戶。讓陽光和新鮮空氣進來！」

一名治療師說道：「我們認為黑暗和安靜也許最適合……」

「打開！」我高喝一聲。我突然想起了我的第一位國王——黠謀國王，那時他也是被困在一個充滿了補藥和祛病藥氣味的房間裡。在那些藥料的味道中同樣充滿了恐懼。

治療師們充滿敵意地盯著我，沒有任何動作。這個走進切德大人的房間，喝了他杯子裡的水，又如此肆意發號施令的陌生人是誰？他們現在的心裡肯定都充滿了怨恨。

「打開它們。」晉責也說道。治療師和他們的助手們立刻跑去執行命令。

我轉向晉責問道：「你能讓他們全都離開這裡嗎？」

有人發出了驚呼聲。「如果你願意的話，國王，」我急忙又加了一句。在如此緊迫的時刻，我忘了他們只會將我當做湯姆・獾毛，細柳林的管理人。他們很有可能根本不知道我為什麼會被召來參與對切德的治療。我竭力讓自己平靜下來，同時看到晉責的嘴角扭曲而疲憊的微笑。他發布了命令，房間裡成群的治療師都退了出去。隨著陽光和空氣給房間帶來清新的感覺，以及房間裡人數的驟然減少，我所感覺到的壓力也減輕了。我沒有求得許可就拉起了密不透風的床帳。蕁麻幫我將床帳掛好。夕陽最後的光芒灑落在床上，照亮了切德的面龐。我的老導師，老朋友，我的切德・秋星叔父。絕望在我的心中滋長。

他看上去就像是一具屍體。他的嘴張開著，下巴歪斜，閉起的雙眼凹陷下去。我和蕁麻聯絡時在我的精技中所瞥到的青色瘀痕已經擴散開來，讓他的半張臉都變黑了。我握住他的手，終於通過原智感覺到他的生命。他的生命力不強，但還沒有消失，只是當我剛剛走進這個房間的時候，這股生命力被一群滿心憂鬱的治療師遮蓋住了。他的嘴唇很乾，舌頭就像是嘴裡的一塊灰色墊子。我在床邊發現了一塊乾淨的布巾，就用水罐裡的水將它潤濕，擦了擦他的嘴唇，將他的嘴合上，又輕輕揩淨他滿是皺紋的面孔。他已經使用精技減緩了歲月的侵蝕，但沒有任何魔法能夠反轉時間的腳步，或者消除它留在肉體上的痕跡。我試著猜測他真實的年紀。大約四十年前，當他第一次接受我為學徒的時候，我就覺得他是一個老人。不過我很快就決定不再去想這種無聊的事情，將精神集中在重要的任務上。當我再次潤濕布巾，小心地去擦那片瘀傷的時候，我問道：「你們試過治療他的傷嗎？即使我們無法用精技觸及他，治癒他的身體也許能夠幫助他恢復精神。」

「我們當然試了。」我原諒了晉責語氣中的怒意。我提出了一個明顯的問題，而他給了我明顯的答案。「我們盡量想要觸及他，卻沒有任何效果。」

我將布巾放到一旁，坐到床邊，握住切德的手，感覺到他的手很溫暖。我閉起眼睛，用手指感覺他的骨骼、肌肉和皮膚，盡可能穿過我對於他的肉體感覺，進入到我已經多年不曾體驗過的精技知覺中。我試著讓我的思想進入他的身體，感覺他的血流和他的呼吸。但我沒有做到。我努力向前推進，但屏障並沒有屈服。

精技牆。我從它們前面退走，睜開眼睛，高聲說出了我的驚愕。

「他被封鎖了。被有意和精技隔開。就像駿騎對博瑞屈所做的那樣。」

阿憨在角落中搖晃身子。我看著他。他將他的大頭縮進了肩膀裡，一雙小眼睛直視著我。

「呀，呀，就像關上的盒子。進不去。」他嚴肅地搖搖頭，用舌尖舔了舔上唇。

我向房間裡環顧了一周。國王無聲地站在切德床邊，他年輕的獵狼犬靠在他的膝頭，彷彿正在安慰他。現在國王的精技小組中只有蕁麻和穩重留了下來。據此可以推測，他的精技小組已經集中過力量，嘗試突破阻隔切德的精技牆。但他們失敗了。於是蕁麻才向我發出呼喚，並帶來了阿憨——這兩件事有著非同尋常的意義。作為精技師傅，她肯定是認為一切精技魔法的常規手段都已罔效。現在聚集在這個房間中的人都會使用危險和未知的精技手段——儘管這樣做可能只是因為服從命令。

阿憨，我們鍾愛的弱智者擁有強大得不可思議的精技魔法，但在這種魔法的使用上並沒有很多創造性。國王本人也擁有相當強的精技能力。蕁麻最強的精技天賦則是操縱夢境。她同母異父的弟弟穩重是她的能量提供者，一個完全可以信任、能夠交託以任何祕密的人。但他們全都在看著我，一個精技獨行者，擁有狂野和詭異天賦的瞻遠家族的私生子，彷彿我才是那個知道該如何去做的人。

但我並不知道。我現在就像我們上次嘗試使用精技治療一個被封鎖的人一樣，對此一無所知。那一次，我們沒有成功。博瑞屈死了。當博瑞屈年輕的時候，他曾經是駿騎的左右手，是王儲的力量來源。所以博瑞屈被他的國王所封鎖，以免瞻遠家族的敵人利用他作為發現駿騎祕密的孔道。而這道精技牆也讓本可以拯救他的魔法無所作為。

「這是誰幹的？」儘管我做了努力，卻依然沒能掩飾住聲音中責備的語氣。「是誰設了這道精技牆？」最大的可能是精技小組內部出現了叛徒。想到這種事，我心中不由得打了個寒戰。我的刺客思維已經將他遭受阻隔和摔倒這件事聯繫在一起。如此殺害這位老人涉及到兩次背叛行為；將他與魔法的聯繫切斷，讓他無法尋求幫助，然後又讓他遭受重傷。如果切德是這次背叛行為的目標，那麼國王會否是下一個？

晉責國王帶著驚訝和沮喪的神情吁了一口氣。「如果你是對的，這是我第一次聽說這種事。就在幾天以前，他和我進行了一次關於精技的小實驗。我不費任何力氣就接觸到了他。那時他肯定沒有被封鎖！他經驗豐富，足以利用自己的天賦完成艱巨的任務，不過他的精技能力從來都不是很強。但這種封鎖能夠強到把我們所有人都擋住？我懷疑他……」我看到了我所懷疑的事情也在他的心中扎下了根。晉責拉過切德床另一邊的一把椅子，坐到上面，隔著床看著我。「有人對他下了手？」

「那個『小實驗』是什麼？」我問道。所有人的目光都落在我們國王的身上。

「不是什麼黑暗的事情！他有一小塊黑石頭，是記憶石，來自位於艾斯雷弗嘉島古老的古靈聚落。他將一段思想植入其中，然後將它交給一名信使。信使把這塊石頭帶給我。我能夠從中獲取他的訊息。那只是一小段簡單的韻文，講述的是在公鹿堡何處可以找到紫羅蘭。我使用精技向他確認我接收的訊息沒有錯誤。那時的他肯定能夠運用精技把訊息注入記憶石，並獲取我的回應。所以他在那一天肯定沒有被封鎖。」

一點微弱的動靜吸引了我的視線。那並不是很大的動作——穩重張開口，卻沒有說一個字就把嘴閉上了。但我沒有放過這個轉瞬即逝的異動，突然轉向他，伸出一根手指點中他問道：「切德命令你隱瞞什麼？」

他再一次張開嘴，又用力將雙唇閉緊。這已經暴露了他的心思，但他還是無聲地搖搖頭，咬緊了牙關。他是博瑞屈的兒子，他不能說謊。我吸了一口氣，向他逼近，但他的姐姐動作更快。蕁麻兩步跨過房間，走過來抓住她弟弟的肩膀，用力搖晃起來，那看上去就像是一隻小貓在攻擊一頭公牛。穩重在她的壓力下沒有半分晃動，只是搖了搖位於寬闊肩膀上的頭。「把祕密說出來！」蕁麻喊道，「我知道你這種表情代表著什麼。你給我說出來，馬上，穩重！」穩重低下頭，閉緊了眼睛。

他被困在一段兩頭都到不了河岸的橋上——他不能說謊，卻也不能違背自己的諾言。我讓自己的聲音平緩了一些，更多地是對蕁麻，而不是對他說道：「穩重不會違背他的承諾，不要逼他這樣做了，但我們可以猜猜看。穩重的天賦是將力量借給能夠使用精技的人，如果國王迫切需要額外的力量來使用精技魔法，他作為國王身邊的人，就會履行自己的職責。」

穩重低下頭，顯然是對我的評述表示贊同。我也曾經在惟真國王身邊擔當過這一責任。那時他需要更多力量，而我卻缺乏如此使用魔法的經驗。我讓他汲取我的力量。而當他發覺自己險些就對我造成了永久的傷害時，曾經為此而憤怒不已。但穩重和我不同，他為了完成這樣的任務接受過特別訓練。

根據我對切德的瞭解，我開始吃力地建造起自己的邏輯城堡：「所以，切德召喚了你。他借助你的力量……做了什麼？做了某種將他的精技燒毀的事情？」

穩重一動不動。看來不是。我突然明白了。「切德借助你的力量對他自己設置了一道精技牆？」

穩重並沒有察覺到他表示贊同的那微微一點頭。晉責卻被我的猜測激怒，插嘴說道：「這沒有道理。切德總是想要更多精技，而不是被封鎖，無法使用它。」

我重重地歎了一口氣。「切德珍愛他的祕密。他活在一座用祕密構建的城堡裡。精技是一條進入思想的通道。如果一名強大的精技操縱者對一個毫無察覺的人下手，他就能在目標心中植入各種念頭，而目標都會相信那是自己的想法。比如告訴目標，他的船即將遭遇一場大風暴，目標就會讓船掉頭返回安全的港口；告訴一名戰爭指揮官，敵人的軍隊規模超過了他的，他就會改變策略。你的父親惟真國王曾經耗費許多時日使用精技讓紅船從我們的海岸邊掉頭。想一想我們在這些年中使用精技的各種方式。我們全都知道該如何設置精技牆抵擋其他精技使用者，保護我們自己的生活。但如果你知道其他人的精技力量要比你更強……」我的聲音低了下去。

晉責呻吟了一聲：「那麼你就要尋求助力，設置更強大的精技牆。一個沒有你的同意就無法打破的精技牆，一個只有你能隨意撤銷的精技牆。」

「前提是你處於清醒狀態，或者有足夠的意識這樣做。」我輕聲說出最後這句話。淚水從穩重的面頰上滾落。他看上去是那樣像他的父親。我的呼吸一時都停滯在喉嚨裡了。蕁麻已經不再為她的弟弟擔憂，只是將額頭枕在穩重的胸口上。阿憨的精技旋律爆發成一場絕望的風暴。我則在這個難題中奮力掙扎，組織自己的思路，問了穩重一個問題。

「我們知道發生了什麼。你並沒有打破自己的諾言洩漏任何祕密。但我的這個問題與你的諾言無關。你是否幫助過一名精技使用者封鎖他自己，你是否知道該如何打破這種封鎖？」

他用力咬住嘴唇，搖了搖頭。

「有足夠力量建立精技牆的人應該也能有足夠的力量打破它。」晉責嚴肅地說道。

穩重只是在搖頭。當他開口說話的時候，聲音中充滿了深沉的痛苦。既然我們已經知道了祕密，他認為他能夠說明一些細節了：「切德大人讀了一份古老卷軸上的文字。文字的內容是關於國王和女王身邊的精技小組進行防禦的建議。根據這些建議去做，小組成員就永遠不會受到腐蝕。具體的辦法是構建一道只有精技使用者本人才能開啟的精技牆。或者只有國王、女王或其他某個知道密語的人能夠開啟它。」

我的目光轉向晉責。他立刻說道：「我不知道！切德從沒有對我提起過這樣的事情！」他將臂肘抵在膝頭，用手掌托住前額，彷彿一下子又變成了一個無比焦慮的男孩。他的反應當然不會讓我感到高興。

蕁麻說道：「如果他沒有告訴晉責，那麼你就一定知道，蜚滋。你一直都是他最親密的人。知道密語的不是晉責就是你。否則他還會信任誰？」

「不是我，」我坦率地說道。我並沒有提到我和切德之間已經有許多個月不曾相互說過話了，甚至連透過精技的聯絡都沒有。在我們之間拉開裂痕的並不是怒氣，只是時間。在過去的幾年中，我們正慢慢變得生疏。確實，在發生變亂的時候，他會毫不猶豫地找到我的意識，要求我提供建議甚至是幫助。但在這些年中，他已經不得不接受這個事實——我再也不會回到公鹿堡，去跳那種紛紜複雜的陰謀之舞了。現在，我很後悔和他的疏離。

我揉搓了一下額角，轉向阿憨：「切德大人有沒有告訴過你一個特殊的詞，阿憨？一個要你記住的詞？」我的目光集中在他的身上，臉上竭力露出安慰的微笑。在我身後，我聽到通向外面的屋門被打開，但我的注意力一直都沒有離開阿憨。

阿憨搔了搔自己的一隻小耳朵，舌頭伸出嘴外，開始沉思。我強迫自己保持耐心。然後，他微笑著直起身，向前靠過來，笑著對我說：「請。他告訴我要記住『請』。還有『謝謝你』。他說這樣才能讓別人照你的意思去做事。你想要什麼不能伸手就去拿，而是要先說一聲『請』。」

「可能會這麼簡單嗎？」蕁麻驚疑地問。

珂翠肯在我身後說道：「是切德？這麼簡單？肯定不可能。那個人從不會讓任何事變得簡單。」儘管現在情況緊急，我還是轉過身看著我從前的王后。看到她，我不由自主地露出了笑容。這位國王的母親筆直地站在我面前，仍然像以前那樣嫻雅端莊，也仍然像以前那樣衣著樸素，身上的一襲公鹿堡藍色長裙應該更適合於一位侍女，卻難掩她高貴威嚴的氣質。她的淡金色髮絲已經漸漸變為銀白，不加約束地披散在背後。她的另一個非同尋常之處就是實現了與六大公國的貿易往來，讓我在有生之年能夠看到我們的王國獲得了更廣闊的世界所提供的物資。異域食品和香料來自於香料群島；風格奇特的衣裙來自於遮瑪里亞和更加遙遠的島嶼；加工玻璃、鐵和陶瓷的外國技術改變了公鹿堡生活的各個面向。六大公國源源不斷地運來小麥和燕麥、鐵礦石和鐵塊，沙緣白蘭地和內陸公國的上好葡萄酒。群山王國的木材被加工成樑柱，又被我們銷往遮瑪里亞。我們步入繁榮，擁抱改變。但我今天見到的仍然是往日那位王后，絲毫沒有受到她所鼓勵的那些改變的影響，甚至她的頭上也沒有一頂冠冕來彰顯她國王母親的身分。

她向我走來。我站起身，接受了她有力的擁抱。「蜚滋，」她在我的耳邊說道，「謝謝你，謝謝你能來，並且願意冒那麼大的風險疾速趕來。當我聽說晉責讓蕁麻敦促你必須立刻趕到的時候，我的心中充滿憂慮，卻也滿懷希望。我們是多麼自私啊，竟然奪走了你辛苦贏得的和平生活，要求你再一次來幫助我們。」

「只要能幫到您，我一定竭盡所能。」聽到她的話語，如果說我心中還有任何一點因為被迫要使用門石而遺留的氣惱，現在肯定也都煙消雲散了。這正是她的天賦。珂翠肯王后一直都能夠深深體察人們為了侍奉瞻遠王座而做出的犧牲。作為交換，她一直都願意放棄自己的舒適和安全，只要能補償那些忠誠於她的人。此時此刻，她的感激已經足夠彌補我曾經面對的危險了。

她放開我，後退了一步：「那麼，你認為你能救他嗎？」

我遺憾地搖搖頭：「切德已經對他自己設置了一道精技牆，和駿騎封鎖博瑞屈，使其無法觸及精技的方式很相似。他汲取穩重的精技力量做了這件事。如果我們能夠突破這道牆，也許我們就能使用我們結合在一起的精技魔法幫助他的身體自癒。但他將我們擋在了外面，同時他自己也失去了知覺，無法允許我們進入或者對自己進行治療。」

「我明白了。現在他的狀況如何？」

「他正在失去力量。儘管來到這裡時間不久，我已經感覺到他的生命力在衰退。」

聽到我的話，她瑟縮了一下。但我知道，她只想聽我說實話。她張開雙手，指向我們所有人：「我們能做些什麼？」

晉責國王說道：「幾乎做不了什麼。我們能夠叫治療師回來，但他們似乎只會相互爭吵。有人說要用濕布給他降溫；另一個則說要點燃爐火，用毯子蓋住他的身體；還有的人想給他放血。但我不相信他們真的有辦法醫治這樣的創傷。如果我們什麼都不做，我懷疑他支持不過兩個晚上了。」他摘下王冠，用雙手梳理自己的頭髮，然後又稍有些不太端正地把王冠戴了回去。「哦，切德，」他的聲音中有責難，也有懇求。然後他轉向我，「蜚滋，你確定沒有從他那裡得到任何訊息，無論是書面上的，還是透過精技？沒有任何關於打開他的封鎖的線索？」

「沒有。這幾個月什麼都沒有。」

珂翠肯環顧了房間一眼。「我們之中的一個應該知道。」她一字一句地緩緩說道。然後，她又放慢速度逐一打量我們，「我想，那個人最有可能是你，蜚滋。」

她也許是對的。我看著穩重：「這樣的密語應該如何使用？如果有人知道它的話？」

那個年輕人看起來很是猶豫：「他沒有告訴過我這件事，但我懷疑這和用精技溝通有關，正是密語能夠讓你與他接觸。」

我的心沉了下去。博瑞屈會不會有密語，讓我本可以碰觸到他？難道駿騎在他的騎馬「意外」之後將那個密語帶進了他的墳墓？想到也許有可能拯救博瑞屈——只要我知道他的密語——我突然感到非常難受。是的，不能讓這樣的事情再次發生。珂翠肯是對的。切德是一個非常聰明的人，他不可能鎖死一把鎖，卻不給我們之中的某一個人一把鑰匙。

我用雙手握住切德的手，看著他凹陷的面孔，他每一次呼氣時微微歙動的雙唇。我將注意力集中在他的身上，再一次用精技向他探觸。我對他的精神抓握一次又一次滑開，彷彿我在用塗滿肥皂的雙手抓住一顆玻璃球。我咬了咬牙，做出一件他一直深為不屑的事——我開始用原智尋找他，集中注意力去感覺在他的體內逐漸衰落的動物生命力。然後，我用我的精技不斷刺激他，首先從一串名字開始：駿騎、惟真、黠謀、秋星、瞻遠、博瑞屈、珂翠肯。我向他輸送了我們所珍愛的每一個人的名字，希望能夠得到一點反應。最終卻什麼都沒有得到。我發出的最後幾個名字是百里香女士、黃金大人、偷溜。

我放棄了這種作法，睜開眼睛。房間裡異常寂靜。晉責國王依然坐在床的另一邊。在他背後的窗口中，太陽正漸漸沉入地平線。「我讓其他人離開了。」他低聲說道。

「我不夠幸運。」

「我知道，我正在聽。」

在這個敞開心防的時刻，我端詳著我的國王。他和蕁麻幾乎同齡，如果仔細看他們，就會發現他們在很多細節上都很像。他們都有瞻遠家系標準的深褐色鬈髮。蕁麻有筆直的鼻梁和堅定的雙唇，他也是一樣。但晉責的身量比我更高，蕁麻則比她的母親高不了多少。晉責坐在椅子裡，雙手搭成尖脊的樣子，指尖靠在唇邊，雙眼神色嚴峻。我的國王，我曾經侍奉的第三代瞻遠國王。

晉責站起身，挺直後背，呻吟了一聲。他的獵犬效仿他的模樣，揚起頭，將後背挺成朝向地面的一個弓形。晉責走向門口，打開屋門並說道：「請拿些食物來。給阿獵拿一盤水。還要一些上好的白蘭地，還要兩只杯子。並請讓我的母親知道我們還沒有成功。」他關上門，又轉向我，

「怎麼了？你為什麼在笑？」

「你成為了這樣的一個國王，晉責，惟真會以你為榮的。他也和你一樣，就算是對最低等的僕人也會真誠地說『請』，其中不會有一絲嘲諷的味道。想來我們已經有幾個月沒有說過話了。

王冠戴得如何？」

彷彿是在回應我的問題，他摘下王冠搖搖頭，然後又用手指梳理了一下頭髮。他將王冠放到切德床邊的桌子上之後，才說道：「有時候很重。就算是這個也一樣，而我在進行審判時必須戴的那頂正式王冠更加糟糕。不過我也只能忍一忍了。」

我知道他所說的並不是王冠本身的重量。「你的王后和王子們呢？」

「他們都很好。」晉責歎了口氣，「和作為六大公國的君主相比，她更想念她的家鄉，還有作為奈琪絲卡的自由生活。她又帶著孩子們去拜訪母族了。我知道這就是他們一族的風格——重視母系族譜。我的母親和切德都覺得我這麼頻繁地讓兩個兒子都冒險出海是很愚蠢的事情。」他有些憂鬱地笑了笑，「但我還是很難拒絕她的請求。而且就像她所說的那樣，他們是我的兒子，同時也是她的兒子。自從去年冬天繁盛在狩獵中重重地摔了一下，她就總是拿這件事來作為例子，證明讓他們留在這裡也不比在大海上更安全。而且她至今都很煩惱自己沒有能為她的母族增添一個女兒。不過，只有兒子這件事對我而言幾乎是一種安慰。我認為，自己永遠都不必面對我的女兒需要在何處被養育長大的問題，是一種莫大的幸福。但她還是很煩惱自己已經四年沒有懷孕了。大概就是這樣吧。」他說完，歎了口氣。

「她還年輕，」我有些冒失地說，「你多大了，將滿三十歲？她比你還要年輕。你們還有時間。」

「但我們也流產了兩次……」他的聲音低了下去，一雙眼睛只是盯著角落裡的陰影。他腳邊的狗哀鳴了兩聲，用責備的眼神看著我。晉責閉住嘴，一隻手按在獵犬身上。片刻間，我們全都陷入了沉默。然後，他明顯是想要轉變話題，向切德一點頭，「他的狀況正在惡化，蜚滋。我們現在該怎麼辦？」

一陣敲門聲打斷了我們的交談。這一次我起身去打開了屋門。一名侍者走進來，手中端著盛有食物的盤子。他身後還有另外三個人，一個人捧著一只裝了溫水的玻璃瓶、水盆和布巾，另一個人捧著白蘭地和兩只酒杯。最後走進來的是一個女孩，手中捧著一張小桌子——她喘息著，似乎拿這張桌子讓她很吃力。侍者們為我們放好洗手水，晉責和我在沉默中準備用餐。隨後，侍者們排成一列向我們鞠躬，在得到晉責的感謝之後便退出房間。當屋門關閉的時候，我指了指桌子。阿獵已經來到牠的水盤邊，響亮地舔起水來。

「等吃過東西以後，我們再試一試，」我對他說。

隨後我們就開動了。

深夜時分，我將布巾浸透水，濡濕了切德的嘴唇。我覺得自己現在更像是對這位老導師進行臨終看護。我早就放棄了用特別的詞句來刺激他，只是和他談論舊日的回憶，所有那些我向他學習做一名刺客時發生的事情。我聊到了他在我們飛速趕往冶煉鎮的時候教我混和毒藥，又背誦了一些關於草藥治療的詩歌，回憶了我們的爭吵和我們最親密的時刻。所有這一切都是希望也許能在無意中找到那個密語，但什麼都沒有發生。晉責一直陪在我身邊。其他人在晚上也都來看過我們，如同日落後的影子一樣進出這個房間。阿憨和我們一起坐了一段時間，徒勞地提供了一些我們已經試過的詞句。蕁麻去了切德的舊書房，查遍了他桌子上的卷軸和其他物品，並把那些東西都帶來這裡，讓我們一同查看。這些並沒有向我們提供任何線索。希望就像是覆蓋在潰爛傷口上浸透水的繃帶，一點點地剝落。原先還抱有一點樂觀想法的我，現在只希望這一切能夠早些結束。

「我們試過草藥的名字了嗎？」

「是的，不記得了？」

「不記得了。」晉責承認，「我太累了。我已經記不起我們都試過什麼，沒有試過什麼。」

我將切德的手放在他緩慢起伏的胸口上，走到桌邊。現在這張桌子上堆滿了切德工作檯上的各種物件。燒了半截的蠟燭為我照亮了向石塊中注入訊息的精技卷軸、一份乾酪製作的卷軸，還有一張舊牛皮紙，上面寫著在一碗水中占卜未來的方法。除此之外，還有一塊內部空空如也的記憶石，一把斷掉的匕首刃，一只插著幾枝枯乾花朵的葡萄酒杯。晉責邁著無聲的腳步來到我身邊問道：「這柄斷刃有什麼特別的地方？」

我搖搖頭：「看不出。他總是會急著用小刀撬開某種東西。」我撥弄了一下那塊記憶石，

「這是從哪裡來的？艾斯雷弗嘉？」

晉責點頭：「他在過去五年中去過那裡幾次。在你對他講過科伯・羅貝的要塞，還有在許多個世代之前創建並佔據那裡的古靈之後，他就對那裡充滿了好奇。我們之中沒有人贊同他的冒險，但你知道切德，他無論做什麼都不需要別人的贊同。後來，他突然就不再去那裡了。我懷疑發生什麼事嚇到了他，讓他失去了前往那裡的衝動。但他從未提過這樣的事情。我懷疑他是太驕傲了，不想讓我們得意地說：我們警告過你。在前往那座島的一段旅途中，他找到一個地方，那裡收藏著許多凌亂的記憶石。他就是從那裡帶回來一小口袋這種方石塊。有些這樣的石頭裡儲存著記憶，大部分是詩篇和歌曲。其他則是空的。」

「最近他在一塊這樣的記憶石中放了些東西，並把它寄給了你。」

「是的。」

我盯著晉責。他緩緩直起身子，臉上有慌亂，卻也有寬慰。

「看起來，這就是密語，對不對？」

「你還記得裡面都說了什麼？」

「當然，」他走到切德身邊，坐下來，握住切德的手，讓他們之間的精技聯繫能夠更加容易。然後他大聲說道：「紫羅蘭盛開在女士的膝頭，智慧的老蜘蛛在牠的網中打轉。」

我們全都露出了微笑。但笑容很快就從晉責的臉上消失了。我問他：「怎麼了？」

「沒有回應。他就像之前一樣，在我的精技中完全是隱形的。」

我快步走過房間，坐下來握住切德的手，將自己的注意力全部集中在他身上，同時用聲音和精技說道：「紫羅蘭盛開在女士的膝頭，智慧的老蜘蛛在牠的網中打轉。」

什麼反應都沒有。切德的手無力地垂在我的手中。

「也許他太虛弱了，無法做出回應。」晉責猜測著。

「別說了。」我靠進椅子裡，沒有再說話。紫羅蘭在女士的膝頭。紫羅蘭在女士的膝頭。我感覺到這關係到某種特別的東西，某種非常古老的東西。然後，我想起來了。一尊女人花園的雕像，就在花園深處的角落中，被一片梅林完全遮住了。在那裡，就算是盛夏時節也會有幽暗涼爽的陰影。一尊艾達的雕像就在那片陰影中。雕像呈坐姿，雙手鬆垂在膝頭。她在那裡已經有很長一段時間。我記得她的裙襬上已經生出了蕨草和苔蘚。是的，她的膝頭正開著紫羅蘭。

「我需要一枝火把。我知道他把密語藏在哪裡了。我必須去女人花園，艾達的雕像那裡。」

切德突然深吸了一口氣。有那麼一瞬間，我甚至有些害怕這是他的最後一次呼吸。晉責激動地說道：「這就是密語。老蜘蛛就是切德。艾達，在女人花園裡。」

當他說出那位女神的名字時，彷彿打開了一道沉重的簾幕，切德出現在精技之中。晉責立刻用精技召喚蕁麻、阿憨和穩重前來，但他已經等不及其餘精技小組的成員了。

「他還有足夠的力量嗎？」我問道。我很清楚，強行治療會毫無憐憫地燃燒一個人剩餘的全部體力。魔法本身並沒有治療作用，它只是會強迫身體加速運轉。

「我們可以讓他殘存的體力一點點被死亡吞噬，或者可以點燃它，促進他的痊癒。如果你是切德，你更願意做怎樣的選擇？」

我咬緊牙，沒有回答。我不知道。我知道的是，切德和晉責都曾經為我做過決定，所以我才能這樣活下來：一副會瘋狂地修復每一種傷痕的軀體，不管我是否願意。但我肯定能夠讓摔倒的切德免於遭受這樣的命運，我知道何時需要停止治療。我下定了決心，並且拒絕去考慮切德是否會為自己做出這樣的選擇。

我與晉責構建好精技連結，我們一同深入到切德體內。我依稀感覺到蕁麻到來，加入到我們之中，然後是阿憨，他還睡得有些迷糊，但也迅速服從了召喚，最終是穩重闖進來，將他的力量與我們合併在一起。

我引導著這股力量。我並不是這裡精技最強的人。這裡最強大的是阿憨，他的天賦被他單純的心思遮掩住了。其次是穩重，他是一名強大的精技使用者，儘管他只憑自己的力量，似乎無法觸及自己內部並使用它。對於各種精技魔法的使用，晉責接受過比我更好的訓練，我的女兒蕁麻對於運用精技則有更強的直覺。但常年使用精技所積累的經驗，和辛苦獲得的關於人體結構的資訊，使我成為了這次治療的主導者。切德本人曾經傳授給我這些智慧——在我成為刺客學徒，而非治療師時，學到了用一根手指按壓何處能夠讓一個人窒息，以及如何用一把小刀讓鮮血隨著每一次心跳被輸送出體外。

即使如此，我也無法用我的精技「看到」切德的身體內部。實際上，我是在傾聽他的身體，感覺他的身體在何處正奮力進行自我修復。我向那裡注入力量，推動修復進行，並利用我的知識將治癒力量施放在最需要的地方。疼痛並不總是指明傷害的最佳方式。更加強烈的疼痛會混淆意識，讓人誤以為它的源頭是傷損最嚴重的地方。與切德實現了精技連結的我們在他的疼痛和恐懼所形成的潮水中游動，尋找到他頭骨後面隱藏的創傷——曾經暢流不息的血液在那裡凝固了，一團血塊成為致命的毒藥。

我擁有一支訓練精良的精技小組全部的力量，這是我以前從不曾具備過的優勢。而這種體驗更讓人興奮不已。我將他們的注意力引導至我希望修復的地方，他們便集中力量促使切德的身體把生命能量凝聚在那裡。這是如此容易。我能夠做的事情如同一幅華麗的織錦展現在眼前，向我發出難以抗拒的誘惑。我竟然能做這麼多！我能重塑這個人，讓他恢復年輕！但消費切德肉體的權利並不在我的手中。我們的力量足以完成任務，但切德沒有這樣的力量。所以，當我感覺到我們借出的力量已經達到他的身體能夠有效使用和引導的極限時，我就命令小組撤退，將他們趕出了切德的身體，彷彿他們是一群闖進花園的小雞。

我睜開眼睛，看著幽暗的房間和燭光下一圈滿是憂色的面孔。一滴滴汗水掛在穩重的臉上。他的襯衫領子也濕透了。他就像是一名剛剛交出接力棒的跑者，正大口喘著氣。蕁麻用兩隻手撐著下巴，手指捂在面頰上。阿憨的嘴大張著。我的國王的頭髮被汗水浸濕，貼在額頭上。我眨眨眼，感覺到如同鼓點一般的頭痛感正逐漸由遠而近地跳動過來。我向他們微微一笑：「我們已經做了能做的一切。現在只能離開他，讓他的身體慢慢恢復了。」我緩緩站起身。「走吧，去休息一下，走吧。這裡暫時已經無事可做了。」我命令他們走出房間，完全不理會他們不情願的神色。

穩重靠在姐姐的手臂上。「給他吃些東西，」我在他們兩個從我身邊經過的時候悄聲說道。我的女兒點點頭。「啊，」阿憨衷心地表示同意，然後跟著他們走了。只有晉責沒有聽我的話，依舊坐在切德床邊的椅子裡。他的狗歎息一聲，趴在他腳邊的地板上。我向他們搖搖頭，坐穩身子。儘管剛剛下達了離開的命令，我卻還是向切德的神智伸展過去。

切德？

出了什麼事？我怎麼了？他的意識仍然有些模糊和困惑。

你跌倒了，撞到了頭，失去知覺。因為你將自己與精技封鎖了，我們很難碰觸並治療你。

我感覺到他立刻產生出一陣惶恐。他向自己的身體伸展過去，就像一個人拍了拍口袋，以確認扒手並沒有偷走他的財物。我知道他發現了我們留下的痕跡——那些痕跡實在是非常廣泛而深入。我非常虛弱，應該是差一點就死了，對不對？請給我些水。為什麼你會讓我的狀況惡化到這種地步？

對於他的指責，我感覺到一陣怒意。不過我勸告自己現在不是爭吵的時候。我將杯子抵在他的唇邊，扶起他的頭。他閉著眼睛，嘴唇在杯沿上顫抖著，滋滋地吸了一些水。我又向杯中倒滿水。這一次，他喝得更慢了一些。當他從水杯上轉過頭，以此表示自己已經喝夠了的時候，我將杯子放到一旁，問他：「為什麼你要這樣倔強，甚至不讓我們知道你封鎖了自己。為什麼要這樣做？」

他依然太過虛弱，無法說話。我再一次握住他的手，他的想法碰觸到了我的想法。

保護國王。我知道太多他的祕密。太多瞻遠的祕密。不能忽略盔甲上的這道裂縫。所有精技小組的成員都應該被封鎖。

那麼，我們又該怎樣相互接觸？

只有入睡的時候才被封鎖。醒來的時候，我會感覺到誰向我伸展。

你沒有睡著。你失去了知覺，你需要我們。

這種情況不太可能發生。這只是……一點壞運氣。而且就算是這樣……你來了。你知道那個謎底。

他的想法消失了。我知道他有多麼疲倦。我自己的身體也在催促著要我去休息。運用精技是一樁繁重的工作，就像狩獵和戰鬥一樣耗費體力。這的確是一場戰鬥，不是嗎？一場對於切德私人領域的入侵……

我猛然醒了過來。我還握著切德的手，但他已經陷入熟睡。晉責躺在床對面他的椅子裡，輕聲打著鼾。他的狗抬起頭，朝我看了一會兒，然後又趴回自己的前爪上。我們全都已經筋疲力竭了。借助最後一點燭火，我端詳切德憔悴的面孔。他看上去彷彿已經有許多天沒吃過東西，雙側的面頰全都凹陷了下去，讓我能清楚地看到他顱骨的輪廓。我握住的那隻手變成了被皮膚包住的一把骨頭。他會活下來的，但他需要用一些時日來重建身體和力量。明天他一定會狼吞虎嚥地吃下許多食物。

我靠在椅子裡，歎了口氣。我的後背因為在椅子裡睡覺而痠痛不堪。這個房間裡的地毯很厚實，感覺一定會很舒服。於是我像一頭忠犬一樣，躺在他床邊的地上，睡著了。

我因為被阿憨踩到了手而醒來。我咒罵一聲坐起身，幾乎撞掉他手中的托盤。「你不應該睡在地上！」他責備我。

我坐直身子，把瘀青的手指夾在胳膊下面。要反駁阿憨的責備很難。我只能爬起來，跌坐進熟悉的椅子裡。床上的切德已經稍稍撐起身子。這位老人現在瘦骨嶙峋。他向我露出笑容。但那笑容在他枯瘦的臉上讓人覺得很不舒服，甚至有些害怕。晉責的椅子空了。阿憨將托盤放在切德的大腿上。我聞到了茶、餅乾和熱果醬的香氣。托盤上的一只碗中放著拌有一點黃油、鹽和胡椒的半熟雞蛋，還有一排厚片培根。我很想撲上去大吃一番。這種饑餓的神情一定浮現在我的臉上，因為切德形容枯槁的笑容變得益發燦爛了。他沒有說話，但擺擺手，示意我可以走了。

換做以前，我也許會直接跑去廚房。我還是男孩的時候曾經是這裡廚師的寵兒。在我少年和青年時期，我一直在城堡衛兵吵鬧凌亂的餐廳中和衛兵們一起吃東西。現在我則用精技聯絡晉責國王，問他是否用過餐了。他立刻邀請我與他和他的母親一同在私人房間中進餐。我向他走去，期待著會有一頓豐盛的美食和愉快的交談。

珂翠肯和晉責正在等著我。珂翠肯依舊奉行著群山人的生活方式——很早起床，飲食清淡。不過她還是會和我們同桌而食。一只精緻的茶杯在她身前冒出縷縷熱氣，杯中盛的是淺色的茶。晉責則像我一樣饑餓難耐，甚至比我還要更虛弱一些。他很早就起來向母親稟報治療切德的詳細情況了。一小隊侍者捧著食物走進來，擺放在我們面前的桌子上。晉責命令他們離開，屋門關閉，房間裡只剩下我們三個。在向我道過早安之後，珂翠肯就沒有再說話，只是看著我們先裝滿面前的餐盤，再裝滿我們的胃。

我們吃光了第一輪餐盤中的食物以後，晉責開口了。他講話的時候，嘴裡有時還塞滿了食物。我一邊吃一邊聽。治療師在我睡覺的時候探視過切德。切德瘦弱的樣子把他們嚇了一跳，但他的胃口和暴躁的脾氣讓他們相信，他的健康正在恢復。穩重已經得到國王的命令，禁止將力量借給切德，避免他以任何方式再次封鎖自己。晉責希望這樣能夠阻止可能發生的災禍。但我懷疑切德早晚還是會找到辦法引誘或欺騙阿憨幫助他。

當我們進食的速度放慢下來的時候，珂翠肯已經第三次斟滿了我們的茶杯。她輕聲說道：「蜚滋駿騎，你再一次回應了我們急迫的籲求。你一定能看出來，我們依然是多麼需要你。我知道你很享受現在寧靜的生活，我不會打擾你辛苦贏得的這一切。但我想要請你考慮一下，也許你每一季可以在公鹿堡生活一個月，和我們在一起。我相信莫莉女士也會很高興能夠與蕁麻和穩重共處一段時間。迅風也經常會來這裡。她一定很想念她的兒子，我知道我們都很希望你能在這裡。」

這是老話題了。大家一直都在以各種方式向我提出這樣的邀請。我們在城堡裡有自己的房間——在懸崖頂端可以眺望大海，風景絕佳的地方有一幢可愛的房子，在綿羊牧場的邊緣還有一棟舒適的別墅。現在珂翠肯又提出了我們能夠像客人一樣每年只來四次。我向他們兩個微微一笑。他們在我的眼睛裡看到了答案。

對我而言，居住在什麼地方並不是問題。問題是我不想成為一個每天都被捲進政治紛爭中的瞻遠家族的一員。晉責先前也曾認為，只要時間夠久，無論曾經有多少不名譽的事情被加在我的頭上，都不會再有人在意蜚滋駿騎．瞻遠奇蹟般地死而復生這種事了。對此我則不敢苟同。但無論是身為地位低下的湯姆．獾毛管理人，還是像他們曾經提議的那樣成為獾毛大人，我都不希望再蹚這種渾水。這些湍急的暗流最終必然會將我裹挾在其中，把我拽離莫莉，讓我淹沒在瞻遠的政治謀略中。他們像我一樣清楚這一點。

所以現在我只是說道：「如果你們對我有急切的需求，我馬上就會過來。我想，這點我已證明過許多次。如果需求真的十分緊迫，我甚至可以用門石直接到達這裡，也許我還能再這樣做。但我不覺得自己還會再次生活在這座城堡的圍牆中，或者成為王權的參謀。」

珂翠肯吸了一口氣，彷彿想要說話。晉責卻搶先平靜地說道：「母親。」這不是反駁，也許只是提醒她，我們以前就進行過這樣的討論。珂翠肯看著我，露出微笑。

「能夠得到你們的邀請實在是太好了。」我對她說，「這是我的真心話。如果你們不叫我來，我一定會擔心你們以為我已經毫無用處了。」

我們相互報以微笑，結束了這頓早餐。起身時，我說道：「我要去看看切德，如果他恢復到了不必讓我擔心的程度，我想要今天就返回細柳林。」

「透過門石？」珂翠肯問我。

我的確是非常想要回家。誘惑我的是這個念頭？還是在那些符文表面之後深遠激蕩的精技湍流？他們兩人都專注地看著我。晉責輕聲說道：「還記得黑者告訴你的事嗎？在短時間內過於頻繁地使用門石是危險的。」

我不需要提醒。在門石中迷失數個星期的回憶至今都讓我不寒而慄。我輕輕一搖頭，幾乎無法相信自己竟然真的在考慮利用那道精技傳送門踏上回程。「我能借一匹馬嗎？」

晉責微微一笑：「你可以牽走馬廄裡的任何一匹馬，蜚滋。這一點你很清楚。選一匹好馬，讓你的馬群也更強壯一些。」

這一點我知道，但我不能因此就將這種好意視為理所當然。

當我去看那位老人的時候，已經是下午了。切德靠在幾只綠色的天鵝絨枕頭上。床帳全都被拉起，用絲綢擰成的粗繩將它們拴住。召喚鈴的曳索就在他伸手可及的地方。床邊的一張桌子上放著一碗溫室水果。這裡的一些水果和堅果我還從未見過，很明顯是從我們南方的新交易伙伴那裡獲得的。他的頭髮剛剛梳理過，被結成武士風格的辮子。當我第一次遇見他的時候，他的頭髮上只有零星的灰色，現在卻已經全是閃亮的銀色了。青紫色的腫脹和瘀傷從他的臉上消失，只剩下一些黃褐色的影子。他的綠眼睛就像拋光的翡翠一樣明亮。但這些健康的跡象還無法使他因為我們的強迫性治療而損失的血肉恢復。我覺得他很像是一具有生命的骷髏。當我走進房間的時候，他將一份正在閱讀的卷軸放到了一旁。

「你穿的是什麼？」我好奇地問。

他坦然地低頭瞥了自己一眼：「我想，這應該被稱作是一種臥室外衣。是幾個月以前一位隨貿易使團而來的遮瑪里亞女貴族送我的禮物。」他用手指摸了摸有著繁複繡花的袖子，「這的確很舒服。對於在床上進行閱讀的人，它能為肩膀和後背保暖。」

我將一只凳子拉到他的床邊，坐了下去：「看樣子，這是一件非常特殊的衣服。」

「一件非常有遮瑪里亞風格的衣服。你知道嗎？他們在向他們的兩面神祈禱的時候會穿一種特別的長袍。如果你向男神祈求某種東西，你要將一面向外穿；如果是向女神祈禱，就要將另一面向外穿。而且……」他在床上坐直身子，就像他每一次講述那些讓他著迷的故事一樣，他的臉上平添了幾分光彩，「如果女人懷孕了，她還會穿上一種特別的服裝，確保自己生的是男孩；如果要生女孩，就會穿另一種服裝。」

「這樣穿有效嗎？」我懷疑地問。

「應該有幫助，但也不是絕對的。問這個做什麼？你和莫莉還想要有個孩子嗎？」

自從知道我的存在以後，切德就從不曾將我人生的任何一部分看做是我的隱私。他以後也絕不會有這種念頭。面對他的詢問，回答要比反駁容易得多。「不，我們早就沒有這樣的希望了。她早已經過了能夠懷孕的年紀。蕁麻是我們唯一的女兒。」

切德的面色柔和起來：「抱歉這樣問，蜚滋。很早就有人告訴過我，沒有什麼能夠像幾個孩子一樣讓男人的人生更完整。我知道你想要……」

我打斷了他，「我已經養大了幸運。作為一個男人，能夠在那麼短的時間裡就擔負起養育一個八歲孤兒的工作，我對此一直都很得意。他至今和我還有聯絡。如果旅途合適，他吟遊歌者的工作又允許，就會來看我。蕁麻也很好。莫莉的孩子也都是我的孩子。我看著火爐和明證長大成人，看著他們一同策馬離開家鄉。那些都是很美好的歲月，切德。總是渴望那些並不存在的機會不是好事。我擁有莫莉。她對我來說已經足夠了，真的。她就是我的家。」

終於，我在他強行要求我再停留一段時間，或者回公鹿堡住上一季或一、兩年之前打斷了他。我熟悉他冗長的嘮叨，就像熟悉珂翠肯的。只是他的嘮叨裡更多的是負疚感，而不是責任心。他已經是一位老人，但還有許多東西想要教給我。我一直都是他最得意的門生。晉責依然需要一名技藝精熟的刺客。而那名年輕的國王能夠透過精技與我進行隱祕的交流，這更讓我成為一件獨一無二的武器。更何況還有精技魔法本身。它還有許多祕密尚待揭曉，有大量翻譯的工作要做，有許多祕辛和技術要從我們在艾斯雷弗嘉取得的卷軸中挖掘。

我知道他會如何勸說我，與我爭論。在這麼多年中，我已經將這些話聽過了一遍又一遍，也拒絕了一遍又一遍。但這個遊戲還會繼續下去。這已經成為了我們告別的儀式。就像他以前對我分派任務一樣。

「那麼，如果你不打算留下來與我共事，」他口風一轉，彷彿已經和我把這些事又討論了一遍，「那麼你是否能至少替我分擔一些重擔呢？」

「一如既往。」我向他保證。

他露出了微笑：「迷迭香女士為你打包了一些卷軸，並安排了馬廄中的一隻騾子馱運它們。她本想將它們放在背包裡，但我告訴她，你會騎馬離開。」

我無聲地點點頭。多年以前，迷迭香已經代替我成為了他的學徒。現在她侍奉切德已經有二十年光景，擔負起為王室進行刺殺和偵察的「無聲工作」。不，應該比二十年還要久。我無聊地開始思考，是否她也會招納一個她自己的學徒。

但切德的聲音將我叫回到現實中，他向我列出了一張草藥和根莖的清單，希望我小心地為他獲取這些植物。隨後他又提起他的另一個主意——王室應該在細柳林派駐一名精技學徒，以確保公鹿堡和細柳林的迅速聯絡。我提醒他，作為一名精技使用者，我大可使用自己的能力，而不必歡迎他的另一名間諜進入我的家族。聽到我的話，他笑了笑便話鋒一轉，開始和我討論起門石需要間隔多久才能使用，以及該如何安全地使用它們。作為曾經迷失在門石中又能活著出來，並且還活在世上的唯一一人，我對於這方面的試驗要比切德保守得多。不過這一次他至少沒有挑戰我的觀點。

然後我又清了清喉嚨：「切德，密語是一個壞主意。如果你一定要有一個，就把它寫下來，讓國王來照管。」

「任何寫下的都會被讀取，任何隱藏的都會被找到。」

「沒有錯。但也有另一些事情是絕不會錯的，比如死了就是死了。」

「我一生都忠誠於瞻遠家族，蜚滋。我寧可死去也不願意成為一件被用於對抗國王的武器。」我痛苦地意識到，我贊同他的心境。但我還是說道：「那麼依照你的邏輯，國王精技小組中的每一名成員都應該進行精技封鎖。每一個人都應該有自己的密語，隱藏在一個謎語之中。」

切德的雙手很大，依舊非常靈活，現在它們像蜘蛛一樣攤在他的被單上。「是的，這樣也許是最好的。但在我能夠說服小組的其他成員之前，我還是會採取措施，保護最有價值的小組成員免受腐蝕。」

我知道切德從不會小看自己。「那個成員就是你。」

「當然。」

我看著他。他昂起頭，擺出一副輕蔑的神態。「什麼？你不同意這種評價嗎？你知道我為家族保守著多少祕密？多少家族的歷史和傳承，多少關於精技的智慧只存留在我的意識中和幾束正在朽壞、大多無法解讀的卷軸內？如果我真的落入了另外某個人的掌控又會如何？如果有人從我的意識裡劫走了這些祕密，利用它們對抗瞻遠的統治又該如何？」

他的絕對正確讓我打了個冷戰。我蜷起身子，用膝蓋頂住下巴，陷入了沉思。「你能告訴我，你要用哪個詞作為封鎖的密語，並信任我能夠對它保密嗎？」他會再次這樣做，這一點我已經接受了。

他微微向前一俯身：「你會同意對你的意識進行精技封鎖嗎？」

我猶豫了。我不想這樣做。我清楚地記得博瑞屈是怎樣死的。他的封鎖讓他無法得到本可以拯救他的助力。而切德也剛剛險死還生。我一直都相信，如果在精技治療和死亡中選擇一樣，我會選擇死亡。但切德的問題讓我開始面對現實。不。我要做出更加實際的選擇。只有我的意識不會和那些能夠幫助我的人阻隔開才是更實際的。

切德清了清嗓子：「那麼，在你準備好以前，我會做我認為最恰當的事。我相信這也會符合你的意願。」

我點點頭：「切德，我……」

他揮手示意我可以離開了。他的聲音也變得粗橫起來：「我已經知道了，孩子。我會更小心一點。盡快去解讀那些卷軸吧，好嗎？要翻譯它們可不容易，但你有這樣的能力。現在我需要休息了，或者還要吃點東西。我不知道自己現在是更餓還是更累。精技治療……」他搖了搖頭。

「我知道，」我提醒他，「我會在翻譯完每一束卷軸以後立刻交給你，並且在細柳林祕密保存一份。你應該休息了。」

「我會的。」他答應著。

他靠回到那許多個枕頭上，閉上了眼睛，顯得疲憊不堪。我悄悄走出房間。在太陽西斜之前，我已經踏上了回家的道路。

4

懷孕

在走進公鹿堡之前，我不知道誰是我的父親。我的母親是瞻遠軍隊的一名步兵——那時六大公國的軍隊聚集在法洛和恰斯的邊境上足足兩年。我母親的名字是風信子·秋星。她的父母都是農夫。在窒息瘟疫盛行的那一年，他們全都去世了。我的母親無法獨力經營農場，所以將土地出租給親戚，自己則去了白斯洛，想要在那裡碰碰運氣。她在那裡成為了法洛公國有能女大公的士兵，在軍隊中學到了劍術，並充分顯示出這方面的才能。當戰爭沿著邊境爆發，六大公國的國王親自率領軍隊投入戰場的時候，她正在那裡。她一直待在恰斯邊境的部隊中，直到入侵的軍隊被趕回邊界，並劃定一條新的國界。

她回到了在法洛的農場，在那裡生下了我。一個名叫羅根·硬手的男人跟著她回到農場，成為了她的丈夫。羅根和她一起從軍，非常愛她。但對於我——母親的私生子，和他毫無關係的人——就沒那麼和善了。我對他也總是以眼還眼，但我們兩個都很愛母親，也被她深愛著。所以我要對羅根說一句公道話。他不懂得農耕，但他很努力學習。在我母親去世之前，我以為他就是我的父親。儘管他是一個冷冰冰的男人，只把我看做是一個惹人厭的麻煩，但我見過更糟糕的父親。他做了他認為父親應該對一個男孩做的一切。他教會了我服從，努力工作，不要質疑權威。同時和我的母親一起辛苦掙錢，讓我能跟本地的一名抄寫員學習讀寫和計數。這些是他不具備的能力，但我的母親認為這些能力都很重要。我不認為他曾經想過他是否愛我，他對我只是在做他應該做的事。當然，我恨他。

但在我母親生命最後的一段日子裡，我們因為悲痛而彼此靠近。母親的死讓我們感到震撼。這樣的厄運竟然會降臨在一名如此強壯的女子身上，一切變得無用又愚蠢。她想要爬上牛棚的閣樓，卻在老梯子上滑了一下。一根木刺深深地插進她的手腕裡。她將木刺拔了出去，傷口幾乎沒有流血。但第二天，她的整條手臂都腫了起來。第三天她就死了。災難來得如此措手不及。我們一同埋葬了她。隨後的那個早晨，他將我放在騾子背上，交給我一個袋子，裡面裝著成熟的蘋果、餅乾和十二條乾肉。他給了我兩枚銀幣，告訴我不要離開國王大道，一直走下去就能到達公鹿堡。他又在我的手中放了一束破舊的卷軸，要我將它交給六大公國的國王。我把那束卷軸交出去以後，就再也沒有見到過它——我親手將它交給了國王。我知道，羅根・硬手不會寫字。那一定是我的母親寫的。我唯一讀到的，是它外面的一行字：「只能由六大公國國王親啟。」

——《我的早年生活》，切德・秋星

切德從不睡覺。我小時候就沒有見到過他入睡。看樣子，他年紀愈大，所需的睡眠就愈少。而這也導致他認為我也不需要睡眠。如果我在一天的艱苦勞作後沒有在意識周圍設置好緊密的結界就打盹，他會立刻闖入我的意識，絲毫不認為應該尊重我的隱私，就像我生活在公鹿堡時他闖進我的臥室一樣。當我還是個男孩的時候，他會撥動機關打開通向我房間的祕門，從他在塔樓上的隱祕房間裡，沿著暗藏的樓梯直達我在城堡中的房間。現在，經過一段漫長的人生之後，他在這些日子裡又能簡單地走進我的思緒之中。精技，我暗自尋思，真是一種奇妙的魔法，而在一個老人的手中卻又如此令人不可思議的討厭。

我在床上輾轉反側，感到一陣陣迷惑。他的聲音一直迴蕩在我的腦海中，就像我還是個男孩時那樣充滿命令的氣勢與急迫的情緒。那時的他是我的導師，要比現在年輕很多。我感受到他對我的印象，這種痕跡並非來自於他言辭的力量，而是從他連結到我的意識的精技中流露出來的——就像蕁麻曾經認為我更像一頭狼，一頭狂野而又機警的野獸，而不是一個人。這種感覺至今仍然浸染著蕁麻和我的精技交流。對於切德而言，我一直都是那個十二歲的男孩，一個完全由他來處置的學徒。

我聚集起精技力量，向他伸展過去。我在睡覺。

現在時間還不算晚！我感覺到了他周圍的環境。一個舒適的房間。他正靠在一把軟墊椅裡，盯著爐膛中的一堆小火苗。在他的臂肘處有一張桌子，我嗅到他手中一只精緻玻璃杯裡馥郁的紅酒芬芳，和他的壁爐中燃燒的蘋果木香氣。所有這些都和我童年時代在公鹿堡臥室上方，他那個刺客工作間截然不同。這名曾經為瞻遠王族盡忠效力的祕密間諜，現在成為了一名受人尊敬的老廷臣，晉責國王的參謀。有時我很想知道，他受人尊敬的新身分是否會讓他感到無聊。當然，這些工作似乎都不會讓他感到疲累！

對你來說現在也許還不算深夜，老頭。但我今晚用了幾個小時的時間處理細柳林的帳目，明天我還要一大早就起來去水邊橡林的市場，和一名羊毛採購商談談。

可笑。你對羊毛和綿羊又知道些什麼？派你手下照管綿羊的人去和他談吧。

不行。這是我的任務，不是他們的。實際上，在這裡的生活讓我學會了很多關於綿羊和羊毛的事情。我小心地離開莫莉，從毯子下面鑽出來，用一隻腳摸索到我丟在地上的長袍，把它踢起來，伸手抓住，經過頭頂套在身上，然後邁著無聲的腳步走過黑暗的房間。

即使我和切德的交流不需要放聲說話，我還是不希望在無意中打擾了莫莉。她最近睡得一直都不好。有幾次，我發現她只是凝視著睡夢中的我，臉上帶著若有所思的微笑。白天的心思被她帶到了晚上，讓她睡不安枕。我很想知道她心裡的祕密。但我明白，不能在這樣的事情上逼她。等她準備好的時候，自然會把心事和我分享。至少今晚她睡得很沉，這讓我很是慶幸。生活對於我的莫莉比對於我更艱難。歲月為她添加了許多疼痛和煩惱，這都是我不必承受的。這不公平，我心中想道。在我離開臥室進入走廊的時候，我趕走了這個想法。

太晚了。

莫莉不好嗎？

她沒有生病，只是我們正在老去。

切德似乎有些驚訝。她不需要感覺到這些痛苦。精技小組很願意幫助她重新整理身體狀況。不需要很大的改變，只要……

她不會歡迎這種介入的，切德。我們已經談過這件事。這就是她的決定。她在以自己的方式應對年齡。

就依你吧。我能感覺到切德認為我很愚蠢，竟然真的不對莫莉的身體採取任何措施。

不。這全都要依她。精技的確能夠驅逐她的許多痛苦，這一點我很清楚。每天晚上我上床之後，一身的勞累痠痛都會在第二天早晨蕩然無存。這些小治療的代價就是我的胃口像碼頭上的搬運工人一樣好，僅此而已。實際上，可以說是毫無代價。不管怎樣，莫莉的健康肯定不是你將我從熟睡中叫醒的原因。你還好嗎？

還可以。還在恢復因為精技治療而失去的體重。不過這次治療似乎也糾正了其他許多小毛病。所以我判斷這是一樁好買賣。

我赤著腳走過黑暗中鋪著羊毛的走廊，離開了我們主屋中舒適的房間，一直走到很少使用的西翼。隨著在這裡居住的家族成員不斷減少，莫莉和我覺得主屋和北翼已經足夠我們兩個和難得來訪的客人使用了。房子的西翼是這裡最古老的部分，在冬天的時候會像冰窟一樣冷，夏天也總是涼颼颼的。我們將這裡的大部分都封閉起來以後，這裡就變成了咯吱作響的椅子、搖搖晃晃的桌子和其他所有樂惟認為過於破舊無法使用，卻又還不至於丟棄的物品最後的避難所。我打著哆嗦走過一條陰暗的走廊，打開一道窄門，走下一段黑漆漆的僕人樓梯，又進入了一段窄得多的走廊。我的手指間輕輕掃過牆壁，打開了通向我私人書房的門。壁爐中仍然有一點殘燼在閃爍。我走過堆積卷軸的書架，跪在壁爐前，用還在燃燒的炭火點燃一根蠟燭，然後逐一點亮書桌柱臺上的蠟芯。上一個晚上的翻譯工作還攤在案頭上。我坐進椅子裡，打了一個大哈欠。快說重點，老頭！

當然，我叫醒你不是因為莫莉，不過我的確在意她的身體健康，因為這會影響到你的快樂和蕁麻的注意力。我叫醒你是要問你一個問題。你這些年寫了這麼多日誌和日記……有沒有後悔過寫下這麼多東西？

我以很快的速度思考了一下這個問題。閃爍的燭光調皮地在我背後堆積卷軸的書架邊緣跳動。那裡的許多卷軸都已經非常陳舊，有一些甚至可以稱之為是古老了。它們的邊緣多有破爛，牛皮紙上盡是髒汙。我在這些日子裡用上好的紙張對它們進行了謄寫。現在這些新的副本經常和我的翻譯被裝束在一起。根據切德的說法，保存寫在那些破爛牛皮紙上的文字是我樂在其中的一份工作，也是我對他的一份責任。

但切德現在提到的並不是這些。他指的是我那些數量眾多、嘗試對於自己生活進行記錄的編年史。自從我作為一名王室私生子來到公鹿堡，就見到了六大公國的許多變化。我看到我們從一個孤立的，也許還會被一些人認為是落後的王國，變成了一個強大的貿易中心。在這些年中，我見證了邪惡產生的背叛，以鮮血為代價的忠誠。我親眼見到過一位國王遇刺，作為一名刺客，我也實現過我的復仇。我為了家人奉獻了生命和死亡，而且不止一次。我更見到過朋友的死去。

在我人生的不同階段，我一直在努力記錄我的見聞和作為，也常常不得不在匆忙中銷毀這些紀錄，以免它們會落入惡人之手。想到此，我不由得瑟縮了一下。當我不得不燒掉它們的時候，我只會為記錄它們所花費的時間而遺憾。我一直都在想，我用了那麼多時間仔仔細細記錄下的一切，卻在幾分鐘內就都燒成了灰燼。

但你總是再次開始，開始記錄。

我幾乎大聲笑了出來。是的，每一次我這樣做，我都發現，寫下的故事都會因為我人生態度的改變而改變。曾經有那麼幾年，我幻想自己成為英雄；在另外一些時間，我覺得自己很倒楣，生活只會無端地迫害我。我的思緒在片刻間游離到遙遠的過去——在整個王室前，我曾經追逐意欲刺殺國王的殺手，跑遍了公鹿堡。勇敢，愚蠢，笨拙，卻絕對有必要。我已經記不清自己在這些年中到底有多少次，都是抱著怎樣的心情回想那次意外了。

年輕，切德猜測著，因為你很年輕，見到不義之事，心中便充滿了怒火。

我只是因為受傷和心碎，我說，因為挫敗而感到疲憊，因為被別人不必遵循的規則束縛而感到疲憊。

我能理解。他表示贊同。

突然間，我不再願意去想那一天，不願再想我曾經是誰、做過什麼，而我最不願想的就是為什麼我要那樣做。那是一個不同的人生，一個不可能再觸及我的人生。舊日的痛苦現在不可能傷害我了。難道不是嗎？我將這個問題轉給切德。為什麼你要問這個？你想要寫下你的人生記憶嗎？

也許吧。在我恢復身體的時候總應該做些事情。我覺得現在能夠更理解你為什麼會警告我們要明智地使用精技治療了。埃爾的蛋啊，我實在是用了太長的時間才覺得我像是我自己。我的衣服空蕩蕩地掛在身上，幾乎讓我羞於被他人看到。我蹣跚邁步時就像是一個柴棒人。我突然感覺到他轉移開了和我的交談，幾乎就像是他轉過身背對著我。他從不介意承認自己的虛弱。你寫下那些事情，為什麼你要開始那樣做？你一直在不斷寫下各種東西。

這個問題很容易回答。是因為費德倫，還有耐辛女士。那位教我寫字的抄寫員，那位渴望成為我母親的女子。他們兩個經常說，總應該有人寫下一部有次序的六大公國歷史。我覺得他們的意思就是我應該來做這件事。但每一次我想要寫下這個王國的事情時，最後都只會寫下自己的事。

你覺得誰會讀你寫的東西？你的女兒？

又一個老傷痛。我如實作答。一開始，我沒有想過誰會讀它。我只是在為自己而寫，彷彿這樣做，就能讓那些事變得有意義。我聽過的所有那些老傳說都是有意義的，讓那些勝利是真實的，或者也許英雄會悲劇地死去，但他的死也將有所成就。所以我寫下了我的人生，彷彿這也是一個傳說，我在尋找快樂的結局，或者是它的意義。

我的思緒又游離了片刻，回到我過去的歲月中，看到那個男孩正在學習成為一名刺客，好侍奉那個永遠不會承認他是兒子的家族；看到那名武士正在揮斧奮戰，對抗載滿入侵者的戰船；看到那名間諜效忠於他失蹤的國王，而他周圍的一切都已陷入混亂。那是我嗎？我心中狐疑。那麼多種人生，那麼多個名字。而我一直、一直都在渴求一個不同的人生。

我再一次向蕁麻伸展過去。在我無法跟蕁麻和莫莉說話的那些年中，我有時候會告訴自己，她們有一天也許會讀到我寫的文字，明白我為什麼沒有和她們在一起。即使如果我永遠都不會回去找她們，也許仍然會有那麼一天，她們能知道我一直在思念著。所以，是的，那些紀錄一開始就像是一封寫給她們的長信，解釋了所有我無法留在她們身邊的原因。我收緊了我的精技牆，不想讓切德感覺到我私密的想法——也許我早期的紀錄並不像應有的那樣誠實。我也曾經年輕過——我這樣為自己開脫，如果要把自己的故事給所愛之人看，又有誰不想把自己放在最耀眼的地方呢？或者他只是想為某個被他誤解之人找一些藉口。我把這種想法推到一旁，又將一個問題擺回到切德面前。

你把你的回憶寫下來要給誰看？

他的回答讓我很是驚訝。也許我也和你一樣。他停頓一下，當他再次開口的時候，我感覺到他改變了注意，把本想和我說的一些話收了回去。也許我是想要給你看的。你就像我的兒子一樣，也許我想讓你知道，我年輕時是什麼樣的人。也許我想要向你解釋，為什麼我會將你的人生塑造得像我一樣。也許我想要讓你明白我所做的決定是正確的。

這一席話同樣讓我驚訝。讓我驚訝的並非是他說我就像他的兒子。難道他真的認為我不知道、不明白他教導我，向我提出種種要求的用意？我真的想得到他的解釋嗎？我覺得不會。我遮住了想法，盡量想出一個回應，卻察覺到他感到有趣的心情——略微感到有趣。這又是一次對我的教訓嗎？

你認為我低估了蕁麻。她並不需要，也不想我徹底對她坦露我自己。

是的。但我也明白你急於解釋自己的心情。而讓我難以理解的是，你要怎樣坐下來完成這件事。我曾經嘗試過，因為我認為有必要這樣做，這更多是為了我自己，而不是任何可能追隨我的人。也許，就像你說的一樣，我想要讓自己的過去變得更有秩序、更有意義。但這很難。我有沒有添加了什麼？有沒有遺漏什麼？我的故事將從哪裡開始？我首先應該講些什麼？

我微笑著，靠在自己的椅子裡。我通常都會以別的事情起筆，最終卻總是在寫我自己。忽然間，我似乎想到了什麼。切德，我很希望你把自己的過去寫下來。我不是想要解釋，只是因為我一直都很想知道許多關於你的事。對於你的人生，你只告訴過我一些零星的片段。但……是誰決定你要成為一名刺客？是誰教會了你那些技藝？

一陣冷風吹過我。片刻之間，我覺得自己就像是被狠狠噎住了喉嚨。這陣風出現得突兀，停止得也一樣突兀。但我感覺到切德迅速建起的精技牆。那後面隱藏著黑暗殘酷的回憶。他是否非常害怕他的導師，就像我對蓋倫一樣？蓋倫一直都對於悄無聲息地殺掉我更有興趣，而不是教導我使用精技。那個所謂的精技師傅幾乎成功了。他假裝要創建一個新的精技小組，幫助惟真國王對抗紅船劫匪，卻藉此毆打並羞辱我，幾乎毀滅了我的精技天賦。他還腐蝕了精技小組對於真正瞻遠君王的忠誠。蓋倫是欲念王后的工具，於是他也就成為了帝尊王子的工具。他們竭力想要除掉瞻遠家的私生子，讓帝尊登上王位。那是一段黑暗的日子。我知道切德能看出我的思緒飄到了哪裡。我向他承認了這一點，希望能夠引出他的一些話題。沒錯，我回想起一個多年不曾想到的

「老朋友」。

那可算不上是朋友。不過既然說到老朋友。你最近有沒有你那老伙伴的訊息？我說的是弄臣。

他是不是故意突然改變了話題，想要攻我不備？他的戰術奏效了。當我擋住他，掩飾自己的反應時，我知道我衝動的防禦也許向他隱瞞了一些事情，但肯定也告訴了他很多訊息。弄臣，我已經有很多年沒有弄臣的音訊了。

我發現自己正在盯著弄臣送我的最後禮物——我們三個的雕像，他、我，和我的狼夜眼。我向它伸出一隻手，又把手收了回來。我再不想見到他那半像是做鬼臉的微笑有任何變化了。就讓我只記得他這個樣子吧。我們一同度過了許多年的光陰，一同經歷艱難險阻，甚至瀕臨死亡，而且不止一次。我的狼死了，我的朋友不曾道別就與我分離，從那以後也再沒有任何音訊。我很想知道，他是否認為我已經死了，同時拒絕去思考他是否還在人世。他肯定還活著。他經常告訴我，他要比我所知道的老得多，並且會比我活得久得多——這也成為了他要離開我的原因之一。他在我們最後分別之前就警告過我，他打算離開。他相信他要讓我擺脫一切羈絆和義務，讓我最終能夠自由地去追求我的喜好。但那場沒有能完結的分離留下了一道傷口。這些年裡，傷口變成了換季時便會感到痛楚的傷疤。他現在在哪裡？為什麼會留下一件禮物給我？如果他相信我會再次出現，為什麼又從不聯絡我？我將目光從那尊雕像上轉開。

自從我離開艾斯雷弗嘉之後，就再沒有見過他，也沒有得到過任何訊息了。到現在已經有多久了？十四年？十五年？為什麼你要在這時候問起他？

我也一直在想他。你一定還記得，我對於白色先知的傳說很感興趣，這種興趣甚至還早於弄臣自稱為白色先知的時候。

是的，我最初還是從你這裡知道了這個名字。我緊緊地約束住自己的好奇心，拒絕問更多問題。當切德第一次讓我看到關於白色先知的文獻時，我還以為它們記錄的只不過是另一種遙遠地方的古怪宗教。我對於艾達和埃爾很熟悉。埃爾是海神，一位最好不要去招惹的神，祂殘忍無情，苛求無厭。艾達是農田和牧場的女神，寬容慷慨又充滿母性。但即使是對於六大公國的神明，切德也告訴我不必抱有太大敬意。對於遮瑪里亞的雙面雙性神「莎神」就更不必在意了。所以他對於白色先知的癡迷一直都很讓我困惑。那些卷軸上預言，在每一個世代的人群中都會誕生一個無色的孩子，他擁有預見未來的能力，能夠透過操縱或大或小的各種事件來影響世界的進程。切德一直都對這種說法很感興趣。在一個又一個傳奇中，白色先知改變一個個小事件，最終造成重大的改變——阻止戰爭或者推翻帝王。有一個傳說宣稱，一名白色先知在一條河邊生活了三十年，只是為了在一個特定的晚上警告一名旅行者，如果他試圖在風暴中走過一座橋，那座橋就會坍塌。那名旅行者後來成為一名偉大將軍的父親，而那名將軍贏得了某個遙遠國家的一場戰爭。我一直都認為這些只是華而不實的無稽之談，直到我遇見弄臣。

當他自稱為白色先知的時候，我的心中充滿懷疑。而當他宣稱我將成為他改變歷史的催化劑時，我的疑心只是變得更重了。但毫無疑問，我們做到了。如果不是他和我同在公鹿堡，我早就已經死了。不止一次，他的干涉保全了我的生命。在群山的時候，當我身患熱病，即將死於雪中時，他帶我去了他的小屋，照料我，直到我恢復健康。他讓我活下來，才最終導致巨龍能夠恢復它們在這個世界上正確的地位。我現在也不能確定這是否對人類有益，但不可否認的是，如果沒有他，這絕不會發生。

當切德的思維將我搖醒，讓我重新意識到他的存在時，我才知道自己已在回憶中深陷。

另外，最近有一些奇怪的人出現在公鹿堡城。大概是二十天以前。他們離開之後，我才知道了這件事，否則我肯定會想方設法對他們做更多的瞭解。和我提起他們的那個人說，他們自稱為旅行商人，但攜帶的只是一些隨處都能找到、非常普通的便宜貨——玻璃首飾、黃銅手鐲，諸如此類。沒有一件真正值錢的。儘管他們自稱是長途跋涉至此，但我的人說，他覺得他們的商品只不過是城市商人帶到村子裡去販賣的那種貨色，任何鄉下姑娘或小夥子只要花上半個銅錢就能買到它們。他們沒有來自遠方的香料和獨特的寶石，只有行旅匠人的一些小雜碎。

所以你的間諜認為他們是偽裝成商人。我竭力掩飾不耐煩的心情。切德重視精確的報告，他認為真相只能從細節中找到。我知道他是對的，但我還是希望他能夠先提出話題的核心，然後再描述那些內容。

他認為他們真正的目的不是出售，而是購買，或者是能夠免費搜集到情報。他們一直在問有沒有人遇到過他們的一個朋友，一個膚色非常白皙的人。但奇怪的地方在於他們對於那個「白皮膚朋友」的描述並不一致。有人說那是一個年輕男性，孤身旅行。另一人則說她是一名成年女子，皮膚和髮色都很淺，和一個紅頭髮有雀斑的年輕男人一同旅行。還有一個人找的是兩個年輕人，一個金髮白膚，另一個是深褐色頭髮，但皮膚雪白。聽起來，他們描述中唯一的共同點就是有一個皮膚白得不正常的旅行者。那名旅行者可能還有一名旅伴。

或者他們尋找的人可能進行了偽裝。聽起來像在找一位白色先知。但為什麼他們會來到公鹿堡？

他們從沒有提起過「白色先知」這個詞，這些人似乎也不是虔誠的朝聖者。切德停頓了一下。我的人認為他們是被派來執行某種任務的，或者也許是賞金獵人，在尋找能夠換取酬金的獵物。他們之中的一個人在一天晚上喝醉了，當他的同伴來酒館把他拉走的時候，他咒罵了他們，用的是恰斯語。

有趣。我可不覺得白色先知在恰斯有追隨者。不管怎樣，弄臣已經幾十年不曾在公鹿堡居住過了。當他最後在這裡的時候，他的皮膚是黃色的，不是白色的。他偽裝成了黃金大人。

當然！這些我全都知道！切德一定是以為我在懷疑他的記憶力正隨著年齡而衰退，所以顯得相當氣惱。但其他人可沒有幾個知道的。即使是這樣，他們的問題還是勾出了一些關於點謀國王的白皮膚小丑的故事。但那些商人對這些老故事一點興趣都沒有。他們感興趣的是某個最近經過公鹿堡的人。

所以你認為，弄臣有可能回來了？

這一點很讓我很感好奇。我相信如果他回來了，一定會先去找你。但如果就連你都沒有他的訊息，那麼這就是一個沒有頭緒的謎團了。

那些商人去哪裡了？

我感覺到切德的沮喪。我得到報告的時候已經晚了。我的人並沒有意識到這件事會讓我如此感興趣。有傳聞說他們沿著河邊大道向內陸去了。

向細柳林來了。你說是二十天以前。然後他們就再沒有訊息了？

他們似乎很快就消失了。

那就不是商人。

不是。

片刻之間，我們全都陷入沉默，仔細思考獲得的零星訊息。如果他們的目的地是細柳林，他們應該已經到了。也許只是穿過了這裡，正在向更遙遠的目的地前進。我們甚至沒有足夠的事實能夠繪製出一幅拼圖的輪廓，更不要說想出解決問題的辦法了。

還有另一件有趣的事要告訴你。當我的間諜向我報告，無論是關於白皮膚旅行者，還是那些商人，他們都沒有找到更多訊息的時候，有一名間諜問我是否對另一個白皮膚人的故事感興趣。我讓他講出來，他向我講述了四年以前國王大道沿途的一場謀殺。那時找到了兩具屍體，全都穿著外國人的衣服。他們是國王衛兵在例行巡邏時發現的。其中一個男人被棒打致死，在他身邊還找到了一具屍體。按照報告，那是一個年輕女孩，皮膚像魚肚一樣白，頭髮像是冰柱的顏色。但女孩的身上並沒有找到遭受暴力的痕跡，看上去倒很像是死於某種慢性疾病。她幾乎已經瘦成了一副骷髏，而且應該是死在那個男人之後，因為她還從自己的斗篷上撕下布條，試圖包紮男人的傷口。也許是那個男人一直在照顧她，當男人遇害之後，她也就死了。她和男人相距不遠，他們附近還有一個小篝火堆。不知是否帶有補給品和坐騎，如果有，肯定也都被偷走了。沒有人來詢問過他們。在我的間諜看來，這是一起奇怪的殺人案。凶手殺死了那個男人，卻留下了那個生病的女孩，沒有動她一根手指頭。什麼樣的強盜會做這種事？

這個故事讓我感覺到一種奇怪的寒意。也許她在遭受攻擊的時候躲了起來。也許這樁凶案沒有什麼關係。

或者這的確有些關係。切德沉思的腔調讓我也思索起來。還有一點線索。她穿著黃色的靴子。就像你的信使一樣。

不安的感覺刺激著我的頭皮。那個冬季慶的晚上流回到我的意識中。樂惟是如何形容那名信使的？雙手像冰一樣白。我本以為那是因為寒冷讓女孩的皮膚失去了血色。如果她本身的膚色就很白呢？但切德關於殺人案的訊息已經是四年前的事情了。我的信使是三年前的冬季到來的。他的間諜又給他帶去訊息，表明又有一名或者兩名信使到來，而且只是在二十天以前。那麼這可能是若干相互有關聯的人，或許都是白者。有可能是弄臣派來的人嗎？我想要單獨思考一下這件事。其實我很不想會有這樣的事情發生。哪怕只是錯過他的一名信使，我都感覺自己的心在被撕裂。我否認這樣的事情。這些事可能和我們兩個都沒有任何關係。

對此我表示懷疑。不過我現在會讓你回到床上去睡覺。缺乏睡眠總是會讓你無端惱怒。

你經常會這麼幹，我反駁他。他的笑聲讓我更覺氣惱。然後，他就從我的意識裡消失了。

一根蠟燭閃動了幾下。我用手把燭芯捏熄。清晨就快到來了。也許我應該再點一根蠟燭，畢竟現在已經不太睡得著了。為什麼切德要用精技聯絡我？問我寫日記的事情，又用一點關於外國旅行者的訊息來逗弄我？自始至終，我們都無法確定那些旅行者真的和弄臣有關聯。我沒有足夠的資訊能夠對它細加審核，心中卻有足夠的事情讓我無法再入睡。也許我應該繼續翻譯工作。感謝切德，今晚我不可能再安下心來了。我緩緩站起身，向周圍掃視了一圈。這個房間顯得相當凌亂。書桌上放著一只空白蘭地杯子，還有我昨晚剛剛寫禿的兩枝鵝毛筆。我應該收拾一下這個房間。我不允許僕人走進這裡，實際上，我的僕人之中應該只有樂惟才知道我有多麼頻繁地使用它。無論是白天還是和莫莉分享的黃昏時分，我都很少會到這裡來。這個地方是我在失眠夜晚的避難港灣，讓我能夠逃離放逐我的睡眠，或者不斷襲擊的噩夢。我總是孤身一人來此。切德培養了我祕密行動的習慣，這一點在我的身上未曾改變。我是這個位於整幢房子最偏僻一翼的房間唯一的管理者。我帶進來木柴，剷走灰燼。我負責這裡的擦洗和整理……是的，有時候我的確會擦洗和整理。這個房間現在已經非常需要打理一下了。但不知為什麼，我就是提不起勁。

於是我只是在原地伸了一個懶腰，然後又突然停下來。我的雙手伸在頭頂上方，眼睛卻盯住了壁爐架上惟真的佩劍。那是浩得為惟真鍛鑄的，她是公鹿堡歷史上最優秀的鑄劍師，為了保護惟真國王而殞命。然後，惟真將自己的人類生命獻給了他的臣民，以己身進入了巨龍。現在他正沉睡在岩石之中，永遠無法再被我觸及了。失落的痛楚實實在在地突然襲來。突然間，我覺得自己必須離開這個房間。這四面牆壁之中有太多東西連繫著我的過去。我允許自己最後緩緩掃視了一遍。是的，這裡正是儲存我的過去，和所有那些糾纏我、困惑我的情緒之處。我來到這裡，想要理清我的歷史，卻也努力要把這些歷史擋在一道被門住的屋門後面，讓自己能夠輕鬆地回到我與莫莉的生活中。

而我也第一次開始考慮一些「為什麼」，為什麼我要把這裡裝潢得像是切德在公鹿堡的老房間？為什麼我要一個人來到這裡，不眠不休地去整理那些永遠無法挽回的悲劇與災難？為什麼我不離開這個房間，封緊房門，永遠不再回來？我感覺到一陣刺痛的罪惡感，便抓住那柄愧疚凝聚成的匕首，仔細端詳它。為什麼？為什麼回憶我失去的一切，為它們哀悼會是我的責任？我殊死搏殺，只為了贏得一個屬於自己的人生，我勝利了。現在的人生是屬於我的，握在我的雙手之中。我站在這裡，在一個堆滿了塵封卷軸、破爛鵝毛筆和舊日陳跡的房間裡。而在樓上，一名深愛我的溫暖女子正一個人沉沉睡去。

我的目光落在弄臣最後的那件禮物上。那尊三張面孔的記憶石雕像立在壁爐臺上，每當我從書桌上抬起頭凝視它時，弄臣都會與我對視。我向自己發出挑戰，緩慢地將它拿起來。自從三年前那個我聽見慘叫聲的冬季慶夜晚以後，我就再沒有碰過它。現在我將它捧在手心裡，盯著弄臣的眼睛。一陣戰慄的恐懼感湧遍我的全身。「我這個人一向都不大明智啊。」僅此而已。只有分別時的這句話隨著他的聲音在我的腦海中響起。這讓我的心同時感覺到被治癒和被撕裂。我小心地把雕像放回到壁爐上。

這個房間有兩扇又高又窄的窗戶，我走到其中一扇前面，將厚重的窗簾推到一旁，低頭看著細柳林廚房外的園圃。這裡的風景算不上漂亮，一名抄寫員的房間便不過如此，不過很是可愛。月亮正懸在天空中，月光灑落在正在生長的草藥上，給葉片和嫩芽鑲上了一圈珍珠色的光彩。白色石子小路蜿蜒經過一片片花床，同樣映照著月光。我抬起眼睛，向花園外面望去。在細柳林高大的莊園宅邸以外，是連綿起伏的草地，更遠處則能看到山邊的森林。

在這個宜人的夏日夜晚，平緩的山谷中，綿羊都被留在草場上。母羊像是一片片大一些的雲朵，半大的羊羔聚集在牠們周圍。在黑色的天空中，星星閃爍不定，如同另外許多散落原野的羊群。我看不到牧場後面山丘上的葡萄園，也看不到在田園間流淌而過，最終匯入公鹿河的細柳河。稱它是一條河也許有一點誇張。一匹馬能夠在許多地方輕鬆馳過它的河道。不過它在夏季從沒有乾涸過。這股清亮溪流一直在滋養著這座富饒的小山谷。細柳林是一個平靜安寧的采邑，一個甚至會讓刺客變得心軟的田園牧場。我對切德說，我必須去集鎮商討羊毛價格，但實際上他是對的。老牧羊人．林恩和他的三個兒子願意把這項工作交給我，多半只是在容忍我的任性。我的確已經從他們那裡學到了許多，但我堅持去和羊毛採購商談價格只是出於自己的驕傲。林恩和他的兩個兒子會陪我一起去，但最終達成交易必須由我來握手決定。林恩會用點頭的動作來告訴我何時可以握手。

我擁有非常美好的人生。當憂鬱的情緒抓住我的時候，我知道那不是因為眼前任何的事情，只是因為黑暗的過去。那些悲傷的遺憾只是回憶，無法再傷害我。我想著這些，突然打了個哈欠。我覺得，現在可以入睡了。

我讓窗簾落下，卻因為它揚起的一團塵土而打了個噴嚏。這個房間的確需要好好清理一下了。但不是在今晚，或者也不會是在今後的某個晚上。也許我今晚可以撇下它，讓屋門在我的身後關閉，將過去全部留在這裡。這個念頭在我的心裡轉動，就像一些男人們的心裡轉動著放棄酒精的念頭。這對我會是件好事。對於莫莉和我都會更好。但我知道自己不會這樣做。我說不出是為什麼。慢慢地，我捏熄了剩下的燭火。總有一天，我向自己承諾，同時知道我在說謊。

當門在我身後關上的時候，走廊裡清冷的黑暗吞沒了我。這裡的地板很涼，一陣幽風吹過走廊。我歎了口氣。細柳林幅員遼闊，需要不斷進行維護和修理。這裡總有事情要做，有事情需要忙碌的獾毛管理人去照管。我向自己微微一笑。難道我會希望切德的午夜召喚會是命令我去刺殺某人？明天還要和樂惟說，會客室的一個煙囪被堵住的事情。

我赤著腳在走廊中快步前行，走過一個個熟睡中的房間，回到臥室，輕輕打開門，又盡量悄無聲息地將它在我背後關好。我的長袍再一次落在地板上，我則滑回到毯子下面。莫莉溫暖的肌膚和甜美的氣息在召喚我。我打著哆嗦，慢慢等待毯子讓身體暖和過來，不去驚擾莫莉。但她轉向我，將我擁入她的懷中。她溫暖的小腳貼在我冰冷的腳上，頭枕在我的胸口上，頭頂蹭著我的下巴。

「我不想驚醒妳。」我悄聲說道。

「你沒有。我醒過來的時候發現你不在。我一直在等你。」她聲音很低，但並不是耳語。

「抱歉，」我說道。她在等我告訴她。「是切德用精技呼喚了我。」

我沒有聽到，卻感覺到她在歎息。「一切都還好嗎？」她低聲問我。

「沒什麼問題。」我向她保證，「只是一個睡不著的老人想要找個伴。」

「嗯。」她輕輕地表示贊同，「這個我能理解。我現在也不像年輕時睡得那麼好了。」

「我也是。我們全都在變老。」

她歎了口氣，蜷縮進我的懷裡。我用雙臂摟住她，閉起眼睛。

她低聲清了清喉嚨，「你睡著了嗎……你還睏嗎？」她試著向我又貼近了一點。像以往一樣，我的呼吸一下子停在喉嚨裡。我向黑暗中微笑著。這就是我的莫莉，儘管我知道她正在老去。最近，她一直都顯得有些猶豫和沉靜，以至於我很擔心自己在無意中傷害了她的感情。但是當我問她的時候，她只是搖搖頭，低垂目光，暗自微笑。「我還沒有準備好告訴你。」她一直在逗弄我。今天早些時候，我走進房間裡，看到她正在處理蜂蜜，製作我們使用的蠟燭。我看到她一動不動地站著，浸透蠟油的長燭芯從指縫間垂落下去，彷彿已被遺忘。她的眼睛則盯著遠處的某個地方。

她又清了清喉嚨，我意識到這一次心不在焉的是我。我親吻了她的頸側，她發出一陣很像是小貓「嗚嗚」叫的聲音。

我將她抱緊。「我不睏。我希望永遠都不會變得那麼老。」

在那個時刻，那個房間裡，我們就像以前一樣年輕，在體驗過對方那麼多年以後，我們對待彼此不再笨拙，不再有猶豫。我知道有一名歌手曾經吹噓自己和一千個女人好過，每次一個。他永遠不會知道我所知道的，擁有一個女人一千次，每一次都會在她身上發現一種不同的樂趣。這種感覺要好得多。我現在知道了一對老夫妻在房間中彼此對視時，目光中看到了什麼。不止一次，我曾經見到過莫莉的眼睛瞥向聚在一起的家人。從她嘴角的笑紋和輕撫嘴唇的指尖上，我清楚地知道她在想著我們獨處時要做些什麼。我對她的熟悉，是一種比任何鄉野女巫在市集上販賣的愛情靈藥，都更加強有力的藥劑。

簡單和真實就是我們做愛的風格，而且非常徹底。在那以後，她的頭髮散落在我的胸膛上，乳房暖融融地壓在我的肋側。我的身體在漂流，溫暖而且滿足。她在我的耳邊輕聲說話，氣息撥動著我的耳朵。

「親愛的？」

「嗯？」

「我們要有個孩子了。」

我倏地睜開眼睛。不是因為我曾經希望感覺到的喜悅，而是慌亂和震驚。我慢慢地呼吸了三次，竭力尋找詞彙，理清思路。我感覺到自己彷彿走過了河邊溫暖的淺水，進入到冰冷的深水激流之中，一頭栽倒，被冷水淹沒。我什麼都沒說。

「你醒著嗎？」她又問道。

「是的，妳呢？妳是在說夢話嗎，親愛的？」我很想知道她是不是真的在做夢，也許她回想起了另一個男人，另一段時間，那時她這句意義重大的話是千真萬確的。

「我醒著。」我聽出她的聲音有些氣惱。她又說道：「你有沒有聽見我在對你說什麼？」

「我聽見了。」我打起精神，「莫莉，妳知道這是不可能的。妳自己也在幾年前對我說過，妳懷孕的年紀已經過去了。況且妳已經好幾年……」

「我錯了！」現在她毫無疑問是生氣了。她抓住我的手腕，將我的手按在她的肚子上，「你一定已經看到了，我的肚子正在變大。我已經感覺到我們的寶貝在動了，蜚滋。在我絕對確定以前，我一直都不想說的。現在，我確定了。我知道這不同尋常，我知道這看上去一定很不可能，畢竟我已經停經多年了。但我知道我沒有錯。我感覺到他在動。我懷了你的孩子，蜚滋。等到這個冬天結束的時候，我們就會有一個寶寶了。」

「哦，莫莉。」我說道。我的聲音在顫抖，將她擁得更緊，兩隻手在不停地哆嗦著。我緊緊抱著她，親吻她的眉毛和眼睛。

她也用雙臂將我抱緊：「我就知道你一定會非常高興，也會非常驚訝。」她快活地說著，緊貼著我，「我會讓僕人把搖籃從閣樓裡搬出來。我幾天以前就去看過那副老橡木搖籃了，它還在那裡，沒有一個接榫鬆動。我們的願望終於得到滿足了！耐辛如果知道終於將有一個瞻遠家的孩子在細柳林出生，她會多麼激動。不過我不會使用她的育嬰室。那裡距離我們的臥室太遠了。我想，我會讓一樓的一個房間變成我和我們孩子的特別育嬰室。也許就用麻雀室吧。我知道，等我身子變得更重的時候，我就不會想要經常爬樓梯了……」

她繼續說著，喘著氣描述她的計畫：提起她會用上耐辛舊縫紉室裡的屏風；如何將掛毯和地毯清理乾淨；要用小羊毛紡線和染色，專門為我們的孩子準備布料。我聽著她說話，卻因為驚恐而感到啞口無言。她的思路已經離我愈來愈遠，飄到了一個我追不上的地方。過去幾年中，我看到她迅速蒼老。我注意到了她腫脹的關節，看見她偶爾會在樓梯上停下來，略作喘息。我還不止一次聽見她喊廚娘塔維婭的時候，卻錯喊出了塔維婭母親的名字。最近莫莉還總是會在把事情做到一半的時候就逕自走開，留下未完成的工作攤在那裡；或者是走進一個房間，環顧一周以後問我：「喂，我來這裡是要做什麼？」

這些錯誤成為了我們的笑話。但現在她的念頭一點也不好笑。我將她抱緊，聽她絮絮叨叨地說著顯然已經籌謀了幾個月的計畫。她在我收緊的雙臂之中，但我非常害怕自己正在失去她。

到那時，我就只剩下自己一人了。

5

到來

眾所周知，一旦一個女人過了能夠生育的年齡，她就會更加難以抵抗身體的各種小毛病。當月經減少，最終停止的時候，許多女人都會感覺到突然的燥熱或者經常在夜晚嚴重盜汗。睡眠會從她們身邊逃走，無時無刻的疲憊感將佔據她們的身體。她們手腳的皮膚變得更薄，更容易出現割傷和刮傷。她們的性慾普遍會衰退，一些女人甚至會顯示出更加男性化的樣貌：乳房萎縮；面部生出毛髮。就算是最強壯的村婦在她們以前能夠輕鬆完成的工作中也會表現欠佳。她們更容易發生骨折，哪怕只是在廚房稍微跌倒也會導致這種重傷。這時的女人還有可能掉落牙齒。有一些人的頸後會出現隆起，只能抬眼向上瞥著走路。這些都是女人年齡帶來的普遍影響。

但有一件事知道的人不多，那就是女人在這時往往會更傾向於憂鬱、發怒或產生愚蠢的衝動。想要抓住青春卻又無能為力，即使是心志最堅定的女人也會屈從於豔俗的服飾和各種無稽的行為。通常這樣的風暴都會在不到一年的時間裡過去，然後女人就會恢復她們的高貴與平靜，接受自己的年齡。

但有時候，緊隨這些徵兆而來的就是神智的衰退。如果她開始變得健忘，叫錯人的名字，丟下還沒有完成的日常工作，在一些極端的狀況中認不出自己的家人，那麼她的家人就必須明白，她已經不再可靠了。不能再把小孩子交託給她照管。正在烹飪的菜餚如果被遺忘更可能導致火災。由她們打理的牲畜也許會在炎熱的日子缺乏飲水餵料。無論怎樣的勸諫和指責都不會改變這樣的行為。對於她們，憐憫應該是比憤怒更加合適的反應。

將工作交給這樣一個女人是很不合適的。應該讓她坐在爐火旁纏纏羊毛，或者做一些諸如此類不會有危險的工作。很快，她的身體就會隨著神智一同衰竭。如果在這段時間裡，家人能夠用更多的耐心與善意對待她，那麼當她去世的時候，他們的哀痛也會輕一些。

如果女人變得狀況百出，比如在夜晚開門出去，在暴風雨中散步，或者當她無法理解周圍的狀況時就發怒，那麼就需要用一杯濃濃的纈草*根茶讓她進入可以照護的狀態。這種藥劑能夠讓上年紀的女人和為了照顧她而疲於奔命的家人們都獲得安寧。

——《關於肉體之衰老》，治療師莫林高爾

莫莉的瘋狂格外令人難以忍受之處，在於她在生活中其他方面依然保持著十足的幹練和理智。

她在幾年以前就停經了。那時她就告訴我，她不會再懷孕了。我曾經竭力安慰她和我自己，告訴她我們已經有了一個女兒，儘管我還是錯過了蕁麻的童年。命運給予了我們很多，向命運提出更多的要求是愚蠢的。我告訴她，我已經接受了我們不會有最後一個孩子，而且我真的以為她也接受了這一點。我們在細柳林擁有了一段完整而舒適的人生。一直伴隨在她早年人生中的各種艱難困苦都已過去，我將自己從公鹿堡王室的政治和陰謀中抽離出來，我們終於有足夠的時間彼此陪伴了。我們能夠一同傾聽吟遊歌者的歌聲，購買我們想要的物品，用最奢華的方式盡情慶祝節日。我們一同騎馬出行，慵懶閒適地欣賞這片寧靜土地上的羊群、繁花似錦的果園、草地和葡萄園。我們感到累了就會回來，享用晚餐。如果樂意，我們就會睡得很晚。

我們的管家樂惟非常能幹，讓我在這裡幾乎無事可做。謎語很會選人。不過樂惟終究沒有變成謎語所希望的守門衛兵。這位管家每週會和莫莉商討一次飲食和物資供給的問題，他也經常會用需要修理或更換的物品清單來煩我，在這些事情上他一直都很有勇氣。我可以向艾達起誓，這

＊譯注：根莖有鎮靜催眠的作用。

傢伙這麼起勁地改造莊園，一定只是因為他喜歡這種改造。我聽取他的報告，分撥資金，然後就把工作全部交給他。這塊封地的收入足以支付日常所需，還能剩餘不少。不過我依然會仔細審查帳目，盡可能留存下資金，以供蕁麻未來所需。她曾經不止一次責備我將私人金錢用在本應該由封地收入來支付的維修費用上。但瞻遠王室的確給了我一筆豐厚的贍養費，以答謝我多年以來對晉責王子的效忠。我們有足夠的錢可以支配。我曾經相信，我們已經進入了人生的靜水港灣，從此將度過平靜的時光。但莫莉在那個冬季慶的跌倒警醒了我，但我仍然拒絕接受它所預示的未來。

在耐辛去世後的一年中，莫莉變得更加沉鬱，似乎經常會神思散亂，心不在焉。有兩次，她出現了陣發性暈眩，還有一次，她在床上連續躺了三天才恢復過來。她持續變得瘦削，動作也愈來愈遲緩。當她最小的兒子們決定要去闖世界的時候，她微笑著向他們告別，卻在夜晚無聲地對著我流淚。「我為他們感到高興。這是他們人生的開始。但對於我，這是一個結束，一個艱難的結束。」她開始用更多的時間做自己想做的事情，也對我非常體貼，比前幾年更常表露出溫柔的一面。

第二年，她恢復了一點。當春天到來的時候，她清理了一直被遺忘的蜂箱，甚至出門去捕獲了一個新的蜂群。她成年的兒子們會回來看她，帶來各種關於他們忙碌生活的訊息，還會帶來她的孫子孫女，很高興看到母親恢復了往日的體力和精神。讓我高興的是，她又有了性慾。那一年對於我們兩個都是很美好的一段時光。我開始有勇氣希望導致她眩暈的病症已經過去了。我們變得更加親密，就像兩棵被分別種下的樹終於伸出枝椏，纏繞在一起。她不必再像以前那樣，先要把心思和時間放在她的孩子們身上，使得他們成為了我倆中間的一道障礙。我會不知羞恥地承認，我很喜歡成為她世界的中心，而我會竭盡全力讓她看到——無論在哪個方面，她一直都是我生命的核心。

最近她的體重的確開始增加了。食欲彷彿總是無法滿足。隨著肚子漸漸隆起，我還稍稍開過她的玩笑。但在那一天我沒能繼續說笑。她那時看著我，幾乎是用哀傷的語氣說：「你似乎完全不會老去，我卻無法像你一樣，我的愛人。我會日漸衰老，也許會愈來愈胖，動作遲緩。我作為女孩的日子早已一去不返，就像我能夠懷孕的日子一樣。我已經成為了一個老女人，蜚滋。我只希望身體能夠垮在我的神智之前。我不想耽擱到不再記得你是誰、我是誰的時候。」

所以，當她向我宣布她「懷孕」的時候，我就開始擔心我們最害怕的事情成真了。

幾個星期過去了，她堅持相信她已經懷孕，我再一次試著讓她看清事實。我們躺在床上，她蜷縮在我懷中。她又提起了即將到來的孩子。我說道：「莫莉，這怎麼可能？妳告訴過我，妳的……」

舊日的火氣從她身上一閃而過，她抬起手捂住了我的嘴。「我知道我說過什麼。現在我知道事情已經不同了。蜚滋，我懷了你的孩子。我知道你會覺得這很奇怪，我自己也覺得非常不可思議。我對此已經懷疑了幾個月，但一直保持著沉默，就是不想讓你覺得我很愚蠢。但這是真的。

我感覺到寶寶在身體裡動彈。我懷過許多孩子，所以這一點我不會搞錯。我就要有一個新的孩子了。」

「莫莉。」我說道。我依然抱著她，但有些懷疑她是否還和我在一起。我已經想不出還能對她說些什麼了。我是個懦夫，無法挑戰她。但她察覺到了我的懷疑。我感覺到她的身子在我懷裡變得僵硬。我覺得她就要從我的手臂中掙脫出去了。

然後，我感覺到她的怒意平息。她長長地吁了一口氣，將為了責備我而聚集起來的力量散去，頭枕在我的肩膀上說道：「你覺得我瘋了。我想，我不能責備你。四年了，我一直覺得自己只剩下一副乾癟的軀殼，再也無法懷孕了。我竭盡全力去接受這個事實。但其實做不到。這正是我們所希望的寶寶，我們的寶寶，你的和我的，我們的結晶。我不在乎這是如何發生的，或者你是否認為我現在是個瘋子。因為用不了多久，等孩子出生，你就會知道我是對的。在那以前，你儘管覺得我是瘋子或者是意志薄弱好了，但我就是很高興。」

她在我的懷中鬆弛下來。在黑暗裡，我看見她在對我微笑。我也努力報以微笑。她躺到我身邊的床上，柔聲說：「你一直都是一個頑固的人，總是相信你比別人更清楚發生了什麼。也許有那麼一、兩次你是對的。但我現在說的是女人的事情。對於這件事，我比你更清楚。」

我做了最後的努力：「妳這麼長時間渴望一樣東西，然後它在妳不可能得到的時候出現了，有時候……」

「有時候你無法相信它真的出現了，有時候你害怕去相信。我理解你的猶疑。」她向黑暗中微笑著，因為用我的話反擊了我而感到愉悅。

「有時候，對於不可能得到的東西過度渴望會改變妳的意識。」我聲音沙啞地說道。我自覺有必要將這些可怕的話說出來。

她輕輕歎了口氣，但臉上還帶著微笑。「如果是那樣，對你的愛早就會改變我的意識了。但它沒有改變我。所以你如果想頑固就儘管頑固吧。你甚至可以認為我瘋了。但這是真的。我就要有你的孩子了，蜚滋。在冬天結束以前，這幢房子裡就會多一個孩子。所以你明天最好讓僕人把搖籃從閣樓上拿下來。我想要在我的身子太重以前安排好他的房間。」

就這樣，莫莉還留在我的家中、我的床上，但她已經離開了我，走上了一條我無法跟隨的道路。

第二天，她向幾名女僕宣布了她的身體狀況，並命令她們將麻雀室改造成育嬰室，成為她和她想像中的孩子的居所。我沒有反對她，但我在那些女人離開房間的時候看見了她們的表情。後來我看到其中的兩個人將頭湊在一起低聲談論。但是當她們抬起頭看見我的時候，立刻停止了交談，誠摯地向我道日安，卻始終不看我的眼睛。

莫莉繼續著她的幻想，同時全身煥發出我以為她早已失去的活力。她縫製小袍服和小軟帽；監督麻雀室每一處清潔工作。煙囪被重新清掃，窗戶換上了新窗簾。她堅持要我用精技和蕁麻聯絡，要蕁麻回來一同度過冬季最陰晦的幾個月，幫助我們歡迎我們的孩子。

於是，蕁麻回來了。在精技討論中，我們早已一致認為莫莉是在自欺欺人。蕁麻和我們一起慶祝冬季慶，一直停留到大雪落下，又等到雪融路現。沒有孩子出生。我本以為莫莉終於不得不承認她只是在幻想。但她依舊安穩地堅持，她只是算錯了懷孕的時間。

春天伴隨著盛開的鮮花到來了。在我們共同度過的傍晚，她有時會突然撇下手中的針線喊道：「來了！來了，他在動了，我有感覺了！」但每一次我不得不將手放在她的肚子上時，什麼都感覺不到。「他停住了。」莫莉總是堅持這樣說。我則會嚴肅地點點頭。我還能做什麼？

「夏天會把他帶來的。」莫莉向我們兩個保證。她開始縫製更加輕薄的小衣服。當蚱蜢的一聲聲細鳴帶來了炎熱的夏季，這些夏日的嬰兒服又變成了衣箱中另一層她為想像中的孩子備置的服裝。

陽光耀眼的秋天到了，就像細柳林的每個春天一樣可愛。赤楊樹如同一片片深紅色的雲霧，金黃色的樺樹葉則像是一枚枚金幣，細長的柳樹葉也變黃並捲曲，隨風飄落，被掃到精心照管的地塊邊緣厚厚地堆積起來。我們已經不再一同騎馬出行了，莫莉堅持如果這樣做可能會失去孩子。不過我們還是會一同散步。我為她收集山核桃，聽她講述把屏風挪進育嬰室，為搖籃隔出一片獨立空間的計畫。時日遷延，淌過山谷的小河隨著雨水變得湍急了。當雪花再一次落下的時候，莫莉又開始為我們幻想中的孩子縫製更保暖的衣服。這一次孩子肯定要在冬季出生了。他需要柔軟的毯子、羊毛鞋子和帽子。就在冰面覆蓋了細柳河時，我開始竭力掩飾自己，裝作沒有感覺到她日漸滋長的迫切心情。

但我相信她明白。

她有勇氣。在所有人的懷疑匯聚而成的激流中，她正奮力逆流而上。她知道僕人們在說些什麼。他們都認為她發瘋了，或者是因為年紀太大而糊塗了；那些人感歎著，曾經那樣睿智精明的一個女人，怎麼會如此愚蠢地為想像中的孩子打造育嬰室。她維持著自己的威嚴，從不會向這些僕人發洩情緒，同時又迫使他們必須對她保持敬意。但她也在盡量遠離他們。她曾經與本地的上流人士多有來往。現在她已經不再安排晚宴，也絕不再去十字路口的集市。她沒有要求任何人為她的孩子縫製衣物。

她被想像的孩子吞噬，再沒有多少時間用在我和那些曾經讓她感興趣的事情上了。她的每一個黃昏，甚至整個晚上都會在育嬰室裡度過。我想念她，希望她能在我的床上，但我並不會催促她爬上樓梯，躺在我身邊。有的晚上，我也會到那個舒適的房間裡去，在那裡進行我的翻譯工作。她一直都歡迎我過去。塔維婭會用托盤為我們送來草藥茶和茶杯。將茶壺放在爐火上之後，就會退出去，留我們兩人獨處。莫莉會坐在一張軟墊椅中，腫脹的雙腳被抬起，放在一只軟墊小凳子上。我在角落裡有一張小桌子用來工作。莫莉的兩隻手一直在忙著紡織或者縫紉。有時候，我會聽到她停住手中的針線。然後我會抬起頭，看到她凝望著爐火，雙手按在肚子上，表情中充滿了希冀。在這樣的時刻，我會全心盼望她不是在自我欺騙，希望這一切都是真實的。儘管我們年歲已長，我還是覺得她和我能夠養育一個嬰兒。我甚至曾經問過她有沒有想過收養一名棄嬰。她那時微微歎了口氣說道：「耐心一點，蜚滋。你的孩子正在我身體裡成長。」於是我就沒有再提起過這件事。我告訴自己，這些幻想給她帶來了快樂，那麼從實際角度考慮，這件事又有什麼害處？我不再管她了。

到了那一年的盛夏，我得到訊息，群山的伊尤國王去世了。這並不意外，但它的確造成微妙的局勢。珂翠肯，六大公國的前任王后是伊尤的繼承人，她的兒子晉責國王的繼承順位在她之後。群山王國中有人希望珂翠肯能夠回去統治她們。但珂翠肯已經多次清楚地表明，她希望兒子晉責能夠將群山納入他的統治之下，作為王權治下的第七個公國。伊尤的死，意喻著一個六大公國必須飽含敬意並謹慎應對的轉變。珂翠肯當然要前往群山王國，但晉責國王和艾莉安娜王后也會去，隨行的還會有繁盛王子和誠毅王子、精技師傅蕁麻以及數位精技小組的成員、切德大人、儒雅大人……必須出席這次葬禮的人員名單長得似乎沒有盡頭。許多低階貴族也會出席葬禮，以期贏得上位者的寵信。我的名字也在名單之中。作為獾毛管理人，珂翠肯衛隊中的一名低階軍官，我必須參與此行。切德的堅持、珂翠肯的要求、晉責幾乎是在命令、還有蕁麻的懇求……於是我打包好行李，挑選了一匹馬。

在這一年中，莫莉的癡迷讓我不堪重負，只能全盤接受。當她宣布不會陪同我前往，因為她感覺「時間已經非常迫近」的時候，我並不感到驚訝。我不想離開她，現在的她是如此不安，但我心中另有一個聲音在催促著我暫時從她的幻想中脫身出來，至少能休息一下。我私下請求樂惟在我離開時對莫莉的任何要求都格外注意。他看上去對此很排斥，這讓我覺得對他下達這個命令更有必要了。最後他說道：「我會盡力照顧好一切，就像以往一樣，主人。」然後又僵硬地稍稍鞠了一躬，彷彿是在說：你這個白癡。

於是，我離開了莫莉，策馬馳出細柳林，悄然加入到北上前往群山王國參加葬禮的貴族佇列中。重新踏上這段旅途時，我的心中閃過一陣生疏感。我在不到二十歲的時候就曾走過這條路，那一次是為了去群山王國接惟真王儲的新娘珂翠肯。在我第二次前往群山的時候，我經常會避開大路，和我的狼一起穿越荒野。

我知道，公鹿公國已經改變了。現在我看到了六大公國全都在發生變化。道路比我記憶中更加寬闊，被開墾的土地也變多了。曾經是草場之處變成了生長穀物的農田。道路兩旁出現了新的城鎮。有時候，前一座城鎮幾乎還沒有過去，我們就看到了新的城鎮。更多客棧和市集在路邊接待著來往的客商，只是我們的行進隊伍有時依然會超過這些旅店的招待能力。大片荒野都被犁頭馴服了，或者被籬笆圍護起來形成牧場。我有些好奇，現在狼都要去哪裡狩獵？

作為珂翠肯的衛士之一，我必須穿上她的紫白色制服，行進時也要靠近王室團隊。珂翠肯從不是一個拘泥於禮儀的人。所以當她要求我和她並轡而行的時候，瞭解她的人都毫不在意地接受了這個事實。我們低聲交談。其他旅行者發出的鞍轡擦碰聲和馬蹄噠噠聲為我們提供了一種奇怪的私密環境。我向她講述了第一次前往群山王國的各種故事。她說起了她的孩子和伊尤——她所描述的並不是一位國王，而是摯愛的父親。對於莫莉的反常行為，我隻字未提。父親的死已經為珂翠肯帶來太多的哀痛。

既然是珂翠肯衛隊的一員，我當然要住宿在她所投宿的旅店中。這通常意味著蕁麻也和我們居住在同一個屋簷下，所以有時我們能夠找到一個安靜的地方進行交談。能夠見到她實在是一件好事。能夠坦誠地談論她母親持續不斷的幻覺，這本身就讓我鬆了一口氣。當穩重加入我們的談話時，我們便不再提及此事——是蕁麻決定不讓穩重知道。我不清楚她這樣做是因為這個弟弟太年輕，無法消化這樣的訊息，還是因為她覺得這應該只是女人的事情。博瑞屈給他的兒子取了一個很恰當的名字。在他所有兒子裡面，穩重的容貌和健壯的身材最像他，同時也繼承了他從容謹慎的行事態度，和面對任何危險與責任從不退縮的剛強精神。當他和我們在一起時，我感覺彷彿他的父親正坐在桌邊。我注意到蕁麻對於這個弟弟的依賴——並非僅限於精技力量。我很高興他能夠陪伴在蕁麻的身邊，同時又暗自希望著他能夠是我的兒子，儘管我也非常希望他的父親現在還能活著，看著他成長至此。他似乎能夠察覺到我的心情。他對我非常恭敬，但有時候，他那雙黑色的眼睛彷彿能夠透過我的眼眸，一直看到我的靈魂。在那些時刻，我都會在刻骨的哀傷中想念博瑞屈。

當身旁沒有其他人時，蕁麻給我看了她母親逐月寄來的信箋，上面詳細記述了到現在已經持續兩年的懷孕歷程。當蕁麻讀到莫莉如何為這個永遠不會出生的孩子斟酌姓名、縫製衣帽的時候，我萬分心碎。但除了分擔彼此的憂慮，相互給予一點安慰以外，我們都想不出任何解決辦法。

我們到達群山時受到熱情歡迎。群山的首都頡昂佩，一座由亮麗的屋宇組成的城市。至今為止，我看到它們都會想起一朵朵花苞。那些年代久遠的建築依然像我記憶中的那樣與它們周圍的樹木融為一體。但即使是群山也一樣在發生著改變。這座城市的郊區更像是法洛和提爾司的集鎮，擠滿了石塊和木板房屋。讓我傷心的是，我覺得這種變化並不是好事，這些新的建築物更像是森林中出現的潰瘍。

我們連續三天為逝去的老國王哀悼。我對這位國王抱持著深深的敬意。默哀中沒有嘶聲哭號和雨點般的眼淚，我們平靜地分享關於他的故事，讓大家知道他是什麼樣的人，曾經如何作風鮮明地統治群山。他的臣民都在為去世的國王感到哀傷，同時也衷心歡迎他的女兒回家。看到國王晉責、奈琪絲卡和兩位王子，他們都很高興。我不止一次聽到人們帶著溢於言表地驕傲說起誠毅王子非常像珂翠肯的弟弟，也就是誠毅的舅舅盧睿史王子。在聽人們這樣說之前，我並沒有注意到他們的相似之處，但聽過之後，我就無法再忘記這一點了。

在哀悼結束時，珂翠肯站在眾人面前提醒他們，她的父親和駿騎王儲協力開創了六大公國和群山王國之間的和平時代。她讚頌了他們的睿智，安排了她與惟真的婚姻以確保這份和平。她請求人們將她的兒子晉責視作他們未來的君主，並向人們強調，現在他們所享受的這份和平應該被視為伊尤國王最偉大的勝利。

隨著葬禮結束，這次來訪的真正工作才算開始。我們每天都要和伊尤的大臣們舉行會議，在一場場漫長的商討中確定該如何有秩序地交接群山的統治權。我也出席了其中一些會議。有時候是站在房間一側，作為切德和晉責的另一副耳目。在高層會議時，我會坐在室外的陽光中，閉起雙眼，用精技與他們兩個連結。但到了晚上，我有時會放開精技，度過一段屬於自己的時間。

有一次，在這樣一段私人時間裡，我發現自己正站在一道有著華麗雕花和彩繪圖案的門前，癡迷地看著這件出自於弄臣雙手的藝術品。這是他曾經居住過的房子，那時他以為自己無法實現他作為白色先知的使命。在那一天晚上，黠謀國王去世了。珂翠肯逃離了公鹿堡，弄臣跟隨在她身邊。他們一同經歷重重險阻來到群山王國。珂翠肯相信她和未出世的孩子在她父親的家園能得到平安。但弄臣在這裡遭受了雙重打擊。珂翠肯的孩子夭折；關於我死在帝尊牢獄中的訊息也傳入他的耳中。他未能為瞻遠世系留下一個繼承人，沒有實現預言。他作為白色先知的人生完結了。

當他相信我已死，便和珂翠肯一直留在群山，生活在這幢小房子裡，作為一名雕木匠和玩具工匠，試著為自己營建一個聊以度日的小世界。然後他找到了殘破不堪、瀕臨死亡的我，將我帶到這個他和巧馮共用的居所。他帶我進來的時候，巧馮已經搬出去了。我恢復健康之後，弄臣和我就陪同珂翠肯開始了那場看似毫無希望的追尋——跟隨著她丈夫冰冷的足跡一直進入到高山之中。弄臣把這幢小房子和他所有的工具都留給了巧馮。看到這幢房子視窗處掛著的色彩鮮明的提線木偶，我懷疑巧馮依然住在這裡製作玩具。

我沒有敲門，而是在這個漫長的夏日黃昏中一直站在房子外面，端詳著雕刻在它的百葉窗上嬉鬧的小惡魔和靈界景象。就像許多老式的群山住宅一樣，這座建築物被粉刷成鮮豔的顏色，並繪製了許多美麗的圖案，就好像它是一個孩子的珍寶匣。一個空無一物的珍寶匣，我的朋友早已離開它了。

房門打開，一團黃色的燈光灑落出來。燈光後面是一名皮膚白皙的高個子少年。他的年紀大約十五歲，金色的頭髮垂到肩上，挺直脊背，端起肩膀，微笑著說道：「陌生人，如果你想要尋求住所，只需要敲門並提出請求。你是在群山。」然後，他將門完全打開，讓到一旁，招手示意我進去。

我緩步向他走去。他的面容依稀讓我感到熟悉。「巧馮還住在這裡嗎？」

他的笑容變得更加燦爛了。「當然，而且她還在工作。奶奶，有朋友來看你了！」

我慢慢走進房間。巧馮正坐在窗邊的一個工作檯前，臂肘處放著一盞油燈。她在用一把小刷子圖繪某種花紋。刷子上的色彩是金穗草的黃色。「等一下，」她說話的時候並沒有抬頭，「如果顏料乾了，色彩就會不均勻。」

我不發一語，只是站在一旁靜靜地等待。巧馮的金色長髮結成四根辮子，其中已經夾雜了不少銀絲。她的外衫袖口裝飾著明豔的刺繡，現在被她一直挽到了臂肘上。她的一雙手臂依然強健，上面落下許多彩色斑點——黃色、藍色和淺綠色。我等了絕對不只一會兒，她才放下畫刷，向後靠過身子，轉向我。她的眼睛依然像我記憶中一樣湛藍。看到我，她立刻露出了微笑。「歡迎，客人。看樣子你是來自於公鹿國。我想，你一定是來向我們最終得以安息的國王致敬的。」

「是的。」我說道。

在我說話的時候，一抹似曾相識的光亮閃過了她的眼眸。她歎了口氣，緩緩地搖搖頭。「你是他的催化劑。他偷走了我的心，讓我的靈魂高懸起來去尋找智慧。然後你來了，從我這裡偷走了他，彷彿這樣做才是對的。」她從工作檯上拿起一塊色彩斑駁的布，徒勞地揩著手指，「我從未想過會在這個屋簷下再見到你。」她的聲音中沒有敵意，卻有著失落。沉寂已久的失落。

我試著安慰她：「在他認為我們相聚的時間結束時，他也離開了我，巧馮。我們在將近十五年以前分開了。自那以後，再也沒有得到他的消息，遑論見面了。」

聽到我這樣說，她側過頭。她的孫子輕輕關上房門，來到我們身邊，清了清嗓子：「陌生人，想要喝茶嗎？我們這裡還有麵包。您只是想坐坐？還是今晚將在這裡過夜？」這個小夥子顯然很希望知道我和他的祖母之間有什麼關係，並且想邀請我今晚住在這裡。

「請給他拿一把椅子和茶來。」巧馮沒有問我就對她的孫子說道。小夥子立刻跑了出去，為我搬來了一把直背椅。當巧馮的藍眼睛又轉向我的時候，那裡面充滿了同情。「真的？一點音訊都沒有，你們也再沒有見過面？」

我搖搖頭。現在眼前的這個人，應該是我人生中極少數能懂得我的話的人。「他說，他失去了看透未來的能力。我們共同的任務也完成了。如果我們仍然在一起，也許會愚蠢地破壞已經取得的成果。」

巧馮聽到我的話，眼睛眨也不眨。然後，她非常緩慢地點了一下頭。

我站起身，感到有些不知所措。在舊日回憶中，我就躺在那個壁爐前的地板上。那時巧馮的聲音彷彿還在我的耳邊，於是我又說道：「我似乎沒有感謝過妳，在弄臣最初把我弄到這裡來的時候幫助過我。那已經是多年以前的事情了。」

巧馮又嚴肅地點了點頭，但她還是糾正我說：「我幫助的是白色先知。我受到召喚要這樣做，並且從未因此而後悔。」

沉默再一次充塞在我們兩人之間。這種感覺就像是在和一隻貓交談。我又說了些客套話：「希望妳和家人一切安好。」

她像貓一樣在瞬間瞇起了眼睛，然後說道：「我的兒子不在這裡。」

「哦。」

她又拿起那塊布巾，仔細地擦拭手指。她的孫子捧著一只小托盤回來了。那上面有一個小杯子，比我握起的拳頭還要小。杯子裡盛著芬芳四溢的群山草藥茶。我很感謝他的到來暫時打破了眼前尷尬的氣氛。向他道謝之後，我順了一口茶水，嚐到了野紅醋栗和群山中的一種芳香樹皮的味道。這種味道我已經有許多年不曾體驗過了，真的非常美妙。我向他表達自己對此的喜愛。

巧馮從工作檯旁站起身，走過房間。她的後背仍然非常挺直。這個房間的一面牆壁上有一棵大樹的淺浮雕。這一定是她的作品。上次我在這裡的時候還沒有見過它。在這棵樹的枝杈上生長著各種各樣的樹葉和果實。她伸手按在頭頂上方的一片大樹葉上，輕輕將樹葉撥開，露出一個小壁龕。她從壁龕中取出了一個小盒子。

她回身將盒子遞到我面前。它的盒蓋被雕刻成一雙合攏的手。這不是弄臣的作品，但我認得這雙手。巧馮將弄臣的手雕刻成了盒蓋。我向她點點頭，表示我明白。她用手指摸索盒蓋，我聽到一聲特殊的「咔噠」輕響，似乎打開了一道暗鎖。當她掀開小盒蓋時，一股香氣從盒子裡散發出來。這香氣很陌生，也很迷人。她並沒有阻止我觀看盒子裡的物品。我看到了一些小卷軸，至少有四個，或者下面可能還有更多。她從盒子裡拿出一束卷軸，闔上盒蓋。

「這是他最近一次寄給我的信。」巧馮說道。

最近一次。一種最尖銳、最幼稚的嫉妒心轉瞬間從我的心中冒起。他連一隻送信的鳥都沒有給過我，但巧馮卻有整整一盒卷軸！這張柔軟的褐色信紙被一條細長的橙色絲帶緊緊繫住。巧馮拉開絲帶，非常輕柔地打開紙卷。目光開始在紙上移動。我本以為她會把信中的內容唸給我聽。但她只是抬起藍眼睛，堅定地看著我。「這封信很短。不是關於他生活的訊息，不是親切的問候，也不是祝願我身體健康。只是一個警告。」

「一個警告？」

她的臉上沒有敵意，只有堅決。「警告我應該保護兒子。對於問起他的陌生人，我什麼都不應該說。」

「我不明白。」

她聳了聳一側的肩膀：「我也不明白。但我沒有必要完全明白，只需要留意他的警告。所以我告訴你，我的兒子不在這裡。對於他，我只會說這些。」

她認為我是個危險？「我甚至不知道妳有兒子，更不知道妳有孫子。」我的想法如同一個乾豆莢裡的豆子四處亂蹦，「我並沒有問起他。我對於妳也不是陌生人。」

對於我陳述的每一個事實，她都贊同地點點頭。然後她問道：「你喜歡這杯茶嗎？」

「是的，謝謝妳。」

「這些日子裡，我的眼睛很容易疲勞。我發現睡眠對恢復視力很有幫助。當我醒來的時候，就會感覺雙眼煥然一新，所以我最好的工作時間是在黎明時分。」她捲起那一小張褐色信紙，用橙絲帶重新繫好。在我的眼前把卷軸放回到盒子裡，關上盒蓋。

群山人都很有禮貌。她不會命令我離開她的房間，但如果我還想在這裡逗留就太過失禮了。我立刻站起身。也許如果馬上離開，明天我還能回來，試試看有沒有機會問出更多關於弄臣的事情。不管怎樣，我現在應該走了，而且愈安靜愈好。我知道自己不應該再問問題，但我還是問了：「請問，妳是怎麼收到這些信的？」

「透過很多個人，經過很長的路。」她幾乎是微笑著說，「最後將這封信放在我手裡的人早已離開這裡了。」

我看著她的臉，知道這是我最後和她說話的機會。她明天不會再見我了。「巧馮，我對妳和妳的家人並不危險。我是來向一位英明睿智的國王道別。他一直都對我很好。感謝妳讓我知道弄臣給妳的信。至少我知道他還活著。我會將妳以仁善之心給予我的安慰長存於心中。」我站起身，向她深深地鞠躬。

我在她臉上看到了一絲遲疑，當她說話的時候，這一點遲疑變成了非常微弱的些許同情。「最後那封信是我在兩年前收到的。它在路上至少走了一年時間。至於說白色先知的命運，我們都無法確定。」

她的言辭讓我心中一涼。她的孫子已經走到門旁，為我拉開了房門。「感謝你們的招待。」我對他們兩人說道，然後就將小茶杯放在巧馮工作檯的一角，再次鞠躬，轉身離開了。第二天，我也沒有想要再去。

兩天以後，晉責國王和隨行人員離開了群山。珂翠肯留下來與群山的家族和臣民繼續共度一段時間，她向臣民保證會更頻繁地來訪，幫助他們在隨後的長時間裡慢慢轉變為晉責國王統治下的第七個公國。

我也悄悄留了下來，看著國王最後的隨從在視野中消失，然後一直等到接近黃昏的時候才上路。我想要獨自在這段路上仔細思考。離開頡昂佩的時候我完全沒有考慮，也不在意今晚我會睡在何處，如何過夜。

我本來以為會在群山王國找到某種寧靜。我已經見證了這裡的人們以典雅從容的方式為他們的國王送葬，為生命留出得以繼續的空間。但是當我離開的時候，我所帶走的更多是嫉妒，而不是寧靜。他們的國王在一生的賢明統治之後離開了他們。他死得很有尊嚴，並且一直都保持著健全的理智，我卻正在失去珍愛的莫莉。我心懷恐懼地知道，在一切結束之前，情況只會變得更糟——更加糟糕得多。多年前我就失去了弄臣，我曾經擁有過的最好的朋友。我本以為自己已經接受了這個事實，能夠不再想念他。我曾經一直都在向他尋求建議。切德也為我盡了全力，但他始終都是我的長輩和導師。當我訪問弄臣的故園時，我曾以為只會看看它，撫摸一下它的岩石牆壁，思念曾經有一個那樣瞭解我、現在仍然關愛著我的朋友。

但我已經發現，也許我並不像想像中那樣瞭解他。他和巧馮的友誼要比他和我之間的關係更重要得多嗎？這種令人震驚的想法刺激著我。難道這個女人對於他來說，並非只是朋友或白色先知的追隨者？

你在嫉恨他嗎？當你已經失去一切希望的時候卻突然知道他還活著，並且還在採取行動影響這個世界，難道這不是好事情嗎？

我抬起雙眼，衷心希望能夠看到灰色的影子掠過樹叢間，來到大路旁。當然，我什麼都沒有看見。我的狼已經離去多年了，比弄臣更早離開我。現在牠只活在我的心裡，所以牠的狼性依舊會突然闖進我的思緒。至少我還擁有牠的這一部分，也算是聊以自慰。

「我不會為這樣的事情嫉恨他。」我大聲說道，心中卻在懷疑自己是否正因為慚愧而說謊。我搖搖頭，竭力把心思放到眼前。這是美麗的一天，這條路很好。儘管等我回家的時候可能正有許多問題等著我，但現在這些問題還都遠在天邊。實際上，我今天對弄臣的思念，和以前那麼多沒有他的日子裡對他的思念沒有任何區別。他給巧凴寄了信，卻沒有聯絡過我？顯然這種情形已經持續了數年之久。現在我知道了這件事，這是唯一的區別。

我試圖說服自己，知道這樣一件小事並不會真的有什麼不同。就在這時，我聽到身後的路面上傳來馬蹄聲。有人正策馬飛馳而來。也許是一名信使。沒關係，這條路很寬，他能夠毫不費力地超過我。不過我還是讓坐騎靠向路邊，並回頭瞥了一眼。

一匹黑馬，一名騎手，只是兩、三步之間，我就認出那是騎著墨水的蕁麻。我本以為她隨同大隊先走了，然後才意識到她一定是因為什麼原因被耽擱了，這時正努力想要趕上隊伍。我勒住馬韁，等她過來，滿心以為她會向我擺擺手就飛馳而過。

但她一看到我就勒緊韁繩，放慢了速度。墨水到我身邊的時候已經變成小步慢跑了。

「嗨！」蕁麻向我喊了一聲。墨水幾乎緊貼著我的後背停了下來。

「我還以為你要多住一晚，後來才知道你已經走了，就只能拚命來追你。」她氣喘吁吁地說。

「妳為什麼不陪著國王？妳的衛兵呢？」

她看了我一眼：「我告訴晉責，我要和你一起回去，不需要其他衛兵。他和切德都同意了。」

「為什麼？」

蕁麻緊盯住我，「因為在他們看來，你是一個威名顯著、能力非凡的刺客。」

這句話讓我沉默了片刻。我早已不是刺客了，但他們還在這樣看我？我整理了一下思路。

「不，我的意思是，為什麼妳要留下來和我一起走？」看到她面色陰沉地瞥著我，我急忙又說：「我的意思不是不高興看到妳，我只是有些驚訝。我沒想到會有人注意我不曾跟隨主隊出發。」

她向我一歪頭：「如果我不在了，你會注意到嗎？」

「那當然！」

「當你悄悄離開主隊的時候，所有人都注意到了。晉責幾天前就對我說，你看上去鬱鬱寡歡，而這應該不是因為你在參加葬禮。也許我們不應該留下你一個人。珂翠肯也很認同晉責的看法，而且她還說，這趟旅程也許勾起了你的一些舊日回憶。一些很傷心的回憶。所以我就在這裡了。」

確實，她說得有道理。就在我幾乎要因為她破壞了我完美的孤獨氛圍而心生氣惱的時候，我忽然意識到自己正在做什麼——我一直在因為弄臣寄信給巧馮卻不理會我而鬱悶，就像是一個小孩子，我在因為這一點而測試愛我的人們，故意疏遠他們，看他們會不會來找我。

蕁麻來了。我卻在因為心中的火氣而感到沮喪，我知道自己很愚蠢，但蕁麻的笑聲還是很刺激我。這時她高聲說道：「我真希望你能看看自己現在的表情！好了，這麼多年裡，你和我終於能有幾天時間好好談一談，沒有各種災難和小男孩打擾，難道這樣很可怕嗎？」

「這樣很好。」我承認，同時心情也隨之開朗起來。我們的回家之旅就此開始了。

我從沒有抱著這樣憂鬱任性的心情旅行過。我只帶著不多的補給品，因為沒有心情讓自己在路上過得太舒服。蕁麻也和我一樣輕裝上路，只是還多了一只裝滿銀幣的錢袋。當我第一次提出我們應該找一個合適的地方紮營過夜的時候，她在馬鐙上站起身，向周圍掃視一番，然後指著一個有煙霧升起的地方說：「那裡至少有房子，雖然看上去有些簡樸，不過很可能是有客棧的村鎮。我要在那裡過夜，希望能有熱水洗澡，還有一頓美味的餐點！」

她是對的。實際上，那裡一共有三家客棧。她也為我訂了房間，並對我說：「切德告訴過我，不要讓你因為哀傷而做出任何懲罰自己的事情來。」

在片刻的沉默中，我咀嚼著她的話，思考它們是否真的說中了。我確信蕁麻說得不對，但我想不出該怎樣為自己辯護。蕁麻清了清嗓子。「我們聊聊幸運吧，好嗎？你知道嗎，有傳聞說雖然他是個吟遊歌者，而且四處流浪，但他在德拉特堡有一個情人，是那裡鎮上的一名紡織娘。而且他對那個女孩是真心的。」

這個我真的不知道。蕁麻又和我說了許多坊間傳聞，我也都不知道。那天晚上還有幾名低階貴族也住在了這家客棧。蕁麻一直陪著我。直到其他客人都回房間睡下之後，我們依然在客棧大廳的爐火前坐了很久。我從她那裡聽說了公鹿堡的政局依舊像以前一樣混亂，王室內部的私密談話也還是那樣充滿苦澀。蕁麻和晉責國王發生了爭吵，她很擔心年少的王子們太過頻繁地跟隨母親前往外島。晉責竟然對她說這不關她的事，她則回答，正是因為國王總是讓繼承人暴露在危險之中，她才無法結婚，所以她有權利在這件事上表達自己的想法。艾莉安娜王后最近剛剛承受了流產之痛：是一個女孩，她夢寐以求的孩子。這是一個可怕的損失，對她的母族而言更是一種惡兆。他們匆匆啟程返回公鹿堡的目的，就是讓艾莉安娜能夠帶領王子們再一次踏上漫長的旅程，前往她的故鄉。一些大公們已經開始埋怨王子們離開得太過頻繁了。晉責國王被夾在大公們和他的王后之間，似乎無法找到一個折衷的辦法。

當我問起謎語的時候，蕁麻說最後一次見到他的時候他很好，然後就堅決地把我們的話題轉開了。在獲得晉責國王的允許和謎語結婚這件事上，她似乎已經放棄了希望，不過我從未見過她對於其他男人有興趣。我很想知道她心中真實的想法，更希望她願意向我多說一些心裡話，就像她曾經對她媽媽那樣。

但她只是將話題，轉到了在我們的邊境地帶出現的一些問題上。

巨龍正在恰斯國周圍遊蕩，肆意狩獵，現在已經開始偶爾跨過邊界，蹂躪修克斯，甚至是法洛公國的畜群了。六大公國的人都期待國王的精技小組能夠趕走那些龍，或者至少和牠們進行交涉。但外交和妥協之類的概念對於巨龍來說只不過是一些笑話——當然，我和蕁麻都不相信龍懂得怎樣笑。

我們開始思考是否有人能夠與龍進行談判，以及殺死一頭龍會造成怎樣的後果，主動屠宰牲畜向巨龍進貢，是懦弱還是切合實際的行為？

除了政治新聞以外，蕁麻還帶來了一些家人的訊息。迅風和羅網最近造訪了公鹿堡。迅風的鳥伴侶健康而且強壯，但羅網的海鷗情況很糟。羅網住進了公鹿堡城中一個能夠俯瞰大海的房間裡，那隻鳥大部分時間都住在房間的窗臺上。羅網會給牠餵食，因為牠已經很少飛翔了。牠最後的日子即將到來，他們都在等待這一天。蕁麻自己不是原智者，但透過我和她的弟弟迅風，她明白失去原智伴侶意味著什麼。

我們分享的不只是一些傳聞。我們還談論了食物以及我們喜歡的音樂和老故事。蕁麻和我講了許多她小時候的事情，大多數是她和弟弟們的惡作劇。我則說起了我在公鹿堡度過的童年生活，談到那時候公鹿堡城和城鎮的區別是多麼大。博瑞屈在我們的故事裡都出現了很多次。

很快，我們來到河邊大道與通向細柳林的小路相接之處，這是我們在這段旅程中共度的最後一個夜晚。此時蕁麻向我問起了黃金大人的事。他真的曾經是黠謀國王的小丑嗎？是的，他是的。那麼他和我是不是曾經……關係非常密切？

第二天的路上，我對她說道：「蕁麻。」這時蕁麻騎在馬背上，目視前方。我一直等到她將眼睛轉向我。她茶色的面頰比平時更多了一點潮紅。「我愛那個人，這種愛是獨一無二的。我並不是說我愛他更勝過妳的母親，只是我愛他的方式不一樣。如果妳聽到別人說我們的關係中有任何不正當的地方，那都是謊言。我們沒有那樣的關係。我們之間的感情完全超越了那個層次。」

蕁麻沒有看我的眼睛，但還是點點頭。「後來他怎麼樣了？」她又輕聲問道。

「我不知道。我還迷失在門石中的時候，他就離開了公鹿堡。那以後我就再沒有聽說過他的消息了。」

我覺得我的聲音告訴她的事情要比我的言辭更多。她低聲說道：「我為你難過，爸爸。」她是否知道這是她第一次稱呼我「爸爸」？我小心地保持著沉默，享受著這個時刻。這時我們登上一片小高地。細柳林的村鎮就在前方，被包容在平緩的山谷之中，旁邊是一條清澈的小河。我知道，我們會在日落之前到達細柳林。我發現自己突然在遺憾這段只屬於我們兩個人的旅程這樣快就結束了。而我現在更害怕的是她會如何看待母親，擔心莫莉的幻想已經讓她離我們有多麼遙遠。

不過這次探望一開始的情形還很不錯。我們到達細柳林的時候，莫莉熱情地擁抱了我，向她的長女露出高興的笑容。她沒有想到我這麼快就能回來，更完全沒想到能見到蕁麻。我們在午後不久就到了家，而且全都餓壞了。我們三個來到廚房，高興得把傭人們嚇了一跳——我們沒有等待他們準備精緻的餐點，而是直接洗劫了廚房中的麵包、乾酪、香腸和麥酒，用這些食物擺出一桌簡單的大餐。當廚娘肉豆蔻跑進來，將我們趕出她的廚房之後，我們就將這些美食擺在大餐廳的桌子一端。我們把路上發生的事情全都告訴了莫莉，包括簡單而又感人的葬禮，還有珂翠肯決定在群山逗留一段時間。就像所有旅行一樣，無論它的目的多麼莊嚴沉重，其間卻總會發生能讓我們全都笑起來的有趣故事。

莫莉也有她自己的故事要講。山羊闖進了葡萄園，對那裡最古老的一些葡萄藤造成了損傷。它們會恢復過來，但今年那一片葡萄園的收成都損失掉了。草場上出現了野豬。牠們造成的最大損失是踩平了大片青草，讓今天的乾草收成受到影響。羅蘇姆已經帶著他的狗從村中出發去獵殺那些豬了。他殺死了一頭大豬，但他的一條狗在狩獵中受了重傷。我暗自歎了口氣——我首先必須解決野豬的問題。我從來都不喜歡獵豬，但這是必須完成的工作。塔爾曼又要請求增補我們的獵犬了。

就在我心不在焉地想著野豬、獵犬和狩獵的時候，我們的話題卻忽然一變。莫莉拽著我的袖子問我：「不想看看我們做了什麼嗎？」

「當然，」我一邊回答，一邊從可憐的食物殘渣前站起身，跟隨我的妻子和女兒走出飯廳。

當我意識到莫莉正領著我們去她的育嬰室時，我的心一下子沉了下來。蕁麻回頭瞥了我一眼，但我保持面無表情。蕁麻還沒有見過那個被莫莉徹底改造的房間。當莫莉將屋門打開的時候，我意識到我也沒有。

這個房間本來是一個用於招待重要客人的會客廳。我不在的這段時間裡，它真的變成了一個精心布置的育嬰室，裡面有著一位孕婦能夠為她即將問世的寶寶所期盼的一切。

房間正中央的搖籃是用光滑圓潤的橡木做成的，做工極為精巧，只要一隻腳踏在它下方的橫檔上，就能輕輕搖動孩子。一頭代表瞻遠家族的雄鹿被雕刻在搖籃前端，俯視著搖籃內部。我相信耐辛女士一定是在她剛到細柳林不久就製作了這只搖籃。那時她還滿心希望能夠懷上孩子。幾十年裡，這只搖籃一直空著，在等待著。現在它裡面鋪上了厚實柔軟的褥子，外面用蕾絲幔帳包裹，確保沒有蚊蟲能夠叮咬睡在搖籃裡的孩子。旁邊有一張低矮的軟睡椅，上面堆滿軟墊。母親能夠躺在這裡哺育她的孩子。這裡的地面也都鋪上了厚地毯。從深深的視窗向外望去，能夠看到花園中鋪了一層初秋的落葉。厚厚的窗玻璃後面是一層蕾絲窗簾，一層透明的薄絲窗簾，最裡面是一層編織密實的窗簾，用於遮擋陽光和冷風。這裡還有一只彩繪玻璃圍屏，莫莉能夠用它罩住燈火，讓房間裡不要過於明亮。在有美麗的花朵和蜜蜂圖案裝飾的雕鐵圍欄後面，低矮的火苗正在大壁爐中跳動。

莫莉向滿面驚愕的我微微一笑，低聲問：「很可愛，對不對？」

「這……非常漂亮。真是一個寧靜的房間。」蕁麻努力說道。

我竭力尋找合適的言辭。我一直對莫莉的幻想敬而遠之，現在我終於走進了她的幻景。我本以為早已壓抑下去的一些愚蠢念頭，現在又像透過燒焦枯枝的火苗一樣開始咆哮了。一個孩子。這曾經是一個多麼甜蜜的美夢，我們在這裡養育自己的孩子，我能夠看著他長大，親眼看到莫莉成為我們孩子的母親。我假裝咳嗽了一聲，揉了揉臉，向油燈走去，細看玻璃圍屏上的花卉圖案，儘管這些圖案也許不值得我如此費力地觀賞。

莫莉繼續著和蕁麻的交談：「耐辛還活著的時候就給我看過這只搖籃。那時它還被放在閣樓上。她和駿騎兩個人在這裡生活的時候做了這只搖籃。那時她夢想著自己還有可能懷孕。這麼多年了，這只搖籃一直等待著。它太重了，我一個人搬不動它。不過我叫來了樂惟，讓他看了搖籃，他就為我把搖籃搬到了這裡。它被擦洗乾淨之後是那麼可愛，所以我們都決定要多用些力氣，將這個房間改造成一個配得上這只搖籃的育嬰室。」

「哦，到這邊來，看看這些箱子。樂惟在另一間閣樓裡找到了它們。看它們和搖籃的顏色有多麼相配！樂惟覺得，也許它們都是用生長在細柳林的橡樹做成的，所以色澤才會如此接近。這個箱子用來裝毯子，還有一些冬天的羊毛衣服和春天的薄衣服。這一整只箱子——雖然就連我也感到驚訝——但它裡面裝的的確全都是孩子的衣服。如果不是樂惟建議我把給他縫製的衣服都放在一起，我還真不知道自己已經做了這麼多衣服。當然，這些衣服的尺寸都不一樣。我沒有那麼傻，不知道初生的嬰兒很快就會長大。」

莫莉滔滔不絕地說著這些話，彷彿她這幾個月以來一直在渴望著將心中對寶貝的期待說出來。蕁麻看著她的母親，微笑，點頭。她們坐在那張睡椅上，從箱子裡拿出衣服，鋪展開，看著它們。我站在一旁冷眼旁觀，思考了片刻。蕁麻被母親的夢俘虜了。或者，我暗自尋思，她們也許正在分享著同樣的渴求。莫莉幻想著一個她早已無法懷上的孩子；蕁麻則在企盼著一個她被禁止懷上的孩子。我看到蕁麻拿起一件小長袍放在胸前，驚呼一聲：「這麼小！我都忘記嬰兒有多小了。自從火爐出生之後，已經過去這麼多年了。」

「哦，火爐，他差一點就是我的孩子裡身量最大的一個。只有明證比他更大。我為火爐可是沒有少做衣服。他只過了幾個月，就穿不下最開始做的衣服了。」

「我記得！」蕁麻喊道：「他的小腳從長袍下襬伸出來好遠，我們用被子蓋住他。沒過多久他就把被單全都踢掉了。」

最強烈的嫉妒在撕扯著我。她們兩個全都走了，回到了我根本不存在於她們生活中的那段時光中，回到了一個充滿孩子的、舒適而又吵鬧的家。我並不嫉妒莫莉嫁給博瑞屈的那段歲月。博瑞屈是一個好人，對莫莉很好。但看著她們一同拾取那段我永遠也不可能擁有的回憶，我的心中就像是有一把刀子在慢慢轉動。我盯著她們，感覺自己又變成了外人。但隨後，彷彿有一道窗簾被掀起或是一道門被打開，我意識到將我排除在她們之外的正是自己。我走過去，坐到她們身邊。莫莉將一雙線織的小鞋子舉到胸口，又微笑著把它們遞給我。我一言不發地接過那雙鞋。它們幾乎還無法充滿我的手掌。我試著想像能穿上這雙鞋子的小腳，卻完全想不出它們的模樣。

我抬起頭看著莫莉。在她的眼角和嘴角都已經出現了許多皺紋。她玫瑰色的豐滿嘴唇現在變成了兩道淺粉色的弧線。在我的眼中，她突然不是莫莉，而是一個五十多歲的女人。她光澤閃耀的深褐色頭髮變得稀疏，其中出現了灰色的條紋。但她正在用那麼充滿了希望和愛意的眼睛看著我。她稍稍側過頭，我在她的眼裡又看到了另一些東西，一些十年以前還不曾出現過的東西。對於我的愛的信心，使得以前浸染在我們關係中的警覺和謹慎完全消失了。這十年來的共同生活徹底趕走了它們。她終於知道我是愛她的，我會一直把她放在心中的第一位。我終於贏得了她的信任。

我低頭看著手中的這雙小鞋，將我的兩根手指探了進去，模仿兩條腿站在我的掌心裡，又讓兩根手指跳了幾個舞步。她伸手捏住我的手指，將那雙灰色的軟鞋脫下來，對我說：「很快了。」然後就靠在我身上。蕁麻抬頭看著我，眼睛裡閃爍著感激的神情。我覺得突然贏得了一場戰爭，儘管在此之前，我根本沒有想到自己在戰鬥。

我清了清嗓子，努力用爽朗的語氣說道：「我想喝杯熱茶。」莫莉坐起身喊道：「知道嗎，我也正想喝口茶呢。」

儘管一路旅途勞頓，我們在這個下午還是非常愉快。那天晚上，我們分享了一頓終於能符合廚娘肉豆蔻標準的正餐，我還喝了稍微過量的白蘭地。我們去了莊園書房。我邀請蕁麻參觀我小心保存的藏書，但被她拒絕了。她說她相信那些書肯定都很好。她堅持明天早晨一定要離開。莫莉的勸說也無濟於事。就在我幾乎要坐在爐火邊的椅子裡開始打盹的時候，我聽到蕁麻在靠背長椅的一角輕聲說道：「看到的要比聽說的更糟糕。」她重重地歎了口氣，「這是真的，我們正在失去她。」

我睜開眼睛。莫莉剛剛離開我們。她說想要去看看食品室裡還有沒有白色的重味乳酪，她忽然就想要吃那種東西了——她說這都是因為懷孕的緣故。莫莉從來都不喜歡在這麼晚用鈴聲叫僕人來做這種事。她那樣受僕人愛戴，正是因為她不會肆無忌憚地讓他們奔走服役。

我看著莫莉剛剛坐著的地方。軟墊上還留有她身體留下的凹痕。她的氣息仍縈繞在這裡的空氣中。我輕聲說道：「她正在慢慢從我身邊滑走。今天還不算很糟。有時候，她的心思裡只有那個『孩子』，對於其他的事情完全不聞不問。」

「她讓這一切都顯得如此真實。」蕁麻說道。聲音在期盼和恐懼之間不停地搖擺。

「我知道。這很難。我一直在試著告訴她這是不可能的，但我這樣做的時候又覺得自己很殘忍。今天，和妳們一起裝作……這種感覺卻更殘忍，就好像我真的已經放棄她了。」我盯著正漸漸熄滅的爐火，「我不得不請求女僕們照著她的意思去做。我看到她們在她走過去以後翻白眼。我為此責備了她們，但我覺得這只是……」

憤怒的火星在蕁麻的眼睛裡躍動。她坐直身子：「我不在乎我的母親是不是像製帽匠一樣瘋！*他們必須懂得尊重她。你不能容忍他們抱著譏笑的態度去『忍耐』她！她是我的母親，你的妻子，是莫莉女士！」

「我不知道該如何去應對這種局面，又不會讓情況變得更糟。」我向她承認，「莫莉一直在負責管理這個莊園。如果我插足進來，開始斥責僕人們，她也許會責怪我篡奪了她的權威。而且我能對他們說些什麼？我們全都知道妳的母親沒有懷孕！我必須命令他們維持現狀多久？要到什麼時候才能結束？直到一個想像中的孩子出生？」

隨著我的話，蕁麻的臉變得愈來愈蒼白。沒過多久，她就像是一座被凍雪覆蓋的山峰。然後，她突然將臉埋在雙手之中。我看著她深褐色髮絲間隱約顯露的雪白肌膚。她透過自己的指縫說道：「我們就要失去她了，湯姆。情況只會愈來愈惡化。這一點我們都清楚。等到她再也不認識你的時候，你又該怎麼辦？等她再無法照顧自己的時候呢？那時她又會怎樣？」

她抬起臉，淚水無聲地在她的面頰上閃爍。

我走過去，握住她的手。「我向妳承諾，我會照顧好她。永遠都會。我會愛她。永遠都會。」我堅定了自己的意志，「我會私下裡和僕人們談談，告訴他們，無論他們打算在這裡工作多久，如果他們重視自己的職位，就要明白莫莉女士是這個莊園的女主人，他們必須以對待主人的態度對待她，無論她的要求會讓他們產生什麼樣的想法。」

蕁麻「嗯」了一聲，將雙手從我的手掌中抽出來，用手腕的背部揩去眼睛上的淚水：「我知道我不再是一個孩子了。但只要想到會失去她……」

她沒能把話說完，但我們都明白她想要說些什麼。她還在為博瑞屈感到哀慟。那是她唯一知道的真正的父親。她不想也失去自己的母親。而更可怕的是，莫莉會看著她，卻不知道她是誰。

「我會照顧她。」我再一次向她承諾。還有妳，我心中想道，卻又不得不懷疑她是否會允許我進入這個角色。「即使這意味著我要裝作相信她真的懷著孩子。但是當我這樣做的時候，我又覺得自己在欺騙她。今天……」我陷入躑躅，負罪感充斥在我心中。我真的裝作莫莉是在懷孕的樣子，縱容她，彷彿她是一個滿腦子胡思亂想的孩子，或者是一個瘋子。

「你對她很好。」蕁麻平靜地說，「我瞭解母親。你不可能說服她放棄這個幻想。她的意識很不安定。你也許應該……」

莫莉將托盤重重地放下，心懷鬼胎的我們兩個全都被嚇了一跳。莫莉用黑沉沉的眼睛緊盯著

＊譯注：這裡涉及到一個西方文化傳統。因為原來的製帽工藝需要用到大量水銀。製帽匠在吸入過多水銀蒸氣之後往往會產生精神錯亂的現象，所以舊時歐洲普遍將製帽匠等同於瘋子看待。歐洲文學中最著名的瘋人製帽匠就是《愛麗絲夢遊仙境》中的那個製帽人。

我們，用力咬住嘴唇。一開始，我還以為她只會再一次對我們的異議不以為然。但蕁麻是對的。她挺直身子，坦率地說：「你們兩個以為我瘋了。好吧，這樣也好。但我要明白地告訴你們，我感覺到孩子就在我體內動彈，我的乳房已經因為奶水而膨脹。用不了多久，你們兩個就要懇求我的原諒了。」

蕁麻和我被莫莉發現了藏在心中的憂慮，全都只能啞口無言地坐在椅子裡。蕁麻沒有回母親的話，莫莉轉過身，向屋門口大步走去。我們彼此對視著，心中只剩下愧疚，但我們都沒有去追她。很快，我們就各自上床去睡覺了。我在回家的路上一直期待著和妻子甜蜜的小別重逢，共度今夜。但莫莉去她的育嬰室睡了。我一個人回到臥室，這裡真是一個空曠冰冷的地方。

第二天，蕁麻在中午之前出發返回公鹿堡。她說自己離開精技學徒已經太久了，那裡還有許多工作在等著她。我並沒有質疑她的話，但我也不相信這是她要離開的真正理由。莫莉擁抱她，向她道別。在外人的眼中，也許這一對母女之間沒有發生任何不愉快的事情。但莫莉自從昨天晚上離開我們之後，就再也沒有提過孩子的事情，也沒有問蕁麻在孩子出生的時候會不會回來。

隨後的日子裡，莫莉也不再和我談論她幻想中的孩子。我們一同吃早餐，討論莊園事務，在晚餐後告訴彼此白天都做了些什麼。現在我們都單獨入睡。而我根本就無法入睡。我在那些深夜裡為切德做了比之前六個月更多的翻譯。發生那個意外的十天之後，在一天接近深夜的時候，我大著膽子去育嬰室找了她。育嬰室的門緊閉著，我站在它後面遲疑了很久，才決定要敲門，而不是徑直走進去。我敲了門，等待了一段時間，又用更大的聲音敲門。

「是誰？」莫莉的聲音顯得有些驚訝。

「是我。」我將屋門打開一條縫，「我能進來嗎？」

「我從沒有說過你不能。」莫莉用有些辛辣的語氣說道。儘管她的言辭中帶著針尖，但一絲微笑還是牽動了我的嘴角。我微微從她面前轉開頭，以免她看到我的表情。我知道，現在這個房間裡的仍然是那位莫莉．紅裙。

「妳說得沒有錯。」我平靜地說，「但我知道，我傷害了妳的感情，傷得很重。如果妳想要避開我一段時間，我就不應該強行來打擾妳。」

「『不應該強行來打擾』，」莫莉低聲說，「蜚滋，你確定不是你在躲避我嗎？有多少年，當我在夜晚醒來的時候，發現應該有你的那一邊卻只有冰冷和空虛？你在深夜從我們的床上溜走，躲進你落滿灰塵的舊紙堆裡，抄抄寫寫，直到你的手指上全是墨水。」

聽到這話，我低下了頭。我從沒有意識到她在那些時候知道我離開了。我很想對她說，她也離開了我們的房間，寧可住在這個育嬰室裡。但我把這些帶刺的話嚥了回去。現在不是開戰的時候。我正在她的門裡，感覺就像是狼第一次走進了人的房間，不知道要站在什麼地方，是不是能坐下。身穿睡袍的她歎了口氣，從長椅上坐起身，挪開身邊一片還沒有完成的刺繡，給我讓出位置。我坐到她身邊，向她道歉：「我的確是花了太多時間待在那裡。」我聞到她的氣息，突然說道：「每次我聞到妳，就總是想要親妳。」

她有些驚愕地盯著我，笑了起來，然後又傷心地說：「最近我一直都在猜測你是不是還想留在我身邊。我已經又老又乾癟，而且你還認為我是個瘋子……」

不等她再說下去，我已經將她抱緊，親吻她的額頭、她的面頰，還有她的嘴唇。「我永遠都想親妳。」我在她的髮絲中說。

「你不相信我懷孕了。」

我沒有放開她：「這兩年裡，妳一直都對我說妳懷孕了。我該怎樣想，莫莉？」

「這個我自己也不明白。」莫莉說，「但我能告訴你的就是，我一開始肯定是弄錯了。我一定是在懷孕之前就以為自己懷孕了。也許那時我知道自己一定會懷孕。」她將額頭靠在我的肩上，「現在你只要離開我幾天，我都會覺得很困難。我知道那些女僕都在用手掩著嘴笑話我。她們根本就不瞭解我們。她們以為像你這樣一個強健英武的男人卻娶我這樣一個老婦人為妻，是一件可恥的事。她們悄悄議論你是為了我的錢和地位才娶了我！她們讓我覺得自己是一個老傻瓜。我的身邊又有誰能夠明白我們是誰？我們對於彼此又意味著什麼？只有你。當你拋棄我的時候，當你覺得我像她們一樣愚蠢的時候……哦，蜚滋，我知道你很難相信這種事。但我曾經為你而相信過更加令人難以置信的事情。只要你的一句話，我就會相信。」

整個世界似乎都停止了。是的，她說得沒錯。我從沒有從這個角度認真想一想。我低下頭，親吻她面頰上鹹澀的淚水。「妳說得對，」我深吸一口氣說道，「我相信妳，莫莉。」

她有些氣苦地笑了一聲。「哦，蜚滋。不，你不會相信的。但我還是會求你能夠裝作相信我。只有當我們在這裡，只有我們兩個人的時候，請你相信我。當我不在這個房間裡，我會裝作沒有懷孕，盡我的全力。」她搖搖頭。頭髮擦過了我的面頰。「我相信這樣也能讓僕人們輕鬆許多。只除了樂惟。我們的管家似乎非常樂意幫我構築這個小巢。」

我想起樂惟，那個高瘦的、幾乎略顯憔悴的管家，幾乎總是在一本正經地糾正我的錯誤。「他真是這樣？」這真的讓人很難以相信。

「哦，是的。是他找到了上面畫著三色堇的屏風，而且在告訴我之前就把它們擦洗乾淨了。有一天我來到這裡，發現這扇漂亮的屏風已經被用來遮住燭火。還有搖籃上擋蟲子的蕾絲幔帳也是他弄的。」

三色堇。是耐辛喜歡的花。我知道它們有時候被稱為心靈的慰藉。我欠樂惟一個人情。

莫莉站起身，離開我的懷抱，從我身邊走開。我看著她。她的長睡袍將身體遮得很嚴實。不過我知道，她一直都是一個身材玲瓏有致的女人。她走到壁爐前，我看見那裡放著一只擺放有茶具的托盤。我審視著她的側影。她看上去和五年前稍稍有些不同。如果她懷孕了，我一定能知道。細看之下，她的小腹微微隆起，臀部豐滿，胸脯高聳。突然之間，我完全不再去想孩子的事情了。

她手中拿著茶壺，回頭瞥了我一眼：「想喝茶嗎？」然後，在我凝視她的目光中，她慢慢睜大了眼睛，嘴角翹起，露出微笑。這笑容完全配得上一個只戴著冬青花冠、全身赤裸的女孩。

「哦，我很想。」我回答道。當我站起身向她走過去的時候，她也向我走來。我們的動作都是那麼輕緩溫柔。那一晚，我們兩個就睡在她在育嬰室的床上。

第二天，冬天就來到了細柳林。一場濕潤的降雪打下了白樺樹上殘存的葉片，又在那些姿態優雅的樹枝上堆砌了一層白色。第一場落雪總是會給大地披上一件寂靜的斗篷。細柳林莊園內部似乎突然就出現了旺盛的爐火、中午的熱湯和新鮮麵包。我正在莊園的書房裡，乾淨的火苗在壁爐中的蘋果木柴上跳動。這時，我聽到一陣敲門聲。

「進來。」我從一封羅網寄來的信上抬起頭。

屋門被緩緩推開，走進來的是欒惟。他的外衣很合身，顯露出寬闊的肩膀和細窄的腰身。他的衣著和禮儀一直都完美得無可挑剔。儘管他比我要年輕幾十歲，但我總覺得自己在他眼裡就像一個雙手和衣服都很髒的小男孩。「你找我，獾毛管理人？」

「是的。」我將羅網的信放到一旁，「我想要和你談談關於莫莉女士房間的事情。那副有三色堇圖案的屏風……」

看他眼中閃動的神情，他似乎相信我對他的所作所為很不以為然。他挺直身子，以一名優秀管家所具有的尊嚴俯視著我：「主人，請聽我說。那副屏風已經有數十年不曾使用了。但它們的確是很好的藝術品，值得被展示出來。我知道我的行為並沒有得到直接授權，但莫莉女士最近似乎……常常會陷入沮喪。在您離開之前，您命令我盡量滿足她的需求。我就是這樣做的。至於說那只搖籃。那時我恰好遇到莫莉女士正坐在樓梯頂端，累得喘不過氣，好像快哭了。主人，那是一只非常沉重的搖籃，女士卻想要一個人搬動它。她沒有直接找到我，說出她的願望，這讓我羞愧得無地自容。所以，包括那副屏風，我都是努力在猜測她想要什麼，並盡量滿足她。她對我一直都很好。」

他閉住了嘴。但很明顯，他認為還有很多話應該對我這個頭腦愚鈍而且鐵石心腸的人說。我看著他的眼睛，平靜地說道：

「她對我很重要。我非常感謝你為她和這個莊園所做的一切。謝謝你。」我叫他來本意是要將他的薪水加倍。這件事本身沒有錯，但突然顯得太過銅臭味。樂惟做這些並不是為了錢，而是以愛意回報愛意。當他收到月薪的時候，自然會發現我們的饋贈，並且明白我們的用心。但錢對於這個人來說並不重要。於是我平靜地說：「你是一名優秀的管家，樂惟。我們非常珍視你。我希望你明白這一點。」

他略一低頭，不是在鞠躬，只是接受了我的話：「我明白，主人。」

「謝謝，樂惟。」

「也謝謝您的心意，主人。」

隨後他就像來的時候一樣悄然離開了房間。

細柳林的冬日氣息愈來愈重。白天縮短了，雪愈積愈厚，黑夜漫長而寒冷。莫莉和我達成了停戰，並且都小心地維持著現狀。這讓我們兩個人的生活都變得更簡單。我真心地認為和平才是我們最想要的。現在的大部分黃昏時間，我都在那個被當成莫莉書房的房間裡度過。她經常會在那裡睡著。我為她蓋好被子之後便躡手躡腳地走出房間，到我那個雜亂無章的巢穴裡，在那裡繼續我的工作。在接近仲冬的時候，我往往要直到深夜才會離開。切德寄給我一些非常有趣的卷軸。它們是用一種非常類似於外島語的語言寫成的。在這些卷軸中有三幅插圖，它們描繪的似乎是高聳的岩石，在這些岩石的側面有一些很可能是符文的小圖案。這正是我非常害怕的那種謎題——我沒有足夠的線索去解決它們，卻又無法對它們置之不理。我一直在努力闡解這些卷軸，在每一頁原件旁邊用新的一頁紙盡量臨摹下原件已經褪色的插畫，寫上我能翻譯的文字，並為其他文字留下空間。我一直想要搞清楚這份卷軸到底說的是什麼。但它的標題明顯是「麥片粥」，這讓我實在是大惑不解。

現在已是深夜，我相信自己是這幢房子裡唯一還醒著的人。潤澤的雪花在窗外積了厚厚的一層。我拉緊落滿灰塵的窗簾，遮住外面漆黑的夜色。雪被強風裹挾，撞在玻璃窗上。我有些擔心等到早晨的時候，房門會被大雪封住，或者這種濕雪會在葡萄藤上結冰。突然間，原智的擾動讓我猛地抬起了頭。片刻之後，屋門被輕輕推開。莫莉將頭探了進來。

「有什麼事？」我問道。突然襲來的焦慮讓我的口吻變得有些過於嚴厲。我完全記不起上一次她來我的書房找我是在什麼時候了。

她抓住門框，片刻之間什麼話都沒有說。我很害怕自己傷害了她。接著，她屏住呼吸說道：

「我來這裡是為了收回我的話。」

「什麼？」

「我沒辦法再裝作我沒有懷孕了。蜚滋，我就要生產了。今晚孩子就要出世了。」一點微弱的笑容伴隨著她唇縫間牙齒的閃光出現在她的臉上。又是片刻之後，她猛然深吸了一口氣。

我凝視著她。

「我確信無疑。」她回答了我沒有說出口的問題，「幾個小時以前，我感覺到第一次陣痛。我一直等到陣痛變得更加強烈、密集，讓我能夠確信。孩子就要出來了，蜚滋。」然後，她就等待著我的反應。

「妳會不會是吃壞了肚子？」我問她，「我覺得晚餐時羊肉上的醬汁很辣，也許……」

「我沒有生病。我也沒有吃晚餐，而你根本沒有注意到。我就要生產了。艾達祝福了我們，蜚滋。我已經生下了七個健康的孩子，也經歷過兩次流產。難道你不相信我瞭解自己現在的感覺嗎？」

我緩緩站起身。她的臉上滲出了一層細小的汗珠。難道她生了熱病，讓幻覺變得更嚴重了？「我叫塔維婭來，讓她去找治療師。我先幫妳躺下。」

「不。」她直率地說，「我沒有生病，不需要什麼治療師。你也不要給我找那個接生婆來。她和塔維婭都像你一樣認為我瘋了。」她吸了一口氣，然後屏住呼吸，閉起眼睛，咬住嘴唇，她握住門框的手在指節處泛起了青白色。過了許久，她才說道：「我一個人也可以。博瑞屈在我生其他孩子的時候總是會幫我，但如果必須如此，我一個人也可以。」

她是真心這樣想？還是要用這樣的話來刺激我？「我扶妳去育嬰室。」我說道。我扶住她的手臂時，還有些懷疑她會把我的手推開。但她只是沉重地靠在我身上。我們慢慢走過黑暗的走廊，一路上停下了三次。我覺得我應該抱著她。她的身上一定發生了很嚴重的問題。我體內的狼已經休眠了許多，卻在嗅到她的氣味時突然驚醒了。「妳嘔吐了嗎？」我問她，「有沒有發燒？」這兩個問題她都沒有回答。

我們用了很長時間才來到她的房間。火焰在育嬰室中的壁爐裡跳動著。這個房間幾乎有些太暖和了。莫莉終於坐到矮凳子上的時候，立刻因為劇痛而呻吟了一聲。我低聲說道：「我可以為妳拿通便茶來。我真的覺得……」

「我就要為你生孩子了。如果你幫不上忙，那就離開這裡。」她怒氣衝衝地對我說。

我受不了這句話，一下子從她身邊站起來，轉身走到門口。但我又停住了腳步。我永遠都不知道自己為什麼會這樣。也許是因為我覺得和她一起發瘋，要好過把她一個人丟在這裡。或者也許是因為和她在一起，要好過留在一個沒有她的正常世界裡。我改變了自己的語調，讓其中充滿愛意：「莫莉，告訴我妳需要什麼。我從未做過這件事。我應該拿什麼回來？我應該做什麼？我是不是應該叫女人來幫妳？」

我問話的時候，莫莉的肌肉正在繃緊。又過了一會兒她才回答道：「不。我不想讓她們來。她們只會譏笑一個愚蠢的老婦人。所以我只要你在這裡，如果你真正能相信我的話。蜚滋，至少在這個房間裡，你要一心一意地待我。哪怕只是裝作會相信我。」她的呼吸再一次停滯。她向前俯過身，讓肚子沉下去。一段時間之後，她對我說，「拿一盆溫水來，準備給出世的孩子洗澡。還要一條乾淨的毛巾，為他擦乾身體。再要一點繩子，好繫住臍帶。替我拿一罐冷水和一只杯子來。」然後她再一次向前俯過身，發出一聲悠長而低沉的呻吟。

我跑到廚房，提起一直放在爐火上的水壺，將裡面的熱水倒進一只罐子裡。在我的周圍，是夜幕籠罩下令人感到熟悉且舒適的各種餐廚用具。爐火在低聲嘟囔。一只生麵團緩緩隆起，準備成為明天的麵包。爐子後面有一罐褐色的牛肉汁正散發出芳香的氣味。我找到一個盆子，又盛了一大罐冷水。從一疊乾淨的布巾上拿了一塊，再找到一只大托盤，把這些東西全部放上去。隨後，我又在廚房裡站了很長一段時間，在這片靜謐的環境中呼吸著。這個安靜而且井然有序的廚房能夠幫助我保持頭腦的清醒。「哦，莫莉，」我對寂靜的牆壁說著。然後，我鼓起勇氣，彷彿要舉起一把沉重的大刀般舉起了托盤，把它端穩，走進細柳林安靜的走廊。

我用肩膀頂開沒有門住的屋門，將托盤放在一張桌子上，繞過桌子來到壁爐邊上的躺椅前。現在育嬰室中已經充滿了汗味。莫莉一言不發，頭低垂在胸前。折騰這麼久以後，她是不是終於在爐火前睡著了？

她癱坐在長椅上，睡袍一直提到臀部。她的兩隻手掌合攏在一起，放在膝蓋之間，手心裡捧著我見到過的最小的孩子。我踉蹌一步，幾乎倒在地上，隨後便跪倒在地，愣愣地盯著這個孩子。這麼嬌小的人兒，身上還全都是鮮血和黏液。看著嬰兒睜開的眼睛，我用顫抖的聲音問：「這是嬰兒？」

莫莉抬起眼睛望著我，眼神中顯露出多年以來對我這個愚蠢卻為她所鍾愛的男人的容忍。儘管已經筋疲力竭，她卻依然向我露出微笑，臉上充滿了勝利的光彩和我不配得到的愛意。她完全沒有責備我的遲疑，只是輕聲說：「是的，她是我們的嬰兒。她終於來了。」這個小傢伙全身的皮膚還是深紅色，一條粗大的淺色臍帶從她的肚子上盤捲垂落，另一頭接著莫莉腳邊地板上的胎盤。

我感到喉頭哽咽，竭力想要吸進一口空氣。強烈的喜悅和最深重的愧疚感交纏在我的心中。我一直在懷疑她，我不值得擁有這樣的奇蹟。生命會懲罰我，對此我確信無疑。我知道我的話非常孩子氣，但我還是克服了一切困難，用懇求的聲音說：「她還活著嗎？」

莫莉的聲音顯得格外疲憊：「她活著，但真是太小了，無毛的幼貓還要比她大一倍！哦，蜚滋，怎麼會這樣？我懷她這麼久，她卻還是這麼小。」莫莉顫抖著吸了一口氣，抑制著眼中的淚水，「把盛溫水的盆子和軟毛巾給我。還有割斷臍帶的東西。」

「馬上！」

我將莫莉索求的東西放到她的腳邊。我們的孩子還躺在媽媽的手中，抬頭看著她。莫莉的指尖撫過嬰兒的小嘴，輕拍她的面頰。「妳可真安靜。」她一邊說，一邊將指尖移到孩子的心口，輕按那裡，尋找孩子的心跳。然後她向我抬起頭說道：「就像是一隻小鳥的心。」

嬰兒微有動作，更深地吸了一口氣。突然間，她顫抖了一下。莫莉將她摟在胸前，看著她的小臉說：「這麼小，我們等了妳這麼長時間，已經有好幾年。現在妳終於來了，我卻懷疑妳連一天都留不住。」

我想要安慰莫莉，卻知道她是對的。莫莉已經在因為生產的疲憊而渾身顫抖。但她依然割斷了臍帶，並將臍帶紮好，然後俯身試了試水溫，就將嬰兒放入水中，輕輕用雙手洗去嬰兒身上的血汙。這時我才看到嬰兒的小頭顱上覆蓋著一層絨毛般的淺色頭髮。

「她的眼睛是藍色的！」

「所有的嬰兒在出生時都會有一雙藍眼睛。他們眼睛的顏色會改變的。」莫莉將嬰兒舉起，以一種令我羨慕的靈巧手段將她的身子用毛巾擦乾，然後放進柔軟的白色床單裡，又將床單包成一個整齊的小襁褓——光滑潔白得就像是蝴蝶的繭。莫莉抬眼看著驚愕麻木的我，搖搖頭說：「請抱住她。現在我需要照顧一下自己了。」

「她也許會從我的手裡掉下去！」我很害怕。

莫莉用嚴肅目光看著我：「抱著她。不要把她放下。我不知道我們能擁有她多久。只要還可以，就一直抱著她。如果她離開我們，也是在我們的懷中離開的，而不是孤零零一個人被留在襁褓裡。」

她的話讓淚水滾落下我的面頰。我服從了她的命令。在知道自己大錯特錯以後，我對莫莉已經是完全地百依百順了。我走到她的睡椅末端，坐下來，抱著我新生的小女兒，看著她的臉。她的藍眼睛眨也不眨地看著我。和我自以為對新生兒的瞭解不同，她一聲都沒有哭過，一直都保持著絕對的平靜，甚至臉上也是一副鎮定自若的神情。

我和她對視著。她看著我的眼睛，彷彿知道所有祕密的答案。我向她靠近，嗅了嗅她的氣味。我體內的狼猛地高高躍起。我的。突然間，我明白了她從頭到腳都是我的。我的小狼，我必須保護她。我的。從此刻起，我寧可死也不會讓她受到傷害。我的。原智告訴我，這個生命的小火星燃燒得很旺盛。她很小，但她絕不會就此夭折。

我向莫莉瞥了一眼。她正在洗滌自己。我將食指輕按在我的孩子的眉頭上，非常小心地將自己的精技向她伸展。我不知道自己這樣做是否有悖於道德，但我果斷地將這方面的考量拋到了一邊。她還太小，沒有辦法徵求她的許可。我很清楚自己打算做什麼。如果我在這個嬰兒身上察覺到任何問題、任何身體的狀況，我會竭盡全力修正它，哪怕這樣可能會把我的能力逼到極限，可能要用到她所有小小的力量儲備。這個孩子依然是那麼安靜。在我探測她的時候，她的藍眼睛一直看著我。這麼小的身體。我感覺到她的心臟正在輸送她的血液，她的肺在吸入空氣。她很小，但我在她的身體裡並沒有找到任何不正常的地方。她在襁褓中微微地蠕動著，抿起小嘴，彷彿要哭的樣子，但我依然堅持著對她的探索。

一道影子落在我們中間。我愧疚地抬起頭。莫莉正俯視著我們。她換上了一件乾淨柔軟的長袍，伸手要從我的懷中把孩子接過去。我把孩子交給她的時候低聲說：「她很完美，莫莉，從內到外都很好。」嬰兒躺在她的懷裡，顯然放鬆了身子。她會不會不喜歡我的精技探測？我將目光從莫莉眼前移開，一邊因為自己的無知感到羞愧，一邊問道：「在新生兒裡，她真的是很小的嗎？」

莫莉的話像箭一樣擊中了我：「親愛的，我從沒有見過這樣小的一個孩子能活過一個小時的。」這時莫莉打開了寶寶的襁褓，正在端詳她，打開她的小手，細看她的手指，撫摸她小小的頭頂，然後又把目光轉向她的小紅腳，細數每一根腳趾。「但也許……她並不是早產兒。這是當然的！她身體的每一部分都很好，甚至還有了頭髮，只不過這種淡金色的頭髮很難被發現。我其他的孩子都是黑褐色的頭髮，就連蕁麻也不例外。」

她說的最後這句話彷彿是要提醒我，我正是她第一個女兒的父親，儘管我並沒有親眼見到蕁麻的出生和成長。我不需要這樣的提醒。我點點頭，伸手碰了碰寶寶的拳頭。她將小拳頭收到胸前，閉上了眼睛。我低聲說：「我的母親是群山人。她和我的祖母都是金髮藍眼。那個地方的許多人都是這樣。也許是我將這個特質傳給了我們的孩子。」

莫莉似乎吃了一驚。我覺得這是因為自己很少提起那個在我很小的時候就放棄了我的母親。我已經不再堅持認為我已經把她完全忘記了。她一直將她的金色長髮在背後結成一根長辮子。她的眼睛是藍色的，顴骨很高，下頷尖細。她的手上從未戴過戒指。「凱沛」，這是她給我的名字。每當我回想起遙遠群山中的孩提時代，都會覺得那更像是一個我聽到的故事，而不是我的親身經歷。

莫莉打斷了我的遐想。「你說她很完美，『從內到外』。你是用精技魔法知道的？」

我看著她，心知這種魔法會讓她感到多麼不安，而這讓我更感愧疚。我低垂下目光，承認道：「不僅是精技，還有原智也告訴我，我們有了一個非常小但非常健康的孩子，親愛的。原智告訴我她體內的生命火花強壯而且明亮。她的確很小，但我相信她一定能夠活下來，煥發出旺盛的生命力，茁壯成長。」莫莉的臉上閃耀起明亮的光彩，彷彿我剛剛給予了她一個無價的寶藏。

我俯過身，在嬰兒的面頰上畫了一個圈。她轉過臉來盯著我，小嘴唇又噘了起來。

「她餓了，」莫莉笑著高聲說道。她還很虛弱，但心情非常好。她坐回到椅子裡，打開衣襟，把寶寶放在赤裸的胸脯上。我凝視著眼前從未見到過的景象，淚水很快就模糊了我的視野。我跪在她們身邊，小心地用手臂環抱住我的妻子，低頭看著這個正在吸吮的嬰兒。

「我真是個白癡，」我說道，「我從一開始就應該相信妳。」

「是的。你早就應該信我。」莫莉表示同意，然後她又安慰我，「不過現在相信我也沒什麼壞處。」她靠在我的懷裡。我們之間的爭執徹底結束了。

6

祕密之子

使用精技所產生的饑渴感，不會因為對這種魔法的運用或者年齡而減弱。好奇心為它披上了一層合法的外衣，讓它彷彿只是對於智慧的興趣，從而也增加了它的誘惑性。只有嚴格的紀律約束才能抵制這種誘惑。正因為如此，同一個精技小組的成員最好在他們的一生中都保持緊密的關係，這樣他們就能相互扶持，確保每一個人都能將精技用於正道。正式小組成員督導學徒，以及精技師傅督導正式成員和學徒也都是至關重要的。而你們精技獨行者更是要對一切都保持警惕。獨行者經常會變得傲慢而且膽大妄為，正是這些問題讓他們無法成功地加入精技小組。精技師傅絕對有必要保持高度警惕，監督每一名獨行者。如果一名獨行者開始隱匿自己的形跡，過分注重隱私，那麼所有精技師傅就有必要聚集在一起，討論控制他的魔法，以免這名獨行者被自身的精技控制，傷害自己或者他人。

但又有誰能監視牧羊人？

這個問題清楚地顯示了此一結構的弊端。處於高位的精技師傅只能夠進行自我約束。所以這個位階絕不能沾染政治色彩，也不是榮譽的象徵。它只能被授予最博學、最強大，也是自律能力最強的精技使用者。當我們聚集在一起討論精技的濫用、牛獄村所遭受的恐怖破壞和精技師傅明晰的墮落時，我們不得不面對這個職銜對我們所有人產生的政治影響。不受約束的精技師傅明晰進入夢境，扭曲人們的思維，對那些他所認為的惡人進行判決，用交易中的優勢來獎勵他心目中的「好人」，並在那個小社群中安排婚姻——這一切都出自於他的病態嘗試，因為他意欲「創造一個和諧的小鎮，在那裡，猜忌、嫉妒和過分的野心都將被阻止，每個人都將得到合理的安排。」但我們見證了這個崇高的目標實際上產生了什麼：一個村子的人全都被迫違背自己的本性去做事，他們的情緒根本無法表露。最終，在一個季節之內，自殺和他殺奪去了這個村子半數人口。

考慮到這場苦難的嚴重程度，我們只能從自身尋找原因，正視精技使用者中師傅層級不受監管的現實。為了避免這種濫用精技的災難再一次發生，我們採取了如下措施。

精技師傅明晰將受到封鎖，自今以後再不能使用任何形式的精技。選舉新精技師傅的過程將首先由女王或國王從眾位師傅中提名三個人選，然後由眾位師傅推選出新的精技師傅。這種選舉將祕密進行，但唱票是公開的，選舉結果將由三名隨機選出的吟遊歌者如實宣布。

這一次精技師傅的會議做出決議：任何獨行者都絕不能再擁有精技師傅的職銜。如果明晰有他自己的小組，他就不可能進行祕密活動了。

自今以後，精技師傅每年至少要有一次向所有師傅坦露自己。如果師傅們投票確認他沒有能力繼續擔當這一職責，他就會被替換。如果發生濫用精技或者判斷嚴重失誤等極端情況，他就會被封鎖。

牛獄村慘案中的倖存者將得到補償和照料。但不能讓他們知道是精技造成了那一晚毀滅他們村子的瘋狂。一切能為他們做的事情都要做好，對他們要保持完全的慷慨之心，給予他們的補償將一直持續到他們壽終正寢。

——牛獄村慘案後精技師傅的決議

寶寶離開莫莉身體後的第一個夜晚，莫莉早已抱著她沉沉睡去。我坐在爐火旁，看著她們兩個，心中塞滿了各種想法。我為寶寶設想了一百種未來，全都是光明燦爛、令人嚮往。莫莉告訴我她很小，我並不在意她的這種擔心。所有的嬰兒都很小！她一切都好，豈止是一切都好，這個屬於我的小女孩會很聰明，很可愛。她會像風中的薊花羽冠一樣輕盈起舞，會矯健地騎在馬背上，就彷彿和駿馬融為一體。莫莉會教她關於蜜蜂的知識，還有花園中每一種草藥的性味。我會教她閱讀和算數。她會成為一個奇才。我想像著她的小手上沾著墨水，幫助我翻譯，或者描摹那些我總也畫不好的插畫。我想像著她在公鹿堡的舞池中，穿著緋紅色的長裙旋轉。我的心中充滿了她，我想讓整個世界和我一同慶祝她的到來。

我笑出了聲，笑聲卻顯得有些懊喪。當其他人得知她的出世時，又將是多麼驚愕。蕁麻和我並沒有公開莫莉宣布懷孕這件事。我們本以為能夠將這件令人哀傷的事情隱瞞下來。而現在，當我有了一個孩子的訊息傳出去時，我們會顯得多麼愚蠢；一個小女兒，就像一朵雛菊一樣美麗動人。我想像著一場歡迎她來到這個世界的聚會。她的哥哥們都會來，還帶著他們的家人，還有幸運。哦，我還能給弄臣送去訊息，讓他知道闖入我的人生的這個巨大幸福！我微笑著，心中想著這些事，渴望著一切都會如願。在她的命名日將有歡快的音樂和盛宴。珂翠肯、晉責和他的王后，還有王子們，甚至切德都會到細柳林來。

在這樣的遐想之中，我的情緒變得愈來愈高昂。一個想像中的孩子和一個睡在媽媽臂彎裡的孩子完全不同。當珂翠肯和切德看到她的時候會說些什麼？我能夠想像一定要懷疑這樣一個孩子怎麼會是瞻遠世系的子孫。那麼珂翠肯呢？如果她認得我在群山中的母親，很可能會公正地承認這個孩子正是蜚滋駿騎．瞻遠的女兒。隨後又會怎樣？她會不會認為她有權利向我的女兒提出任何要求？這個嬰兒會不會像蕁麻一樣，被視作瞻遠血脈的一個祕密成員，如果當前被承認的瞻遠王儲出現任何狀況，她會不會被視為繼承人之一？

恐懼之情在我的心中升起，一陣驚惶的寒潮淹沒了我的心。我怎麼能在渴望這個孩子的同時卻不去考慮將會包圍她的危險——這全都因為她是我的女兒。切德一定想要測試她的精技能力。珂翠肯則會認為瞻遠王權有權力為她選擇一個丈夫。

我站起身，邁著無聲的腳步走過房間。一頭狼正在守衛他的巢穴。莫莉正在熟睡，她實在是累壞了。襁褓中的寶寶在她身邊輕輕動了幾下，又恢復了平靜。我必須保護她們，給這個孩子一個她能夠決定自己命運的未來。我的腦海中盤旋著各種想法。逃走，我們可以收拾行李，明天就逃走，找一個安身之地，只有莫莉、湯姆和我們的寶寶……不。莫莉絕不會同意斬斷與其他孩子們的聯絡，我也不可能就這樣拋掉我所愛的人一走了之，哪怕他們看樣子已經能應對眼前的一切威脅了。

那麼我能做什麼？我看著安詳入睡的她們。她們是這樣柔弱，我向自己發誓，我要保護她們的安全。我突然想到，也許這個孩子的金髮和藍眼睛正是我們想要的。其他人在看到她的時候，都不會以為她正是莫莉和我的孩子。我們可以說她是一名棄嬰，是我們收養的。各種謊言和託辭在我的腦海中蹦跳。這種故事實在是太好編了！就連蕁麻都不需要知道真相。只要我向莫莉說清楚這個孩子所面臨的威脅，也許她就會同意和我一同製造這場騙局。蕁麻會相信我們收養這個孩子只是為了撫慰莫莉渴望做母親的心。不需要讓人們知道她是瞻遠家族的真正血脈。只要一個簡單的謊言就能保護她的安全。

但我首先要讓莫莉同意這樣做。

那天，我去我們的房間拿了被褥到育嬰室。我睡在門前的地板上，就像一頭狼守衛著牠的巢穴和小狼。這樣我才能安心。

第二天是一個充滿了甜蜜和驚恐的日子。朝陽破曉的時候，我終於明白自己那個否認親生孩子的計畫是多麼愚蠢了。一幢大房子裡發生的任何事情對於其中的僕人而言都不可能成為祕密。樂惟當然知道，昨晚並沒有任何棄嬰被送到我們這裡。我不可能向僕人們隱瞞莫莉生產的事實，所以我只能警告他們，這個孩子非常小，她的母親非常虛弱。當我堅持要求莫莉的食物都要由我帶給她，她絕對不能受到任何打擾的時候，我相信僕人們一定都認為我是個瘋子，就像他們以前看待莫莉那樣。這不僅是因為我告訴他們這裡有了一個嬰兒，更是因為我要在這個女性的領域中施展我作為男人的權威——這一點立刻就被女僕們否決了。這些細柳林的女人們先是一個接一個，隨後又是三三兩兩地找到各種急迫的理由要求進入育嬰室。首先是廚娘肉豆蔻，她堅持她必須面見莫莉，好知道她的女主人在這樣一個重要的日子裡打算如何安排午餐和晚餐。她的女兒輕柔緊跟著她溜進了育嬰室，和身材龐大的肉豆蔻相比，她的女兒就是一道苗條的影子。莫莉並不知道我阻止人們來打擾她的努力。當然，我也不能責備她帶著驕傲的神情把自己的孩子展示給廚娘和她的女兒。

我相信，莫莉只想著要向僕人們證明她們錯了：她的確是懷孕了，而他們所有暗中的不以為然，對於她堅持要準備育嬰室的嗤笑全都大錯特錯了。當那些女人們前去探視的時候，她就像一位女王，將那個小襁褓抱在懷中，小心翼翼地保護著她。廚娘表現得很得體，微笑著向我們的孩子說：「真是個可愛的小傢伙。」輕柔卻沒有她的母親那樣圓融老練，她立刻驚呼了一聲：「她可真小！就像一個布娃娃！為什麼她像牛奶一樣白！還有一雙藍眼睛！她是瞎子嗎？」

「當然不是。」莫莉一邊回答，充滿關愛地凝視著自己的孩子。廚娘狠狠打了一下自己的女兒，悄聲說道：「注意禮貌！」

「我的母親就是金髮藍眼。」我向她們解釋。

「哦，原來如此。」肉豆蔻廚娘顯然是大大地鬆了一口氣。她向莫莉行了一個屈膝禮，「夫人，那麼您是想吃河魚還是鹽漬鱈魚？所有人都知道，河魚對剛剛生產的女性是最好的。」

「那就河魚吧，謝謝。」莫莉回答道。在這個重大的問題有了答案之後，廚娘便帶著她的女兒迅速離開了房間。

廚娘剛剛出去，兩名女僕就走進來，詢問嬰兒和母親是否需要乾淨的亞麻被褥。她們各自捧著高高的一疊被褥衣物和毛巾，差一點踩著站在門口的我，走進屋中。在莫莉面前，她們堅持說：「不管怎樣，即使小姐暫時不需要，很快這些也都會用得上了。所有人都知道被褥是需要經常更換的。」

我又一次見證了女人們是如何不懂得控制自己的情緒。她們先是對這個孩子大感驚訝，隨後又表達了對於我的女兒的喜愛。莫莉似乎完全無視於周圍的人怎麼說、怎麼想，而我的每一點直覺都保持著警惕。我很清楚過於與眾不同的小生物是如何被對待的。我曾經見到過跛腳的小雞是如何死去，牛群如何將一頭虛弱的牛犢推出去，小豬被從母豬的乳頭前擠開。在這方面，我沒有理由認為人類就會比動物更好。我必須保持警惕。

就連樂惟也擠了進來。他手中的托盤上有幾只插滿鮮花的矮花瓶。「冬季三色堇。這些堅強的植物生長在耐辛女士的溫室中，在冬季的大部分日子裡都會開放。實際上，那座溫室並不很溫暖。現在那裡面的花卉已經不再像往日那樣得到精心照料了。」他斜眼朝我這裡看了看。我則堅定地忽略他的這個眼神。莫莉對他給予了別人都不曾獲得的熱烈歡迎——她將嬰兒的小襁褓放進了這名管家細長的手臂中。我看到樂惟在接過寶寶時屏住了呼吸。他用手掌托住襁褓，修長的手指挽起，指尖落在寶貝胸前。一點寵溺的微笑讓向來都嚴肅冷峻的他顯得一副蠢相。他抬起眼睛看著莫莉，他們四目相對，分享著充滿莫莉心中的喜悅。而我則站在一旁，感覺肚子裡全是嫉妒。樂惟在抱著寶寶的時候一句話都沒有說，只是在一名女僕敲門要求他去處理事務的時候將寶寶還給了莫莉。在離開之前，他仔細地將每一只花瓶在房間各處擺放好。鮮花和那道屏風上的圖案相映成趣，讓莫莉露出了微笑。

在寶寶生命的第一天，我只用了最少的一點時間監督莊園中的各項工作。除非迫不得已，我一直留在育嬰室中。我看著莫莉和我們的孩子，漸漸地，我的擔憂變成了驚奇。這個寶寶是如此嬌小。每次見到她，我都彷彿看見了一種奇蹟。她的小手指，她頸後螺紋狀的淺色頭髮，她精緻的粉色小耳朵：在我看來，這麼多神奇的東西一起在我的妻子體內悄悄長大，這實在是一件令人無比驚異的事情。我們的寶貝肯定是某種魔法藝術的產物，而不僅僅是愛情偶然的結晶。當莫莉離開房間去洗浴的時候，我留在她的搖籃旁邊，看著她一次一次地呼吸。

我並不想把她抱起來。她對我而言太過精緻，讓我不敢將她捧在手中。就像是一隻蝴蝶，我心中想。我很害怕只要碰一下，就會傷害在她體內閃耀的生命之光。我看著她入睡，看著蓋住她的小毯子輕輕地一起一伏。她粉色的嘴唇微微地張合。她的母親回來的時候，我更專注地看著她們，就彷彿她們正在表演一個吸引我全部心神的故事。莫莉變成了我彷彿從未見過的女人。她是這樣從容、能幹而又專心的母親。她治癒了我心中的一道傷痕，一道在被她填滿之前，我從不曾察覺到的深深溝壑。原來這就是母親！我的孩子在她的懷抱中是如此安全，如此被精心照料。儘管她在此之前已經七次成為母親，但這並沒有讓我的驚奇之心有絲毫減少。當然，我開始在心中尋找那個曾經將我抱在懷中，這樣看著我的女人。由衷的哀傷從內心深處升起。我很想知道那個女人是否還活著，是否知道我的境況。我小女兒的臉會和她一樣嗎？但是當我看著熟睡中的寶貝時，我只看到了她是多麼非比尋常。

那天晚上，莫莉和我一起登上樓梯，來到我們的房間，躺在床上。襁褓中的寶寶被放在臥床的正中間。我躺到床上的時候，感覺自己成為了一副貝殼的另一半，我們一起完美地包覆住一顆珍貴的種子。莫莉立刻就睡著了。她的一隻手輕輕按在我們熟睡的寶貝身上。我躺在床邊，一動不動，清楚地感知到我們兩個中間的這個小生命。慢慢地，我挪動一隻手，直到能夠伸出一隻手指，碰到莫莉的手。然後我閉起眼睛，進入淺睡狀態。當寶寶微有動作，發出嗚咽聲的時候我醒了過來。即使房間裡漆黑一片，我還是能感覺到莫莉將寶寶放到了自己的胸脯上。我聽著寶寶細微的吸吮聲，還有莫莉深沉緩慢的呼吸。再一次，漸漸沉入睡眠狀態。

我做夢了。

我又變成了一個男孩，在公鹿堡，我一個人走過靠近草藥花園的一堵石牆頂端。這是一個晴朗溫暖的春天。蜜蜂正在靠近牆壁的一株繁花累累的櫻桃樹上忙碌著。我一邊保持著平衡，一邊放慢腳步，走過牆頭上伸展的粉紅色花枝。就在我隱身於花影中時，卻突然因為一陣聲音而完全停住身形。是孩子們興奮的喊叫聲，他們顯然是在進行某種競技遊戲。我很想加入他們。

但即使是在夢境裡，我依然知道這是不可能的。在公鹿堡中，我只是一個小人物，不可能在上流人士中找到朋友。而我的私生子身分又讓我不可能和僕人們的孩子玩耍。所以我只能聽著他們的笑鬧，心中充滿了羨慕。就在這時，一個瘦小輕盈的身影竄過草藥花園的大門，將那扇門在身後虛掩住。是一個骨瘦如柴的男孩，一身黑衣，只有兩隻袖子是白色的。一頂緊貼在頭上的帽子只在邊緣處露出一點淺色的頭髮。他快步跑過花園，輕快地跳過一個又一個苗床，沒有碰壞一片葉子，就悄無聲息地落在了花園中的石子小路上，隨後又跳過了一個苗床。他的行動沒有發出半點聲音，而在他身後不遠處的追逐者們卻格外吵鬧。他們猛地推開花園大門，發出響亮的喊聲。而此時，他卻已經隱身在攀附於花架上的一株玫瑰後面。

我看著他，屏住了呼吸。他的藏身之地並不完美。現在還只是初春時節，那株花架上的牡丹枝幹還很細弱，葉片也不算茂盛。他躲在那後面，依舊是一道隱約可見的黑色影子。我尋思著誰會贏得這場遊戲，嘴角露出一絲微笑。其他孩子們正在跑進花園，他們一共有六個人，兩個女孩和四個男孩，年齡最多和我相差不過三歲。看穿著，他們應該是僕人的孩子。其中兩個年紀較長的男孩已經穿上了公鹿堡的藍色束腰外衣和緊身褲。看那模樣，也許是偷溜來玩的年輕僕人。

「他到這裡來了嗎？」一個女孩尖著嗓子喊道。

「一定是來這裡了！」一個男孩高喊。但他的聲音中明顯流露出猶疑的語調。追蹤者們立刻分散開來，每一個都急著想要第一個發現他們的獵物。我一動不動地站著，心臟飛速跳動，不知道他們是不是會看到我，一下子把我加入到他們的遊戲中。儘管知道那個男孩的藏身之處，我依然只能分辨出他的輪廓。他白皙的手指緊握住了花架。我能夠看到他胸口的輕微起伏，並且只能從這一點判斷出他已經跑了多遠。

「他一定是從那道門裡跑出去了！快追！」一名年長的男孩做出決定。那些孩子就像是一群獵狐犬聚集到年長男孩的身邊，在他的率領下回身向花園大門跑去。在他們身後，獵物已經轉過身，正在花架後面被太陽曬暖的石牆上尋找可以借力的支撐點。當我看到他一隻腳登上石牆的時候，一聲喊叫從追蹤者那裡傳來。一定是有人回頭瞥了一眼，發現了他。

「他在那裡！」一個女孩喊道。那一群孩子立刻又衝回到花園中。當穿黑衣的男孩靈巧地攀上高牆時，那些孩子們匆忙停住了腳步。一時間，半空中充滿了疾飛的土塊和石子。它們擊中了玫瑰、花架和牆壁，我還聽到了那個苗條男孩的後背被擊中時發出的空洞響聲。我聽到他發出沙啞而痛苦的喊聲，但他依舊緊抓住石牆，不停地向上攀登。

這場遊戲突然變得不再是一場遊戲，而是一場殘忍的狩獵。那個男孩完全暴露在牆壁之上，無法尋找掩護。隨著他在牆上愈爬愈高，獵手們紛紛彎下腰尋找更多土石塊。我可以大聲喊叫讓他們住手。但我知道，就算這樣做也救不了他，而我只會成為他們的另外一個目標。

一塊石頭狠狠擊中了那個男孩的後腦，力道大得讓他的頭又撞在了牆上。我聽到他的皮肉和石頭撞擊的聲音，看到他停下來，手指在半暈眩中慢慢從牆上滑脫。但他沒有再叫喊，而是顫抖著再一次開始移動，並且速度更快。他的腳向上滑動、踏穩，另一隻腳向上滑動、踏穩，他的一隻手已經抓住了牆頭。這個動作彷彿讓遊戲一下子發生了改變，其他孩子停止投擲土石，一起向前撲了過來。他雙手抓住牆頭，將身子拉起。就在這一瞬間，他恰好和我四目相對。然後他就翻到了石牆的另一邊。沿著他下頷流下的鮮血，在他蒼白的皮膚上顯得格外醒目。

「繞過去，繞過去！」一個女孩在尖叫，其他孩子像獵狗一樣吼叫著，轉身衝出了花園。我聽到花園大門重重的撞擊聲和一連串狂亂的腳步聲。他們一邊笑著一邊跑走了。片刻之後，我聽到一陣淒厲而絕望的尖叫聲。

我醒了過來，重重地喘著粗氣，就像是剛剛打了一架。我的睡衣胸前全是汗水，在身上亂成了一團。我茫然無措地坐起身，竭力想要掙脫毯子的束縛。

「蜚滋！」莫莉用手臂護住孩子，聲音中盡是責備之意，「你在幹什麼？」

我驀然間找回了自己。我是一個成年人，不是被嚇壞的孩子。我俯身在莫莉身邊，在我們的小寶寶身邊。我剛才也許已經壓到她了。「我傷到她了嗎？」我萬分驚恐地問道。彷彿是作為回應，寶寶發出一陣細弱的哭號。

莫莉伸出手，抓住我的手腕。「蜚滋，沒事，你只是驚醒了她，僅此而已。躺下。你不過是做了個夢。」

在一同度過了這麼多年以後，她很熟悉我的噩夢。她明白，如果將我從一場噩夢中喚醒反而可能更加危險——這一點尤其讓我懊惱。現在我就像一隻落水狗一樣感到羞恥。她會不會認為我對我們的孩子是一個危險？「我覺得我最好睡在別的地方。」我提議道。

莫莉沒有放開我的手腕。她翻身到她的那一邊，讓寶寶離她更近一些。對此，寶寶打了一個小嗝作為回應，立刻又開始尋找乳頭了。

「你就睡在我們身邊。」莫莉鄭重地說道。還沒等我再開口，她已經輕聲笑著說：「她以為她又餓了。」然後莫莉放開我，又將胸脯挪到寶寶口邊。我一動不動地躺著，聽到莫莉挪動身子時發出的窸窣聲，和一個小生物填飽肚子時發出的微小又滿足的聲音。寶寶的嬰兒氣息和莫莉的女性氣息，她們的味道都是那樣好聞。我突然感覺到自己是一個龐大粗魯的男性，一個安寧與和平的家庭生活的闖入者。

我開始從她們身邊挪開。「我應該……」

「你應該留在這裡。」莫莉又抓住我的手腕，把我拉過去，直到她能夠伸手撫摸我的頭髮時才甘休。她的撫摸很輕柔，讓我的內心恢復了平靜。我浸透汗水的髮卷被她逐一從額頭上撥開。在她的手指間，我閉上眼睛，又過了不久，我的知覺就漸漸飄遠了。

在我醒來時，已經逐漸變得模糊的夢境再一次向我的意識中塗繪色彩。無論胸膛怎樣繃緊，我還是強迫自己輕緩地呼吸。我告訴自己，那只是一個夢，而不是我的記憶。我從沒有躲藏起來，眼看著城堡中的其他孩子折磨弄臣。從沒有過。

但我也許會那樣做，我的良心依舊在這樣說著，如果我那個時候在那裡，也許就會那樣做。

任何孩子都會那樣的。在這樣一個時刻，做過這樣的夢以後，我過濾著我的記憶，尋找其中的聯繫，竭力想要搞清楚為什麼這樣一個令人不安的夢會侵入我的睡眠。但我一無所獲。

我能找到的只有城堡中的孩子們是如何談論黠謀國王的那個蒼白小丑的。弄臣就在我兒時的記憶中，從我到達公鹿堡的第一天開始，他就出現了。他在我之前就生活在那座城堡中，如果他的話可信，那麼他在那裡就是為了等待我。但在我們相遇的最初數年中，他在走廊裡遇到我的時候根本沒有任何禮貌可言，當他跟著我走進一條走廊的時候，我也從不會對他有任何好臉色。我一直像其他孩子一樣竭力躲避著他。想到這些，我也在為自己尋找免於愧疚感的藉口：我並沒有像其他孩子那樣殘忍地對待他。我從未嘲諷過他，甚至沒有以任何方式向他表達過厭惡。不，我只是在躲避他。我一直相信他是一個機智卻又有些傻氣的傢伙，一個行事滑稽、頭腦簡單、只懂得讓國王取樂的雜耍藝人。不管怎樣，我告訴自己，我可憐他。因為他是如此與眾不同。

就像我的女兒一定會和她所有的玩伴都不一樣。

並非公鹿堡中的所有孩子都有深褐色的眼睛、頭髮，以及深色調的皮膚，但她在那裡找到的大多數玩伴都會是這樣。如果她不快些長大，能夠在身材上與他們匹敵，如果她依舊是這樣瘦小蒼白，那又會怎麼樣？她會有一個什麼樣的童年？

寒意從我的腹中升起，一直輻射到我的心裡。我又向莫莉和孩子靠近了一點。她們現在全都睡著了。但我已全無睡意。我就像是一頭守夜的狼，伸出手臂輕輕摟住她們。我會保護她，我向我自己和莫莉承諾。沒有人能以任何方式嘲諷她或者折磨她。哪怕我要向整個世界隱瞞她的存在，我也一定會守護她平安。

7

贈禮

曾幾何時，有一個好人和他的妻子。他們兩個一生都在努力工作。慢慢地，受到好運眷顧，讓他們得到了想要的一切，只有一件事除外——他們沒有孩子。

有一天，當妻子走在花園中，為自己沒有孩子而哀戚時，一個仙子從薰衣草花叢中出來，向她問道：「女人，妳為什麼而哭泣？」

「我哭泣是因為我沒有自己的孩子。」女人回答。

「哦，說到這一點，妳可真是愚蠢啊，」那個仙子說道，「只消妳一句話，我就能告訴妳該如何在今年結束之前，讓妳的臂彎裡有一個嬰孩。」

「那就快告訴我！」女人懇求仙子。

仙子微微一笑，「這很容易。今天晚上，就在太陽親吻地平線的時候，在地上鋪一塊絲綢，確保它完全貼附在地面上，沒有一絲皺紋。等到明天，這塊絲綢下面的東西就屬於妳了。」

女人急忙按照仙子所說的去做了。當太陽碰觸地平線的時候，她將那塊絲綢平整地鋪展在地面上，沒有一絲皺紋。但是就在花園逐漸變暗、女人匆匆回到房間裡的時候，一隻好奇的老鼠來到絲綢旁，將它嗅了嗅，從絲綢上走了過去，在絲綢邊緣留下一點皺褶。

等到第二天一早，女人急忙回到花園中。她聽見了一點微弱的聲音，看到絲綢在移動。當她掀起這一片絲綢的時候，她發現絲綢下面有一個完美的孩子，睜著一雙明亮的黑眼睛。但這個嬰兒只有她的手掌那麼大……

——老公鹿堡傳說

我們的寶寶降生後十天，我終於決定必須向莫莉坦白了。我很害怕這樣做，但這是無可避免的。繼續耽擱下去也不會讓事情變得更輕鬆。

因為蕁麻和我都不相信莫莉真的懷孕了。我們並沒有將這個訊息告知直系親屬以外的任何人。蕁麻約略和弟弟們提了一下這件事，但也只是說他們的母親因為年齡的關係而變得有些神思恍惚。那些小夥子們都在為各自的人生而忙碌，現在駿騎*已經有了三個孩子和一個妻子，以及一片領地要照料。其他人也都有自己的生活、妻子和孩子，只能為他們正在日漸糊塗的母親表示一點擔憂。他們都相信，蕁麻和湯姆一定能夠處理好這方面的任何問題，不管怎樣，他們又能為正在衰老的母親做些什麼？對於年邁的父母，年輕人只能以寬容與關愛之心接受他們的衰老。而現在，我必須向他們解釋這個新生的嬰兒，不只是向他們，而是要向這個世界進行解釋。

至今為止，我對於這個困難的應對方式都是視而不見。在細柳林以外還沒有人知道這件事。我甚至沒有給蕁麻送去任何訊息。

但現在，我必須向莫莉承認這一點了。

為了完成這個任務，我特意進行了一番準備。我從廚房要了一只托盤，上面盛著莫莉最愛吃的小甜餅，還有一碟厚厚的甜奶油和覆盆子果醬，最後是一大罐新煮好的黑茶。我向塔維婭保證過自己肯定能拿穩這只托盤以後，就向莫莉的育嬰室走去。一路上，我不停地為自己籌劃理由，彷彿我即將面對一場戰爭，現在正為自己挑選稱手的武器。首先，莫莉還很虛弱，我不希望有任何客人來打擾她。其次是這個嬰兒，她還這麼小，可能非常脆弱。莫莉曾親口對我說，她也許無法活下來，現在確保她不受打擾顯然是最好的應對之法。第三，我從不想讓任何人施加給她任何義務，讓她無法自由地做自己……不，這些都不是可以說給莫莉聽的理由，至少現在還不是。

我終於打開了育嬰室的房門，並且沒有讓托盤脫手掉落。我小心地將托盤放在一張矮桌子

＊譯注：博瑞屈的兒子。

上，然後將桌子和托盤一起挪到莫莉的座位旁邊，穩妥地沒有打翻任何東西。莫莉正讓寶寶趴在自己的肩頭上，一邊低聲哼唱，一邊拍著她的後背。柔軟的長袍下襟在我們女兒的雙腳下面垂出很長一截。她的手臂和雙手也都完全被包裹在袖子裡。

莫莉點亮了一根金銀花蠟燭，讓房間裡充滿了濃郁的芬芳氣息。蘋果木柴正在小壁爐中燃燒著。這些便是這個房間裡全部的光源了。它們讓整個房間彷彿是一幢舒適的農舍。莫莉很喜歡能夠不必持續為錢而發愁，但她從不曾完全適應過貴族女士的優越生活。成為獾毛管理人之後，我曾不止一次建議任命一名貼身女僕來全職負責照顧她，但她總是對我說：「我喜歡自己動手。」在這個莊園中，大部分擦洗、除塵、烹調和洗滌衣物的工作是由僕人完成的。但莫莉依舊會負責打掃我們的臥室，將曬過太陽的亞麻床單鋪在我們的床上，或者在寒冷的夜晚，在壁爐前烤熱羽毛墊。至少在那個房間裡，我們還是莫莉和蜚滋。

三色堇屏風經過挪動，現在被用於為房間裡保留爐火的溫度。燃燒的木柴嗶剝作響，光影在房間中不停地跳動。當我放好桌子和托盤的時候，寶寶在媽媽的臂彎裡已經快睡著了。

「這是什麼？」莫莉帶著一絲驚訝的微笑問。

「我只是覺得，我們應該有一些安靜的時間。也許還應該有一點甜蜜時光。」

她的微笑變得更加燦爛。「我真想不出有什麼比這樣更好了！」

「我也是。」我坐到她們身旁，小心地不擠到她。然後我繞過她，俯身去看我女兒的小臉。

那張小臉紅撲撲的，淺色的眉毛因為集中精神而聚在一起。她頭頂上還只有細小的髮絡，手指甲比魚鱗還要小，也像魚鱗一樣精緻。片刻之間，我只是有些失神地看著她。

莫莉拈起一塊小甜餅，在覆盆子果醬中蘸了蘸，又抹了一點奶油。「氣味和味道都像是夏天。」過了一會兒，她說道。我為我們兩人倒了茶。茶香和覆盆子的香氣縈繞在一起。我也拿了一塊小甜餅，在上面抹了更厚的一層果醬和奶油。

「是的，」我嚐過餅乾之後對莫莉的評價表示贊同。不長的一段時間裡，我們只是分享食物和熱茶，還有溫暖的爐火。屋外又下起了小雪。我們待在屋子裡，就像是在一個安全又溫暖的巢穴中。也許明天再告訴她會更好。

「你想說什麼？」

我將驚訝的目光轉向莫莉。莫莉向我搖搖頭。「你已經歎了兩次氣，並且不斷地動著身子，彷彿身上有跳蚤，卻又沒辦法去抓。說出來吧。」

這就像是撕掉傷口上的繃帶。*一定要快。*「我沒有告訴蕁麻孩子出生的事。也沒有把妳的信寄給男孩子們。」

莫莉的身子稍稍一僵。寶寶睜開了眼睛。我感覺到莫莉想要放鬆下來，保持鎮定的努力——這全都是為了寶寶。「蜚滋，為什麼？」

我猶豫了一下。我並不想惹莫莉生氣，但我也非常希望能夠擺脫現在的窘境。終於，我笨拙地開了口：「我本來覺得我們也許應該暫時對她的出生進行保密，直到她大一點。」

莫莉動了動捂在寶寶身上的一隻手。我看出她正在用手指測量寶貝的小胸口。她的胸口還不及莫莉四指並在一起的寬度。「你已經意識到她是多麼與眾不同，」莫莉低聲說，「她是多麼小。」她的聲音變得有些沙啞。

我向她點點頭。「我聽到了女僕們的交談。我希望她們沒有見到她。莫莉，她們都在害怕她。『就像是一個布娃娃活了，這麼小，又有這樣一雙眨也不眨的淺藍色眼睛。看上去她應該是個瞎子，但卻彷彿能把妳看穿。』這就是塔維婭對輕柔說的。輕柔則說她『不正常』。這麼嬌小年幼的孩子不應該這樣引起人們的警惕。」

莫莉瞇起了眼睛，肩膀也繃緊了——這讓我覺得自己似乎是向一隻貓錯發出了「噓」聲。「我說了不需要她們的說明，她們昨天卻還是像潮水一樣湧過來。我就知道，她們只是為了看她。昨天我帶著她去廚房，廚娘肉豆蔻看見她的時候說：『這株小薄荷還一點都沒有長呢，是不是？』她當然正在長大。只不過廚娘沒有注意到而已。」莫莉咬緊了牙，「讓她們走，讓她們所有人都走。那些女僕和廚娘。把她們全都解僱。」她聲音中的痛苦和憤怒一樣多。

「莫莉。」我試圖用鎮定的聲音喚回她的理智，「她們已經在這裡服務多年了。輕柔的搖籃就在廚房裡。去年，她剛剛成為我們的洗碗女僕。她還只是個孩子，這裡一直都是她的家。耐辛在許多年以前僱用了廚娘肉豆蔻。塔維婭跟隨我們已經有十六年了。她的母親薩琳也一直在這裡服務，丈夫在我們的葡萄園中工作。如果我們解僱她們，一定會讓她們很難過！而且這樣會造成各種流言，人們會以為我們的孩子有不可告人之處。如果找一些人來代替她們，我們對那些人更是一無所知。」我揉搓著自己的臉，又用更平靜一些的聲音說：「她們要留下來。也許我們需要給她們更豐厚一些的報酬，以確保她們的忠誠。」

「我們的報酬已經很好了。」莫莉氣惱地說道，「我們對她們一直都很慷慨。當她們年老的時候，我們就會僱用她們的孩子。塔維婭的丈夫跌斷了腿，在那年的豐收季只能坐在家裡的時候，我們還是付給他薪水。最近廚娘肉豆蔻坐著的時間總是比在爐灶前的時間要多，我們也從沒有說過要解僱她。我們只是僱用更多的人手。蜚滋，你的意思是不是我們要向她們行賄，只為了讓她們不會對我的寶寶有偏見？你覺得她們會對她有危險嗎？如果有，我會把她們都殺光。」

「如果我認為她們有危險，我已經殺了她們。」我反駁她，卻又被這句脫口而出的話嚇了一跳。因為我知道，這句話沒有半點虛假的成分。

如果換成其他女人，聽到我這樣說一定也會感到害怕吧。但我看到莫莉放鬆下來，心情平緩了許多。「那麼，你很愛她？」莫莉低聲問，「你不為她感到羞愧？不因為我給了你這樣一個特別的孩子而感到害怕？」

「我當然愛她！」莫莉的這個問題讓我大吃一驚。她怎麼能懷疑我？「她是我的女兒，我們這些年以來一直在盼望的孩子！妳怎麼會以為我不愛她？」

「因為有些男人的確不喜歡孩子，」莫莉簡單地回答道。她將孩子轉過來，放在膝頭上讓我細看。這個動作驚醒了寶寶，但她並沒有哭，只是睜大了一雙藍眼睛看著我們兩個。柔軟的睡袍像寬大的被子一樣將她蓋住。就連衣領也太大了，露出了她的一邊肩膀。莫莉把她的領口拉緊。「蜚滋，我們有話直說吧。她是一個奇怪的小傢伙。我懷孕的時間那麼長，我知道，你對此一直都有懷疑，但你必須相信我。她在我的身體裡足足度過了兩年時間。也許甚至更久。但她生出來的時候卻這麼小。看看她，她很少哭號，卻總是不眨眼地看著周圍，就像塔維婭所說的那樣。她還太小，甚至沒力氣把頭抬起來，但她看上去卻像是知道許多事情。她在觀察，當我們說話的時候，她的視線就不斷地在我們兩個人之間移動，彷彿她在聽，並且能夠明白我們所說的每一個字。」

「也許她真的明白。」我微笑著說道。不過我並不真的相信莫莉的話。莫莉又將寶寶抱進懷中。她沒有看我，只是強迫自己繼續說道：「其他男人如果看見她，一定會說我是一個蕩婦。她的髮色淺得就像是春天的羊羔，還有這樣一雙藍眼睛。其他男人都會懷疑這不是你的孩子。」

我大聲笑了起來。「但我一點都不懷疑！她就是我的孩子。我的和妳的。就像是古老傳說中所有靈界給予的孩子一樣，是我們得到的一個奇蹟。莫莉，妳知道我有原智。我坦白告訴妳，當我第一次感知她的時候，我就知道她是我的，也是妳的，是我們的。我從沒有懷疑過這一點。」

我將莫莉的一隻手從嬰兒身上拉過來，打開她握緊的拳頭，親吻她的掌心，「我從沒有懷疑過妳。」

我輕輕拉近她，讓她靠著我，找到她的一綹髮卷，將它纏在手指上。又等待了一段時間，我感覺到她綳緊的肌肉鬆弛下來。她終於能放鬆了。我們迎來了一段短暫的平靜。爐火發出輕柔的響聲，窗外，風吹過讓這裡藉以得名的古老柳枝。此時此刻，我們只是一個簡單的家庭。然後，我鼓足勇氣又開了口。

「但我想要繼續將寶寶出生的訊息隱瞞一段時間。不是因為我懷疑她是不是我的，或者是她有任何奇怪的地方。」

莫莉搖搖頭。她的動作很小，但神情中明顯是在說我有多麼愚蠢。我感覺到了，卻沒有放她離開我的懷抱。她也沒有掙脫出我的雙臂。她將額頭靠在我的胸膛上，用歡快的聲音問：「要多久，親愛的？一年？兩年？也許我們可以讓她在十六歲生日的那一天和這個世界見面，就像是古老傳說中的公主那樣？」

「我知道這聽起來很愚蠢，但……」

「這就是很愚蠢。所以它聽起來才很愚蠢。現在想要把她藏起來已經太晚了。僕人們都知道了我有一個孩子，那麼村裡的人一定也知道了。毫無疑問，沿河上下的村民的親戚也都會知道。蜚滋，親愛的，你應該把那些信寄出去。現在蕁麻和男孩們一定會覺得奇怪，為什麼他們還沒有得到訊息。隱瞞這個祕密會讓切德老大人皺起鼻子，就像獵犬在一棵樹上發現了一隻狐狸。更不要說王后會感到奇怪了。我們拖延的時間越久，人們的疑心就會越重。人們會更難以相信她真的是我們的，會以為她只是被某個可憐的女孩丟棄的孩子，會以為你是在森林的樹洞中找到的她，或者她只是靈界丟在我們門口的一個先天不足的孩子。」

「這太荒謬了！沒有人會相信這種事！」

「和一對父母將剛出生的孩子隱藏起來，甚至不讓她的姐姐和哥哥們知道，人們也許會覺得這些猜測更容易相信。這對我而言已經很難相信了。」

「好吧。」我被打敗了，「我明天就把那些信寄出去。」

莫莉並沒有就此放過我。她稍稍抬起身，看著我，「你應該馬上讓蕁麻知道。就是現在。她距離她的弟弟們更近，能夠更快地派出信使。哦，蜚滋。」她閉上眼睛，向我搖了搖頭。

我完全被打敗了。「好吧。」我站起身，從她身邊退開一點距離。

蕁麻也像我一樣擁有精技魔法，這曾經是一個祕密。但現在，她已經成為國王御用精技小組的領袖。她所率領的精技使用者們是六大公國抵禦所有危險的魔法力量。所有人都在暗中猜測她是瞻遠家族的私生子，只不過絕大多數人都有著足夠的政治頭腦，明白不能公開說出這種事。我和蕁麻之間的魔法聯繫一直都讓莫莉覺得不太舒服，但她已經能夠接受這件事了，就像她接受了迅風擁有原智。而當我們發現穩重也擁有精技魔法天賦的時候，都曾經更感到驚奇。我沒有說出現在我們心中共同的問題——這個孩子會從我身上繼承某種能力嗎？

「看她，她看上去就像是在笑。」她的母親悄聲說道。

我睜開眼睛。我已經聯絡上蕁麻，把訊息告訴了她。幸好我已經在我和她之間設置了一道精技牆。它幾乎立刻就為我擋住了蕁麻怒氣衝衝的回應。她責怪我為什麼沒有早一些告訴她這件事，隨後就是一陣洪水一般的問題，要我解釋她的母親怎麼可能生下一個孩子。同時她又開始瘋狂地重排自己的日程表，準備盡可能快地來看我們。蕁麻的訊息洪潮幾乎要將我的思維吞沒。我閉起眼睛，告訴她隨時都可以來，我們將很高興見到她，還有其他所有願意回來的男孩，並請她將這個訊息傳達給他們。然後我就匆忙地從她的意識中退了出來，並徹底把我的意識遮擋住。

我知道，等我的大女兒和我共處一室，才是我真正要付出代價的時候，那時我就不可能這麼輕鬆地從她的斥責中逃出來了。不過我也只能靜候這個時刻的到來。我垂下雙肩，對莫莉說：「蕁麻知道了，並且會把訊息告訴男孩們。她很快就會回來了。」然後我回到她身邊，坐到她腳旁的地板上，輕輕靠在她的腿上，拿起了我的茶杯。

「她會不會從門石中過來？」莫莉的語氣中流露出恐懼。

「不。這件事我叮囑過她了。那些石頭只能在萬分緊急的時候使用，而且必須確保隱密。她會在安排好手邊的事情之後騎馬回來，還會帶著一名護衛。」

莫莉並沒有停止思考，「妳害怕的是王后嗎？」她壓低聲音問。

我向她揚了揚眉毛。「說不上。她現在根本不在乎我。她和晉責已經帶著兩位王子去拜訪畢恩斯公國了，此行將持續十天。我相信晉責終於聽了切德的話。王室家族將訪問全部六個公國和群山王國，在每一個公國停留至少十天。我承認，我有些想知道那些大公們是否已經將他們的女兒介紹給了王子，希望能早早安排……」

「不要試圖轉移話題。你很清楚我說的是哪一位王后。」

我的確很清楚。我在她的怒視中低垂下目光：「珂翠肯正在從群山回家的路上。這是晉責在幾天以前用精技告訴我的。她已經與群山人和六大公國的大公們達成了一項協定。她會在群山度過更多的時間，甚至也許每年會有半年在那裡。她在那裡不會被稱為女王，但是會經常向晉責提供諫言。等她回到公鹿堡之後，他們打算挑選一名精技學徒作為她的侍從，當她前往群山的時候就跟隨在她身邊，使得群山和六大公國之間的聯絡更加便捷。我認為她和晉責都因此而鬆了一口氣。她在群山中依舊是一位女王，儘管沒有人這樣稱呼她。而艾莉安娜王后將有更多的空間依照自己的喜好對王室和城堡做出調整。我認為她們彼此達成了一個明智的妥協。」

莫莉搖搖頭。「她們終究會妥協的，只要晉責加入他的意見，並且支持貴主*那兩個男孩子每年應該被送到群山去兩個月學習語言，瞭解那個國家。如果晉責不這樣做，等到珂翠肯女王去世之後，他也許會發現，他所鍾愛的第七個公國會起而反抗被完全納入六大公國的計畫。」

我點點頭，終於因為話題的改變而鬆了一口氣。「妳所說的正是我在擔憂的事情。兩位王后之間的關係一直都不算融洽，而且……」

莫莉卻無情地說道：「但你還沒有回答我的問題。關於我們的小寶寶和你那個荒謬的要祕密將她養大的主意。你希望向誰隱瞞她的存在？對此我很感好奇，而我能想到的唯一答案就是珂翠肯王后。也許還有切德？」

我不安地動了動身子，然後將頭靠在她的膝蓋上。她伸出手指撫弄我的頭髮，輕聲說：「你知道的，我從來都不傻。」

「妳當然不傻。我知道妳在這些年裡已經把事情全都看清了。儘管我們很少會談論這些事，但是當我們談到它的時候，想起我曾經對妳說謊，欺騙妳這麼多年，我就覺得胸口上被插了一把劍。莫莉，我是這麼……」

「懂得逃避。」莫莉用故作輕鬆的語氣替我說完這句話，「蜚滋，你已經為那些日子道歉過一千遍了，而我也原諒了你。所以，請不要現在試圖用這個岔開話題，這只能讓我生氣。你到底在害怕誰？害怕什麼？」

沉默充斥在整個空間中，然後我用低沉的聲音承認：「我害怕所有人。」我是在向莫莉承認，也是在向我自己承認，「妳和我終於有了一個我們盼望已久的孩子。這個孩子是如此與眾不同，單單只是這一點就足以讓其他人心存芥蒂。但其他人又會將她視為一位祕密的公主，或者是

＊譯注：晉責的王后艾莉安娜。

一個潛在的精技使用者，一枚政壇上的棋子，一個可以在未來迎娶並借之以操控王座的女人。我知道他們一定會這樣看她。就像他們將我看做一個王室私生子和一件非常有用的工具。一名刺客或者是一名可以任意處置的外交人員。就像他們將蕁麻看做能夠產生王室繼承人的一匹潛在的母種馬，如果晉責無法開枝散葉，她就會成為替補。當切德和珂翠肯阻撓蕁麻和謎語訂婚……」

「求你，蜚滋。不要再說了！過去的事情已經過去了，沒有必要再揭開舊瘡疤了。」

「蕁麻依然孤身一人，我怎麼可能認為這已經『過去』了？」一直以來我為女兒感受到的憤怒再一次充溢在胸膛裡。我絕對、絕對無法理解她怎麼會接受那個來自於王座的祕密旨令，到現在依然為他們效忠。為此，我差一點斬斷與公鹿堡的聯繫。只是因為蕁麻要求我冷靜下來，允許她「自己處置自己的人生」，我才沒有這樣做。而每一次我想到……

「哦，蜚滋。」莫莉歎了口氣。她感覺到了我的心緒，伸手輕撫我的頸後，用她依舊強有力的雙手揉搓我緬緊的肌肉，低聲對我說：「蕁麻一直都是一個心中自有主張的人。她表面上只有一個人，似乎已經順從了王室禁止她和謎語結婚的決定。但表面是具有欺騙性的。」

我坐直身子，轉過頭看著莫莉：「蕁麻會公然反抗瞻遠王權嗎？」

莫莉搖搖頭。「反抗？也許不會。無視呢？也許會的。就像我們無視耐辛女士和黠謀國王對我們的決定一樣。你的女兒非常像你，蜚滋。她會自己做出決定，會聽從自己的意志。我相信，只要她還想和謎語在一起，他們就不會分開。」

「甜美的艾達啊，如果她懷孕了呢？」焦慮之情讓我的聲音也繃緊了。

莫莉發出一聲氣惱的苦笑：「蜚滋！你總是要從一個想像中的災難跳進另一個想像中的災難嗎？仔細聽著，我說的是，我不知道蕁麻為自己選擇了怎樣的道路。但如果她現在是一個人，那只是因為她選擇孤身一人，而不是因為有誰向她下達了旨意。她的人生是屬於她的，不需要你去修理。」

「那麼妳不認為她和謎語在一起了？」

莫莉又歎了口氣：「我對此沒有想法。在這件事上我們必須保持慎重。而我要向你指出的是，謎語離開我們，去公鹿堡城工作了，蕁麻則沒有表現出鼓勵任何人向她示好的跡象。不管怎樣，她多年前就是已經是一名成年女子了。她的事情應該由她自己去擔心，而不是我。你也沒有立場替她做出決定。親愛的，在這四堵牆壁之間已經有許多事情需要我們對付了。其他孩子都已經長大，擁有了各自的人生。就連火爐也有了心上人，並且在河邊鎮有了一份學徒工作。就讓蕁麻和謎語去過自己的生活吧，這樣我們還能有一點平靜。如果你這麼想要為一個孩子感到擔憂，那麼這裡就有一個。喏，抱她一會兒。」

她俯下身，將嬰兒放進我的手中。像以往一樣，我很不情願地接過。這與我對孩子的感情無關，而是因為我非常害怕會抱不好，傷到她。小狗和馬駒都不會讓我這樣害怕，但是她會。她是這麼小、這樣孤弱無助，我照料過的任何其他小狼都要比她強壯太多了。一匹馬駒能夠在出生的當天就站起來。小狗會「嗚嗚」叫著向牠們母親的乳頭爬過去。而我的孩子甚至沒辦法把頭抬起來。但是當我將她放到膝蓋上時，她體內生命的火花立刻在我的原智中愈來愈明亮地燃燒起來。我的精技呢？我碰到她的小手，皮膚貼著皮膚，在那裡感覺到了什麼。

莫莉站起身，挺直後背，微微呻吟了一聲：「我坐在這裡太久了。我要再去盛些熱茶，一會兒就會來。」

「我是不是應該拉鈴叫僕人來？」

「哦，不。我想自己去一趟廚房，就當散步了。我很快就回來。」她說話的時候已經走到了門口。

「好吧，」我心不在焉地回答道。我看著孩子的臉，而她卻向我的肩膀後面望去。我聽見莫莉的軟鞋輕輕踏在地面上的聲音逐漸遠去，現在房間裡只剩下了我和我的女兒，沒有理由再感到緊張了。我在公鹿堡馬廄的日子裡一共照顧過多少小動物？一個嬰兒也不會有太大不同。畢竟脾氣暴躁的馬駒和機警異常的小狗最終都對我產生了好感。

「嗨，寶貝，看著我，看著爸爸。」我將自己的臉移到她的視野中。她移開目光，又將手從我的手上甩開。我又試了一次。

「那麼，寶貝，妳打算活下來，和我們一同生活一段時間了，對嗎？」我並沒有像許多人那樣捏起嗓子和嬰兒說話，而是用一種低沉、審慎、帶有節律的聲音。當一個人對小狗或者馬駒說話的時候就應該用這種聲音，它能夠安撫幼獸的神經。我向她一咂嘴：「嗨，這裡，看著我。」

她沒有看我。我也並不真的以為她會聽我的話。

耐心，只需要持續和她交談：「妳可真小。我希望妳很快就能長大。我們要怎樣叫你？該給妳一個名字了。一個好名字，強壯有力的名字。讓我們為妳想一個強壯又美麗的名字。蕾希？妳喜歡這個名字嗎？蕾希？」

完全沒有回應。我剛剛感覺到的那朵火花黯淡了下去，彷彿她將注意力從我這裡轉移開了。這有可能嗎？

我的手指在她的心口上畫了一個圖案。「也許給妳一個花的名字？妳的姐姐叫蕁麻。那麼……蕨草如何？」我沒有看錯，她肯定是將注意力轉到其他地方去了。我考慮了片刻，又試了試，「桃金娘？指頂花？百里香？」

她似乎在聽我說話。為什麼她不看著我？我用手指碰了碰她的面頰，想要讓她看著我。她在我的碰觸中轉過臉來，卻還是躲避著我的眼睛。我突然間回憶起夜眼很少會和我對視，但那頭狼還是愛我至深。不要強迫她看你的眼睛。讓這頭小狼自己靠近你，就像你讓我靠近你一樣。我向狼的智慧點點頭，就沒有再去盯住她的眼睛。

她打開自己細小的手指，我將我的小指放在她的手掌中。即使是我最小的手指對她而言也還是太過粗大，難以抓握。她放開我的手指，將小手縮回到胸前。我把她抱起來，深深吸了一口氣，感受她的氣息。此時此刻，我成為了我的狼。我和夜眼的聯繫在我的回憶中是那樣清晰，讓我的心也因為那種失落而疼痛起來。我看著我的小狼，知道她的出生對於夜眼會是一件多麼甜蜜的事情。哦，夜眼，真希望你能夠在我的身邊。淚水刺痛了我的眼睛。我驚愕地看到手中的嬰兒眨了眨眼，流出她剛剛擁有的淚水，淚珠沿著她的小臉滾落下去。

我嚥下失去狼同伴的舊日痛楚。她能夠感受到我的心情嗎？我鼓起勇氣盯住她，向她張開自己，同時伸展出精技和原智。

寶寶突然無助地揮動雙手，蹬踹著小腳，彷彿想要從我面前游開。然後，讓我驚恐萬分的是，她張大了嘴，發出一陣響亮的嚎叫聲。這麼小的東西怎麼樣也不應該能發出如此響亮淒厲的聲音來。「噓！噓！」我連聲向她乞求，唯恐莫莉會聽到。我將她放在我的膝頭，舉起雙手唯恐再碰到她。她肯定不會是要向我傾訴什麼。我一定是在抱著她的時候做錯了什麼。我是不是捏到她了？還是把她抱得太緊了？我只能驚慌失措地低頭看著她。

我聽到軟鞋踏在石板地面上，發出輕微卻匆忙的腳步聲。莫莉一下就出現在房間裡，手中拿著正在滴水的茶壺。她慌張地將茶壺重重放在托盤上，向我們俯下身，伸手抱起了她的寶寶。

「出什麼事了？你把她掉在地上了？她以前從沒有這樣大聲哭過！」

我向後靠去，離開寶寶，讓莫莉抱起她。寶寶的哭號聲幾乎立刻就止歇了。她的臉變成了亮紅色，同時不停地喘息著，顯然是剛才的大聲哭喊消耗了她太多的力氣。她的母親這時正輕輕地拍撫她，安慰她。

「我不知道自己做了什麼。我只是抱著她，看著她，她突然就哭了起來。等等！我把手指放在她的手裡了！我是不是傷到了她的手指？我不知道我為什麼讓她這樣難過！我傷到她的手了嗎？她還好嗎？」

「噓，讓我看看。」莫莉輕輕拿起寶寶的手，非常輕柔地打開她的手指。寶寶沒有掙扎，也沒有哭嚷，她只是看著媽媽的臉。我只能說，她的臉上盡是寬慰的表情。莫莉將她抱起來，一邊來回走動，一邊輕輕搖晃她。「她沒事，她沒事。」在這種近似於歌聲的念誦中，她緩慢地在房間裡繞了一圈。回到我的面前時，莫莉輕聲說道，「她看上去很好。也許只是因為有一股涼風吹到了她的肚子。哦，蜚滋，聽到她那樣哭的時候，我真是被嚇了一跳。不過，你知道嗎……」她注視著我，露出微笑，「……這也讓我鬆了一口氣。她一直都是那麼安靜、那麼鎮定，讓我甚至有些懷疑她會不會哭，還是她根本就發不出聲音。」莫莉短促地笑了一聲，「我一直都希望那些男孩能安靜一點，讓我能輕鬆地睡一會兒。但她卻完全相反。我一直在為她的默不作聲感到擔憂。她會不會是智力有問題？但她一切都好。無論你做了什麼，你已經證明了她有著和你一樣的脾氣。」

「我的脾氣？」我斗膽問道。

她彷彿嘲諷般地向我擺出一副怒容：「當然是你的脾氣！除此之外她還能繼承誰的？」她坐

了下去，我向托盤上茶壺周圍的那一灘水點點頭。

「看樣子灑了不少。我是不是應該去廚房再加些熱水？」

「我相信那裡剩下的茶足夠我們喝了。」

莫莉在椅子中坐穩。安寧的氣氛飄回到房間中，讓這裡變得更加寂靜。莫莉對我們的寶寶說：「我曾經見到過一匹黑白兩色的馬，牠有一隻藍色的眼睛，就像妳的眼睛一樣。那匹馬的主人說那是牠的『狂眼』，並且叮囑我不要站在牠狂眼的那一邊。」說完這些，莫莉閉上嘴，仔細端詳她的寶寶，輕輕搖晃她，讓我們全都安靜了下來。

我又過了一會兒才意識到她是在求我向她保證，我們的寶寶不會有事。這一點我也不能確定。我只能小心地說：「我不記得博瑞屈曾經把一匹藍眼睛的馬帶進馬廄，或者是一頭有一隻奇怪眼睛的狗。他和妳說過這種事？」

「哦，不。別犯傻了，蜚滋。她是一個女孩，不是一匹馬或一隻小狗。而且你很信任藍眼睛的珂翠肯王后。」

「的確如此。」我表示同意，同時從茶壺中倒出一點茶。顏色太淺了。我將茶壺放下，讓茶再泡一會兒，輕聲說，「我可不覺得她喜歡我。」

莫莉惱怒地呼出一口氣：「親愛的，難道你一定要找些事情來擔心嗎？她還不可能認得出你，而嬰兒都是會哭的。就是這樣。現在她沒事了。」

「她總是不看我。」

「蜚滋，我不打算縱容你這樣胡思亂想！所以，不要再去想了。況且，我們還有更多重要的事情要考量。她需要一個名字。」

「我也正想到了同樣的事情。」我又向她們靠了靠，再一次向茶壺伸出手去。

莫莉阻止了我：「耐心一些！茶還需要再泡一會兒。」

我停下來，向她揚起眉毛：「耐辛？」

「我也想到了這個。但她是這麼小……」

「所以……她需要一個小名字？」我完全困惑了。

「嗯，她的名字必須適合她。我想到了……」莫莉猶豫了一下，我則繼續等待她說話。終於她又開口了，「蜜蜂，因為她是這麼小。」

「蜜蜂？」我問她，禁不住露出了微笑。當然，蜜蜂。「這是一個可愛的名字。」

「蜜蜂。」莫莉確定無疑地說道。她的下一個問題卻嚇了我一跳，「你會為她命名嗎？」莫莉指的是這個王室家族的古老傳統。當一名瞻遠王子或者公主被命名時，會舉行一場全部貴族都要出席見證的儀式。孩子會在這場儀式中通過火焰，被撒上泥土，然後被放入水中，用火、土和水封錮孩子的名字。但這樣的孩子得到的名字都應該是惟真、駿騎或者帝尊，又或者是晉責。將名字與孩子封錮在一起，是希望孩子能夠發揚名字所代表的美德。

「我可不想這樣。」我低聲說。這樣的一場儀式會為她吸引來人們對瞻遠家族的注意，而這正是我極力想要避免的。無論如何，我還是希望能夠盡量讓她不要太惹人矚目。

當蕁麻在五天後到達細柳林的時候，這樣的希望也煙消雲散了。她在做好安排之後就以最快的速度騎馬趕來。跟隨她的只有兩名騎馬衛士。國王的精技師傅最少也要有這樣的護衛力量。這兩名衛士一個是灰髮老人，另一個是腰似柳枝的女孩，但他們兩個都要比我的女兒顯得更疲憊。我在書房聽到窗外有馬嘶聲，拉開窗簾的時候剛好瞥到了他們。

我深吸一口氣，打起精神，放下窗簾走出了書房，快速地大步走過宅邸，打算攔住蕁麻。還沒有等我走到前門，我就聽見了開門的聲音。蕁麻正在用清亮的嗓音匆匆向樂惟問好。然後是她在走廊中奔跑時靴子撞擊地面的聲音。我從側廊中走出來，她差一點就撞進我的懷裡。我抓住她的肩膀，低頭看著她的臉。

蕁麻的深褐色鬈髮從她的髮髻中飄散出來，落在肩膀上。她的面頰和額頭都被冷風吹得通紅。她仍然披著斗篷，在跑過來的時候已經脫下了手套。「湯姆！」她向我喊了一聲，又問道，「我的媽媽在哪裡？」

我朝走廊中育嬰室的方向指了一下。她聳聳肩，甩開我就向前跑去。我回頭瞥了一眼。在大門口，樂惟正向蕁麻的隨從打招呼。我們的管家做事很得體。那些跟隨精技師傅一同前來的衛兵們看上去又冷又疲憊，亟需休息。樂惟可以照顧他們。我轉過身去追蕁麻了。

等到我追上她的時候，她正站在育嬰室敞開的門口外，手抓著門框，彷彿僵在了那裡。「你們真的有了一個孩子？一個孩子？」她問她的母親。莫莉笑了起來。我也急忙停下腳步。蕁麻小心地邁著步子走進房間。我則像影子一樣尾隨著她，站在能夠看見她們兩個，又不會被她們看見的地方。蕁麻一直走到壁爐前的空搖籃旁。彷彿懺悔一般用帶著哭腔的聲音說：「媽媽，我竟然會懷疑妳，我真的很抱歉。她在哪裡？妳還好嗎？」

莫莉坐在椅子裡，顯得異常平靜，但我感覺到了她的焦慮。蕁麻是否像我一樣看出她是多麼小心地斂裝束容，準備與她的長女相會？她的頭髮看上去剛剛梳理過，披肩平整地鋪展在肩頭。小寶寶被包裹在柔軟的襁褓中，襁褓的顏色是最淺的粉色，一件色調相同的小帽子遮住了她的小臉。莫莉沒有浪費時間或力氣回答蕁麻的問題，而是直接將孩子遞給了她。我看不到蕁麻的表情，但我能看出她肩膀的姿勢發生了改變。她走過房間，小心得就像一頭狼走過未知的地域。她依然在害怕自己的母親發了瘋。當她接過寶寶的時候，我看到她的肌肉在進行調整，以適應這個格外輕小的嬰兒。她看著蜜蜂的臉，彷彿在為這個真實存在的嬰兒感到驚訝，而那雙藍眼睛更是讓她吃驚不已。然後，她將目光又轉向自己的母親。「她是瞎子，對嗎？哦，媽媽，我很抱歉。妳覺得她能活下來嗎？」在蕁麻的話語中，我聽到了我所畏懼的一切……不僅是這個世界，就連蜜蜂的姐姐都察覺到我們的蜜蜂是這樣與眾不同。

莫莉迅速將蜜蜂抱了回去，用手臂遮護住她，彷彿蕁麻的話語是對這個孩子的邪惡詛咒。

「她不是瞎子。」我的母親說道，「蜚滋說，他的群山人母親就是藍色眼睛，所以她也是藍眼睛。她的確很小，但她在每一方面都是完美的。十隻腳趾，十根手指，她吃得很好，睡得也很好，而且幾乎從不哭鬧。她的名字是蜜蜂。」

「蜜蜂？」蕁麻感到困惑，不過還是露出了微笑，「她真是個小東西。但我不知道王后會如何看待她。」

「珂翠肯王后？」我的母親的聲音介於警覺和困擾之間。

「她也會來，再過不久應該就會到了。我離開的時候，她剛剛回到公鹿堡。我在動身之前把訊息告訴了她。她為你們感到高興。她應該只會比我晚一天。我很高興能夠得到晉責的許可，立刻上路。那時王后顯然希望我能等她一下。」蕁麻停頓了一下，不過她對於母親的忠誠顯然佔據了上風，「就我所知，蜚滋知道珂翠肯會來，因為我親自用精技告訴了蜚滋！而他卻什麼都沒有對妳說！我能夠從妳的表情中看出來。這意味著僕人們也許還沒有為客人準備好房間。哦，媽媽，妳的那個男人……」

「那個男人是妳的父親，」我的妻子提醒蕁麻，像以往一樣，蕁麻將目光轉向一旁，沒有做出任何反應。如果說孩子能夠從自己的養父母那裡繼承某些特質，那麼蕁麻就是繼承了博瑞屈的頑固。她迅速將話題轉變到了更加緊急的事情上：「我會讓僕人們立刻收拾好房間，在壁爐中添上木柴。我還會通知廚房裡的人。不用擔心！」

「我並不擔心，」我的妻子回答道，「我們知道，就這方面而言，群山女王從來都不是難伺候的客人。」但是從另一個方面來說，她的確很難伺候——莫莉已經無聲地表達了這個意思。「蕁麻，」她的語調讓她準備離開的女兒停住了腳步。「為什麼她會來？她想要什麼？」

蕁麻直視著母親的眼睛。「妳知道她想要什麼。她想要看到蜚滋駿騎．瞻遠的小女兒。見證她的名字得到封錮，並佔有她。珂翠肯的隨行隊伍中將有一名吟遊歌者。她想讓那名歌者看見什麼，那名歌者才會看見什麼。但只要他看見了，就絕不會在否認他所見到的事實。而且那名歌者會是王后所信任的人，只有王后的命令才能讓他歌唱，而他只會唱出事實。」

這一次輪到莫莉將視線轉到一旁，閉口不言。我的心中一寒，因為我知道，蕁麻也很清楚珂翠肯此行的目的。

莫莉和珂翠肯之間一直存在著一種奇怪的羈絆——她們彼此關愛，又相互嫉妒。珂翠肯王后一直在以無可挑剔的仁愛之心對待莫莉和博瑞屈，還有他們的孩子們。但莫莉從不曾忘記，也不會原諒當她相信我已經死了，哀悼我的逝去，又接受了另一個男人代替我的時候，王后自始至終都知道那個瞻遠的私生子還活著，卻一直瞞著她。其實我和珂翠肯都在這樣做，但我相信莫莉更加難以原諒一個女人。尤其是一個很清楚生活在失去愛人的痛苦中是何種滋味的女人。

所以，她們之間的裂隙至今都不曾消弭。也許永遠都不會消失了，這一點兩個女人都很清楚。珂翠肯又是那種人——她相信和我的妻子之間的友誼遭受如此苦澀的摧折，正是她應當承受的。

蕁麻略一點頭就離開了房間。她一到走廊裡，就命令僕人去找塔維婭，要她幫忙為群山的珂翠肯女士準備客房，並格外叮囑說她可能會在今天就到。蕁麻就像她的母親一樣，對於僕人們並不講究什麼繁文縟節。她從我身旁經過，向走廊深處走去，同時給了我充滿責備意味的一瞥，然後開始高聲呼喚樂惟。我溜過她身邊，進了育嬰室。「她會親自打開客房的窗戶，撣掃床褥，」莫莉對我說。我知道她在為自己講求實效的女兒驕傲。

「有時候，她讓我想到了惟真。」我走進房間時微笑著說，「如果她對做某件事有猶豫，她也絕對不會讓其他任何人做這件事。如果她認為某個任務必須完成，她更不會有片刻等待。」

「你知道珂翠肯要來，卻不告訴我。」莫莉對我說。

我的確沒有告訴她。我靜靜地看著她。我告訴過自己，不告訴她一些事和對她說謊並不一樣。她顯然不同意這一點。她的語氣很平靜，但憤怒卻如同在聲音中凍結的火焰：「我沒有時間做準備，這不會讓我感到更輕鬆。」

「我仔細考慮過這件事。除了今天正面應對以外，我們沒有辦法對此進行任何準備。我相信在事情到來之前就讓妳煩惱是沒有意義的。僕人們很快就能準備好房間，他們對此都很擅長。」

莫莉的聲音很低：「我說的不是準備房間的事。我說的是我自己的準備。我的思想、我的穿著打扮。」她向我搖搖頭，用更清晰的聲音說：「蜚滋、蜚滋，在你的瞻遠家族闖入之前，我們之間的一切都很好。但一涉及到他們，你就變回那個緊閉嘴巴、滿口謊言的人，那個人曾經毀掉了我們的生活。你還要那樣嗎？你是否有過遇到事情的第一個反應不是隱瞞的時候？」

她的話像利箭一樣射中我。我不由得打了個哆嗦。「我很抱歉。」我這樣說著，卻又痛恨自己所說的每一個字。我的確很後悔向她隱瞞實情，同時又奇怪自己為什麼總是想要向她隱瞞。我的腦海中迴蕩著一個很久以前切德給我的警告。那位老人提醒我，我可能會濫用「我很抱歉」，過度頻繁地道歉會讓道歉對任何人都失去意義，甚至是我自己。我很想知道，我現在對莫莉會不會就是這樣。「莫莉，」我開口道。

「蜚滋。」莫莉堅定地說，「停下。」

我閉住了嘴。莫莉則抱緊了我們的寶寶。「聽我說，我應該分享你的憂慮。現在不是我們爭吵的時候。等過了這段時間我們再說這件事。至少等到珂翠肯離開以後。但現在不行，在蕁麻面前肯定也不行。如果那位王后來看我們的孩子，我們就必須準備好共同面對她，並要堅持讓她明白，我們知道當蜜蜂長大的時候，怎樣對她才是最好的。」

我知道莫莉的怒火並沒有消失，只是被壓抑了下去。我也知道這是我罪有應得。「謝謝妳。」我低聲說道，這再一次點燃了她眼睛裡的火花。然後，她幾乎是哀傷地搖搖頭，向我露出微笑，「他們將你的那一部分從我這裡奪走了，在我得到你以前很久就奪走了。這不是你的錯，蜚滋。不是你的錯。但有時我覺得你能夠把那一部分奪回來，只要你足夠努力。」她讓我們的寶寶靠在她的肩膀上，然後看著我，彷彿已經將她的怒火趕到了外島。

在那一天剩下的時間裡，蕁麻讓所有僕人都陷入忙亂之中。而其中只有樂惟似乎很樂於接受這種招待突然駕臨的王室成員的挑戰。他已經就菜單和臥室的事情向我諮詢過不止八次了。當他再一次出現在我的門口，詢問是否應該從細柳林僱用一些樂師在晚間進行娛興表演的時候，我立刻冷酷地把他趕到了蕁麻那裡。

不過，這個夜晚只有我們一家人共同度過——三個成年人分享了一頓晚餐，並交談到很晚。有蕁麻和樂惟在，一切需要安排和計畫的事宜都完成了。隨著夜色漸深，我們起身前往育嬰室，並讓僕人把餐點也送到那裡。我們邊吃邊談，蕁麻抱起寶寶，審視蜜蜂的面孔，蜜蜂則只是盯著她的肩膀後方。

蕁麻向我們講述了公鹿堡發生的種種事情，但莫莉最想知道的還是她的男孩們的境況。蕁麻當然也帶來了弟弟們的訊息。穩重已經不在公鹿堡，而是去探望火爐了，並且帶去了蕁麻的問候。迅風正在跟隨羅網一同旅遊。蕁麻也給他寫了信，卻不知道他們什麼時候能夠收到那封信。駿騎的生活很成功，博瑞屈留給他的馬匹成為了他很好的事業基礎。最近他又獲得了旁邊的一塊土地，增加了牧場面積，並且有足夠的土地建造一座更大的馬廄。她就這樣逐一說到了每一個弟弟，現在他們全都散落在六大公國不同的地方。莫莉一邊聽，一邊搖晃蜜蜂。我看著她，猜到了她的心思：這是她最後一個孩子，這個孩子會一直陪伴在她的身邊，直到她老去。我看著蕁麻的目光從我轉到她母親，又轉到蜜蜂的身上。我從她的臉上讀到了憐憫。對我們三個人的憐憫。根據她的推測，蜜蜂或者很快就會死去，或者終生都會飽受發育不良之苦，無論在心智還是在身體上都不可能健全。博瑞屈將她教育得很好，讓她很懂得觀察小狼，判斷他們的狀況，只不過她沒有把她的想法說出來。不管怎樣，這件事我心裡清楚，我已經有了先驗的便利。蜜蜂也許的確是很小，但她擁有足以讓她活下去的生命火花。她會活下去的。她將有什麼樣的生活，我還說不清，但蜜蜂一定能活下去。

到了早晨，一名傳令官趕來宣布珂翠肯很快便會駕到。王后是在那一天下午到達的。客房已經準備好，燉煮和烤製的食物儘管簡單，卻也散發出誘人的香氣。蜜蜂也換上了匆匆為她縫製的華美衣裝。蕁麻親自來到育嬰室，告知我們珂翠肯和她的衛兵到了。莫莉為蜜蜂換了兩次衣服，自己則換了三次衣服。每一次我都向她保證，她在我的眼中非常美麗。但她認為第一件衣服太年輕，第二件「讓她看起來就像一個步履蹣跚的老奶奶」，第三件我以前從沒有見她穿過。她穿著寬鬆的長褲，看上去就像是一條裙子，上身是一件袖子同樣寬鬆的白襯衫，外面套一件下襟垂到膝蓋的長衫，腰間圍著一條寬腰帶。長衫、長褲和腰帶都是不同色調的藍色。莫莉還用藍色絲帶編成的髮網將頭髮攏在腦後。「我看起來怎麼樣？」她在回到育嬰室以後問我，我則不確定該如何回答。

「我喜歡妳的軟鞋，」我小心地說道。那是一雙紅色的鞋子，上面裝飾著黑色的串珠，鞋頭很尖。

莫莉笑了。「這身衣服是蕁麻帶來的。這屬於遮瑪里亞風格，現今在公鹿堡非常流行。」她慢慢地轉動身子，讓我欣賞這件衣服，「它們穿在身上非常舒服。蕁麻求我穿上它們，這樣我就不會顯得那麼土氣了。知道嗎，蜚滋，我覺得它們很適合我。」

我只是在一件公鹿堡藍襯衫外面套了一件簡單的褐色短外衣，下身是褐色的褲子，還有黑色的齊膝長靴。珂翠肯給我的狐狸別針依然在我的衣領上閃閃發光。片刻間，我有些想知道自己是不是看起來很土氣，然後又做出決定——我不會在乎這種事。

蕁麻微笑著走進房間。看到母親的時候，她揚了揚眉毛，顯然是很喜歡母親現在的樣子。她的衣著款式和莫莉類似，只不過色調是豐潤的褐色和琥珀黃色。然後她低頭瞥了一眼蜜蜂的搖籃，顯然是吃了一驚，並以她那種直率的口氣說道：「也許其他衣服都太大了一些，但那至少能讓她也顯得更大一點。媽媽，她這麼小，看起來真……奇怪。」儘管這樣說著，她還是將妹妹抱進了臂彎裡，仔細凝視她的臉。寶寶的目光越過蕁麻的肩頭，就在蕁麻端詳她的時候，蜜蜂突然開始揮動自己的小手，張大了嘴，深吸一口氣，然後就發出了反抗一般的尖利哭號聲。

在第一陣哭聲響起的時候，莫莉走過來接過了她。「出了什麼事，我的小蜜蜂？出了什麼事？」莫莉剛一將她從蕁麻的懷裡接過來，孩子就放下小手，哭號也變成了微弱的抽泣。莫莉抱著她，輕輕拍打她，她很快就安靜下來。莫莉抬起頭，用帶有歉意的眼光看著蕁麻：「別難過。她也曾經對她的父親做過同樣的事。我覺得現在她還只能認得我是她的母親，認為我應該一直抱著她。」

我向蕁麻露出一絲略帶懊喪的苦笑，「我幾乎鬆一口氣。在這以前，我已經開始以為只有我不被她喜歡了。」

莫莉和蕁麻全都氣憤地瞪了我一眼。「蜜蜂不是不喜歡蕁麻！」莫莉堅持說道，「她只是……」她的聲音忽然消失了，兩隻眼睛也稍稍睜大了一些。然後，她盯住蕁麻，以蕁麻那種直率口吻問道：「妳是不是對她做了什麼？用妳的意識？」

「我……不！嗯，不是故意的。有時候……」蕁麻沒有能把這句話說完，「很難向沒有這種東西的人解釋它。我靠近別人的時候就可能會碰觸他們，這並不總是有意的。這就像……」她尋找著合適的說法，「就像是嗅到了某個人，也許這樣做很粗魯，但我就是控制不住。我一直在用這種方式瞭解別人。」

莫莉掂量著長女的話，並開始在雙腳之間緩慢地移動重心。她在抱著孩子的時候總喜歡這樣做。「那麼說，妳的妹妹是有精技的？就像妳一樣？」

蕁麻笑著搖了搖頭。「只是抱抱她，我還無法確定這樣的事，況且她還是一個嬰兒。」她的話音漸漸低沉下去。她在回想自己的精技天賦，確認這種天賦在自己的體內甦醒是在什麼時候。

她向我瞥了一眼，我感覺到她向寶寶伸出了一根探索的精技觸鬚。我屏住了呼吸。我應該阻止她嗎？我看著蜜蜂緊緊蜷縮起來，將臉埋進莫莉的脖子裡。她有沒有感覺到姐姐對她的探索？我看著蕁麻的臉。那張臉上的表情先是困惑，然後是放棄。她在寶寶體內沒有感覺到任何精技。

我的好奇心也被激發出來。我以最謹慎的態度向蜜蜂伸出一縷精技。我能找到的只有莫莉。她完全沒有精技，但只要碰觸到她，我的心中就會被她充滿。我發現自己正在向她露出充滿愛意的微笑。

然後蕁麻清了清嗓子，我再一次感知到這個房間，還有我的兩個女兒和妻子。莫莉深吸一口氣，挺起肩膀。「好吧，我會去見珂翠肯，向她表示歡迎。你們認為我應該帶著蜜蜂嗎？」

蕁麻急忙搖搖頭。「不。不，我覺得妳最好選一個合適的時候再讓群山女王看到她，而且這應該是一個私人時刻。我們去迎接王后的時候，可以讓她的奶媽陪伴她……」蕁麻沒有把話說完就笑了起來，「我在宮廷裡生活得太久了，對不對？我已經在這裡待了一整天，只看到妳在照顧她。她有奶媽嗎？或者是保姆、看護什麼的？」

莫莉搖搖頭，發出一陣饒有興致的喉音：「就像妳一樣，沒有。」

「妳能不能讓廚房裡的一個女孩或者是一名女僕來照看她？」蕁麻同樣知道，她的母親沒有私人女僕。莫莉總是對她的女兒說：「我可沒有足夠的事情要那樣的人去做。」

莫莉搖搖頭：「她們都有各自的事情要忙碌。不。她在她的育嬰室裡會過得很好。她是一個安靜的孩子。」她將蜜蜂放回到搖籃裡，為她蓋好被子。

「把她一個人留在這裡感覺很奇怪。」蕁麻不安地表示反對。而莫莉這時已經用蕾絲紗簾遮好了搖籃。

「這不奇怪。」莫莉平靜地回答道。她將房間各處的窗簾幔帳逐一放下。房間裡立刻昏暗下來，只剩下溫暖的爐火成為唯一的光源。她轉回身，看著自己的長女，歎息一聲說道，「妳在宮廷裡生活的時間太久了。妳應該有一些自己的時間。回來一段日子吧，或者去看看妳的弟弟們。離那些充滿懷疑和謹小慎微的舞步遠一點，妳跳那種舞的時間太長了。看，她已經在打瞌睡了。她在這裡不會有事的。」

「我相信她一個人在這裡會很好的，蕁麻。」我用謊言表示了同意，然後走近一些，低頭俯視著搖籃。蜜蜂的眼睛幾乎已經完全閉上了。

「來吧，」蕁麻握住我的手說道，「我們應該去迎接王后了。」我讓她牽著我走出了房間。

管家樂惟顯然遠比我更適合成為這座莊園的主人。我們並沒有前往莊園大門。我相信樂惟正在那裡將客人們按照重要性的不同予以不同方式的招待，衛兵和低階僕人們會被請去簡單卻潔淨的房間。他們馬上就有機會進入細柳林的蒸氣浴室，或者在用熱水暖過臉和手以後，吃上一頓不算隆重、卻也相當豐盛的飯食，其中會包括湯、麵包、牛油、乳酪、麥酒和葡萄酒。樂惟對於常常要承擔繁重勞作的僕人們有著很強的同情心。在他們訪問細柳林的時候，會得到等同於我們僕人的客人的招待。我相信，在剛剛飄落的雪花中跋涉了一個上午之後，喝飽了冷風的他們一定非常高興能得到這樣的殷切照料。

樂惟如同一位經驗豐富的戰場將軍，臨時從村中僱用了幫手。低階貴族在遇到大型活動的時候，都會聘請這些雖然缺乏經驗、卻很願意出上一把力氣的人來搬運行李、汲水、生火或者完成其他一些不重要的雜務。這樣我們具備經驗的僕人就能夠分身出來為身分高貴的客人們服務了。樂惟和他的左右手迪克遜則全職負責侍奉珂翠肯女士。樂惟昨天就已經將這些繁雜瑣碎的安排鉅細靡遺地向我做了彙報，我只是不停地點頭，把一切決斷權力都交給了他。

莫莉、蕁麻和我快步來到正廳。樂惟已經告知我們應該在這裡歡迎客人。我走進大廳的時候，才發現這裡在昨天一夜之間徹底變了樣。護牆板被擦洗得煥然一新，又用香油進行了拋光，變得熠熠生輝。壁爐中騰起了熊熊火焰，長桌上整齊地擺放著一排花瓶。我的女士們不容分說就把我安排在這裡等待客人們的到來。她們則趁著最後這一點時間跑進廚房，去確定一切都已經準備妥當。我一直等到她們的軟鞋發出的奔跑聲逐漸消失在走廊裡，才來到走廊中，以不容置疑的口氣叫住了一個正在奔忙中的男孩。

「小夥子，我忘了一樣東西在房間裡，現在我要去拿。在這裡等著我，如果有人到來，就告訴他們莫莉女士和蕁麻女士很快就會回來。我也是。」

男孩睜大了眼睛：「主人，我可不可以去為您把東西取來？我不知道該如何向王后說話，主人，哪怕她已經不是現在的王后了。」

我向他露出殘忍的微笑。「正因為如此，小夥子，你才是完成這個任務的最佳人選。只要你像對祖母那樣向她表達熱情和尊敬，我相信就足夠了。」

「但是，主人！」他的臉色變得煞白，這讓我看到了他臉上變得清晰無比的雀斑。

我發出和藹的笑聲，同時從心底可憐他。「只是一會兒，只是一會兒。」然後我就把他丟在原地，在一陣響亮的靴子踏地聲中大步走進了走廊。

一轉過走廊拐角，我就彎腰脫下了靴子，然後像侍應男僕一樣輕手輕腳地跑了起來。這個時刻該由我來選擇，這是我的任務。我是在犯蠢嗎？我是不是像蕁麻一樣，在公鹿堡的重重陰謀詭計中生活得太久了？要弄清楚這一點只有一個辦法。我將育嬰室的門打開一道縫隙，溜了進去，立刻在門邊停住腳步，輕輕把門在身後關上。我的原智告訴我，這裡只有我和我的女兒。儘管如此，我還是沒有踏響這裡的一塊地板。我的影子也未曾在火光前出現過。我將自己的靴子藏在房間角落中，並在經過搖籃時迅速向裡面瞥了一眼。她就在那裡，但我不覺得她睡著了。一定不要出聲，我懇求她，保持安靜。我像幽靈一樣躲進了兩片三色堇屏風之間最陰暗的角落裡，雙腳找好平衡，就再也不動一下了。沒有一點呼吸聲，在這裡的老舊地板上也不做任何重心的移動。我豎起精技牆，將精技和原智封鎖在意識中。我成為了黑暗中的一片空無。

火焰齧噬著木柴。一根原木在爐膛中輕輕滾落。房間外面，被風吹起的雪花親吻著窗玻璃。我甚至聽不到自己的心跳聲。我等待著，等待著。我是一個充滿了疑心的傻瓜。一個屈從於舊日恐懼的奴隸。我等待著。客人們應該到了。我錯過了歡迎儀式。蕁麻和莫莉會對我大為光火。我等待著。

屋門輕輕打開，有人如同鼬鼠般鑽進來，又無聲地把門關好。我看不到那個人。但我嗅到了香膏氣味，聽到了華貴的衣料摩擦時發出的「窸窣」聲。一個細瘦的身影從陰影中走出來，滑到我的孩子的搖籃前面。他並沒有碰觸搖籃，也沒有掀起紗簾，只是俯下身窺看我的寶寶。

這個年輕人穿著品質上乘的絲綢襯衫和繡花馬甲，脖子上戴著一條銀項鍊，耳垂上各有一只銀耳環。他的香氣來自於他塗抹頭髮的油膏：他的黑色鬈髮在火光中閃閃發亮。他盯著蜜蜂。我能想像蜜蜂也在看著他，好奇他是否會傷害自己。就在他全神貫注地觀察蜜蜂的時候，我開始行動了。在他抬手掀起蕾絲紗帳時，我將閃光的刀刃伸到了他的喉嚨下面，鋒刃平面狠狠壓在了他的皮膚上。

「後退，」我低聲向他提出建議。「我會讓你活下來。至少是暫時的。」

那個男孩吸氣的聲音就像是在嗚咽。他張開雙手，做出哀求的樣子，同時被我的匕首鋒刃逼迫得從搖籃旁退開去。我引導他向後一步、兩步、三步。他聲音顫抖著說道：「切德大人說你會捉住我。但迷迭香女士堅持要派我來。」

我像傾聽聲響的狼那樣側過頭，思考我聽到的是不是實話。「這是一個有趣的話題。這些名字可以被看做是我甲冑上的裂縫。如果換做別人，也許會笑著釋放你，讓你回到主人的身邊，並警告你需要更多的訓練。」

「我跟著他們只有三個月。」他的聲音中顯露出寬慰的情緒。

「我說的是『如果換做別人』，」我用殺手的聲音對他說，「不是我。」我讓自己置身於刺客和寶寶的搖籃之間，「脫光衣服，」我命令他，「一件不剩，馬上。」

「我……」那個男孩的聲音顯得滯澀。他差一點伸出雙臂遮住自己的身子。他的聲音也高了一度，「先生！你的這個命令是不恰當的。不，我不會。」

「你會的。」我鄭重地對他說，「因為除非你這樣做，否則我絕不會滿意。而且我沒有理由不發出警報，並對於你出現在這裡不感到憤怒。瞻遠王權不僅派遣一名刺客和間諜進入了我的屋子，還進入了我的孩子的房間？告訴我，男孩，我這樣做會失去什麼？珂翠肯女士要怎樣做才能抹平這份尷尬？切德大人和迷迭香女士會承認你是他們的人嗎？還是他們曾經警告你，如果你被捉住，他們就會和你保持距離？」

那個年輕人發出沙啞的喘息聲。我相信，他的兩隻手在顫抖。他掙扎著開始解開一排細密的小粒珍珠鈕扣。珍珠！竟然在他們最新訓練的刺客身上！切德這些日子裡在想什麼？如果這個人不是在我孩子的房間裡，我也許會覺得這種蠢事很有趣。但現在這件事絲毫沒有幽默之處。我的血在血管中冰冷地流動著。

我聽到了絲綢摩擦的窸窣作響，然後是一件很輕的東西落在地板上的聲音。他脫下了襯衫。「襯衫落地時會發出這種聲音也很有趣。」我做出評價，「剩下的衣服，請脫下來，不要耽擱。我相信我們兩個都希望這件事能儘早完結。」他不得不俯下身，脫掉長褲和長襪。火光照亮了他面頰上閃爍的淚珠。我心裡想，讓他流淚總好過讓莫莉和我流淚。「一件不剩。」我提醒他。他的緊身褲也落到了地板上。不久之後，我又說道：「你看起來真傻，站到火邊去，不要動。」

這個小夥子立刻服從了命令。他轉身背對著我，然後又轉回身來看著我。儘管背後就是爐火，他卻還是用雙臂抱緊了身子。我則有條不紊地開始搜檢他的衣服。被封起來的小口袋在微弱的撕裂聲中被打開。我的刀刃劃過優質的絲綢，只發出一點「沙沙」聲。對此我很驕傲——只有足夠鋒利的刀刃才能割開絲綢。很快，我的工作結束了。

「只有七個？」我一邊問，一邊抬起眼睛看著他。我的雙手又將他的每一件衣服和靴子重複檢查了一遍。我把戰利品在面前的地板上擺了短短的兩排：「讓我們看看。兩瓶可以加入液體的毒藥、一瓶毒粉、一瓶安眠藥粉，還有一瓶催吐劑。暗袋裡就是這麼多。一把小靴筒匕首，幾乎算不上是匕首，一副開鎖工具，還有一塊軟蠟……做什麼用的？啊，用來做鑰匙模，當然。那麼，這又是什麼？」

「這是我要放在她的嬰兒床裡的。」男孩的聲音很僵硬，因為哭泣而變得渾濁，「就是要讓你找到的，作為我曾經來過這裡的證據。」

我的心凍成了一塊冰。我向那名刺客擺了擺手中的匕首，讓他離搖籃更遠一些。我也跟隨他移動，保持著和他的距離。無論這只小包裹裡有什麼，我絕對不會在靠近蜜蜂的地方打開它。我把它放到了一張能被火光照亮的小桌上。

這是一個很小的厚紙包。我小心地用匕首劃開包裹側面，把它傾翻過來。一條非常細的鍊子首先滑出紙包。我輕輕抖了抖紙包，讓這條細鍊完全掉落在桌上。「一條非常漂亮的項鍊。我打賭，它一定很昂貴。」我拿起細鍊，爐火給它鍍上了一層閃爍的紅光。「是瞻遠公鹿，銀質的，而且鹿頭低垂，彷彿是要衝鋒。很有趣。」我看著男孩的臉，手中提著項鍊。他是否知道這是什麼?蜚滋駿騎．瞻遠的徽記，那個死去已久的王室私生子。

男孩並不知道：「這是給她的禮物。是切德．秋星大人準備的。」

「當然，」我用刻板的聲音說道。然後我用腳尖挑起他的衣服，踢回給他，「你可以把它們穿上了。」

「我的物品呢？」年輕人鬱悶地問道。他一邊穿上緊身內褲一邊回頭看著我。我一俯身，他執行任務的工具盡數消失在我的袖子裡。我聽到他穿上襯衫和長褲時衣料摩擦的聲音。

「什麼物品？」我用輕快的語氣問，「你的靴子和長襪？就在地上。把它們穿好，然後離開這個房間，遠遠離開我的房子的這一側。否則我就殺了你。」

「我被派來不是要傷害這個孩子，只是要看看她，留下禮物，然後回去報告我看見的一切。切德大人警告過迷迭香女士，你會抓住我，但迷迭香女士堅持要這樣做。這是一次測試。我失敗了。」

「我認為你是失敗了兩次。我懷疑他們是否允許你對任何人說出他們的名字。」

那個男孩沉默了。「他們說這只是一場測試。」在說到「測試」這個詞的時候，他的聲音一下子中斷了，「而我失敗了，兩次。」

「你認為你是那個他們要測試的人。穿成這樣？很好。出去吧。不，等等。你的名字是什麼？」

他緊閉著嘴。我歎了口氣，向他邁出一步。

「機敏。」

我等待著。

那個男孩吸了一口氣，又嗚咽了半聲：「蜚滋機敏。」

我思考了片刻，在記憶中篩選小貴族的名號：「法洛的？」

「是的，先生。」

「你多大了？」

男孩挺直了身子：「十二歲，先生。」

「十二歲？如果你說十一歲，我也許會相信。但看上去更像是十歲，對不對？」

那個小夥子深褐色的眼睛裡閃動著怒意。淚水不受控制地在他的面頰上流淌。哦，切德。這就是你未來的刺客嗎？他低垂下頭，只說道：「先生。」

我歎了口氣。我是否也曾這樣年輕過？「走吧，孩子，快一點。」

那名間諜已經沒有了潛行匿蹤的必要，頭也不回地逃走了。他沒有摔上屋門，不過還是把門關得相當緊。我聽到他迅捷的腳步聲。當那聲音逐漸變輕的時候，我走到門旁，傾聽了一番，然後打開門向外邁出一步。接著，我退回身，把門關好，穿上靴子，來到蜜蜂的搖籃旁。「暫時他是走了。」我對我的孩子說道，又搖搖頭，「切德，你這個老蜘蛛，你到底在玩什麼？這真的是派人和我聯絡的最好辦法嗎？或者他只是一個誘餌？」

我迅速在房間中行動，檢查窗門，搜索一切可能藏匿刺客的地方。做完這些事以後，我回到了搖籃旁，掀開蕾絲紗帳，又找到一盞燈，將它點亮，放在搖籃旁的燈臺上。然後，我輕手輕腳地掀起我的寶寶身上的一層層褥單，就彷彿她是用棉花糖做的。拿起每一片褥單，我都會仔細地抖動一番。她的衣服看上去沒有被動過。但我可以忽略它們嗎？就在我開始脫下她的衣服，檢查那名間諜或者之前可能出現的間諜是否對其動過手腳的時候，莫莉走進了房間。

「你在這裡！我已經派六個侍應男孩去細柳林各處找你了。我們的客人正等著宴會開始呢。為了感謝我們的歡迎，他們的歌者唱了很長的一段頌歌，而你完全錯過了。」

「我很高興能這樣。」我承認道。蜜蜂長袍上的小緞帶正在挑戰我的手指。

「蜚滋？」莫莉大步走進屋中，「你在幹什麼？難道你沒有聽見我說話？宴會就要準備好了。」

我又對她說了謊：「我進來是為了確認她一切都好。她正在哭。我本以為她撒尿了。」

「哭？我沒有聽見啊？」

「哭聲不大。如果不是從門旁邊經過，我也不會聽到。」

莫莉立刻接管了孩子。我咬住牙，害怕蜜蜂的衣服裡也許真的藏著什麼東西會傷害到她或者她的母親。莫莉熟練地解開了她的衣服，檢查尿布，然後驚愕地看著我：「她沒有任何事。」我則專注地看著莫莉重新繫好被我解開的緞帶結。

「我不想把她一個人留在這裡。」我突兀地說道。

莫莉盯著我，然後搖了搖頭，承認說：「我也不想。但我不想帶著她去見我們的客人。我想要選擇好何時以及如何讓珂翠肯女王第一次見到她。」

「珂翠肯女士，」我提醒她，「她不是六大公國的女王。」

「只不過名義上不是。」我的妻子哼了一聲，「奈琪絲卡每年在公鹿堡逗留的時間不過幾個月。晉責國王也總是會遠離王位太長時間。蜚滋，是她在統治六大公國，還有群山王國。」

「實際上，當晉責國王不在的時候，必須有人牽住權力的韁繩。讓珂翠肯控制一切總好過讓切德肆意妄為。」我回答道。莫莉能從我的話語中聽出我矛盾的忠誠心嗎？是否能聽到我沒有說出口的心思——如果珂翠肯不承擔起這些責任，它們也許就會落在我的身上？切德肯定希望將我困在這個角色裡，珂翠肯和晉責國王則會高興地允許這樣的事情發生。我從年輕時就認識珂翠肯，曾幾何時，只有在一個陰謀中沆瀣一氣的同夥才能像我們這樣彼此接近。但今晚，她帶著一名間諜走進了我的家，一個潛入到我女兒搖籃旁的間諜。她是否知道年輕的蜚滋機敏有著怎樣的任務？或者切德和迷迭香女士是單獨行動的，並沒有知會瞻遠王權和家族？我對切德非常瞭解，在他眼中，王權的利益遠超過任何瞻遠成員的個人利益。我還坐在那名老刺客的膝蓋上時就已經明白了這一點。

莫莉打斷了我的思路，「蕁麻很快就會帶我們的客人進入餐廳了。我們必須出現在那裡。」

我做出了決定，「我們帶著她一起去。連搖籃一起。」

「蜚滋，我不認為……」

但我已經俯身抱起了搖籃。這個搖籃不算大，卻也不輕。我抱著它側身擠出屋門，竭力裝作輕鬆的樣子沿走廊向前走去。莫莉跟在我身後，將蜜蜂緊緊抱在胸前。

餐廳並不經常使用。這裡的天花板很高，房間兩端的兩個大壁爐正努力讓整個房間溫暖起來。莫莉和我已經習慣於在比這裡小許多的房間中用餐，但今晚，這裡爐火正旺，枝形吊燈全被點亮了。長餐桌上準備了十五人的餐點，而這裡完全可以供四十人輕鬆用餐。烏木桌面中央鋪著長條的繡花桌布。形態典雅的白銀枝狀燭臺上插滿了白色細蠟燭——這些都是莫莉親手製作的。模仿艾達雙手握攏形狀的雕花木碗中盛著紅色和黃色的蘋果、一串串肥大的葡萄，還有油亮的褐色堅果。蠟燭在桌面上灑下了一層溫暖的光暈，但它們依然無法照亮高高的天花板和房間的角落。

我們和客人們同時到達餐廳。當客人們從餐廳門口魚貫而入的時候，莫莉和我站在門口迎接他們。我用了更大的力氣讓我抱著搖籃的樣子更輕鬆一些，而當我終於能跟隨他們走進餐廳的時候，我在心中重重地鬆了一口氣。我將搖籃放在距離我的椅子不超過六步遠，同時又能被爐火溫暖的地方，並不對自己的行為做出任何解釋。莫莉迅速將蜜蜂安放在搖籃中，然後就拉起蕾絲紗帳，擋住了冷風和人們瞥來的目光。我們走到餐桌前端，再一次向我們的客人致以問候，並坐了下來。

珂翠肯女士坐在我的右手。蕁麻坐在莫莉左手的另一個貴客位置上。如果有人覺得這種座位安排很奇怪，至少沒有人明說出來。我發現那個年輕的間諜就坐在餐桌左側，盡可能遠離我的地方。他已經改換了裝束，這當然不會讓我驚訝——正如同我用刀子割開他的暗袋也絕不是過分小心一樣。他現在只是死死盯住桌子的邊緣。珂翠肯的衛兵隊長這次也隨同王后一同前來，此時正和我們坐在一起，身穿他的白紫色制服。王后還帶來了一名治療師，同時也是一位貴族——慰藉女士，以及慰藉女士的丈夫狄格瑞大人。珂翠肯其他的隨員我都只知道名字：剛膽大人是一個面色冷硬、身材健壯的人，有著一頭白髮和一個紅鼻子。琋望女士身材豐滿、容貌討喜，是一位健談的女子，而且常常會發出歡快的笑聲。

珂翠肯向我一招手。我面帶微笑轉向她，像往常一樣，我知道這個短暫的時刻將會給我帶來一些出乎意料的東西。對我而言，她一直都是一位年輕的女士，金髮碧眼，風采翩然，全身都散發出開朗寧靜的氣息。我現在看到的則是一位銀髮長者，額頭上帶著思慮過度而產生的皺紋。她的眼睛像蜜蜂的一樣碧藍，後背挺得筆直，頭高高揚起。她就像是一只形態優美的玻璃器皿，裡面盛滿了力量和篤定。她已經不再是那個來自於異域的群山公主，在一個陌生宮廷的權力亂流中奮力求生。這時，她單獨向莫莉和我說道：「我為你們感到高興。」

我點點頭，招手示意樂惟開始上菜。對於蜜蜂以及我們為何會將她帶來餐廳，我一句話都沒有說。珂翠肯理解我的心情，並沒有提起這個話題。宴會開始了。這其實比公鹿堡的日常正餐還要簡樸很多，但肯定要比我們平日在細柳林的飯菜還豐盛。蕁麻已經告訴樂惟，對客人的款待以簡單為要，儘管這顯然讓細柳林的管家很是頭痛，但他還是遵照了蕁麻的命令。所以客人們可以自行傳遞菜餚，我則負責斟酒，餐桌上的談話相當隨意，有時候還很愉快。我們知道了慰藉女士現在經常與珂翠肯共同旅行，因為王后的關節現在已經出現了問題。每天晚上，她都需要這位侍女的油膏按摩和她調製的熱飲。剛膽大人和琋望女士會隨行的理由，只是因為他們剛剛對公鹿堡進行了一次愉快的訪問，現在正要返回自己的家園過冬。細柳林則是他們回家的必經之路。實際上，這支來訪隊伍中的諸多僕人和衛兵並不是珂翠肯的隨員，而是剛膽大人的。

食物的香氣和輕鬆愉悅的餐間交談也許會讓其他人感到平靜安逸，但我卻趁著這個機會開始審視我的客人們。我相信慰藉女士的出現純粹是出於珂翠肯的意願，但對於剛膽大人和琋望女士，我的判斷則予以保留。我很想知道那名年輕的刺客是不是珂翠肯的部屬。如果是的話，珂翠肯是否又完全清楚他的身分？或者只是王室刺客們把他作為一個無名小卒安插進了王后的隨從隊伍？也許是迷迭香女士讓他成為了這支隊伍中的一名馬僮。當切德想要在他無法親身前往的某個地方安插眼線的時候，我經常會充任這個職務。但這個小子穿在身上的不是馬童的皮衣，而是絲綢和亞麻。我看著機敏撥弄食物，心中尋思他是不是一個只為吸引我注意力的誘餌。我很高興我們沒有將蜜蜂單獨留在房間裡，並且決定今晚我在將她放到床上以前要檢查整個育嬰室。不，我突然決定，我要將這個搖籃放到我的床邊，親自看護蜜蜂。

這個決定明顯讓我鬆了一口氣。我有了說話的興致，變得更加健談，還開起了玩笑。莫莉、蕁麻和珂翠肯看到我這樣，全都露出了笑容。宴會上充滿活力，大家談到了細柳林和公鹿堡的蘋果收成和今年的狩獵前景，還有關於生活在群山王國的老朋友們。珂翠肯問起了莫莉的孩子們，並告訴了我們王子們的訊息。吟遊歌者和他的兩名助手用他們的小鼓和笛子為我們助興。這頓飯吃了很久，當最後一只餐盤從桌上被拿走的時候，時間已經很晚了。

「我們是否應該換一個更舒適的房間？」莫莉提出建議。在已經颳起暴風雪的夜晚，這座大餐廳不可避免地會變得愈來愈冷，流竄在我們身邊的冷風已經明顯變強了。

「我們走吧，」我表示同意。珂翠肯也回應道：「一個溫暖的房間一定更適合讓我見見你們的小女兒。」

她沒有提出請求，她認為這是理所當然的。我微微一笑。我們在這種遊戲中算是老搭檔了。她認出了我的開場白，對我表達了她的敬意，然後走了她的一步棋。不管怎樣，我決定這一盤我要贏她，為了蜜蜂——在關係到蕁麻的那一盤中，我輸了。當莫莉和我，還有我們的客人站起身時，我面帶微笑，但並沒有回應珂翠肯的話。我迅速來到搖籃旁，撥開薄紗簾，讓莫莉將蜜蜂抱起。莫莉用一條毯子裹住了寶寶，然後自信地等待我再一次將搖籃抱起。我依然擺出一副輕鬆的模樣托起搖籃，甚至沒有哼上一聲。迅速向旁邊瞥了一眼，我看到蕁麻正在和王后低聲交談，隨後便和王后先走出房間。在蕁麻的帶領下，我們的客人們向客廳走去，我和莫莉則跟隨在他們身後。

如果是不熟悉這裡的人，也許會把這個房間當做是我的書房。除了舒適的座位和壁爐中跳動的火焰以外，這裡的牆邊排列著一個個書架，上面擺放著以遮瑪里亞風格裝訂的許多書籍。在這些書上方的架子上擺放著更加古老的卷軸和厚重典籍。窗戶上拉著厚重的窗簾，靠近窗戶的角落中擺放著一張書桌，上面有墨水瓶和白紙。這些全都只是擺擺樣子。在這裡的書架上，間諜能夠找到我在過去四年中見到的鳥類紀錄，還有經營細柳林的筆記。在這個房間中有足夠的資產紀錄和文件，至少能夠讓一名不夠精明的賊相信找到了我的巢穴。但他不會在這裡找到任何關於蜚滋駿騎・瞻遠的痕跡和我為切德進行的工作。

搖籃再一次被小心地放好，莫莉走過來準備把蜜蜂安放在其中。珂翠肯走過蕁麻，來到她身邊問道：「我能抱抱她嗎？」她的聲音中只有令人無法拒絕的、最單純的溫暖。也許只有我能看出莫莉在將我們襁褓中的孩子遞給王后的時候，臉上的笑容是多麼僵硬。珂翠肯把蜜蜂連同包裹她的毯子抱進懷裡，雙眉因為些許驚訝而挑動了一下。蕁麻也走過來。我感覺到我的長女的精技裡充滿了警惕。我相信，這種保護弱小的直覺深植在蕁麻的心中，讓她幾乎不自覺地便將她的精技和我的融會在一起。這一時刻是無法避免的。莫莉掀起了一直遮住我們寶寶面孔的薄布。

看到珂翠肯的表情，我就知道蜜蜂一定在與她對視。寶寶沒有發出任何聲音，但顯然是清醒的，用和王后一樣的藍眼睛看著她。珂翠肯發出一聲極其微弱的驚呼聲，除我以外可能根本沒有別人注意到。她臉上的笑容並沒有褪去，卻變得僵硬起來。她向一把椅子走了兩步，坐了下去。然後，彷彿是決定要向自己證明什麼，她打開了包裹蜜蜂的毯子。

我的女兒穿著色彩鮮豔的絲綢和蕾絲袍服，這是莫莉其他的孩子都不曾穿過的。莫莉在她出生以前幾個月就縫製好了這些衣服。它們剛經過修改，以適合她的小身子，卻只是更加突顯了她有多麼小。蜜蜂的雙手蜷縮在胸前，珂翠肯盯著那些像小鳥腳趾一樣的小手指，彷彿有些戰戰兢兢地用食指碰了一下蜜蜂的左手。

其他客人都圍攏過來，想要看一看蜜蜂。珂翠肯抬起頭。她的目光沒有看向我，而是看向了慰藉女士，她的治療師。這位女士已經來到了王后的身邊，也在看著孩子。現在，她和珂翠肯四目相對，我很清楚她沮喪的表情是什麼意思。我在我們的女僕眼中也看到過同樣的神情。以她作為治療師的觀點，蜜蜂不是一個能在這個世界上逗留很久的孩子。不管珂翠肯對她的淺色頭髮和藍眼睛有著怎樣的看法，她並沒有說出口。王后只是輕輕將毯子重新裹好，並蓋好蜜蜂的臉。她的動作讓我感到心中發寒，那些極盡溫柔的手指彷彿正在撫弄一個死去的孩子。「她是這麼小。」她一邊將蜜蜂交還給母親一邊說道。她的語氣中帶著同情。話語彷彿在傳達這樣的意思：她理解了為什麼蜜蜂出生的訊息沒有盡早被告知，因為這個小女孩在這個世界並不會停留很久。

在我的注視下，莫莉的手臂將蜜蜂環抱起來。我感覺到她平安得回蜜蜂時那種寬慰的心情。莫莉的脊背筆直得就像是一名衛兵，她的眼神很平靜，聲音中沒有任何情緒：「但很完美。」

「她每天都在長大。」我由衷地說了一個謊言。

在我的聲音之後，房間裡陷入一片沉寂。我很想收回這句話。每一個女人都領會到了這句話的另一層意思，但只有治療師開了口：「那麼她出生的時候有多小？她是早產兒嗎？」寂靜在房間中繼續著，人們在等待回答。

但莫莉只是抱緊蜜蜂，走到壁爐旁，一言不發地在那裡輕輕搖晃著她的寶寶，一下一下地拍著她。客人們則彷彿是受到了某種責備，紛紛找椅子坐了下來。就連珂翠肯也坐進了一把舒適的椅子。只有慰藉女士依然站立著。她審視著莫莉，突然說道：「看上去，您在分娩之後身體似乎恢復得非常快，莫莉女士。」這句話隱含著一個問題——孩子是妳的嗎？

「我生產時也很順利。」莫莉不疾不徐地回答道，同時讓目光躲開了房間裡的男人們。我能夠感覺出慰藉女士是多麼想要提出更多的問題，治療師的求知欲驅使她渴望探知每一個問題的來龍去脈，並利用她的技巧將其解決。莫莉也感覺到了這一點，這讓她很是不安。當她看著我們的孩子時，她沒有看到任何缺陷，只是蜜蜂要比她的其他孩子都小得多。但在這名治療師好奇的目光中，莫莉能夠看出這個女人視蜜蜂為一個受到損傷或者病弱的孩子，如果將這個孩子交給她，她就會嘗試修復我們的寶貝，彷彿蜜蜂在她的眼裡只是一件破損的玩具。我對這個女人感到一陣憎惡，她怎麼敢認為我的蜜蜂是不完美的！但在這股怒氣之下，一道冰冷刺骨的湍流正盤旋在我心中，讓我感到恐懼，也許這個女人是對的。這股湍流奔湧出來，化作強烈的衝動，催促我將蜜蜂平安帶離這名治療師焦慮的目光。我不想再聽這個女人對蜜蜂的任何說辭了。我的目光和莫莉的目光交會，她把我們的寶貝抱得更緊，臉上露出微笑。

「妳真是好心，會這樣關心我，為我想得這麼周到。當然，我現在很容易就會疲憊。在我這個年紀做一個新生兒的母親，真是不容易。」莫莉帶著微笑的神情環顧她的客人們，「感謝你們這樣友善，能夠理解我為了照顧女兒，不得不先放下作為女主人的責任了。我也知道你們都能理解我需要早些休息。但請不必以為你們也只能返回臥室。我知道我的丈夫很期待能有客人來訪。

他現在很少有機會能和老朋友聊上幾句了。我只需要麻煩他為我搬一下蜜蜂的搖籃，然後我就會放他回來見你們。」

我希望我能夠掩飾住自己的驚訝。吃驚不是因為她做出了這麼突然的決定，而是因為莫莉在所有客人面前竟然會用如此傲慢專橫的方式宣布她要這樣做。我瞥到了蕁麻的臉，她已經在考量該如何修復母親剛剛造成的社交損害了。在她緊緊抿起的嘴唇上，我看到了兩樣東西：她和她的母親同樣在害怕慰藉女士可能在蜜蜂身上發現嚴重的問題，並且也和母親有著一樣冰冷的認知——這名治療師可能是對的。

但我現在要做的是再次抬起搖籃。一道很長的樓梯正在前面等著我。我在臉上做出微笑，拿起我的重擔，我們的客人立刻齊聲向我們道晚安。莫莉當先前行，我跟在後面。我的驕傲就像我的脊背一樣，正在暗中咯吱吱地發出悲鳴。屋門在我們身後一關上，莫莉就悄聲對我說：「她今晚睡在我們的房間裡，就在我的床邊。」

「我也這麼想。」

「我不喜歡那個女人看蜜蜂的樣子。」

「慰藉女士？」

莫莉沉默了，但我能看出她沸騰的內心。她知道我想要確認她並沒有因為珂翠肯的話而覺得被冒犯，但她不會向我確認這一點。不管怎樣，她的確被慰藉女士冒犯了。而將那個女人帶進我們家的正是珂翠肯。她一定也將怒氣擴展到了王后身上。她知道，這會讓我的忠誠心無所適從，但她也不會為了安慰我而否認這種心情。她快步走過走廊，然後登上寬闊的臺階，向我們在另一層的臥室走去。我跟著她，但步伐要比她慢。搖籃隨著我每邁出一步都變得更加沉重。等到我將搖籃放進臥室時，莫莉已經把蜜蜂放在了我們臥床的正中間。我知道，今晚蜜蜂要睡在我們中間。啊，這樣也好。我迅速繞過房間，裝作將窗簾拉緊一些，讓爐火燒得更旺，但實際上，我是在檢查一切角落和幔帳，尋找可能隱藏在其中的入侵者。當莫莉為蜜蜂脫下衣服飾物，為她換上柔軟的小睡袍的時候，我一直保持著沉默。現在的蜜蜂看起來更小了。莫莉將長出來的睡袍在她的腳下摺疊起來。我低聲問她：「如果我下去招待客人，妳不會有事嗎？」

「我會在你離開之後把門拴上。」莫莉說。

我看著她的眼睛。我的伴侶的目光讓我相信，我們的小狼和她在一起會是安全的。「這樣做很明智，」我表示同意，「我回來的時候會敲門，並在門外說話。」

「好的，這樣應該就沒有問題了。」莫莉低聲說道。然後，儘管我們的心情都不好，卻不約而同地笑了起來。

「我覺得我真傻，讓妳這麼擔心，」我對她說了謊。

「我覺得，如果你以為我會相信你，那麼你才是真傻，」她一邊說，一邊跟著我走到門口。屋門在我身後關閉之後，我聽見莫莉和那個很少使用、又緊又澀的門閂奮戰了一段不短的時間。

然後我聽到門閂終於滑到了位，金屬和金屬撞在一起。這聲音很讓人安心。

珂翠肯和她的旅伴們只逗留了一晚。第二天早晨，我們沒有帶蜜蜂去吃早餐，也沒有人再要求見她。吟遊歌者自始至終都沒有被召喚來看她，無論是在公眾場合還是在私下裡。珂翠肯也從沒有提及蜜蜂應該被登記在冊，作為蜚滋駿騎．瞻遠真正的孩子。她將永遠無法進入可能成為王位繼承人的正式譜系。她的生活將和她姐姐的完全不同，這一點已經非常清楚了。珂翠肯對我的孩子進行了評估，發現她先天不足。我不能確定自己對於她否認蜜蜂這件事，到底是應該感到憤怒，還是深感欣慰。

任何事情都是有兩面的。如果珂翠肯承認了我的孩子，哪怕只是在私下裡，這都會成為保護蜜蜂的一道屏障。而她沒有將蜜蜂納入瞻遠王室的一部分便讓蜜蜂離開了這個圈子，讓她像這麼多年以來的我一樣，不再是瞻遠王室的財產，但瞻遠王室也不需要再對我承擔任何義務。

珂翠肯聲明她必須在午後立刻離開，她的朋友也要分別返回自己的家園。她給予我的眼神中帶著深深的同情。我覺得她一定是以為莫莉和我只希望能夠單獨陪伴我們正在日漸衰弱的孩子，在她離世之前用盡一切時間和她在一起。王后的確用心仁善，但前提是蜜蜂真的將不久於人世。而現在，我們很難像對待朋友那樣向她道別，因為她的離去幾乎就像是在盼望我的女兒盡快死去一樣。

蕁麻又在這裡住了一個星期。她每天都會看顧蜜蜂。我覺得她已經慢慢認識到，儘管蜜蜂沒有茁壯成長，但她也沒有任何衰弱的跡象。她一直都是如此，正常飲食，一雙藍眼睛看到了周圍的一切。在我的知覺中，她的原智火花非常強大。終於，蕁麻也說她必須返回公鹿堡去履行她的職責了。在離開以前，她找了一個安靜的時刻責備了我沒有儘早告訴她蜜蜂的出生，並懇求我，如果孩子或者莫莉的身體狀況發生任何變化，我都要立刻用精技告訴她。我毫無困難地答應了她。

我沒有用精技告訴切德他的間諜失手了。我需要時間來思考。蜜蜂安全了。無論這是一個玩笑、一個測試、一個威脅或者其他什麼，這已經結束了。珂翠肯在細柳林的這段時間裡，我幾乎沒有再見到年輕的機敏，但當珂翠肯策馬出發的時候，我親自去莊園外確認了機敏在她的隊伍裡。在隨後的幾天中，我也沒有聽到切德和我提起他。

在隨後的數個星期中，莫莉的兒子們紛紛單獨或者結伴而來，有的還帶著妻子和孩子們。他們都用充滿關愛的目光端詳蜜蜂，以成年兄長的平靜態度接受了這個妹妹。這個嬰兒就在他們眼前，非常纖小，但他們的母親看起來很快樂，湯姆．獾毛似乎也很滿足，所以他們對此沒有什麼可以憂慮的，而他們各自的家中還有許多事情要擔心。在他們離開以後，這幢房子似乎變得益發安靜了，彷彿冬天真的浸透了這片大地。

和我的妻子孩子在一起，我很快樂。

我在考慮我的下一步該怎麼走。

8

蜘蛛巢穴

於是，就像以往那樣，我向你尋求建議。弄臣，你總是會給我最睿智的意見，我知道這有多麼不可能，但我還是渴望再一次坐下來和你討論我的想法。你一直都能憑藉敏銳的心思，覺察到宮廷政治最核心的那個結，並告訴我每一根絲線的走向和它們編織成的每一個陷阱。沿著每一條劊子手的絞索一直找到在源頭牽動絞索的人。我強烈地想念著你的洞察力，就像我想念你的陪伴一樣。你不是戰士，但有你在我背後，我就能感覺到堅強的守護，這是其他任何人都不能給予的。

但我還是要承認，這個世界上也幾乎沒有人能夠像你這樣傷害我。你寫信給巧憑了，卻沒有寫給我？在這些年中，哪怕只有你的一張字條，至少我就能有一個地方寄去這些無用的沉思。無論是透過信使還是鳥，我就能把它們全都寄給你，並想像在某個遙遠的地方和時間裡，它們能夠落在你的手中，讓你稍稍想到我。你知道我的天性。我會搜集一切零星線索，把它們拼湊成一個結論，或許你就是故意不寫信給我，以免我能夠找到辦法聯絡你。為什麼？除了害怕我會破壞你的任務以外，我還能做何種設想？從這個角度出發，我一定會懷疑，一直以來我對你會不會都只是僅此而已？只不過是催化劑？一件在使用時容不得半分憐憫的武器？沒有需要的時候就必須棄置一旁，以免它會對你或者你的任務造成傷害？

我需要一個朋友，我身邊沒有一個人能讓我對他承認我的弱點、我的恐懼、我的錯誤。我擁有莫莉的愛，蜜蜂更需要我的力量。我不敢向她們承認，當我看到蜜蜂一直都是個軟弱無助的嬰兒時，我的心碎了。我對她的種種夢想都在消失，我很害怕她永遠都只是一個嬰兒，永遠都是這麼懵懂弱小，我又能對誰吐露這痛苦？對莫莉嗎？她對蜜蜂寵溺有加，強烈地堅持時間會將她現在缺乏的一切都給她。她似乎完全不認同我們的孩子所顯示出的智慧還不如一隻兩天大的雛雞。弄臣，我的孩子總是不看我的眼睛。當我碰觸她的時候，她總是盡可能遠離我。而她其實也躲不了多遠。她還不會翻身，完全無法抬起頭。除了哭號之外，她發不出任何聲音。就算是那些哭號聲也非常少見。她不會伸手去握她母親的手指。她對世界的反應是如此被動，弄臣，她更像是一株植物，而不是一個孩子，我的心每天都在因為她而破碎。我想要愛她，但我只發現自己將心丟失給了一個並不在這裡的孩子，一個在我的想像中會成為的孩子。我看著我的蜜蜂，渴望著她能夠成為她所不是的那個人，那個她可能永遠也不會成為的人。

唉，我不知道他人還能給我怎樣的安慰，除了能夠讓我大聲說出這些事，同時又不會為我的冷酷無情而感到畏懼。

而我只能寫下這些言辭，將它們交予火焰，或者和其他我在夜晚寫下的胡思妄想一同撕成碎片。

我等待了四個月才前往公鹿堡，去面見切德和迷迭香女士。在這段時間裡，細柳林一直都很平靜，人們都在為日常生活中各種需要忙碌的事情而忙碌著。我的小女兒被照顧得很好，睡得很少，根據莫莉的說法，所有新生兒都是這樣不喜歡睡覺，而在我看來，她睡覺的時間簡直是少得令人不可思議。不過她從不會用哭聲在半夜叫醒我們。她只是靜靜地躺著，不會發出任何聲音，睜大的眼睛盯著房間黑暗的角落。她一直睡在莫莉和我中間。白天的時候，她的母親始終和她寸步不離。

蜜蜂在長大，但速度非常緩慢。她的身體一直很健康，只是莫莉告訴我，其他嬰兒在這個年紀會做的許多事情，她都還做不了。一開始，我對此完全不擔心。蜜蜂很小，但在我的眼中非常完美。當我低頭看著躺在搖籃中的她時，她就會用那雙藍色的眼睛盯著天花板，對那雙眼睛的愛意早就刺穿了我的心。「多給她一點時間，」我對莫莉說，「她會成長起來的，我曾經餵大過許多孱弱的小狗，親眼看著牠們成為狗群中最優秀的獵犬。她也會一樣的。」

「她不是小狗！」莫莉斥責我，然後她又微笑著說，「她在我的子宮裡待了很長時間，出來的時候又很小。也許她在我的身體外也需要用更多的時間來成長。」

我不認為莫莉相信我的話，但她還是能夠從中得到安慰。但隨著時日流轉，我已經無法忽略我的孩子缺乏變化這一事實。在一個月的時候，她比剛出生時幾乎大不了多少。一開始，女僕們還會說她是一個「好孩子」，不哭也不鬧，安靜又溫和。但很快，她們就不再說這種話了。憐憫的表情愈來愈常出現在她們的臉上。恐懼在我的心中滋長——我們的孩子也許是一個白癡。但她並沒有任何父母們全都知曉的弱智孩子的相貌特徵。她的舌頭在嘴裡很服貼，眼睛和耳朵也很適合她的小臉。她就像布娃娃那樣漂亮，也像布娃娃一樣小，一樣毫無表情。

那時我並沒有太在意這些事。

我的注意力集中在切德派到我家的那名間諜身上。我的憤怒在無聲地增長。也許我是在用它來抵擋我不會向自己承認的恐懼。對此，我思考了很久。我不想透過精技與切德對質。我告訴自己，我需要站到他面前，讓他明白我不是一個可以戲耍的人，尤其是在涉及到我的孩子時。

到了第四個月就要結束的時候，家中的平靜讓我感到滿意，於是我找了一個理由拜訪了公鹿堡。我告訴莫莉，我聽說那裡有一匹種馬，很想去看看，並向她承諾我會盡快回來。為了這段嚴寒中的旅程，我準備了厚實的衣服，並從馬廄中選了一匹形貌不是很顯眼的栗色母馬。牠名叫薩莉，身材高瘦，步伐長大輕盈，而且完全沒有挑戰騎手的野心。我相信牠會是我前往公鹿堡城的完美坐騎。

我本可以使用門石在兩地穿行，但我覺得我有必要帶一匹馬去公鹿堡城，因為我告訴自己——我不想招來人們好奇的目光，儘管我急於見到切德，但這畢竟不是什麼十萬火急的事情。而且我幾乎可以向自己承認，我的確害怕使用門石。自從我用它趕去治療受傷的切德之後，我一直被引誘著要重複那次體驗。如果我更年輕一些，對於精技的經驗沒有那麼豐富，我會以為這只是因為我的好奇和求知欲。但我以前就感受過這樣的渴望：這是一種對於精技的饑渴，我迫不及待地想要使用這種魔法，只為了讓那種戰慄感再一次湧遍全身。不，我不會冒險再用那種精技石碑旅行了。尤其是我現在很懷疑切德在監測那些石碑，這樣他立刻就會察覺我的到來。

我倒不如讓那隻老蜘蛛吃上一驚，讓他找回一點發現自己的防禦被別人穿透的感覺吧。

我騎馬趕路，從清晨直到夜晚，用肉乾和燕麥餅充饑，就睡在大路旁邊。我已經有多年不曾如此辛勞地趕路了。每天早晨，痠痛的脊背都會提醒我，即使我還年輕時，這樣的旅程也絕對沒有半點舒適可言。不管怎樣，我沒有在任何客棧停宿，甚至沒有在經過的任何小鎮休息片刻。在離開細柳林一天以後，我換上了一身行腳商人的簡樸衣裝。盡一切可能避免有人注意到像我這樣一個孤身旅人，更不會讓人認出我就是湯姆·獾毛。

我計算了旅程所用的時間，有意趕在傍晚到達公鹿堡，在公鹿堡城的周邊找到了一家整潔的小客棧，租了一個房間過夜，並將薩莉寄養在這家旅店的馬廄裡。這家客棧的晚飯有烤豬肉，燉乾蘋果和黑麵包，味道都很不錯。吃完飯，我就回到房間。

當夜幕完全落下時，我悄無聲息地離開客棧，走了很長一段路來到公鹿堡。我並沒有前往城堡的任何一道門，而是去了一個我還是切德的學徒時發現的隱祕入口——曾經是城牆上的一塊塌陷處，經過「修復」，成為了一條能夠進出城堡的密道。圍繞密道口的荊棘叢還像以往一樣茂密，沒等我碰到真正的石牆，我的皮膚和短上衣就都已經劃破了。不過我還是從牆上的一道狹縫中擠了進去，進入到公鹿堡的內部。

通過外牆只是第一步，我還需要進入城堡本身。城堡的這一區域是遭受圍攻時的軍事儲備區。在紅船戰爭中，這裡一直都豢養著一些猛獸。不過我相信現在這裡已經派不上什麼用場了。在一些空獸欄後面的黑暗中，我脫下了身上的平民外衣和寬鬆的褲子，將這身衣服藏到一個不再使用的木板飼料槽裡。在這身衣服下面，我穿著屬於我的舊藍色公鹿堡衛兵制服。這身衣服在肚子的部分比我回憶中要緊一些，因為剛剛從衣箱中拿出來不久，還有一股紫菀和雪松的氣味。但我相信這足以讓我在不那麼警惕的目光下蒙混過關。

我低著頭，走得很慢，就好像我已經很累了，或者是稍稍有一點醉。就這樣，我走過場院，進入廚房門，一直走到衛兵餐廳區。這一次祕密返家讓我的心中充滿了一種奇怪而複雜的感情。公鹿堡永遠都是我的家，尤其是這裡的廚房。隨著撲鼻而來的香氣，無數童年回憶如潮水般湧來。麥酒、燻肉和肥美的乳酪，正在被烤熟的麵包和在火上冒泡的熱湯，彷彿都在向我發出召喚。我幾乎要屈從於這種誘惑，走進去，找個座位開始大快朵頤。不是因為饑餓，只是想要再次嚐一嚐家的味道。

但我只是邁著不疾不徐的步伐走過石板鋪成的走廊，經過兩間儲藏室，一直來到通向地下室的臺階前。我在這裡走進了一個特殊的食品室。在這間食品室中，我暫時將自我約束放到一旁，為自己從一串香腸上切下了一小段。然後我撥動了食物架上的一塊嵌板，打開通向城堡間諜密道的門。將密門在身後關緊，我在絕對的黑暗中站立了片刻。

我吃了一段香腸，漫不經心地回想起自己一邊吃香腸，一邊喝著一大杯公鹿堡麥酒的時光。最後，我歎了一口氣，在雙腳的帶領下走過曲折的通道和狹窄的階梯，穿過公鹿堡的重重內牆。我從孩提時代就知道這座迷宮，這裡唯一讓我驚訝的，就是那幾張蜘蛛網仍然位於這座迷宮中我所熟悉的地方。

我的目標不是切德最初教導我刺客記憶的那些祕密房間。我知道他已經不再居住在那裡了。我悄然來到了國王臥室所在那一層牆壁後面的狹窄空間裡，迅速通過一塊鑲嵌鏡子的牆板，進入切德的盥洗室——旁邊就是他的大臥室了。切德沒有將這個入口鎖住，這讓我有一點驚訝。我無聲地溜進他的臥室，很擔心他已經猜到了我的計畫，正在等著我出現。邁著又輕又快的腳步，我從口袋中掏出一顆光滑的褐色橡子，將它放在切德枕頭的正中央。然後我再一次進入間諜迷宮，尋找他的老謀殺實驗室。

啊，這裡和我小時候相比改變了不少。地面經過打掃和擦洗，看不到一點灰塵。傷痕累累的石桌是我小時候我們進行試驗的地方，現在這上面看不到任何藥劑和器具。一切物品都被整齊地收儲在架子上。碗碟和玻璃器皿都被清洗乾淨，分門別類地擺放整齊。每一份研磨杵臼，連同每一只木製、鐵製和銅製的勺子都放在特定的收納位置上。這裡的卷軸數量要比我想像中少得多，不過都被整齊地疊在一起。另外一個架子上放置著我以前的任務工具——鋒刃帶有溝槽的小刀，有的有鞘，有的沒有。它們旁邊是一份份標示清晰的藥粉和藥丸，其中一些是麻醉劑，一些是毒劑。閃光的銀針和銅針插在軟皮帶上。盤捲起來的止血帶就像死掉的小蛇一樣。現在管理這個地方的人思維一定非常有條理。不是切德，他睿智非凡、思路精準，但從不是一個喜好整潔的人。我在這裡也沒有見到任何他正在進行學術研究的痕跡。沒有破碎的古代手稿正在等待翻譯和謄寫，沒有被磨禿的墨水筆，沒有敞開的墨水瓶。這裡的舊木床上鋪著奢華的羽毛床褥，被撣掃得一塵不染的壁爐中跳動著明亮的小火苗。這張床看上去更像是為了展示，而不是日常使用的家具。我很好奇是誰在打理這個房間。肯定不是阿憨。那個心思簡單的男孩子已經年長到需要自己的房間了，而且他從不會在家政雜務上花什麼心思。他可不會將蠟燭如此整齊地插在燭臺上，讓它們就像是身姿筆直的士兵。我點燃了燭臺上的兩根蠟燭，以代替桌上黃銅燭托中幾乎要燃盡的蠟燭。

我推測這裡現在應該屬於迷迭香女士了。在壁爐中添加了兩根原木之後，我坐進她擺放在火爐旁的軟墊椅中。在我手邊的一張小桌子上，一只被蓋住的碗裡放著小甜餅，另外還有一只盛著葡萄酒的玻璃瓶。我為自己倒了一杯酒，靠進椅子裡，朝爐火伸出雙腳。我不在意他們是否會發現我在這裡。我正要找他們兩個說話。我的目光掃過壁爐架，當我看到黠謀國王的水果刀還嵌在那裡正中央的位置時，我幾乎露出了微笑。我很好奇迷迭香女士是否知道這把小刀是如何出現在這裡的，也很好奇切德是否還記得當我將它刺進那塊木頭裡的時候，心中沸騰著怎樣強烈的怒意。現在燃燒在我心中的那股怒火已經冰冷了許多，更容易被控制了。我要對他們說出我的話，等我說完，我們會達成協議——以我的條件。

切德一直都是一隻在夜晚行動的貓頭鷹，我大概要等待很久，他才會發現我留在他枕頭上的警示。隨著時間流逝，我開始在椅子上打盹。不過我的神經並沒有放鬆下來。當我聽到軟鞋踏在地面上的微弱聲音時，我知道那並不是他的腳步。我抬起頭，將目光轉向那道隱祕的樓梯。一道厚重的織錦掛毯擋在通向樓梯的門口，以阻攔從迷宮中吹來的冷風。當掛毯掀起，露出蜚滋機敏的年輕面容時，我並沒有感到特別驚訝。和我上次見到他時相比，他的穿著更加簡單——一件樸素的白色襯衫、藍色馬甲、黑色長褲。他柔軟的短筒鞋隨著他的腳步微微作響。曾經掛在他耳垂上的大銀耳環換成了兩只小得多的金耳環。他蓬亂的頭髮表明他也許剛剛起床，正要來這裡完成工作。

我看到他發現有新蠟燭被點亮的時候，目光中顯露出驚訝的神情。我保持著絕對的靜止，他又過了一段時間才看到我。但讓他瞠目結舌的，首先是一名普通的衛兵竟然會出現在如此特殊而又隱祕的地方，隨後他才認出我是誰。「你！」他驚呼一聲，向後退了一步。

「我，」我向他確認，「看來他們沒有趕走你。但我相信，關於謹慎，你還有許多要學。」他只是一言不發地盯著我。我便繼續說道：「我懷疑迷迭香女士或者切德大人很快就會到了，今晚他們還要替你上課。我說得對嗎？」

他張開嘴想要說話，然後又用力咬緊了牙。看樣子，從我們上次見面之後，他還是學到了一點謹慎。他嘗試著向武器架挪了一步。我微笑著向他擺了擺一根手指。隨著我手腕的顫動，一把匕首躍入我的手心。有些小技巧是永遠都不會被忘記的。他張大了嘴看著匕首，又將圓睜的雙眼轉向我。

這種感覺很讓我滿意。我突然很想知道，當年我是否也曾經用這種充滿敬畏的青澀目光看著切德。我做出了一個決定，然後用輕快的語氣對他說：「我們都不需要武器。」我的手一彎，匕首消失了。這已經足夠讓他明白，我能夠在多麼短的時間裡讓匕首重新出現。我靠在椅子裡，顯示出放鬆的樣子，同時也看到他鬆垂下肩膀。我暗自歎了口氣。這個孩子還有太多東西要學。

不過，現在他的天真無知對我卻很有用。我看了他一會兒，沒有緊盯著他，但也從他身上讀到了我能得到的一切訊息。他正嚴加戒備，不會回答我任何直接的問題。但我的沉默已經讓他感到不安了。我歎了口氣，讓自己的神態愈加輕鬆，並伸手去拿葡萄酒，又為自己倒了一杯。那個男孩則不安地挪動了一下身體重心，壓低聲音反對說：「這是迷迭香女士最喜歡的酒。」

「是嗎？那麼她的品味的確不錯。我知道她是不會介意和我分享的。我們彼此認識已經有很長時間了……我第一次見到她的時候，她還只是一個孩子。」

我的話顯然引起了他的興趣。我有些好奇當他們派他來探查蜜蜂的搖籃時，都對他說了關於我的哪些事。我判斷他們講的應該不多。切德一直認為謹慎是超越其餘一切的美德。我向他微微一笑。他已經吞下了我的誘餌。

「是迷迭香女士告訴你該如何到這裡來的嗎？」男孩的眉宇間出現了皺紋。他正竭力將零星的線索拼接起來，想要搞清楚我在這個迷局中的位置。

「你在和誰說話，機敏？」迷迭香女士的聲音傳入我們耳中。她一走進屋中，男孩立刻轉向了她。我則手捧酒杯，依舊神態自若。

「哦，」迷迭香停住腳步，一隻手還拉著織錦門簾，雙眼直直地看著我。我對這名學徒說的是實話。迷迭香還是個孩子的時候我就認識她了，但我們從那時直到現在都沒有太多交集。帝尊王子在她還是一名身材豐滿的小女僕時就將她招納至麾下，那時她甚至比蜚滋機敏還要年輕。帝尊為她安排了一個職位——侍奉來自群山、與王儲惟真結為連理的公主。她是帝尊安插在兄嫂身邊的小間諜，也很可能是那個在高塔臺階上塗抹油脂，造成懷孕的珂翠肯嚴重摔傷的人。只是這一點一直都沒有能得到證明。當帝尊從權力的高峰上跌落時，他的所有僕從也都遭到貶黜，包括還是孩子的迷迭香。

完全是因為珂翠肯寬仁的天性才使她獲救。當其他所有人都對她避之唯恐不及的時候，珂翠肯只將她視作一個困惑的孩子，因為自己的忠誠心而感到迷茫。這個孩子的罪責很可能只是因為她曾經竭力想要取悅那個一直在善待她母親的人。珂翠肯王后將她帶回到自己的宮廷中，讓她接受教育。從不浪費的切德將她視作一個已經接受過部分訓練的間諜和刺殺工具，很快就將她握在手中。

現在，她站在我面前，已經變成了一個中年女子、一位宮廷貴婦、一名訓練有素的刺客。我們彼此對視。她認識我。我很想知道，她是否能清楚地回憶起當我向珂翠肯進行報告的時候，她是如何在王后座位的臺階上裝睡的。即使已經過去了這麼多年，每次想到一個孩子竟然能如此輕易就騙過了我，我還是會感到驚恐和憤恨。她走進房間，在我的注視下低垂目光，向我行了一個深深的屈膝禮。

「蜚滋駿騎・瞻遠大人。您的到來讓我們蓬蓽生輝。歡迎。」

她再一次乾淨俐索地愚弄了我。我不知道她是想要向我表達敬意，還是在以最快的速度向她的學徒傳遞訊息。男孩飛快地吸了一口氣，這讓我明白他以前並不知道我真正的身分，直到聽過迷迭香女士的問候之後，他才大約猜出了我的出現是一件非常重要的事，也許他對於自己前往細柳林的那個任務也有了更多的理解。不過，我只是冷冷地看著迷迭香：「難道沒有人警告過妳，當妳道出一個幽靈的名字，並向他表示歡迎的時候，有可能引發出什麼樣的後果嗎？」

「歡迎？致敬？我只會稱這種事為大麻煩，你怎麼會在這個時候出現？事先完全不知會一聲。」切德掀開門簾走進屋中。迷迭香女士穿著一襲樸素的上午長裙，我懷疑她是打算在蜚滋機敏的課程結束之後馬上開始白天的事務。切德則正相反，他穿著一件很帥氣的緊身綠襯衫，襯衫的兩條袖子則相當寬鬆，襯衫上還有黑色和銀色的裝飾條紋，下襬則幾乎垂到了膝蓋。緊裹住他雙腿的褲子是黑色的，軟鞋也是同樣的顏色，不過上面鑲綴著銀色小珠。他的銀灰色頭髮在腦後結成了一條緊實的武士長辮。很明顯，他剛剛經歷過一場漫長的夜晚娛樂，而不是要開始白天的工作。

他的言辭很直接：「你到這裡來是要幹什麼？」

我和他對視：「大約四個月以前，我也問了年輕的蜚滋機敏同樣的問題。他的回答無法讓我滿意，所以我覺得我也許應該到這裡來，得到一個更好的答案，從你的口中。」

切德輕蔑地哼了一聲。「說實話，過去你被開玩笑的時候可不會這麼不識趣。」他走過房間，身姿顯得有一點僵硬。我懷疑他在襯衫下面綁了束帶，好讓身材顯得更好一些，也讓他老去的腰能夠更輕鬆一些。他向壁爐伸出雙手，看上去有些心煩意亂，「我的椅子到哪裡去了？」

迷迭香有些氣惱地微微歎了口氣：「你已經有幾個月不曾到這裡來過了。你對我說過，可以按照我的喜好重新安排這裡。」

切德皺起眉頭：「這不代表妳能夠讓我在這裡覺得不舒服。」

迷迭香咬住嘴唇，搖了搖頭，對蜚滋機敏說道：「那把舊椅子在角落裡，和其他還沒有清理掉的垃圾放在一起。請把它拿過來。」

「垃圾？」切德氣憤地說道，「什麼垃圾？我這裡沒有垃圾！」

迷迭香雙臂交叉抱在胸前：「都是些有裂縫的碗和杯沿破損的杯子。還有一只小坩堝和一把斷柄的勺子。幾瓶陳油，幾乎完全凝固了。還有被你推到桌子一頭的所有那些破爛。」

切德的眉頭皺得更緊了，但他只是哼了一聲作為回應。蜚滋機敏將他的舊椅子搬回來，放到壁爐邊。我沒有從迷迭香的椅子中站起來，就這樣將屁股下面的椅子向旁邊挪了挪，為切德讓出地方。數十年以來，我第一次看到切德的椅子——那些漩渦花紋的木雕上布滿了劃痕，接榫處都有鬆脫的痕跡。椅墊上還能清晰地看到我縫補過的針腳。那是小黃鼠狼偷溜在某天晚上和這只墊子激戰以後給它留下的傷痕。我向房間中掃視了一圈，然後問：「沒有黃鼠狼了？」

「也沒有黃鼠狼屎了。」迷迭香尖刻地回答道。

切德向我翻了個白眼，歎息一聲坐進了椅子裡。椅子在他的屁股下面發出一陣嘎吱嘎吱的聲音。他看著我：「那麼，蜚滋，你現在過得如何？」

我可不會讓他如此輕易就將我此行的任務撇到一旁，「很生氣，受到了冒犯，也很警惕——自從我發現一名刺客潛入到我的孩子搖籃旁邊。」

切德不以為然地笑哼了一聲：「刺客？不可能，他甚至還算不上一個間諜。」

「嗯，這聽起來很讓人感到安慰。」我回應道。

「啊，蜚滋，我還能派他去哪裡進行實習？現在和你小的時候不一樣了，那時候我們有接連不斷的戰爭和一個狡詐的小王位覬覦者在公鹿堡策劃各種陰謀，我有十幾種辦法在這座城堡裡面測試你的學習狀況。但蜚滋機敏就沒這麼幸運了。我必須把他送到更遙遠的戰場上去測試他，我要盡可能小心地為他選擇任務，我知道你不會傷害他，而且我覺得這也許是一個測試他的勇氣的好辦法。」

「那就不是在測試我？」

切德從椅子扶手上抬起手，含混地擺動了幾下。「也許有一點吧。確定一個人還沒有失去他的銳氣不是壞事。」他向旁邊掃了一眼，「那是酒嗎？」

「是的。」我重新斟滿我的玻璃杯，把杯子遞給切德。切德接過酒，吮了一口，放到一旁。他這樣做的時候我問道，「那麼，為什麼我還需要銳氣？」

他盯著我，綠色的眼睛彷彿能將我刺穿：「你將另一個瞻遠帶到了這個世界上，現在卻又問我這個？」

我控制著自己的脾氣：「不是瞻遠。蜜蜂．獾毛才是她的名字。」我本想說我的小女兒絕不會對任何人造成危險，但還是把這句話嚥了回去。

切德將臂肘撐在椅子扶手上，用手撐住下巴：「如果你以為這麼薄的一面盾牌能夠保護她，那你可就真的失掉銳氣了。」

「為什麼保護她？」我朝他身後的迷迭香和蜚滋機敏瞥了一眼，「我見到的危險全都來自於我應該信任的人、我認為應該保護她的人。」

「這並不是危險。這是一種提醒，提醒你應該謹慎，從一開始就保持警惕。等到你發現有危險存在的時候，再想進行防護就已經太晚了。」他雙眉向我一揚，「告訴我，蜚滋，你對這個孩子有什麼計畫？你打算怎麼教育她？怎麼訓練她？讓她擁有什麼樣的技藝？你希望她會嫁到哪裡去？」

我盯著他：「她還是一個嬰兒，切德！」也許她永遠都不會長大。即使她開始成長，並顯露出聰慧的頭腦，我也還有很長的時間可以考慮這件事。但我的確從沒有對這些事有過任何思考，這如同一記重錘敲在我的心上。等到莫莉和我都離世的時候，她又會怎樣？尤其是，如果她真的是個弱智者呢？

切德在椅子裡轉了個身，束帶的輪廓從他的襯衫下面若隱若現。他朝聽我們說話的兩個人瞪了一眼：「難道你們兩個沒有課程要完成嗎？」

「是的，但……」

「到別的地方去吧。」他以充滿權威的語氣說道。

迷迭香抿了抿嘴唇。「明天，」她對蜚滋機敏說。男孩睜大了眼睛，顯然是因為課程這麼草率就被取消而吃了一驚。他草草向迷迭香鞠了一躬，然後又轉向我們，身子卻僵在原地，顯然是不知道該如何向我們道別。

我神情愉悅地向他點點頭：「我希望短時間內不要再見到你了，蜚滋機敏。」

「我也是，先生。」他回答道，卻又變得有些慌張，似乎是在思考自己有沒有失禮。切德輕笑了兩聲。那個男孩立刻逃出了房間。迷迭香女士最後氣惱地歎息一聲，以更加莊重的步伐跟隨男孩出去了。切德沒有說話，一直等到他們在隱祕的樓梯中走出了很遠之後，才轉向我。

「承認吧，你完全沒有想過她的未來。」

「的確沒有。因為我甚至沒有意識到莫莉真的懷孕了。但現在，蜜蜂已經來到這個世上……」

「蜜蜂。竟然叫這麼一個名字！她會活下來嗎？她的生命力旺盛嗎？」他無情地打斷了我。

我遲疑了片刻才繼續說道：「她很小，切德。莫莉說她和同齡的孩子比起來，還有許多事情做不了。但她食欲很好，睡得也很好，有時也會哭，不過哭得很少，平時都很安靜。她只是還無法抬頭和自己翻身，但我看不出她有什麼問題……」

我的話沒有能說完。切德只是用同情的目光看著我。當他開口的時候，語氣變得格外和藹：「蜚滋，你必須為她設想好每一種可能的未來。如果她一直這樣孱弱，你又該怎麼辦？她有沒有可能永遠都沒辦法照顧自己？如果她長大成為一個聰明漂亮的姑娘，人們將她視為瞻遠家族的一員，又該怎麼辦？如果她很普通、很平凡，不是那麼聰明呢？至少，所有人都會知道她是國王的精技師傅的妹妹。這已經足以讓許多人將她視為結婚的對象，或者是一個有價值的人質了。」

他沒有給我整理思路的時間，接著又說道：「蕁麻曾經被認為只是一個普通的鄉下女孩，最好的結局不過是嫁給一名農場主人。她也因此而受到了這方面的教育。找時間和她談一談，問問她覺得有什麼缺憾。博瑞屈教會了她讀寫和計數，莫莉教會了她養蜂和園藝，她也是一個養馬的好手。但歷史呢？世界地理呢？外國語言呢？她對這些學識所知甚少，不得不用了許多年時間來彌補這一缺陷。我也見過莫莉其他的孩子，他們都是很不錯的小夥子。但你要養育的不是一個農夫的女兒，蜚滋。如果命運骰子擲出的點數稍有不同，她也許就會戴上瞻遠公主的冠冕。她不會成為公主，但你要像教育公主一樣教育她。」

首先她要能夠接受教育。我將這個想法推到一旁。先聽聽切德的道理。「為什麼？」

「因為沒有人能知道命運會將自己帶往何方。」他一隻手舉起酒杯，另一隻手大幅度地揮動了一下，「如果她在精技測試中被證明擁有這種力量，難道你會讓她在完全不知道自己血統的情況下來到公鹿堡？你要讓她像蕁麻一樣，必須通過殘酷的戰鬥才能懂得如何在這些社交的急流中航行嗎？告訴我，蜚滋，如果你讓她作為蜜蜂．獾毛長大，那麼你是否會滿足於將她嫁給一個農夫，讓她整日勞作，度過此生？」

「如果她愛那個人，那個人也愛她，這就不會是一種可怕的命運。」

「那麼，如果一個富有的貴族愛上了她呢？而她又得到了足夠的教育，足以和那個貴族匹配呢？而且她還愛他呢？這也許會是一種更好的命運，你說，不是嗎？」

我還在努力思考該如何回答，切德又說道：「蜚滋駿騎就沒能擁有未來。而現在，機敏大人年輕的妻子堅信這名私生子沒有任何用處，而且他還有一個可恨之處，那就是要比那位夫人所生的合法繼承人年齡更大。他的兩個弟弟在那位夫人的養育之下，也都對他恨之入骨。我得到訊息是，那位夫人正在想辦法讓這個男孩悄悄地死去。於是我將他帶到這裡，讓他成為又一個有用的私生子。」

「他看起來很聰明。」我小心地說。

「是的，很聰明。只是他沒有什麼銳氣可言。我會盡量使用他。但再過七、八年，我就要把他安排到別的地方去了。機敏大人的夫人視他為篡位者。她已經對這個孩子被留在宮廷中有頗多微詞了。她是那種最糟糕的妒婦，那種會將內心的惡念付諸行動的人。當她將兩個兒子送到這裡來的時候，這個孩子還是離開為妙。」

「七、八年以後？」

「和你不一樣，我會為羽翼下的幼雛們預先做好計畫。」

「所以你會要我收留他。」我皺起眉，竭力想要搞清楚他的計畫，「等蜜蜂長大的時候，他就有可能成為蜜蜂的伴侶？」

「眾神啊，不！我們就不要把這些血脈混和在一起了！我覺得，我們會為蜜蜂在公鹿堡找一個貴族。不過，是的，我希望你能準備好接納他。當他也做好準備的時候。」

「準備成為一名殺手和一個間諜？為什麼？」

切德搖搖頭。他似乎有些非同尋常的失望。「不，他的體內沒有刺客的血。對此我非常確信，只不過我還需要說服迷迭香看清這一點。所以我會朝一個不同的方向訓練他。一個對我們兩個都有用的方向。這個男孩有一副聰明的頭腦。他學習的速度幾乎和你一樣快。而且他有一顆忠誠的心。給他一個好主人，他就會像一頭獵犬那樣矢志不渝，竭盡全力保護主人。」

「保護蜜蜂。」

切德正在看著壁爐中即將熄滅的火焰，他緩慢地點點頭。「他學習語言的速度很快，幾乎有著吟遊歌者的記憶。他可以用家庭教師的身分作為偽裝，生活在你的家族裡，這對他們兩個都有利。」

碎片開始拼合在一起了。哦，切德。為什麼讓你直接請求別人幫忙會這麼難？我為他把心裡的話說了出來：「你喜歡這個男孩。但如果你把他留在這裡，等到他的合法繼承人弟弟來到公鹿堡的時候，麻煩遲早都會出現，尤其，如果他跟這裡的貴族交了朋友之後。」

切德點點頭：「他非常有魅力，而且喜歡和人交往，喜歡和他們在一起。他們也都喜歡他。他很快就會變得過於顯眼，無法成為一名優秀的間諜。他也沒有……那種讓我們能夠殺人的素質。」他深吸一口氣，彷彿想要再說些什麼，卻又歎了口氣。我們全都陷入沉默的思考。我好奇的是，這代表我們兩個具備某種素質還是缺少些什麼，所以才能做出那些事來？整個房間陷入了一種讓人很不舒服的寂靜，但這並非是因為我們共同感受到了什麼負罪感。我很難找到一個詞來形容這種情形。

「我必須和莫莉談談這件事。」

他飛快地向我瞥了一眼。「你要告訴她……什麼？」

我咬了一下嘴唇：「事實。他是一個像我一樣的私生子，他遲早會因此而飽嘗人生的艱辛，甚至有可能生命也會受到威脅。他受過良好的教育，會是小女孩的好導師。」

「千瘡百孔的事實。」切德對我的話進行了修正。

「有什麼千瘡百孔？」我問道。

「確實，有什麼千瘡百孔？」切德乾巴巴地表示同意，「你還不需要和她談這件事。我估計我們還有幾年時間，到那時我才會不得不把他送到你那裡去。我會教會他作為一名教師必須掌握的一切。也會訓練他成為一名保鏢。在他做好準備之前，我知道有一名育嬰女僕可以送給你，幫你照顧孩子。她的臉像野兔，臂膀卻像鐵匠。不算很聰明的僕人，但絕對像衛兵一樣強壯。」

「不，謝謝。我相信現在自己可以保護我的女兒。」

「哦，蜚滋。我不同意你的話，但我知道有些時候和你爭論是沒有用處的。謎語和我都認為你需要守門衛兵，但你就是不聽。有多少次我建議你應該接受我們在細柳林派駐一名精技使用者？這樣，即使你不在細柳林，我們也能迅速和那裡聯絡。你應該有一個自己人，為你看護背後，和僕人們打成一片，這樣你才能知道在你的莊園裡發生的事情。」他在椅子裡動了動。那把陳舊的木椅子在他的身下發出一陣嘎吱嘎吱的聲音。他的眼睛和我頑固的眼睛對峙。我贏了。「好吧，已經很晚了。或者說還很早——這都要看你在一天中的哪一部分時間工作。不管怎樣，我要上床去了。」他偷偷拉了一下腰帶的上緣。我懷疑那裡弄得他很不舒服。他站起身，一隻手隨意朝旁邊的臥床指了指。「你可以睡在這裡，如果你願意的話。我相信迷迭香從沒有用過那張床。她只是喜歡盡可能把房間布置得更漂亮一些。」

「好的。」讓我吃驚的是，我發現自己的怒氣已經消失了。我瞭解切德。他不會想要傷害蜜蜂。也許他全部的目的就是刺激我來找他。也許他對我的思念已經超過了我的想像。也許我應該認真考慮一下他的建議……

他點點頭。「我會讓蜚滋機敏給你送些食物過來。你應該認識一下他。他是一個好孩子，易於管教，總是想讓別人高興，和你那時可不一樣。」

我清了清嗓子問道：「你年紀大了，心腸也軟了嗎？」

他搖搖頭：「不，只是實話實說。我需要讓他離開，這樣迷迭香和我就能找一個更合適的學徒。但他對於我們的內部工作知道得太多，只是簡單地送走他已經不合適了。我必須把他放到一個能確保他安全的地方。」

「確保他的安全還是確保你的安全？」

切德咧嘴一笑：「這是一碼事，你難道看不出來嗎？對我有危險的人很少能活得太久。」他向我露出的微笑中夾雜著傷感。當他將半空的杯子遞給我的時候，我更加清晰地看到了他的為難。

我低聲提出我的建議：「開始把他挪出你的圈子吧，切德。讓他跟著你和迷迭香的時間更少一些，在抄寫員和吟遊歌者身邊的時間更多一些。你不可能讓他忘記已經看見的和他所知道的，但你可以不讓他看見重要的事情。讓他能對現在的生活多喜歡一些。當你無法再把他留在這裡的時候，就讓他來找我。我會為你看護他。」我竭力不去正視自己剛剛答應的事情。這不是一個只需要保持一、兩年的承諾。只要蜚滋機敏還活著，記得公鹿堡的各種祕密，我就要確保他對瞻遠家族保持忠誠。忠誠，或者死亡。切德剛剛交給了我一個他不想沾手的骯髒任務。我吮了一口酒，用太過甜蜜的葡萄佳釀掩蓋住太過清晰的苦澀。

「當你說『你不可能讓他忘記』的時候，對此確定嗎？」

我的注意力猛然回到那個老人的身上，向他質問道：「你在想什麼？」

「我們還在翻譯那些古代的精技卷軸。那裡面提到過，你可以讓一個人，嗯，讓一個人改變他對事物的想法。」

他的話讓我驚訝得半晌沒有能說出一個字來。能夠讓一個人丟失自己的記憶：這是多麼恐怖的能力。當我終於找回呼吸時，我立刻說道：「這種方法的確有效。於是我的父親決定讓精技師傅蓋倫忘記對他的不滿，轉而變得喜愛他。蓋倫的恨意並沒有消失，只是找到了另外一個目標。我記得，那就是我。」他幾乎殺死了我。

「你的父親沒能完全掌握精技法門。我懷疑蓋倫也沒有。有許多寶貴的學識都失落了，蜚滋！實在是太多了。我現在幾乎每晚都在努力解讀卷軸，但這和接受精技師傅的親身指導並不一樣。要推導出這些精技魔法的真實狀況是一件非常吃力的事情。它們往往不會順遂我的心願。蕁麻沒有時間幫助我。這些卷軸中的資訊也不能為外人所知。而它們本身的脆弱又是另一件需要注意的事情。我自己能夠在深夜進行研究的時間也比過去少多了。所以這些卷軸往往只能被束之高閣，但又有誰知道它們到底包藏了多少祕密？」

又是一個被偽裝成問題的請求。我只得回應道：「挑選出你認為最有趣的卷軸，我會把它們帶回細柳林。」

切德皺起眉頭：「難道你就不能到這裡來解讀它們？只要每個月有一個星期就好。我很不願意把它們送出公鹿堡。」

「切德，我有妻子和孩子，還有一個莊園需要照料。我不能把時間浪費在從家到公鹿堡之間的路途上。」

「精技門石會讓你在路上『浪費』的時間大大縮短。」

「我不會這樣做的，你知道是為什麼。」

「我知道，在多年以前，你不顧勸阻在很短的時間內多次使用門石。我不是要讓你每天這樣往返，我只是建議你一個月來一次，拿走一些卷軸，留下你的翻譯。根據我看到的文獻，曾經有精技信使至少在以這樣的頻率使用門石，甚至有可能更加頻繁。」

「不。」這就是我的結論。

切德將頭側向一旁：「那你為什麼不和莫莉一起住在公鹿堡？再帶上你們的孩子。我們很容易就能為細柳林找到一名有能力的管理者。蜜蜂則會得到我們剛才討論的一切優越環境。你可以幫助我進行翻譯和做其他事，並且逐漸瞭解年輕的機敏。我相信莫莉一定也會很高興能經常見到蕁麻還有……」

「不。」我又說了一遍，語氣更加堅定。我完全不想接觸他會交給我的「其他事」，也不想讓他照看我幼小的孩子。「我很喜歡現在的生活，切德。我過得很平靜，而且我還要繼續這樣的生活。」

切德響亮地歎了口氣。「那麼，好吧，很好。」他的聲音突然顯得蒼老而焦躁，語氣也變得讓我感到緊張。「我會想念你的，我的孩子。現在已經沒有人能像你一樣讓我無所不談了。我懷疑我們這樣的人就要絕種了。」

「我認為你是對的。」我表示同意，我認為這是一件好事，不過我並沒有說出口。

切德和我結束了交談。我覺得他終於接受了我已經淡出公鹿堡王室內部政治這一事實。我只有在這裡迫切需要我的時候才會提起來，但絕不會再生活在城堡中，作為他的私密參謀。迷迭香必須承擔這一角色，她的身後則只能是他們挑選出的學徒。這不會是蜚滋機敏。我不知道那個男孩明白這一點以後是會失望還是鬆一口氣。

在隨後的幾個月裡，我害怕卻又期待著切德會再次想要叫我回去。他沒有這樣做。每年有五到六次，需要翻譯的卷軸被寄來，我的翻譯被信使帶走。有兩次信使是完成學業的精技學生——他的精技小組的成員——借助門石往返於兩地。我拒絕了他的刺激。第二次發生這種狀況的時候，我和蕁麻進行了聯絡，確認她知曉此事。蕁麻沒有說什麼，但在那以後，切德的信使就都是騎馬而來了。

儘管蕁麻經常會接觸我的意識，晉責有時也會如此，但切德似乎決定要放我自由。有時候，在我偶然失眠時，我會好奇這種終於遠離瞻遠政治黑暗面的生活，是讓我感到寬慰，還是失望？

9 童年

正像一直以來年輕的機敏讓我擔心的那樣，他完全不適合陰影中的工作。當我第一次告訴他，我要結束他的學徒生活，並且已經為他找到了一個更加合適的位置時，我完全沒有想到這竟然會讓他如此不安。他苦苦哀求迷迭香和我再給他一次機會。儘管心知不妥，我還是同意了。我一定是正在變成心軟而又意志薄弱的人，當然，我的這個決定肯定不會是因為對這個男孩的好意。我們繼續訓練他，讓他掌握更多的體術技藝和相關知識。他的手指和手掌都非常靈巧，能夠掌握高超的技巧，但他無法以足夠快的速度記住必須精通熟記，以便緊急使用的配方。我承認，我本來的確曾希望這個小夥子會追隨我的步伐。

迷迭香對於這個孩子則更有信心。她甚至提議要給他一個挑戰。我給了他一個偷竊的任務，他完成了。迷迭香又提議進行一次小的下毒任務。他的目標只是一名衛兵。我們告訴他，這個人收了賄賂，成為了恰斯國的間諜。但無論如何，經過三天時間，儘管擁有無數次機會，機敏還是無法完成此任務。他因為無法結束一個人的生命而羞愧沮喪地回到我們面前。我最終也沒有告訴他，這份「毒劑」只是一點磨細的香料粉，對那個人不會有任何傷害。我很高興能夠用一個不會傷害到任何人的任務來測試他。

測試結果是機敏現在明白他並不適合這種職業。讓我驚訝的是，他不介意無法再做我的學徒，只要能夠不失去這份友誼！所以，為了讓他的人生轉換得更平順一些，我會讓他繼續留在公鹿堡一段時間。確保他受到足夠的教育，能夠成為一名教師，也會給予他更多武器訓練，讓他成為稱職的保鏢。

我只會向你承認，我對他感到失望，並因此而傷心不已。我曾經是那樣堅信自己找到了一個合格的繼任者。幸運的是，我已經找到了第二名候選人，而且開始對她進行訓練了。她也開始顯露出了一定的天份。不過到現在為止，我還不能確定她一定比機敏更有前景。對此我們只能拭目以待。當然，我將這些全部告訴你是因為我完全相信你的判斷力。這種感覺很奇怪，我曾經教導你，絕對不要將這些事情付諸文字，而現在，我只有用這個辦法才能確定我們的精技小組中沒有人可以探知我的這些想法。真是世事無常啊。

——無署名，無地址的卷軸

是的，我們會發現許多事，會知道許多事，但是都太晚了。更可怕的是那些不是祕密的祕密，那些我們所承受的，卻又不會向彼此承認的哀傷。

蜜蜂並不是我們兩個所希望的孩子。我藏起自己的失望，不讓莫莉知道，而且我相信她也在為我做著同樣的事情。漫長的一個月又一個月，然後一整年轉眼便過去了。我在我們的女兒身上沒有看到一點改變。莫莉在一點點變老。她不允許別人照看這個孩子，並且只是默默地壓抑著自己日漸增長的哀傷，這讓她在肉體和精神上都承受了相當沉重的負擔。我想要幫她，但這個孩子顯然在躲避我的碰觸。有一段時間，我陷入了精神的黑暗面，沒有胃口，也沒有意願去做任何事。我的白天彷彿總是伴隨著被雷聲震撼的頭痛和胃部的不適而結束。我在夜晚醒來，便無法再睡去，心中充滿了對孩子的焦慮。我們的寶寶一直都是個嬰兒，又小又沒有自主能力。切德熱心制定的關於她的教育和婚姻的計畫，變成了一段苦甜參半的回憶。我們曾經有一段時間還在期望著這些未來，但過去的那一年偷走了我們這些夢想。

我記不得蜜蜂在多大的時候，莫莉第一次精神崩潰，倒在我的臂彎裡哭泣著說：「我很抱歉，我真的很抱歉。」我用了一段時間才明白她是在因為我們纖弱的孩子而責備自己，「我太老了，」她在淚水中對我說，「她永遠都不會強壯起來了，永遠，永遠都不會了。」

「我們別著急，」我對她說道。我甚至沒有察覺到自己的聲音有多麼平靜。為什麼我們要在彼此的面前隱藏淚水？也許是因為分享它們——就像我們現在所做的這樣——只會讓它們更加真實。我在竭力否認它們。「她是健康的，」我對在我臂彎中啜泣的莫莉說。我低下頭，在她的耳邊悄聲說道，「她吃得很好，睡得很香。她的皮膚光潔柔滑，眼睛清澈明亮。她很小，也許動作也很緩慢，但她會長大，會……」

「停下，」莫莉用含混又微弱的聲音懇求我，「不要這樣，蜚滋。」她從我懷中退開一點，抬起頭看著我。她的頭髮沾黏在濕漉漉的臉上，就像是寡婦的面紗。她用鼻子吸了一口氣，「說這種假話改變不了什麼。她是個弱智者，不只是癡呆，她的身體也很虛弱。她不會翻身，也撐不起自己的頭顱，甚至從沒有試過這樣做一下。她只是躺在搖籃裡，盯著眼前的一切。她甚至幾乎不哭。」

我還能說些什麼？莫莉是一個生過七個健康孩子的女人。蜜蜂則是我見到過的第一個新生兒。

「她真的和同齡的孩子有很大差別嗎？」我無助地問道。

莫莉緩慢地點著頭：「而且漸漸的，差別會更大。」

「但她是我們的孩子，」我輕聲反駁莫莉，「她是我們的蜜蜂。也許她就是她。」

我不記得自己對莫莉說這些話的時候，希望她會有怎樣的反應。但我知道，我不值得她這樣對待我——莫莉忽然抽噎一聲，緊緊地抱住了我，撲在我的胸前問道：「那麼你沒有感到失望？

沒有為她感到羞愧？你還會愛她？你還在愛著我？」

「當然，」我說道，「當然，我一直都愛著妳們。」儘管我給她帶來的安慰並非是我有意為之，而是我的無心之舉，但我還是很高興能這樣做。

這一次，我們打開了一扇無法關閉的門。我們承認了我們的小女兒有可能永遠都只會是現在的樣子，我們談過了這件事。不過我們沒有在僕人們面前提起過它，也從不會在白天討論它。只有到了深夜，在我們的床上，當給我們帶來沉重創傷的孩子，在我們身邊的搖籃裡沉沉入睡的時候，我們的話語間才會再次浮現出這件事。我們能夠承認它，但還是無法接受它。莫莉認為自己的奶水不好，竭力想要引誘這個小東西吸吮牛奶，後來又變成羊奶，卻都未能成功。

我們的寶寶的健康狀況令我感到困惑。我一生中照顧過很多小狼，但我從沒有見到過一隻小狼這麼有胃口進食，睡得這麼好，看不出任何健康問題，卻又不會長大。我努力鼓勵她移動手腳，但我很快就明白，她完全不想讓我動她。當她不被打擾的時候，就會顯得異常平靜。當我向她的搖籃俯下身的時候，她甚至不會看我的眼睛。如果我把她抱起來，她就會盡量向外傾過身子，用盡她微弱的力氣試圖從我的手臂中掙脫出來。如果我堅持要抱她，並且擺弄她的腿和手臂，她就會迅速從哭號變成憤怒地尖叫。過了一段時間，莫莉懇求我不要再嘗試了。她很害怕我會讓寶寶痛苦。我服從了莫莉的心願，但我的原智沒有感覺到蜜蜂的身上有任何痛苦，只有警覺。她在因為她的父親想要抱她而心生警覺。這有沒有可能是她在表達我讓她感到多麼痛苦？

一開始，僕人們只是對她感到好奇，隨後他們的態度就變成了可憐。莫莉對僕人們的反應完全嗤之以鼻，而且將全部照顧孩子的工作都攬在自己身上。對於僕人，她絕不會承認自己有任何錯誤。但等到深夜的時候，她對於孩子的憂慮和恐懼就會變得益發黑暗。「等我去世以後，她又會如何？」她在一天晚上這樣問我。

「我們會為她留下足夠的基金。」我說道。

莫莉搖搖頭：「人們是殘忍的，我們能夠信任誰？」

「蕁麻？」我試著說。

莫莉又搖了搖頭。「我必須犧牲一個女兒的人生去照顧另外一個嗎？」她問我，對此，我沒有答案。

當一個人失望了這麼久，希望就變成了敵人。一樣東西，只要不被舉起，就不會被摔碎在地上。我學會了避免希望。到了蜜蜂人生的第二年年中，莫莉開始告訴我，她正變得更加強壯，能夠更穩地撐住自己的頭了。我向莫莉點頭微笑，僅此而已。但是到了蜜蜂快兩歲的時候，她能夠翻身了，又過了不久，她就能不需要支撐就坐起來。她在長大，只是以她的年齡來看還是很小。到了第三年，她開始能爬了，又能站了起來。等到她四歲的時候，整個房間都成了她蹣跚學步的場所。看到一個這麼小的孩子在走路，那種景象真的是很奇特。第五年，她小跑著跟隨母親去所有地方。她開始長牙，開始咿呀學語，說著只有莫莉能夠聽懂的話。一些最奇怪的東西似乎總會讓她很興奮——一片織物的紋理，或者是被風吹動的蜘蛛網都會吸引她的注意。然後這個小東西就會用力揮舞小手，說著一些不明所以的話——在一連串含混的嘟囔聲中會突然冒出一個詞。看著莫莉和她的孩子交談，聽到蜜蜂那種半想像的語言，那種感覺真是既瘋狂又甜蜜。

我們在絕大部分時間裡都把蜜蜂留在身邊。她的哥哥姐姐們不像以往那樣經常會回家探望了。他們各自的家庭規模也在增大，他們需要更多的時間為自己的家庭忙碌。不過他們在力所能及的時候還是會回來看看，只是次數愈來愈少。他們待蜜蜂都很好，而且也都明白，可憐蜜蜂是沒有用的。蜜蜂只會是蜜蜂。他們看到了莫莉對這個小妹妹感到很滿意，知道隨著這個孩子長大，他們的媽媽從她身上得到了愈來愈多的安慰，他們也就不必再費什麼心思了。

我的養子幸運在他的吟遊歌者之旅中也會不時來訪。他經常會在最寒冷的月份到來，和我們一同住上一個月，為我們唱歌，吹奏各種管樂器。蜜蜂是吟遊歌者能夠期盼到的最熱心的聽眾。只要幸運在這裡的時候，她就不願意到床上去，除非是幸運跟著她到房間裡，為她演奏一段溫柔和緩的樂曲，直到她安然睡去。也許正是因為如此，幸運就像蜜蜂喜歡他一樣喜歡著蜜蜂。每次他來訪的時候都會為蜜蜂帶來一件簡單的禮物，比如一串閃亮的珠子，或者一條繡著玫瑰花的柔軟絲巾。

在所有哥哥和姐姐中，蕁麻在蜜蜂幼年時來得最頻繁。我能看出，她很想抱一抱這個妹妹，但蜜蜂對於她的碰觸就像對我一樣反應激烈。所以蕁麻只能滿足於待在妹妹的身邊，卻無法為了照顧她而出力。

有一天很晚的時候，我離開自己的私人書房，當我經過蜜蜂育嬰室的門口時，我看到虛掩的門縫中透出燈光，就停下了腳步。我本以為也許是蜜蜂病了，莫莉正在看護她。但當我透過門縫望進去，卻看到蕁麻正坐在妹妹的床邊，低頭看著蜜蜂，神情中盡是悲涼與渴望。她在低聲說話：「許多年了，我夢想著能有一個妹妹。我們可以把自己的夢想告訴對方，相互編辮子，嘲笑男孩子們，一同散步、遠足。我以為我能教妳跳舞，我們能夠保守共同的祕密，在所有人都已入睡的晚上一同製作食物。妳終於來了。但我們卻沒有辦法得到這些，對不對？不過，我會向妳承諾，小蜜蜂。無論我們的父母發生了什麼，我一直都會照看妳。」然後，我的蕁麻將臉埋在手中哭了起來。我知道，她是在為她想像中的妹妹哀悼，就像我依然在渴望著我曾經夢想過的完美的小女兒。對於我們兩個感到的缺憾，我沒有任何可以安慰的話，所以我只是靜靜地離開了。

自從蜜蜂出生之後，總是莫莉去哪裡，她就跟到哪裡，或者掛在莫莉的腰間，或者是小跑著跟在她身後。有時候，我會懷疑她是不是很害怕丟下這孩子一個人。莫莉依舊在處理細柳林的各種日常事務，除了監督僕人們的工作，她還會親手打理蜂巢、蜂蜜，製作蠟燭，這些工作似乎都讓她樂在其中。而蜜蜂總是會陪在她身邊，看著、聽著她做這些事。現在這個孩子發現只要自己發出什麼響動，莫莉就會加倍關注她。我曾經聽到一些僕人在很偶然的時候會模仿蜜蜂那種含混不清的嬰兒語言和蜜蜂說話，但莫莉從來都是用清晰的詞句，認真而詳盡地向蜜蜂解釋她的每一種工作，彷彿蜜蜂總有一天需要知道該如何用煙熏蜂巢、如何給熱蜂蠟塑形，做成蠟燭、拋光銀器、整理床褥。蜜蜂則以她簡單的方式回應著莫莉的努力，仔細觀察莫莉向她展示的一切，咿咿呀呀地向她說著熱切的話語。有一次我被嚇了一跳。那是在夏季裡的一天，我去尋找莫莉，發現她正在打理蜂巢。多年的共同生活，已經讓我習慣看到莫莉在照料蜜蜂時，平靜地讓蜜蜂爬滿她的手臂。但我沒有料到的是看見小蜜蜂正站在母親身邊，手中抱著一只桶子，全身都被蜜蜂所覆蓋。那個孩子正幸福地微笑著，幾乎完全閉起了眼睛，不時會發出一陣咯咯的笑聲，並扭動一下身子，彷彿那些嗡嗡叫的小生物在撓她癢。「莫莉，」我用充滿警告的語氣低聲說道。我的妻子只是專心於她的工作，我不確定她是否見到了我們的孩子身上發生了什麼。

莫莉慢慢轉過身，心思顯然還在那些小蟲子身上。

「孩子，」我用微弱卻又急迫的聲音說，「她身上都是蜜蜂。」

莫莉低頭向身後看了一眼，笑容慢慢出現在她的臉上：「蜜蜂！妳在和我一起照料蜂巢嗎？」我們的小女兒抬起頭，對母親咕噥了些什麼。莫莉笑出了聲：「她很好，親愛的，不要害怕。」

但我還是很擔心。「蜜蜂，過來，到爸爸這裡來。」我低聲哄勸她。她轉過頭，向我的身後望去。她從不願意看我的眼睛。然後又開始向她的母親咿呀學語。

「她沒事，親愛的。她說你會擔心是因為你不像她和我這樣瞭解蜜蜂。你走吧，我們再一起待一會兒。」

於是我離開了她們，在我的書房中度過了憂心如焚的一個小時。我很想知道我的孩子是否擁有原智，一個擁有原智的孩子是否能夠與一個蜂巢中的蜜蜂建立起聯繫。別犯傻了。我心中的狼對我嗤之以鼻，並堅持認為如果是這樣，牠一定能感覺到。我只能希望如此。

又一年過去了。蜜蜂還在緩慢地成長。我們的生活發生了改變。莫莉將她的時間完全用在我們的女兒身上，我則一直圍繞著她們兩個，為她們和我分享的一切感到驚歎。等到蜜蜂七歲的時候，她只能做一些簡單的事情，卻已經成為了母親真正的幫手。我能夠看出莫莉的動作正日漸遲緩，她完全感受到歲月的重擔。蜜蜂能夠撿起莫莉掉落的物品、能夠收割莫莉指給她的草藥，或者從女紅室架子最低一層為莫莉拿取物品。

當蜜蜂跟隨母親，幫助她做各種小事的時候，她看上去就像是一個小仙子。莫莉用最柔軟的羊毛染上她能製作出來的最鮮亮的顏色，為蜜蜂縫製衣物，這樣會讓蜜蜂感到快樂，她也更容易在高密的草叢中找到蜜蜂。蜜蜂七歲的時候頭頂還不及莫莉的腰。她淺藍色的眼睛和淡金色的眉毛讓她永遠都是一副受到驚嚇的表情，她蓬鬆的鬈髮只是讓這種表情變得更加明顯。哪怕是被最輕柔的風吹拂，她的頭髮也會緊緊糾纏在一起。她的頭髮生長得實在是太慢了，莫莉曾經幾乎不再期待她能夠看上去像是一個女孩。不過，那無數精緻的淡金色髮卷組成的雲團終於還是垂到了她的肩頭。當莫莉將這些髮絲打濕，梳理整齊，編成辮子的時候才發現它們竟然如此纖細，最後結成的辮子一直垂到蜜蜂的後背。莫莉帶著梳洗打扮之後的蜜蜂來見我。我的小女兒穿著樸素的黃色束腰外衣和綠色長褲，就像我和莫莉小時候的穿著一樣。我微笑著端詳蜜蜂，對莫莉說：「這是我見到過最小的武士了！」公鹿堡的軍人們都會將頭髮編成辮子垂在身後。讓我驚訝的是，蜜蜂聽到我的評價，發出了歡快的喊叫聲。

日子就這樣一天天過去，我們特殊的孩子給莫莉帶來了莫大的歡樂，我則因為她的喜悅而感到滿足。儘管年歲漸長，莫莉還是會像孩子一樣和我們的蜜蜂玩耍，抱住她，將她高高拋起，或者肆無忌憚地四處追逐她，有時候還會跑過耐辛花園中整齊的花床和草藥苗圃。她們會一圈一圈地奔跑，直到莫莉咳嗽著，吃力地喘息起來。媽媽只要一停下，蜜蜂也會立刻停住腳步，來到媽媽身前，抬起頭關愛地看著她。有時候，我很渴望加入到她們中間，跳起來撲向我的小狼，和她一起在草地上翻滾，聽她清脆的笑聲。但我知道，我不會從她那裡得到這樣的回應。

儘管莫莉向我保證，我們的孩子絕不是不喜歡我，蜜蜂卻一直和我保持著距離。她很少會靠近到我伸手可及的地方，如果我坐到她附近，看她做簡單的女紅，她總是會縮起肩膀，稍稍從我面前轉開。她很少會看我的眼睛。有極少幾次，當她和莫莉一起在長椅中睡著時，我會把她抱起來，試著將她抱到床上去。但只要被我碰到，無論她是睡著還是清醒，都會立刻全身僵硬，像一條正在掙扎的魚一樣弓起脊背，竭力遠離我。我要把她安全地放下都會覺得很吃力。經過幾次努力之後，我放棄了，不再想要碰觸她。我相信，當我在這件事上向蜜蜂的意志投降時，莫莉肯定大大鬆了一口氣。

所以，現在蜜蜂的一切個人所需都是由莫莉來照料的。她教導我們的孩子保持潔淨，雖然身材瘦小，卻還是要盡力整理自己的房間。莫莉為她做了一張小床，還有尺寸匹配的被褥。蜜蜂要將自己的玩具排列整齊，還要自己做許多事，就如同她是一名農夫的孩子。對此，我完全贊同。

莫莉教她採集樹林中的蘑菇、漿果和草藥之類在我們的花園中不易栽培的植物。在花園和溫室中，我會找到她們在一起捉毛蟲，或者採摘和晾曬草藥。經過莫莉的蜂蠟室時，我會看見小蜜蜂站在桌子上，提著筆直的燭芯，莫莉則小心地將熱蠟注入到燭芯周圍。她們還會一起從蜂巢中收集金黃色的蜂蜜，灌進小圓罐裡，以備為我們的冬天提供甜蜜。

她們成為了一對完美的整體。莫莉和蜜蜂，我現在相信，儘管蜜蜂不是我一直夢想中那個我們將會擁有的孩子，但她對於莫莉是完美的。她是完全屬於母親的。莫莉臉上每一點表情變化都逃不過她的眼睛。如果說，她們的親密將我排除在外，我也會盡力不因此感到難過。莫莉應該從這個孩子身上得到幸福和喜悅。

所以我滿足於圍繞在她們世界的邊緣，如同一隻趴在窗戶上的蛾子，看著房間中的溫暖與光明。慢慢地，我開始拋棄了我的私人書房，將翻譯工作搬到了蜜蜂出生的房間。當蜜蜂七歲的時候，我幾乎每晚都在那個閃耀著溫暖光亮的房間中度過。莫莉的蠟燭輕柔地照亮了整個房間，同時散發出石楠花、薰衣草、鼠尾草或者玫瑰的芬芳——這全都取決於莫莉的心情。她和蜜蜂會一起做一些簡單的針線。莫莉輕聲唱著關於草藥、蜜蜂、蘑菇和花朵的老歌。

有一天晚上，我正在工作。爐火發出輕微的嗶剝聲，莫莉一邊在一件蜜蜂的紅色小睡衣領子上繡花，一邊輕聲哼著歌。當我察覺的時候，我的女兒已經撇下了為母親分揀絲線的工作，來到了我的桌邊。我小心地不去看她。這種感覺就像是有一隻蜂鳥正在我身邊盤旋。我從不記得她有過主動向我靠近的時候。我很害怕如果自己轉過身，她就會逃走。所以我繼續勤勉地描摹一份卷軸上的古老插圖——這份卷軸的內容是茄屬科植物以及其近親的各種特性。我正在繪製的插圖上畫著這一種植物中生長在沙漠地區、紅色果實可以食用的一個分支。我懷疑這個種類其實是有毒的，但我還是將卷軸上的說明文字嚴格按照原意翻譯過來，同時盡量分毫不差地重新繪製了這種植物的葉片、細碎的花序，以及掛在枝頭的果實。我這時正開始用黃色墨水渲染它的花瓣。我猜測正是這幅插圖把蜜蜂吸引到了我的身邊。我聽到她張開嘴的呼吸聲，同時發覺莫莉已經不再哼歌了。我不需要轉過頭就知道，她正與我同樣好奇地看著我們的孩子。

一隻小手碰到了我的桌沿，慢慢挪到了我正在繪寫的紙頁邊緣。我裝作沒有注意到的樣子，再次將畫筆在顏料中蘸了蘸，又添上一片黃色的花瓣。就好像爐火上的水罐剛剛冒出一個氣泡時的聲音，蜜蜂喃喃地說著什麼。「黃。」我說道，彷彿我像莫莉一樣能夠知道她的心思，「我正在畫黃色的小花。」

呢喃聲再一次響起，這一次聲音更響亮，其中還帶著懇求的意味。

「綠。」我告訴她，同時拿起墨水瓶讓她看，「葉片在邊緣就是這樣的綠色。我會混和黃色和綠色渲染葉片中間的顏色；混和綠色和黑色描畫葉脈。」

那隻小手摸索著我的冊頁一角，手指將紙張拽起、揪扯。「小心！」我提醒她。卻聽到她又發出一連串充滿懇求意味的咕噥聲。

「蜚滋，」莫莉輕聲責備我，「她只是在向你要紙，還有一枝筆和一瓶墨水。」

我將目光轉向莫莉。莫莉穩穩地看著我的眼睛，並挑起了眉毛，彷彿我不是個傻子，就是個不可理喻的人。蜜蜂歡快的咕噥聲似乎是在告訴我，媽媽是對的。我低頭看著蜜蜂，蜜蜂抬起頭來，望向我的背後，但她並沒有退卻。「紙，」我說道，同時毫不猶豫地拿起一張切德寄給我的品質最好的紙，「筆，」我剛剛削好了一枝鵝毛筆，「還有墨水。」我將一小瓶黑色的墨水推過桌面，把紙和筆一併放在書桌的邊緣。蜜蜂靜靜地站了片刻。她的嘴唇歙動著，然後用一根小手指顫抖著指向我。

「彩色墨水，」莫莉說道。蜜蜂快活地跳動了一下。我立刻照做了。

「我們要用同一張桌子了。」我對她說。我將一把椅子搬到書桌另一頭，在上面鋪好軟墊，然後將蜜蜂需要的物品都放在她伸手可及之處。蜜蜂以令我感到驚訝的敏捷坐到了椅子上。

「妳只需要將筆的尖端插進墨水瓶裡……」我一句話還沒有說完就停下了。我在蜜蜂的世界中已經不復存在。她的注意力全部集中在手中的鵝毛筆上。她將這枝筆小心地蘸好墨水，讓筆尖落在紙上。我一動不動地看著這個孩子。很顯然，她觀察我已經有一段時間了。我本以為她會讓筆浸飽墨水，在紙上亂寫亂畫，但她的小手卻精準地在紙面上移動起來。

她沒有在紙上留下任何汙漬和多餘的斑點。沒有人能夠在第一次就正確使用鵝毛筆。但出現在紙上的畫面卻是如此複雜而真實。在一片靜謐中，她拿起我擦筆用的布巾，拭淨筆尖，吹乾紙面上的黑墨水，然後又蘸上黃色，接著是橙色。我一言不發，全神貫注地看著她作畫，幾乎沒有察覺到莫莉貼到我的身邊。一隻蜜蜂，和活著的蜜蜂大小完全一樣，離開她的筆尖落在紙上。我們的蜜蜂滿意地長吁了一口氣，彷彿剛剛飽餐了一頓美味佳餚。當她從自己的作品前站起身向後退去的時候，我繼續站在一旁，仔細端詳這幅畫——纖細的觸鬚、翅膀上的菱形網格，還有蜜蜂身上鮮亮的黃色條紋逐漸過渡到橙色。

「這是她的名字，不是嗎？」我低聲對莫莉說。

蜜蜂罕見地看了我一眼，和我四目相對，又很快讓目光滑向了一旁。我讓她感到煩惱，這是顯而易見的。她將面前的畫紙拉得離自己更近，用身子遮住它，彷彿是要保護那張紙，阻止我將它奪走。鵝毛筆再一次落到黑色墨水瓶中，隨後開始謹慎地在那張紙上移動。我向莫莉瞥了一眼。莫莉的臉上顯露出驕傲和神祕的微笑。我繼續看著蜜蜂，對自己心中的猜測充滿懷疑，直到蜜蜂向後靠去。那張紙上多了幾個和莫莉的筆跡完全一樣的精緻字母：「蜜蜂。」

我不知道自己的嘴巳經完全張開了，直到莫莉用手指托起我的下巴，讓我把嘴閉好。淚水湧入我的眼眶。「她能寫字了？」

「是的。」

我深吸一口氣，小心地掩飾住自己的興奮。「但只是她的名字吧。她是不是懂得它們是字母？它們代表著什麼樣的含義？」

莫莉氣惱地哼了一聲。「她當然懂得。蜚滋，你認為我會像自己曾經的那樣，忽視對她的教育嗎？她和我一起看書。所以她認得字母。不過這的確是她第一次拿起筆寫字。」莫莉的笑容稍稍有些顫抖，「實際上，我看到她這樣做的時候幾乎像你一樣驚訝。認得紙上的字母和能夠將它在紙上書寫出來完全不同。說實話，我第一次嘗試書寫的時候完全沒辦法做得像她這樣好。」

蜜蜂完全忽略了我們兩個。一段纏繞在一起的金銀花藤正從她的筆下出現。

那一晚，我沒有再寫一個字。我將所有墨水和最好的鵝毛筆都給了我的小女兒，讓她在我最好的紙張上描繪出一幅又一幅花朵、草藥、蝴蝶和昆蟲的畫面。為了畫好活的植物，我必須對它們進行細緻的研究，而蜜蜂只需要從記憶中找到這些花草，就能將它們捕捉到紙上。

那一晚，我上床的時候心中充滿了欣慰。我還無法完全確信蜜蜂理解字母、書寫和閱讀的意義。我看到了她能夠完美地在紙上複製自己所見到的一切，哪怕她眼前並沒有相應的實體。這種罕見的天賦讓我對她有了希望。這讓我想到了阿憨，那個擁有極為強大的精技力量的人，雖然當他使用精技的時候，他並不能完全理解自己在做什麼。

那天晚上，當我躺在床上，溫暖的莫莉靠在我身邊，我帶著罕有的歡愉伸展出精技，將切德從熟睡中喚醒。出了什麼事？他用有一點責備的語氣問我。

你還記得從香料群島商人那裡獲得的草藥卷軸嗎？就是那些已經朽爛，可能是古靈原本的卷軸？我們把那些卷軸暫時收藏起來，因為我的能力不足以描摹它們。

當然，它們怎麼了？

把它們寄給我。還要足夠多的紙。哦，還有兔毛軟筆。你還有那種香料群島的紫色墨水嗎？

你知道這些值多少錢嗎，孩子？

是的，我還知道你買得起。你只需要它們能夠被善加利用。給我兩瓶那種墨水。

然後，我微笑著關閉了自己的意識，將切德冰雹一般的問題擋在外面。當我沉沉睡去的時候，那些問題還在不斷敲擊著我的意識牆壁。

10

蜜蜂之音

這是我最喜愛的夢。我曾經做過一次，我想要讓它回來，但它從沒有回來過。

兩頭狼正在飛奔。

就是這樣。牠們在月光下跑過開闊的山坡，衝進橡樹林。這裡沒有多少林下灌木，牠們的速度絲毫沒有減慢。牠們並不是在狩獵，只是在奔跑，享受著肌肉爆發出來的力量和吹進嘴裡的冷風。牠們不欠任何人的任何東西。牠們沒有抉擇，沒有責任，沒有國王。擁有這個夜晚和這一場奔跑，這對牠們來說就足夠了。

我渴望自己也能加入牠們。

——蜜蜂・瞻遠的夢境日記

當我八歲的時候，我解放了舌頭。我非常清楚地記得那一天。我的養子哥哥幸運在前一天來探望我們。對我來說，他更像是一位叔叔。這次他為我帶來的禮物不再是以前那種小笛子、珠串或者諸如此類的簡單物品。他給我帶來了一個用褐色粗布包起來的柔軟包裹。他將這只包裹放在我的膝頭。我坐在椅子裡，看著它，不知道該怎麼做。我的母親拿出腰帶上的小刀，割斷了捆住包裹的繩子，將它打開。

包裹裡面有一件粉色上衣、一件蕾絲襯衣，還有一條粉色的多層長裙！我從未見過這樣的衣服。當我的母親輕輕撫摸那些精緻複雜的蕾絲時，幸運告訴她，這是來自於繽城的衣服。這身衣服的袖子很長大，裙子下面還有蓬鬆的襯裙，裙襬上覆滿了粉色蕾絲。我的母親將它提起來，對著我比了比。令人驚訝的是，它似乎很適合我。

第二天早晨，母親幫助我穿上了這身衣服。當她為我繫好最後一條緞帶，仔細打量我的時候，她一下子就屏住了呼吸。然後，她讓我一直站著不動，她則開始將我的頭髮梳理成很彆扭的樣子，而我只能無可奈何地呆立在原地。當我們走下樓去吃早餐時，她推開餐廳門，將我引領進去，就好像我是一位女王。我的父親驚愕地挑起眉毛，幸運歡呼了一聲。我非常小心地吃著早餐，忍受著蕾絲的折磨，唯恐袖子落到盤子裡。當我們站在莊園大門前，祝願幸運旅途愉快的時候，我勇敢地承擔著這身衣服的重量。我時刻留意著我的光榮，小心地走過廚房的蔬果園，坐到那裡的一張長凳上，仔細整理好我的粉色裙襬，盡量撫平頭髮。我覺得自己很莊重。當榆樹和草坪走出廚房，手中提著裝滿蔬菜廚餘的桶子要去雞舍餵雞的時候，我向她們報以微笑。

草坪不安地將視線別向一旁，榆樹伸了伸舌頭，我的心沉了下去。我曾經愚蠢地以為這樣華麗的衣服也許能夠為我贏得她們的尊重。不止一次，當我穿著平日常穿的束腰外衣和長褲的時候，我相信榆樹是故意要讓我聽到——她說我「穿得就像是個屠夫的兒子」。她們走過去之後，我又坐了一會兒，竭力想要思考清楚這個問題。然後，太陽落到了一段低矮的雲層後面，我突然再也無法忍受這副高蕾絲領子的摩擦了。

我去找我的母親，發現她正在為蜂蠟塑形。我站在她面前，舉起我的粉色長裙和襯裙說：「太重了。」像以往一樣，她明白我含混不清的詞句。她帶我去了房間，幫我換上深綠色的長褲和淺綠色的束腰外衣，還有我的軟靴子。我做出了一個決定。我已經開始明白我必須做什麼了。

我一直都知道，細柳林有其他小孩。在我生命中最初的五年裡，我只是依附在母親身邊，而且我是那麼小，根本不可能和其他的孩子有任何交流。當我的母親抱著我走過廚房，或者我小跑著跟在她身後的時候，我就會看到那些孩子從身邊經過。他們是那些僕人的兒子和女兒，生來就是細柳林的一部分，和我一同長大，儘管他們比我長得要快許多。有一些孩子已經年長到可以自己去做一些事了，比如洗碗女孩榆樹和草坪，還有在廚房裡做雜役的男孩阿愚。我知道還有一些孩子在幫忙照顧家禽，放羊和管理馬廄。但我很少會看見他們。這裡還有一些更小的孩子，他們有的還是無法離開媽媽的嬰兒，有的依然年紀太小，還無法去做任何工作。他們之中有些身材和我差不多，卻又太過孩子氣，無法引起我的興趣。榆樹比我大一歲，草坪比我小一歲，但她們兩個都要比我高一個頭。她們都是在細柳林的廚房和食品室中長大的，對於我全都有著和她們的母親相同的看法。當我五歲的時候，她們對我都表現出一種充滿憐憫的容忍。

但在我七歲的時候，她們的憐憫或容忍都消失無蹤了。儘管在體型上比她們小，但我依舊能更好地完成母親交給我的任務。只是因為我不說話，所以她們認為我是個傻子。我已經學會了對母親以外的所有人保持沉默。不只是這些孩子，就連那些成年僕人也都會嘲諷我含混的發音，並且在他們以為我不在旁邊的時候對我議論紛紛。我相信，這些孩子對我的反感都是從他們的父母那裡學來的。儘管那時我還很小，但我依然能夠本能地明白，他們在害怕如果那些孩子靠近我，就會被我的怪異所傳染。

而這些孩子和他們的父母不同，他們在躲避我的時候從不掩飾對我的厭惡。我會遠遠看著他們一起玩耍，渴望加入其中，但當我跑過去的時候，他們就會拿起簡單的布娃娃，打亂他們用橡實和花朵擺成的野餐，轉身就逃。即使我追趕他們，他們也能輕鬆把我甩掉。他們能爬上低矮的樹枝，那裡我根本就碰不到。如果我一直跟著他們，他們就會躲進廚房裡。我經常會被和藹的聲音趕出那個房間：「好了，蜜蜂小姐，去安全的地方玩吧。妳在這裡會被踩到或被燙傷的。請離開這裡。」與此同時，榆樹和草坪就會躲在她們母親的裙襬後面，向我露出嘲諷的笑容，揮手做出驅趕我的動作。

我害怕阿愚。他九歲了，比榆樹和草坪都更高、更大。他是廚房中搬運肉食的男孩，負責背來剛剛宰殺的雞和剝好皮的畜肉。在我的眼裡，他非常魁梧。他有著男孩子的魯鈍，會直率地表達出對我的厭惡。有一次，我跟著那些廚房裡的孩子們跑到小溪旁。他們想要在那裡玩胡桃殼小船。阿愚用鵝卵石打我，直到我逃走。他總是把我喊成「蜂子」，就好像在罵我是「瘋子」。那兩個女孩不敢和他一起罵我，但她們也全都樂在其中。

如果我告訴我的母親，她一定會告訴父親。我相信那些孩子都會被趕出細柳林。所以我沒有說過這些事。儘管他們不喜歡我、嘲笑我，我卻只是更加渴望要加入他們。我確實沒有辦法和他們一同玩耍，但我能夠看著他們，學習如何遊戲。爬樹、在胡桃殼的小舟上豎起葉片風帆，讓它們在水面上航行，比賽跳遠、跳繩和翻筋斗、唱滑稽小調、抓青蛙……學習這些事情，都是從別的孩子身上學到的。我看著阿愚雙手倒立行走，在我的臥室中自己悄悄練習，在身上有了上百處瘀傷之後，我終於能倒立走過房間而不摔倒了。在我偷看到阿愚的紅色陀螺之前，我根本不曉得可以要求母親從市場上為我買一個陀螺。我從遠處學會了用草葉或者單獨用嘴唇吹口哨。我躲藏起來，直到他們離開，才試著用一條綁在樹枝上的繩子盪秋千，或者鑽進倒下的大樹形成的祕密洞穴中。

我覺得我的父親對於我的日常生活很感興趣。當母親告訴他我的願望時，他不僅給我買來了陀螺，還有跳娃娃，那是一個用兩根細棍固定，懸掛在可以扭結轉動的細繩下面的雜技小人。每到晚上，當我坐在壁爐前，玩著這些簡單的玩具時，他總是從低垂的眼瞼下面看著我。我感覺到了他的目光，同時也感覺到了和我看著其他孩子玩耍時一樣的渴望。

當我偷看那些孩子玩耍的時候，我覺得是在從他們那裡偷東西，他們也有同樣的感覺。所以每當他們發現我在旁觀的時候，都會用喊聲和罵聲將我趕走。阿愚是唯一敢用松果和橡實打我的人。其他人只會在他擊中我的時候吶喊歡呼。我的沉默和膽怯鼓舞了他們攻擊時的膽量。

這也許是個錯誤，或者不是。我無法加入他們，便只能跟隨他們，等他們離開之後，在他們玩過的地方玩耍。在溪水旁有一片細柳茂密的樹林。每逢早春，他們會將小樹苗編結在一起。等到夏天，這些樹苗就會變成枝葉茂盛的樹蔭拱頂，成為他們的遊戲室。他們從廚房中帶麵包和牛油到這裡，用大柳葉編成盤子，把食物放在上面。他們的酒杯也是樹葉的，細長的葉片可以盛一點溪水在裡面。阿愚是這裡的領主，女孩們是戴著金色蒲公英和白色雛菊項鍊的女士。

我是多麼渴望加入他們的遊戲啊！我曾經以為，一身粉紅色的蕾絲裙裝也許能讓他們接受我。但並沒有。那一天，我悄悄跟著他們，一直等到他們被叫去做各種雜務，我才走進那片柳樹林。我坐在堆起來的苔蘚椅子上，用一把蕨草葉扇子為自己搧風——那是榆樹做好留在這裡的。他們還在角落裡做了一張小松枝床，在燦爛而溫暖的陽光下，我躺倒在那張床上。陽光其實很強烈，不過樹枝形成的蓬蓋遮蔽了光線，只餘星星點點。我閉上眼睛，感受著透過眼皮的光，嗅著斷裂樹枝的芬芳和土地本身的香甜。我一定是睡著了。當我再睜開眼睛的時候，時間已經很晚了。他們三個全都站在樹林的入口，看著我。我慢慢坐起身。陽光從他們背後照射過來，變成了三道黑影。我竭力想要露出微笑，卻沒能做到。我一動不動地坐著，抬起頭看著他們。然後，彷彿太陽從雲層後面冒出來一樣，我突然想起了這一天。我曾經夢到過這一天，許多路徑都從這一天開始，向遠處發散開去。我記不起什麼時候做這個夢，或者這是一個我將要做的夢。或者是一個……關係到某件事的夢。一個關於十字路口的夢，不僅僅是兩條路相交叉，而是成千上萬條方向各不相同的路。我收起雙腿，慢慢地站了起來。

那些孩子被層層疊疊的夢境和陰影包裹著，我看不見他們。我竭盡全力去審視面前的無數條道路，感覺到其中一條正通向我迫切想要的東西。但是哪一條？我必須怎麼做，才能讓自己的腳踏在那條路上？如果我走上了另外一條路，我就會死。在那裡，他們只會嘲笑我。在那裡，我的母親會在我的尖叫聲中逃走。在那裡……

我不能讓這樣的事情發生。我必須接受一些事。我必須用我努力要說出口的言辭和他們拋擲給我的嘲諷構築出那條路。我可以逃走的時刻到來了，但我太過害怕，無法挪動腳步，同時我也知道，只有一條是我渴望要走的路。那些女孩抓住了我，她們的手指勒進了我細瘦的手腕，直到我的皮肉在她們的指縫中凸出來，變成紅色，又變成白色。她們搖晃我，我的頭在脖子上猛烈地前後搖晃，甚至讓我能夠看到我眼睛後面的光亮。我想要說話，卻只能發出一陣咯咯聲。他們尖聲大笑，又開始模仿我的聲音。淚水湧進了我的眼睛。

「再來一遍，蜂子。再像火雞一樣叫啊。」阿愚俯視著我。他是這麼高，在這片樹蔭蓬蓋中必須俯下身。我抬眼看著他，搖了搖頭。

然後阿愚開始抽我耳光。他抽得很用力，每一次都把我的頭甩向一邊，然後幾乎立刻又會被甩向另一邊。我知道他的母親有時就會這樣打他，讓他的頭前後擺動，讓他只能聽到一陣陣耳鳴。當我的嘴裡嚐到鮮血的鹹味時，我知道這裡的事情做完了，我已經站在路上。現在我必須掙脫他們，逃，逃，逃。因為從這一點起，有許多道路會導致我躺在這片地上，承受不同的損傷，都絕對再無法復元。所以我從她們的手中拽出手腕，鑽進柳樹幹之間他們都無法穿過的一個空隙。我逃走了，不是朝向莊園，而是進入這片樹林中更為荒野的地方。片刻之後，他們追了上來。他們緊追不捨。但身材瘦小的我很善於拐彎，利用兔子和狐狸踏出的小路。這條小路最終進入了一片茂密多刺的荊棘叢中。他們的身子都太大了，如果要繼續追我，衣服都會被撕破。

我在荊棘叢中間找到了一片空地，一片柔軟的草坪。荊棘在周圍護衛著我。我蹲在那裡，一動不動，因為驚恐和疼痛而不停地顫抖。我做到了，但天哪，這代價也太高了。我聽到他們在叫喊，用樹枝拍打荊棘叢的邊緣。彷彿我真的很蠢，會因為這樣的驚嚇而離開這個庇護所！他們不停地咒罵我，卻看不到我，也無法確定我是不是還藏在這裡。我沒有發出任何聲音，只是張開嘴，低下頭，讓嘴裡的血流出來。我的嘴裡有一處被撕裂了，一片東西從我的舌頭底側落在我的下頜中。感覺很痛，留了很多血。

又過了一段時間，他們走了。我試著把嘴裡的血啐乾淨，感覺更疼了。我的舌頭在口中移動著，就像一片皮革拍打在老舊鞋底上。當下午將結束，陰影愈來愈深的時候，我從荊棘庇護所中爬出來，從一條蜿蜒的長路回到莊園。我在溪水旁停下腳步，洗淨了口中的血。當我去吃晚餐的時候，我的父母全都驚恐地看著我面頰上的青腫和左眼周圍的黑色。我的媽媽問我怎麼會發生這種事，但我只是搖搖頭，甚至沒有想要說話。那頓飯我吃得很少。我鬆垂的舌頭總是對我造成妨礙，還有兩次咬到了自己。最後，我放棄了，只是坐在椅子上，盯著我所渴望的食物。隨後五天裡，我依然很難進食，我的舌頭就像是一個奇怪的物體在口中蠕動。

不過，不管如何，這是我選擇的道路。當疼痛減輕時，我驚訝地發現自己竟然可以輕鬆自如地活動舌頭。我一個人在房間裡時，等到母親以為我睡著之後，我就開始練習發聲說話。這些聲音之前一直在逃避我，那些突然開始又驟然結束的單詞，我現在能夠說出它們了。我依然不會和別人交談，但現在這是因為我選擇不這樣做，而不是因為我無法這樣做。對我的母親，我開始用更清楚的聲音和她說話，但我的聲音一直很低。為什麼？因為我害怕對自己造成的改變。自從父親看到我能夠握住一枝筆以後，他就已經在用不同的眼神看我了。我模糊地知道，那些女孩膽敢攻擊我是因為我穿上了粉紅色的長裙，這相當於是宣布我的地位要高於她們，而她們認為我不配得到這樣的地位。如果我開始說話，那些僕人是否都會躲開我？和善的廚娘肉豆蔻和嚴肅的管家會如何看我？我害怕語言只會讓我變得比現在更加低賤。我是那麼渴望人們的陪伴，而我現在一不小心就有可能墜入更可怕的境地。

我應該從遭遇的事情中得到教訓。但我並沒有。我很孤獨，孤獨的心中所產生的饑餓感足以壓倒常識和自尊。夏天愈來愈熱，我嘴裡的傷口痊癒了，我又開始窺探其他孩子。一開始，我和他們保持著距離，但只從遠處看著他們的感覺實在是太糟了。我聽不到他們在說些什麼，也看不清他們在做什麼。所以我學會了跑在他們前面，爬上一棵樹，從上面偷看他們的遊戲。我以為自己很聰明。

這一定會導致糟糕的結果，事實的確如此。那一天對我來說一直都像夢一樣清晰。當我打噴嚏的時候，他們發現了我。一開始，他們包圍了我所在的大樹。我很幸運，阿愚能找到的最好的彈藥也只是橡實和松果。終於，我想到向樹上更高的地方爬去，離開阿愚的射程。但這棵樹雖然能讓我這麼小的人爬得更高，卻禁不住三個健壯的孩子合力晃動。我在劇烈擺動的樹冠上堅持了一段時間，還是掉了下去，在空中劃過一道長長的弧線，脊背狠狠撞在地上。我感到一陣陣暈眩，肺裡的空氣全部被擠了出去，只能軟弱無力地平躺著。他們立刻陷入了沉默，帶著驚駭的神情悄悄向我靠近。

「我們殺死她了？」榆樹問。我聽到草坪惶恐地吸著氣。然後阿愚魯莽地喊道：「那就讓我們確認一下！」

他的這句話讓我從昏厥中掙扎出來。我踉蹌著站起身，拔腿就跑。他們只是盯著我的後背。

我以為他們會放我走，但隨即阿愚咆哮一聲：「抓住她！」他們追了上來，就像是渴求鮮血的獵兔犬。我的腿很短，剛才的摔跌依然在讓我感到頭暈，他們很快就追上了我，發出一陣陣吶喊和尖叫。我盲目地奔跑著，低垂著頭，雙手捂住腦後，來遮擋阿愚沿路撿拾、以愈來愈高的準確度擲向我的石頭。我並不打算逃向那片荊棘庇護所。我只是像兔子一樣默默地奔逃，但是當一個高大的身軀突然出現在我面前，將我高高舉起的時候，我立刻發出一連串尖叫，就好像我要被殺死了。

「安靜，女孩！」牧羊人．林恩向我喊道。他像抱起我時一樣飛快地將我放下了。他的狗衝過來，擋住了追趕我的人。林恩也轉向了他們。如果沒有林恩出現，他們一定已經踩到我的腳跟了。如果他們在那一天抓住我，我很懷疑他們是否還會讓我活下去。

林恩抓住阿愚的後脖領，一隻手把他抬起來，另一隻手狠狠在他的屁股上打了一下，讓阿愚整個身體都弓了起來。然後林恩把阿愚丟在地上，轉向那兩個小女孩。她們追得沒有那麼近，所以差一點跑掉。但林恩一隻手抓住了一個女孩的辮子，另一隻手抓住了另一個的裙襬。兩個女孩全都在他的盛怒面前嚇壞了。他向他們問道：「你們在幹什麼？追打一個小孩子嗎？你們這些惡棍！我是不是應該讓你們明白一下，被比你們個子大的人打是什麼滋味？」

兩個女孩都哭號起來。阿愚的下巴抖動著。但他站起了身，將拳頭在身側攥緊。我只是坐在林恩把我放下的地方，直到他俯身扶我起來，同時驚呼道：「哦，艾達和埃爾在上，你們簡直是比蠢貨還要蠢！這是我們的小姐，是蕁麻女士的親妹妹！你以為她會忘記你們今天對她做的事情嗎？你們難道以為等你們長大之後，還能像父母和他們之前的數代先人一樣，在這裡的廚房和田地中工作嗎？以為你們的孩子還能像你們一樣生活在這裡嗎？如果獾毛管理人和莫莉女士沒有在今天就讓你們的父母收拾好行李滾出這片土地，我一定會感到驚訝的！」

「她在偷看我們！」草坪哭著說。

「她在跟蹤我們！」榆樹也在指責我。

「她根本沒有腦子，是個呆子，她用幽靈的眼睛盯著我們！」最後這句話來自於阿愚。這是我第一次知道他害怕我。

林恩只是搖搖頭：「她是這個家族的女兒，你們這些笨蛋！她能夠去她想去的任何地方，做她想做的任何事。可憐的小蟲子！她還想幹什麼？她只是想要玩。」

「她不能說話！」榆樹反駁說。阿愚也說道：「她就像樹幹一樣蠢，像石頭一樣白癡。誰能和一個白癡玩遊戲？他們應該把她關起來。他們就應該這樣，讓她一步也不要走出屋子。」我知道阿愚是在重複從成年人那裡聽到的話。

林恩的目光從他們轉向我。在我的第一聲尖叫之後，就沒有再發出任何聲音。他的狗跑到了我身邊，我伸手摟住牠毛茸茸的脊背。我的手指深深陷進牠彷彿絲綢一般的毛髮裡，同時感覺到一股愜意從牠身上流入我的體內。牠坐到了我身邊，我們的頭處在同一個高度上。牧羊人的目光從他的狗轉回到那些孩子們身上：「聽著，不管她是什麼樣子，善待她並不會讓你們有任何損失。現在，你們也讓我惹上了麻煩。我應該把這件事告訴管理人，我應該這樣做，但我又不想看到你們的父母被趕出這個生活了一輩子的地方。我必須和你們的父母談談。你們三個閒逛的時間太多了，所以才會這樣。現在，小姐，請讓我們看看您。他們有傷到您嗎？」

「我們沒有碰她！」他們齊聲喊道。

「別告訴管理人！我發誓，我們再也不會追她了。」阿愚開始討價還價。

林恩這時單膝跪倒，從我的外衣上摘下一片乾樹葉和一顆蒺藜球，小心地撫平我散亂的鬈髮。「嗯，她沒有哭。也許傷得不是很重？沒有受傷嗎，小傢伙？」

我站直身子，看著他的眼睛，將雙手背在身後，緊攥成拳。我的指甲深深地刺進手掌中，給我勇氣。我找到了我的聲音，使用我得到自由的舌頭，我仔細說清楚每一個字，彷彿它們是我得到的一件件禮物：「感謝你的好心，牧羊人．林恩，我沒有受傷。」牧羊人的眼睛瞪圓了，然後我將目光轉向那些目瞪口呆的孩子，努力保持住我的新聲音的平穩，精準地說出每一個字：「我不會告訴我的父母。我覺得你也不需要這樣做。這些孩子已經認識到他們的錯誤了。」

他們緊盯著我，我將目光集中在阿愚身上，彷彿想要用眼睛在他身上鑽出兩個窟窿。阿愚也面色陰沉地回瞪著我。慢慢地，非常慢地，我向他昂起頭。憎恨在我們的對視中相互撞擊，但他的恨意比我更猛烈。如果我的恨意不起作用，他還會害怕什麼？我知道了。我必須記住我臉上的每一束肌肉。但我慢慢在心中打定了主意，讓奉承的微笑出現在臉上。我用柔和而微弱的聲音說：「親愛的阿愚。」

我親切的目光讓他的眼珠都鼓了起來。然後，阿愚發出一聲比我剛才的叫喊更加淒厲的尖叫，轉身就逃。兩個小女孩也緊跟在他身後。我抬頭瞥了林恩一眼。他正在審視我，但我沒有在他的目光中看到否定的意思。他轉過頭，看著正在逃走的孩子們，我覺得他更像是在對他的狗，而不是在對我說話：「如果他們認為妳是一個啞巴畜生，他們就會打妳、虐待妳。如果妳是一頭騾子，或是一條狗，或是一個小孩，這都沒有關係。當他們發現被他們欺凌的肉體中有智慧的意識時，他們就會害怕妳、遠離妳。有時候就是這樣。」牧羊人深吸一口氣，轉過頭，繼續用估量的眼神看著我，「現在妳需要小心背後了，小姐。我覺得妳應該有一條狗。妳要和妳的父親談談這件事。黛茜和我能夠為妳找到一隻好狗，一隻聰明的小狗。」

我搖搖頭。他便聳了聳肩。我站在原地，望著那些哭號的孩子，直到他們繞過草藥花園圍牆的拐角。他們一離開我的視野，我就向那隻狗轉過身，將我的臉埋進牠的皮毛中。我沒有哭。但顫抖著，緊緊抱住牠。牠穩穩地站在我身邊，轉過頭來，輕聲嗚咽著用鼻子蹭我的耳朵。

「妳來照顧她，黛茜。」林恩的聲音很深沉。也許有一些我無法聽到的東西正在他和這隻狗之間流動。我只知道這隻狗很溫暖，對我沒有威脅，而且似乎並不急於從我用力的擁抱中掙脫出去。

當我終於從牠的皮毛上抬起臉的時候，林恩已經不見了。我永遠也無法知道他是如何看待我們這次相逢的。我最後抱了黛西一下，牠舔了舔我的手。然後，看到我不再需要牠，牠便小跑著去尋找主人了。我回到莊園裡我自己的房間，心中想著我做的事。那些孩子們不敢將這件事告訴他們的父母：他們必須解釋為什麼我會說話，以及我說了什麼。我相信，牧羊人．林恩也會把這件事隱瞞起來。我怎麼會知道？他曾經告訴我要小心背後，並建議我養一條狗。這表明他認為我可以自己處理這件事。我會的。

我考慮了他關於養狗的建議。不。我的父親一定想要知道我為什麼要一條狗。我不能告訴他，甚至透過母親也不行。

在我和那些孩子發生那場遭遇之後，我接受了林恩的建議，不再跟著他們，盡可能避開他們。我成為了父親的影子。當母親在處理她的日常工作時，我就會在父親身邊，看他整天都在做些什麼。我告訴自己，我的父親不會注意到他的小影子，但後來我發現，他一直都能察覺到我。當他在領地中巡行，查看各種事務的時候，我的兩條短腿就會感到格外吃力。如果他騎上一匹馬，我就會立刻放棄。我害怕馬，害怕牠們帶有節瘤的長腿和突然噴出的鼻息。幾年以前，當我五歲的時候，父親曾經把我放到一匹馬背上，教我騎馬。他侵略性的觸碰和那種動物高高的脊背都讓我感到恐懼和痛苦，我掙扎出他的雙手，從那匹馬背上跳下去，跌在堅硬的土地上。我的父親被嚇壞了，他唯恐會弄傷我。後來，他再也沒有做過這樣的嘗試。我曾經用含混不清的話語對母親說，我覺得騎在一個動物身上，讓牠馱著我是一種粗魯的行為——這完全是藉口。當我的母親這樣向父親做出解釋以後，他變得更加哀傷，不願意再讓馬匹出現在我面前。現在我跟在他身後，才開始為這件事而後悔。儘管我非常害怕父親的碰觸，還有被他洪流一般的神思衝入意識，但我依舊希望對他有更多瞭解。如果我能夠騎一匹馬，我就能跟上他。但要讓他知道這一點實在是很困難。

自從發現我能夠繪畫之後，他就開始用更多的時間和我相處。到了晚上，他就會帶著工作來到我母親的起居室。現在我在那裡也有了一張自己的小桌子，有我自己的墨水、鵝毛筆和紙張。有幾次，父親讓我看了一些已經朽壞的古老卷軸，上面有褪色的插畫，描繪了植物和花卉，還有我不認識的字母。他想要說服我將我看到的這些複製下來，但我對此卻興趣缺缺。我的腦子裡已經有了那麼多我看到過的鮮花、蘑菇和草木，我想要把它們全都繪製在紙上。我不像父親那樣癡迷於再次書寫已經被寫在紙上的東西。我知道這讓他感到失望，但事情就是這樣。

我的父親從來都聽不懂我嘟嘟囔囔的語言。即使是現在，我也沒有和他說過很多話。我不太敢將他的注意力引向我。即使是和他待在同一個房間裡，對我也是一種挑戰。當他看我，或者將注意力集中在我身上的時候，他那種具有滲透性的思想所釋放出來的強大力量，總是讓我感到恐怖。我不敢讓他碰我，即使只是看著他的眼睛，我也會覺得自己正在被拖進一個漩渦。所以我一直在盡可能躲避他，哪怕我知道這傷害了他，也讓我的母親感到傷心。

儘管如此，父親還是竭力想和我一起玩耍。有一天晚上，他來到壁爐前，手中並沒有需要複製的卷軸。他坐在我的小桌子旁邊的地板上，拍了拍身邊的空地。「看看我帶來了什麼。」他向我發出邀請。好奇心戰勝了恐懼，我放下墨水，大著膽子站到了他身前。

「這有一個遊戲。」他對我說著，掀起蓋在一只托盤上的方巾。托盤中有一朵花，一顆白色的鵝卵石和一顆草莓。我看著盤子，不明所以。他忽然又把托盤蓋住，如同挑戰般地對我說：「告訴我，妳都看見了什麼。」我望向母親，想要尋求解釋。母親正在壁爐另一側的椅子裡，雙手忙著她的針線活。

她困惑地挑了挑眉毛，不過還是催促我說：「托盤裡有什麼，蜜蜂？」

我看著母親。她帶著責備的意味豎起一根手指，並向我挑起了眉毛。我沒有去看父親，只是輕聲說道：「發。」

「其他兩樣呢，蜜蜂？」

「石……頭。」

我的母親清了清嗓子，示意我更努力一些。「糜子。」我又輕聲說。

「什麼顏色的花？」我的父親耐心地鼓勵著我。

「粉色。」

「什麼顏色的石頭？」

「白色。」

「哪種梅子？」

「早糜。」

「草莓。」我的母親輕聲糾正我。我看著她。她是否知道我能正確地說出這些詞？我不確定自己是不是想清楚地向父親說話。也許現在還不要。

我的父親向我露出微笑：「很好，很好，蜜蜂。妳都說對了。我們能再玩這種遊戲嗎？」

我快步走到母親的腳旁，抬起頭看著她，祈求她能解救我。

「這真是一個奇怪的遊戲。」母親說道。她感覺到了我的不安。

我的父親饒有興致地說道：「的確是的。切德曾經和我玩過這種遊戲。他會在托盤中添加愈來愈多的物品，或者加上一些，再拿走一些。我必須說出有什麼不見了。他是在訓練我的眼睛。」他微微歎了口氣，將臂肘撐在膝蓋上，用雙手托住下巴，「我並不知道真正的遊戲是什麼樣。我沒有太多機會和其他孩子一起玩。」他看著我，無能為力地抬起一隻手，「我只是想……」他又歎了一口氣，沒有把下面的話說出口。

「這是一個好遊戲。」我的母親用確定無疑的口吻說道。她站起身，讓我驚訝的是，她坐到了父親身邊的地板上，並將我拉到她身旁，用她的手臂環抱住我。「我們繼續玩吧，」她說道。我知道她坐在我身邊是為了給我勇氣，因為她希望我能和父親一同玩遊戲。於是我繼續玩了下去。我的母親和我，我們輪流說出盤子裡的物品。我的父親則從身後的皮口袋中取出愈來愈多的物品放進托盤裡。當托盤中有九件物品的時候，我的母親舉手投降了。我則繼續玩了下去，忘記了對父親的恐懼。我的注意力全都在托盤上。

又過了一段時間，我的父親說話了，不是對我，而是對我的母親：「我帶來的全部東西都放上去了。」

我抬起眼睛，看著他們。我的父母顯得有些朦朧，彷彿我在透過一片薄霧或者是從很遠的地方看他們。「一共是多少件？」我的母親問。

「二十七件。」我的父親低聲說。

「你還是孩子的時候能說出多少件？」我的母親也是低聲問道。她的聲音帶著一絲顫抖。

我的父親吸了一口氣。「不到二十七件。」他承認說，「我第一次玩這個的時候說不出這麼多。」

他們彼此對視，然後將注意力都轉到我身上。我眨眨眼，感覺到自己有些輕微的搖晃。「我想，她上床的時間已經過了。」我的母親用一種奇怪的聲音宣布道。我的父親則一言不發地點點頭。慢慢地，他開始將物品放回到皮口袋裡。母親因為痠痛的關節而呻吟了一聲，從地上爬起來，領著我向我的睡床走去。那天晚上，她一直坐在我身邊，直到我入睡。

廣闊的藍天中鑲嵌著肥碩的白雲，微風吹來薰衣草和石楠花的氣息。我的母親和我正一同在她的花園中工作。太陽已經越過天頂，花朵在我們周圍散發出馥郁的香氣。我們全都用手和膝蓋撐著身子。我正在用我的小木鏟翻鬆最老的薰衣草花床。這把鏟子是父親雕刻的，很合我的手。我的母親在修剪過度繁生的薰衣草枝條。她不時會停下來喘口氣，揉搓一下肩膀和頸側。「哦，我真是老了，竟然這麼容易就會累。」她說完這句話，又笑著對我說，「看看這隻停在花上的肥蜜蜂！我把花莖都剪斷了，牠卻還不飛走。好吧，牠可以在這上面再待上一會兒。」

母親帶著一只大籃子，用來把剪下的花枝放進去。我們將這只籃子拖在身後，爬過薰衣草花床。這是一種令人愉快、充滿香甜氣息的工作，我很高興。我知道，這也讓我的母親感到高興。她提起了放在女紅籃子裡那些特別的緞帶，並且告訴我，她要教我製作薰衣草花瓶。那種花瓶能留住薰衣草的香氣，還能放在我和她胸前的口袋裡。「我們剪下花莖的時候要留得長一些，因為我們要用花莖包覆住花朵，然後我們會用緞帶把花莖固定在一起，漂亮、芳香和實用的花瓶就做成了。就像妳一樣。」

我笑了，她也笑了。然後她停住手中的工作，深吸了一口氣，起身跪坐在自己的腳後跟上，雖然口中說著抱怨的話，她還是向我露出了微笑：「我整個肋側都在痛。」她揉搓著自己的肋骨，一直揉到肩膀，「我的左臂疼得厲害。也許妳會覺得我應該是右臂痛，畢竟是這隻手在做全部的工作。」她抓住籃子的邊緣，把籃子拖過來，想要撐著籃子站起身。但籃子翻扣過來，她失去了平衡，撲倒在薰衣草上，壓碎了很多花草。一股濃重的香氣從她身上升起。她翻過身，緊皺雙眉，額頭上滿是細小的皺紋。她用右手抬起自己的左手，驚訝地看著那隻手。當她鬆開左手的時候，左手立刻落回到她的身側。「天哪，這可真傻。」她的聲音模糊又微弱。她停下來，更加用力地吸了一口氣，用右手拍拍我的腿，喃喃地對我說：「我要歇一下了。」她的聲音變得格外柔和。又顫抖著吸了一口氣之後，就閉上了眼睛。

然後，她死了。

我爬進她身邊的石南花叢中，撫摸她的臉，又俯下身，將頭放在她的心口上。我聽到了她心臟最後的跳動。她呼出最後一口氣，體內的一切都靜止了。在我們周圍，風輕輕吹著，她的蜜蜂正在花朵間忙碌。她的身體依然是溫暖的，依然散發出我的母親的味道。我用雙臂抱住她，閉起眼睛，頭枕在她的胸脯上，心中想著，這麼愛我的人離去了，我又會怎樣。

當我的父親來找我們的時候，天氣已經漸漸涼了下來。我知道他去了綿羊牧場，因為他的臂彎裡有一大束生長在那裡路邊的白色小玫瑰。他來到花園石砌矮圍牆的木門前，看見我們。他已經知道了。在他推開木門之前，他就已經知道她死了。但他依然飛奔向我們，彷彿他能夠跑回到一段還不算晚的時光中。他跪倒在她身旁，向她伸出雙手。他吃力地喘息著，將全部身心都投向她，在她的肉體中尋找生命的跡象。然後，他將我拖到他身邊。我和他知道同一件事——她已經走了，再也不會回來了。

他將我們兩個都抱進懷裡，揚起頭，淒厲地嚎叫。他的嘴張得很大，面孔朝向天空，在他的脖子上繃起一束束肌肉。

他並沒有發出聲音，但悲痛從他的體內湧出，直衝天際，將我完全浸染，也讓我無比驚駭。我覺得自己已經被他的哀傷淹沒。我將雙手按在他的胸口，想要從他懷中站起來，卻無法做到。從不可思議的遙遠地方，我感覺到了我的姐姐。她在拍打我的父親，急迫地想要知道發生了什麼。還有其他人，一些我從不曾見到過的人。他們在向他的意識呼喊，提議要派出軍隊，要給予他力量，要為他做一切力所能及的事。但他甚至無法表達自己的痛苦。

*是我的母親！*我的姐姐突然明白了。隨後，*不要打擾他，不要打擾我們*！我的姐姐向所有人發出命令。他們立刻像潮水一樣退去了。

但他的哀傷還在咆哮，如同風暴一般吹襲我，我卻無處可逃。我拚命蠕動著，知道我在為我的神智，也許是在為我的生命而奮戰。我懷疑他根本不知道他正將我困在他雷霆般的心靈和我母親變冷的屍體中間。我從他的手臂下面滑出來，落到地上，就躺在那裡，像離開水的魚一樣喘息著。

我爭取到的這點距離依然不夠。我被帶進回憶組成的巨大漩渦中。在樓梯上的悄然一吻。她第一次碰到他的手——那並非是意外。我看到我的母親在黑色的礫石沙灘上奔跑。我認出了我從沒有見過的大海。她紅色的裙子和藍色的圍巾在風中飄舞，她的笑聲飄飛到身後，我的父親正在追她，想到馬上就能追上她，將她抱入懷中，我的父親的心因為喜悅而飛快地跳動。我突然意識到，他們還都是孩子，正在遊戲的孩子，只比現在的我大上幾歲。他們從沒有變老，兩個人從不曾真正地變老過。在他們的一生中，她一直都是他的女孩，那個只比他大上幾歲的神奇女孩，而她又是那樣睿智、那樣有女性的魅力，在全部人生中牢牢吸引著男性的他。

「莫莉！」他發出了聲音。這個名字突然從他的體內爆發出來。他喊出的這一聲，用的不是呼吸，而是胸腔的爆炸。他匍匐在她的屍體上，哭泣著，聲音變得如同游絲：「只剩下了我一個。只剩下了我一個。莫莉。妳不能走。我不能這樣孤單。」

我沒有對他說話。我沒有提醒他，他還有我。因為這和他現在所說的完全無關。他也還有蕁麻，還有切德、晉責和阿憨。但我知道他的心。不管怎樣，我就是知道，那種感情從他身上噴湧出來，就像是血流出致命的傷口。他的哀傷像鏡子一樣映出了我的哀傷。這世上再不會有像我母親那樣的人了。再不會有人這樣徹底、這樣無條件地愛著我們。我放任自己陷入他的哀傷中。我躺在地上，看著天空一點點變黑，夏日的繁星出現在深藍色的蒼穹上。

一名廚房女傭發現了我們。她發出驚恐的尖叫，然後跑回屋中去尋求幫助。僕人們提著燈籠回來了。他們都憂心忡忡，害怕主人會因為哀傷過度而瘋狂。但他們並不需要如此小心。他已經失去了全部力量，甚至無法站起來。即使是當僕人們將她的屍體從他懷中拖出來，送回房子裡的時候，他也沒有能做出半點反抗。

直到僕人們向我伸出手的時候，他才站起了身。「不，」他說道，在這一刻，他讓我完全屬於了她，「不，她現在是我的了。乖，到這裡來，到我這邊來。我帶妳進去。」

我咬緊牙，準備接受他的觸碰，讓他將我抱起。我的身子又僵又直，就像他以往每一次抱我一樣。我的目光從他的臉上轉開。我不能承受他，不能承受他的感情。但真實就壓在我的身上，我必須把它說出來。我屏住呼吸，在他的耳邊說出了我夢中的詩句：「當蜜蜂落在地上的時候，蝴蝶就會回來，改變一切。」

11

最後機會

妳的推測是正確的。關於這件事，我並沒有說出所知道的一切，但從某種角度來說，我已經盡可能將我認為是安全的訊息告訴了切德。所以，我將在這裡重複的只會被精技師傅的雙眼看到。我們兩個都愛戴那位老人，但我們知道，他為了追尋知識甘願冒生命的危險。

第一件要記住的事情就是，我自己從未真正去過那裡。我做了一個夢，在那個夢中，我在進行精技漫遊。但作為一名在精技奇夢方面擁有強大天賦的人，妳肯定比其他人更能夠懂得我在那裡看到了什麼，我透過惟真國王的眼睛看到了這個世界。

在我的夢裡，我們身處在一座破敗的城市中。這座城市仍然擁有它的記憶。就像我們現在所知的一些古靈城市那樣。我看到了它過去的樣子，那裡充滿高聳的尖塔、典雅的拱橋，聚集著服色鮮亮的異域人眾。我也看到了惟真所面對的這座城市——冰冷、黑暗、街道崎嶇不平，他必須躲開每一道搖搖欲墜的牆壁。惡毒的風裹挾著沙粒，迫使他不得不低下頭，艱辛地向一條河走去。

我能感知到那條河。但在河中流淌的並不是水，而是精技，化成液體的精技，就像是熔融的黃金，甚至是奔淌的赤鐵。在我看來，它似乎泛著一種黑色的冷光。我夢中的時節是嚴冬的夜晚。它真的有顏色嗎？我無法告訴妳。

我只記得我的國王身心俱疲，就像稻草人一樣跪倒在河岸邊，無情地將自己的雙臂插進河中。我感覺到他的痛苦。我發誓，那種感覺就像是他的皮肉被一口口吃掉，直到骨髓。但是當他將手臂從湍流中抽出來的時候，那上面包裹了一層銀白色的純粹的精技，那是最強的魔法所體現出的最強形態。

我還要告訴妳，我幫助他克制住自己，沒有跳進那股洪流之中。我給了他從這條河前面退回來的力量。如果是我本人在那裡，我覺得我不會有足夠的意志力量抵抗誘惑，阻止自己投入那條河中。

所以，就我而言，我非常慶幸自己不知道通向那個地方的道路。我不知道惟真是如何到達那裡的。我也不知道他是如何離開那裡，到了石料場。我懷疑他使用了門石，但他使用的是哪一塊門石，上面雕刻著什麼樣的符文，我全都不知道，也不想知道。數年以前，切德要我與他一起透過門石旅行，去找石龍，再去石料場，去尋找惟真國王可能使用過的門石。我拒絕了他，現在我還會拒絕他。

為了所有人的安全，我請求妳只將這些資訊收藏在心底。銷毀這份卷軸，或者將它收藏在只有妳能找到的地方。我真心希望那個地方距離我們很遠、很遠，只有通過一系列門石才能到達，而我們將永遠用不到那些門石。我們學到的這一點操縱少量精技魔法的技能，對我們來說應該已經足夠了，還是不要去尋找那種超出我們智慧範疇，不應為我們使用的力量吧。

——蜚滋駿騎．瞻遠致精技師傅蕁麻，未寄出的卷軸

有結束，就有開始。有時候，結束和開始會同時發生，一件事的結束就標誌著另一件事的開始。但有時候，在一個結束之後會有很長一段空白，一段萬事皆休、無緣再起的時日。當我的莫莉，我還是一個男孩時就在守護我心靈的人去世的時候，這樣的時間就到來了。她結束了，我卻找不到另外的開始。沒有任何事能夠讓我將精神脫離這種空虛，能夠緩解我的痛苦。我無法理解她的死亡。而且她的死亡讓我所知道的其他每一個結束，都變成了一個新鮮的傷口。

在隨後的數天中，我什麼都做不了。蕁麻很快就回來了。不等第一個晚上結束，她已經出現在細柳林，還帶來了穩重和謎語。我相信他們是透過門石趕來的。莫莉和博瑞屈的兒子們和他們

的妻兒也都以最快的速度趕來。此外還有其他前來致哀的人。我應該歡迎那些人，應該感謝他們的好意。也許我真的這樣做了。我不知道自己在那些漫長的日子裡幹了什麼。時間似乎不再流逝，而是在一點點向前磨蹭。房子裡全都是人。他們談話，一同進食，繼續談話，一同進食，哭泣、笑、分享過去的回憶——那些時候我並不是莫莉生活的一部分。最終，我只能退入我的臥室，將門拴上。莫莉的缺席是任何人都無法彌補的。她的每一個成年的孩子都在哀悼她。駿騎毫不掩飾自己的淚水，迅風神色茫然地來回走動，敏捷卻只是坐在椅子裡一動不動，穩重和火爐喝了很多酒。如果莫莉看到他們這樣，一定會傷心的。明證已經變成了一個莊重的年輕人，全身散發著一種陰鬱的孤獨感，很容易就會讓我想到博瑞屈。無論如何，是他一直在忙著照顧他的兄弟和姐姐。謎語則如同他們身後的一個幽靈。我們曾經在一天深夜裡有過一次交談。他好心地想要說服我，哀傷最終會過去，我的人生將重新開始。我想要打他，我覺得這種情緒暴露在我的臉上，在那以後，我們都在躲避著對方。

晉責、艾莉安娜和王子們，還有珂翠肯都在群山王國。所以我不必費心迎接他們。切德從不會參加葬禮，我也不認為他會來。幾乎每天晚上，我都能在意識的邊緣感覺到他。他在邀請我，但並沒有逼迫我。這讓我想到了當我還是男孩的時候，他打開高塔的祕門，等待我進去。我沒有給他回應，但他知道我能感覺到他的存在，並且會感激他體諒我的心情。

列出誰來了，誰沒有來，彷彿我會注意到這些，會在意這些。其實我都沒有。我只活在自己的哀慟中。我睡在悲涼中，吃的是傷痛，飲的是淚水。我對其他一切都視而不見。蕁麻替代了她母親的位置，彷彿毫不費力地管理著一切。她會與樂惟進行商討，確保每一個來訪的客人都有地方安睡；與廚娘肉豆蔻協調一日三餐和其他各種補給品的提供。她讓所有應該知曉莫莉去世的人及時得到訊息。明證成為了這幢房子的男主人，負責指揮馬廄中的人手和僕人們，以及迎送眾多的客人。而他們兩個沒有監督到位又需要做的事情，都被樂惟和謎語包攬下來。我任由他們處置一切。我沒辦法幫助滿心哀思的他們。我無法為任何人做任何事，哪怕是為了我自己。

無論如何，一切需要做的事情都做好了。我為了哀悼逝者剪掉了頭髮。一定有人也為孩子剪了頭髮。當我看到蜜蜂的時候，發現她就像是一把為蹄子刷油的小刷子，身子是被黑布纏裹的刷柄，頭頂是淡金色的短刷毛。她空洞的藍眼睛也死了。蕁麻和男孩們堅持認為，他們的母親想要被埋葬。其實就像耐辛一樣，莫莉並不想被埋葬，而是想要盡快回到泥土中去。因為泥土養育了她所鍾愛的一切生命。被深埋在地下，這讓我感到全身冰冷。但我不知道該怎樣做。我從沒有和她討論過這件事，從沒有想到過，更沒有想像過她會不在。妻子總是會比丈夫活得更久。所有人都知道這一點。我也知道，並且相信這樣的說法。但命運欺騙了我。

要埋葬她對我來說實在是太難了。如果看著她在火葬堆上被焚化，也許會更容易一些。那樣我就能知道她已經走了，完完全全地走了，再不會被任何人或物觸及。這要比想到她被包裹在壽衣中，壓在潮濕沉重的泥土下面要好得多。日復一日，我回到她的墳墓前，希望我曾經在他們將她放入黑暗的地底深處之前再一次撫摸她的面頰。蕁麻在這裡種植了許多花木，以標明她的母親長眠在此地。每一天，當我來到這裡，我都會看見蜜蜂的小腳印。這裡始終都沒有看過一株野草。

我幾乎只能看到蜜蜂的腳印。我們在躲避著彼此。一開始，我感到愧疚，因為深陷於自己的哀傷之中，我拋棄了我的孩子。我去找她。但是每當我走進她所在的房間，她都會離開那個房間，或者盡可能遠離我。即使當她在深夜時來到我的私密巢穴，也不是為了找我，而是需要這個房間為我們兩個提供的離群索居的環境。她走進這個庇護所，就像是一個穿著紅色睡衣的小幽靈。我們沒有交談。我不會命令她回到她那張無法入眠的床上去，也不會給她空洞的允諾，欺騙她一切最終都會好起來。在我的巢穴中，我們就像被燙傷的幼獸，彼此遠離，各自蜷縮成一團。我知道我不可能再走進莫莉的書房。我懷疑她也有著和我同樣的心境。對她而言，母親逝去的感覺，在那個房間裡一定比在這幢房子的其他地方都更加強烈。為什麼我們要彼此躲避？我能給出的最好解釋是，只有這樣會讓我們相較而言不那麼痛苦。當你讓燒傷的手靠近火焰的時候，熾烈的痛苦就會變得更加鮮明。我越靠近蜜蜂，痛苦就變得越強烈。我相信，在她扭曲的小臉和顫抖的嘴唇上，我讀到了她有著和我一樣的心情。

在我們埋葬莫莉的五天以後，大部分致哀者都收拾行裝，離開了細柳林。幸運沒有來。他正在遙遠的法洛進行吟遊歌者的夏季演出。我不知道他怎麼那麼快就收到了訊息，但他已經用鳥給我送來了回信。那隻鳥飛到了公鹿堡的鳥舍。從那裡，一名跑腿的僕人將他的信帶給了我。能得到他的訊息實在是太好了，但我也很高興他沒有來。除此之外，還有其他人寄信給我。其中一封來自於群山王國的珂翠肯，那是她親筆寫在一張白紙上的簡單便條。晉責和我進行了精神交流，知道沒有什麼話可以安慰我。還有魚貂大人——也就是曾經的椋音——用上等信紙和優雅的筆跡給我寫的信，措辭哀婉真誠。我從羅網那裡得到了一封語句粗糙的信，上面寫了這樣的信中都會寫的話。也許言辭對於其他心懷哀傷的人會有幫助，但對我而言，它們只是一些文字而已。

莫莉的男孩們都有自己的農場、工作、家庭和牲畜需要照料，夏天不是一個允許人們離開自己的土地、無所事事的季節。他們帶來了許多淚水，卻也帶來了親切的回憶和溫柔的笑聲。蕁麻曾悄悄要我找一些紀念品送給她的弟弟們。我請她做這件事，說我自己做不來，而且沒有了莫莉，她的物品對我來說也沒有意義了。直到後來，我才明白將這個重擔扔到我的長女肩上是一個多麼自私的決定。

但在那個時候，我完全陷入了麻木狀態，除了我自己以外，想不到任何人。莫莉就是我的保障，我的家，我的核心。她走了，我覺得自己也變成了碎片，彷彿我的核心爆炸了，我也變成碎片，被風吹走。幾乎在我的全部人生中，莫莉一直都不曾離開過。即使是當我不能和她在一起，即使是我只能遠遠看著她將生命和愛交給另一個男人，即使是那種痛苦甚至要比她徹底離開我的世界更加令我難以承受。在我們分開的歲月中，我一直都能夢到「有一天」。而現在，一切的夢都結束了。

在她死後的日子裡，當房子裡沒有了客人，樂惟偏請的臨時幫手也都被遣離，蕁麻走進了我的私人書房。她在公鹿堡的責任正在向她發出召喚。她必須回去，我不應為此責備她，因為我知道她在這裡已經無事可做了。當蕁麻走進來的時候，我從紙上抬起眼睛，小心地把筆放到一旁。寫下我的想法一直都是我休憩的方法。那天晚上，我寫了一頁又一頁，每寫完一頁又立刻將它燒掉。療傷的方式不必有什麼意義。在壁爐前，一塊摺疊起來的毯子上，蜜蜂蜷縮成一個小肉球。她穿著紅色的小長袍和裘皮軟鞋。她彎曲的脊背對著我，面朝火焰。夜色已經很深了，我們沒有說一個字。

蕁麻看上去早就應該去休息了。哭泣讓她的眼睛多了一圈紅邊，她濃密的黑色長髮也被剪短，剩餘的頭髮只能將頭頂覆蓋。這讓她的黑眼圈更加明顯，面部也更顯消瘦。她穿著一件樣式樸素的藍色長袍，而這件長袍就像是掛在她身上一樣。我這才意識到她瘦了多少。

她的聲音有些沙啞：「明天我必須返回公鹿堡了。謎語會護送我回去。」

「我知道。」我終於開了口。我沒有告訴她，如果能夠讓我孤身一人狂野地宣洩哀傷而不被其他人看見，對我來說也是一種解脫。我沒有告訴她，我感覺自己被各種人際關係所束縛，被困在一個無法發洩心中痛苦的地方。我只是說：「我知道妳一定會感到奇怪。妳知道我曾經將弄臣從死亡的另外一側帶回來。妳一定很奇怪，為什麼我會任由妳的母親死去。」

我本以為我的話會觸發她隱藏的怒火。但她卻顯露出恐懼的表情：「這是我最不希望的事情！也一定是她最不希望的！每一個生命都有自己的位置和時間，當這時間結束，我們就必須放他們走。母親和我曾經坦率地談過這件事。我那一次來找她是為了阿憨。你知道阿憨的狀況，知道他的關節是多麼讓他感到痛苦。我那時還向母親要了博瑞屈用來給男孩們治療肌肉拉傷的擦劑，她當時為我調製了一些。甜美的艾達啊，那種擦劑的配方也隨她一起去了！為什麼我從沒有把它記下來？她知道那麼多，就像博瑞屈一樣。他們都把那些智慧帶進墳墓裡去了。」

我沒有告訴蕁麻，我也知道那個配方，應該還有其他人也知道。毫無疑問，博瑞屈肯定將他的智慧傳給了兒子們。但現在不是談論這些事的時候。我注意到我的右手小手指上有墨水漬。我在寫字的時候總是會讓墨水沾染到手上。我拿起擦筆尖的布巾，擦掉墨水，開口問道：「莫莉說了阿憨什麼？」

蕁麻彷彿走了很遠、很黑的一段路，剛剛恢復成原來的自己。「她說，仁慈指的是讓痛苦變得可以承受，而不是強迫一個人在身體的工作已經結束時，繼續留在這段人生裡。她警告我不要在阿憨的身上使用精技。我告訴她，阿憨在這方面的力量要遠比我更強，他完全有能力對自己使用他的天賦，只要他願意如此。但他並沒有。所以我會尊重這個選擇。但我知道，切德在對自己使用這種魔法。現在他仍然像我第一次見到他時一樣，富有生機和活力。」

她的聲音漸漸低了下去，但我相信自己聽出了她沒有說出口的問題。「我沒有。」我直白地告訴她，「我從沒有想要保持年輕，看著妳的母親在衰老中漸漸離開我。不，蕁麻，如果我能夠和她一同老去，我就別無所求了。我現在的身體狀況全都是因為精技小組那一次對我進行的瘋狂治療。如果我能阻止這樣的事情發生，我一定會阻止它。它在違背我的意願，不斷更新我的肉體。哪怕我只是在工作中扭傷了肩膀，我的身體也會在當天晚上燃燒掉一部分血肉，將這處傷痛修復。」我將我寫下的最後一張紙扔進火中，並用撥火棍把它捅到火堆深處。「現在妳明白了。」

「我早就知道了。」她毫不相讓地對我說，「你以為媽媽不知道？蜚滋，不要這樣。沒有人因為她的死而責備你。你也不應該為了沒有隨她而去感到愧疚。她不會想要這樣的。我愛你，因為你給了她美好的生活。在我的父親……在博瑞屈死後，我本以為她再也不會微笑了。當她發現你還活著的時候，她那時因為你的死已經哀傷了那麼久，我以為她永遠都不會停止憤怒了。但你回到了她身邊，用足夠的耐心將她贏了回來。你是真心對她好，她人生中最後的一段歲月，正是我希望她能夠擁有的生活。」

我用抽緊的喉嚨吸了一口氣。我想要感謝她，卻找不到合適的詞彙。我不需要這樣做。她歎了口氣，伸手拍了拍我的手臂。「那麼，我們早晨就要出發了。我發現蜜蜂還沒有一匹小馬，這讓我有一點驚訝，看樣子她對於騎馬還完全沒有概念。她已經九歲了，卻還不能騎馬！博瑞屈把我放到馬背上的時候，我剛剛……嗯，我根本不記得自己還有不會騎馬的時候。當我試著把蜜蜂放在馬背上的時候，她一直在努力抗拒我，並且以最快的速度從馬背的另一邊爬了下去。所以我認為，如果我們一同返回公鹿堡，對我來說那將是一段有趣的旅程。她很小，我覺得我可以將她放進馱馬背上的筐子裡，另一側的筐子可以放她的衣服和玩具，或者諸如此類的東西作為平衡。我看到這麼小的孩子能夠擁有這麼多玩具和衣服的時候，簡直驚呆了！」

我覺得自己正追在她身後。「蜜蜂？」我問道，「為什麼妳要帶蜜蜂去公鹿堡？」

蕁麻氣惱地看了我一眼：「否則我還能帶她去哪裡？駿騎和敏捷全都提出要收養她，敏捷甚至還沒有妻子幫助他照顧蜜蜂。我拒絕了他們兩個。他們根本不知道這是什麼樣的責任。至少我有帶阿憨的經驗。我覺得只要有足夠時間，我就能聽懂她模糊的話音，理解她的意思。」

「模糊的話音。」我蠢笨地說。

我的長女只是盯著我。「她九歲了，應該能夠說話了，但她現在卻不能。她只會向媽媽咿咿呀呀地發出一些含混的聲音，而最近我甚至聽不到她這樣說話了。媽媽不在了，還有誰能理解這個可憐的小東西？我甚至不知道她是不是明白媽媽已經死了。我曾經試著和她說起這件事，但她只是在我面前轉過頭。」蕁麻重重地歎了口氣，「我希望自己知道她到底能夠領會多少。」然後，她向我側過頭，有些猶豫地說，「我知道媽媽不會贊成這樣，但我必須問一下，你有沒有使用精技嘗試觸及她的思想？」

我緩緩地搖搖頭。我還沒有跟上她的思路，正在竭力尋找她這段話中的用意。「莫莉不希望我這樣做，所以我沒有這樣做過。我在多年以前就發現了讓精技碰觸幼兒的危險。難道妳不記得嗎？」

這讓蕁麻的臉上露出了一點微笑：「晉責和我都記得很清楚。但我以為你的女兒沉默了這麼多年以後，你至少應該試著確認一下她的智慧程度。」

「她當然很有智慧！她是一個聰明的小傢伙。有時候她聰明得甚至讓人擔心！她高興說話的時候自然會說話，只不過口齒不是很清楚，說的話也不像我們所期待的那樣多。」我並沒有停下來想一想，蕁麻從沒有見到過她的小妹妹在媽媽的膝頭做針線活，或者是站在桌子前將蠟燭從模子裡取出來。在她許多次短暫拜訪細柳林的時間裡，她只看見了一個害羞瘦小的孩子，一言不發地看著周圍的世界。而現在，蜜蜂更是將身體緊緊蜷成一個球，一點聲音都沒有。我站起身，在房間中來回踱步，然後向我的小女兒俯下身，衝動地說：「到這裡來，蜜蜂。」但是當我的手碰到她的脖子時，她身子立刻變得僵直，就像是被太陽曬乾的魚，迅速從我的手邊溜走，又蜷曲起來，背對著我。

「不要打擾她了。」蕁麻堅定地說，「蜚滋，我們開誠布公地談談吧。你是一個深深陷入哀痛中的男人，暫時已經無法考慮到身外的事情了。就算是在這以前，你也沒有……嗯，將注意力集中在你的女兒身上。你不能照顧她。如果我不是對你有所瞭解，我會認為她是在害怕你。我知道你絕不是一個對孩子殘忍的人。但你又該如何照顧她？她明天要和我一起走。在公鹿堡有許多可以照顧孩子的人。而且根據我在過去幾天的觀察，她受到的照料的確很少。穿好衣服以後，她會自己吃飯，她知道不要把自己弄髒，一個人的時候，她似乎只是滿足於坐下來盯著爐火。有一個曾經照顧過阿憨的女人，我相信她很適合照顧蜜蜂，而且那個女人現在年紀大了，也想找一個簡單些的工作。」蕁麻將椅子拉到爐火前，坐了下去，俯下身摸了摸她的妹妹。那個孩子從她的手邊蠕動到一旁，蕁麻並沒有再靠過去。蜜蜂在爐火前找到了她喜歡的位置，將兩條腿縮進長袍裡。我看著她用雙手抱住身子，全身放鬆下來，聚精會神地看著舞動的火焰。她在這裡才是安全的，這裡有公鹿堡沒有的安全。我思考著是否應該讓她跟姐姐走。我不喜歡這個主意。把她留在我身邊是自私嗎？我無法確定。

「那裡的人會殘忍地對待她。」這句話慢慢地從我的口中流出來。

「我不會僱用一個虐待她的女人！你以為我這麼沒有判斷力嗎？」蕁麻憤怒了。

「我說的不是她的保姆。而是城堡裡的孩子們。當她去上課的時候，他們會因為她的弱小和白皙而向她扔石頭。勒索她的食物，搶走她的甜點，在走廊裡追逐她、嘲弄她，因為她和他們不一樣。」

「其他孩子？她去上課？」蕁麻難以置信地說，「睜開你的眼睛，蜚滋。上什麼課？我會比任何人都更愛她，但我們能給她的最好的東西，也只是舒適和安全的生活。我不會送她去外面上課，也不會讓她去任何可能遭受嘲弄和勒索的地方。我會讓她安全地待在自己的房間裡，就在我的房間旁邊。她會在那裡吃飯、穿衣和清潔，玩她的小玩具。這是我們能夠給她的最好的東西，也是她所知道的，想要從生活中得到的一切。」

我盯著蕁麻，對她的話大惑不解。她怎麼可能這樣看待蜜蜂？「妳認為她智力有問題？」

蕁麻顯然因為我否認這一點而感到很吃驚。然後她又從心中找到勇氣，堅定了自己的看法：「事情已經發生了。這不是她的錯，也不是你的錯，這是我們無法逃避的事實。她是在我的母親晚年時出生的，而且生下來的時候就很小。這樣的孩子很少能夠有……發育的頭腦。他們會一直停留在孩童狀態。至於說她的餘生，無論是長是短，一定要有人照看她。所以現在最好……」

「不，她要留在這裡。」我強硬地說道。蕁麻提出的建議讓我感到震驚，「不管妳怎樣想，也許她有些非同尋常，但她非常聰明。就算是她的智力真的有問題，我的答案也是一樣。細柳林是她現在所知道的一切。她知道如何在這幢房子和這片土地上生活，僕人們接受了她。她並不傻，蕁麻，她也不遲鈍。是的，她很小，她和別人不一樣，她也許並不經常說話，但她的確會說話。她還會做許多事——縫紉、打理蜂房、在花園中除草、在她的小簿子裡寫寫畫畫。她喜愛戶外生活。她喜愛自由自在地做她想做的事情。她一直在跟著莫莉到處跑。」

我的長女只是盯著我，又過了一段時間，她向蜜蜂一點頭，懷疑地問：「她這麼小竟然會縫紉？還能打理蜂房？」

「妳的母親肯定在給妳的信裡告訴過妳……」我的話音消失了。莫莉並不經常寫信。而我發現我的孩子閃爍起智慧的火花，也只是最近這一年中的事情。為什麼我會認為蕁麻知道這件事？我並沒有將這個訊息告訴她，也沒有告訴過切德和公鹿堡中任何其他人。一開始，我害怕過於輕率做出判斷，而在我們的記憶遊戲以後，我便不敢將這個孩子的天賦告知切德，我相信切德一定會立刻找到辦法利用她。

蕁麻在搖頭：「我的媽媽對她最小的女兒有些過分寵愛了。她會向我吹噓各種關於蜜蜂的事情，但那些事顯然……嗯，很顯然，媽媽迫切希望蜜蜂能夠……」她的聲音低沉了下去，她沒辦法把後面的話說出來。

「她是一個很有能力的小女孩。妳可以去問問僕人們。」我對她說道，卻又懷疑那些僕人看到了多少蜜蜂的能力。我回身向書桌走去，坐進椅子裡。這些都不重要。「不管如何，她不會跟妳走，蕁麻。她是我的女兒。她只應該留在我身邊。」

這就是我要對蕁麻說的話。蕁麻瞪著我，嘴唇緩緩地抖動著。她完全可以說一些殘忍的話。但她沒有這樣做。我可以把衝到口邊的話嚥回去，我可以找另一種方式表達這個想法，但我只是直白地說道：「我在這個責任上曾經失敗過一次，辜負了妳。這是我最後一次做對的機會。她要留下來。」

蕁麻沉默了很短一段時間，然後溫和地說：「我知道你是出於好意。你想要正確地對待她。但蜚滋，我懷疑你是否能做到。就像你說的，你從沒有照顧過這麼小的孩子，更何況她……」

「我收養幸運的時候，幸運比她還要小！」

「幸運是正常人。」我沒有想到她竟然會說出如此殘酷的話來。

我站起身，堅定地對我的長女說：「蜜蜂也是正常的。她的每一方面都是正常的。她要留在這裡，蕁麻，繼續她的幼小人生。就是這裡，留下了她和母親記憶的地方。」

蕁麻哭了。不是因為哀傷，而是因為她已如此疲憊，卻知道還是要反抗我，同時這樣做也會傷害到我。淚水從她的面頰上滑落。她沒有啜泣。我看到她緊繃的下巴，知道她不會放棄自己的決定，就如同我知道自己不會允許她將蜜蜂從我的身邊帶走。必須有人屈服，我們不可能都贏得這場爭執。

「我必須讓我的小妹妹得到應有的生活。媽媽一定會期待我這樣做。我不能允許她留在這裡。」蕁麻說道。她看著我，在她的眼睛裡，我看到了強烈的同情。她知道我的感受，所以會同情我，但不是憐憫我，「也許，如果我能夠在公鹿堡為蜜蜂找一個好保姆，她有時就會陪蜜蜂回來探望你。」她有些遲疑地說。

我能感覺到怒火在心中積聚。她是什麼人，竟然會質疑我在這方面的能力？而這個問題的答案如同一盆冰水澆在我的臉上。她是我的女兒，我為了效忠於國王而遺棄了她，讓她被另一個男人養大。在這個世界上，她最有資格相信我不具備身為人父的能力。我的目光避開了兩個女兒。

「如果妳帶走她，這裡就只剩下我一個人了。」這話聽起來是如此自私，我立刻就為說出它而感到後悔。

蕁麻卻沒有因為這份自私而對我嚴辭苛責，只是繼續柔聲說道：「那麼，答案就很清楚了。

關閉細柳林，讓僕人們管理它。收拾好你的物品，和我一同返回公鹿堡。」

我張開嘴，想要說話，卻想不出還能說些什麼。我從沒有考慮過自己有一天還會回到公鹿堡。一時間，我的心幾乎要從胸腔裡跳出來。不需要再面對這道孤獨的深淵。我能夠徹底逃離它。在公鹿堡，我會再次見到老朋友們，城堡中的廳堂、廚房、蒸氣浴室、馬廄、公鹿堡城陡狹的街道……

突然間，我的熱情又熄滅了。沒有莫莉，沒有博瑞屈，沒有惟真，沒有黠謀，沒有夜眼，隨著每一位記憶猶新的死者撞擊我的心房，空虛的洞窟在我的面前越張越大。

沒有弄臣。

「不，」我說道，「我不能。那裡對我已經什麼都沒有，只剩下政治和陰謀。」

我在蕁麻臉上看到的同情消失了。「什麼都沒有。」她僵硬地說道，「只有我，」她清了清喉嚨，「還有切德、晉責、珂翠肯和阿憨。」

「我說的不是這個。」我突然感到好累，不想再解釋。但我還是努力向蕁麻說道，「我知道的公鹿堡早已變成過去。那裡的生活已經在沒有我的時候產生了巨大的改變。我不知道該如何適應現在的公鹿堡。我肯定不再是蜚滋駿騎·瞻遠了，不再是王室的刺客和間諜，也不是湯姆·獾毛，侍奉王室的僕從。也許我會去那裡拜訪一個星期，甚至一個月，看看大家。但我不會留在那裡，親愛的，絕不會再留在那裡，現在更不會。現在我不想去別的地方，和老朋友相會，吃吃喝喝，歡笑談天……不。我沒有這樣的心情。」

蕁麻站起身，向我走來，站到我的椅子後面，雙手按住我的肩膀。「我明白，」她說道。聲音中有對我輕率言辭的原諒。她擁有這樣的心靈力量，這種能夠輕易原諒他人的力量。我不知道這是她從哪裡學到的，但這只讓我感到慚愧：我明白，我不配被這樣對待。她繼續說道：「我曾經希望過會有另外的結果，但我能理解。也許等到春天，你的心情就會有變化。也許到那時，你就能準備好到公鹿堡來，和我們共度一段時間。」

她歎了口氣，最後捏了一下我的肩膀，然後像貓一樣打了個哈欠。「哦，現在已經有些晚了。我幾個小時以前就應該把蜜蜂放到床上去了。我們明天還要早起，我還需要想辦法讓她在馱籃裡舒服一些。我現在應該去睡了。」

我沒有回答。就先讓她去睡一下吧。等到了早晨，她想要帶走蜜蜂的時候我再拒絕也不遲。但今晚，我可以不再和她有爭執。這真是懦夫的方式。

蜜蜂正盤腿坐在地上，雙眼直直地看著爐火。「來吧，蜜蜂，該上床了。」蕁麻一邊說，一邊彎腰把她的妹妹抱起來。蜜蜂以一種我熟悉的方式扭動著小肩膀，讓自己離開蕁麻的雙手。蕁麻又試了一次，那個孩子又掙脫了。「蜜蜂！」蕁麻喝斥道。

蜜蜂轉過臉，看著蕁麻和我之間的某個地方：「不，我要和爸爸在一起。」

我從沒有聽到她如此清晰地說話。這把我嚇了一跳。我只好努力不讓驚訝的神情顯露在臉上和精技中。

蕁麻的身子僵住了。然後，她慢慢俯身到妹妹旁邊，看著她的臉。「和爸爸在一起？」她說出口的每一個字都異常緩慢而謹慎。

蜜蜂猛地將頭轉向一旁，什麼都沒有說。她不看我們兩個，只是盯著屋角的陰影。蕁麻難以置信地看了我一眼。我明白，這很可能也是她第一次聽到妹妹說出一個完整的句子。隨後，蕁麻又將注意力集中在這個孩子身上。

「蜜蜂，現在該回床上去了。等到明天早晨，我們很早就要起床。妳要和我一起騎馬趕路，我們要走很長的路，去一個叫公鹿堡的地方。妳會在那個新環境發現很多有趣的東西！跟我來，我會帶妳去床上，幫妳蓋好被子。」

我看到蜜蜂的肩膀繃緊了。她低垂下頭，將下巴抵在胸口上。

「蜜蜂，」蕁麻警告她，然後再一次試著抱起她。蜜蜂又從她的懷抱中蠕動了出去。

我的小女兒向我靠了過來，但我知道，自己不應該去抱她。我只是對她說道：

「蜜蜂，妳想要留下來，和我在一起嗎？」

蜜蜂沒有說話，只是用力地點一點頭。

「就讓她留下來吧，」我對蕁麻說。我的長女歎了口氣，站起身。

她活動了一下肩膀，伸個懶腰，歎口氣說道：「也許這樣更好。等她累了，自然就會睡了。

明天替她收拾好行李，她在旅途中還可以繼續睡覺。」

看來，蕁麻並沒有接受她的妹妹的要求。我必須讓蜜蜂更清楚地表達自己的心意。我向小女兒俯下身。

「蜜蜂？妳想要明天和蕁麻一起走嗎？想去公鹿堡嗎？還是妳想要留在細柳林，和我在一起？」

蜜蜂轉過頭，藍色的眼睛掃過我們兩個，然後抬起頭看著黑色的屋頂，又飛快地看了我一眼，又迅速將目光轉開。她慢慢地長吸了一口氣，一字一字，無比清晰地說道：「我不想去公鹿堡。謝謝妳的好意，蕁麻。我會留在這裡的家中，在細柳林。」

我看著蕁麻，抬起一隻手：「她說她想留在這裡。」

「我聽到了，」蕁麻用嚴厲的語氣回答道。妹妹的言語讓她異常吃驚，而我還能維持住鎮定的面容。我不會讓蕁麻知道，她經常一個星期也不會說這麼多話，更是從未如此清楚地表達過任何想法。我感覺到蜜蜂和我站在一起，成為了盟友。所以我只是平靜地看著蕁麻，彷彿完全不為此感到驚訝。

片刻間，蕁麻彷彿變成了就要發脾氣的莫莉。我看著她，心臟在胸腔裡劇烈地跳動。為什麼我在莫莉活著的時候，會那麼多次刺激她生出這樣的表情？難道我不能對她更好一些、更溫柔一些？難道我不能更常順著她一些？黑暗和徹底的孤獨感在我的心中升起，讓我覺得非常難受，彷彿很需要將這種空虛從體內嘔吐出來。

蕁麻壓低聲音說：「這不是一個她能為自己做出的決定。想想以後的日子。你該如何照顧她。最近這兩個星期，你甚至沒辦法照顧好自己。你認為她能夠像你一樣不吃不喝嗎？你認為她能夠像你一樣只睡一、兩個小時，然後睜眼看著天亮，再拖著自己的身子度過一整天嗎？她還是個孩子，湯姆。她需要規律飲食和睡眠，需要健康有節制的生活。是的，你是對的，她需要上課。她的第一課就應該是學習如何不要與眾不同！如果她能說話，而且就像剛才說得那樣清楚，那麼她就需要更經常地被教導言談，讓人們能夠明白她的心思。她需要學習和知道許多事情。她需要被鼓勵說更多的話，而不是讓所有人都以為她是一個啞巴或白癡！她需要被好好照料，而不只是每天吃飽和穿暖。她需要月復一月、年復一年地學習和成長。她不能像小野貓一樣在細柳林亂跑，而你只是沉浸在你的舊書和白蘭地裡。」

「我能教她，」我煞有介事地說著，心中卻在懷疑自己是否有這樣的能力。我還記得自己在公鹿堡時，與費德倫和其他小孩子一同度過的那些時間。我不知道自己能不能有費德倫在教導我們時所具備的那種耐心和韌性。是的，我必須有，我會有的。我暗中下定決心。我曾經教導過幸運，不是嗎？我忽然想到了切德對我說過的話。他曾經說，他會把蜚滋機敏交給我。他還沒有具體告訴我那個男孩什麼時候回來，但時間應該快了。

蕁麻還在搖頭。眼睛因為流淚而變成粉紅色，眼神中充滿了疲倦。「你忽略了另一件事。她看上去還就像是六歲大的孩子，但她已經九歲了。當她十五歲的時候，她會不會依然像是個小得多的孩子？這會如何影響她的人生？你又該怎樣讓她明白，該如何成為一個女人？」

確實，那時我該怎麼對她說？「這還是許多年以後的事情，」我用一種自己不曾感覺到的平靜語氣說道。我意識到，我的精技牆被高高豎起，牢不可破，讓蕁麻無法感覺到我心中的任何疑慮。但她能清楚地察覺到我設下的牆，知道我有事情瞞著她。這一點是無從改變的。她和我都擁有精技魔法，在她還是小女孩的時候就能以此相互溝通。我們能夠不受阻礙地進入對方的夢境和回憶中，正因為如此，我一直克制著自己不要使用精技探查蜜蜂的意識。我不由得向蜜蜂瞥了一眼，讓我感到震驚的是，她正直盯著我。片刻之間，我們的目光交會在一起，她沒有躲開。多年以來，這樣的事情一直沒有發生過。

我本能的反應讓我感到驚訝。我低垂下雙眼。在心中某處，一頭老狼在警告我：「盯住對方的眼睛是粗魯的。不要激起一場挑戰。」

一瞬間之後，我又將目光轉回蜜蜂，但她也已經將眼睛轉向一旁。我看著她，覺得自己看到了她正在用眼角的餘光偷偷瞥我。恍惚間，我覺得她有些像是一隻令人膽寒的野獸。她是否繼承了我的原智？我從沒有用自己的意識碰觸過她的，但從很多方面來講，這也意味著我沒有對她的心靈進行任何防護。她在無意之中是否和一頭野獸建立了連結？我這個特別的孩子身上又多了一個謎團。

「你在聽嗎？」蕁麻問道。我愣了一下。她的黑眼睛裡幾乎要噴出火焰，和她的媽媽生氣時簡直一模一樣。

「沒有。抱歉，我沒聽到妳在說什麼。我正在想我應該教給她什麼，這讓我分了神。」而這也給了我更多理由要把蜜蜂留在細柳林，我的身邊，保護她的安全。我回憶起蜜蜂經歷的那次騎馬事故，不由得心中一冷。如果蜜蜂擁有原智，那麼家裡就是她最安全的地方。現在公眾對於原智的敵意已經不像過去那樣普遍而強烈，但舊的思想習慣是很難滅絕的。在公鹿堡還是會有很多人認為擁有原智的小孩最好被吊死、燒死，被砍成碎塊。

「你現在在聽嗎？」蕁麻又問道。我努力從蜜蜂身上將目光移回來，看著她的眼睛。

「是的。」

蕁麻咬住下唇，拚命思考著。她打算和我達成一個協議，儘管她非常不喜歡這樣。「我三個月以後回來。如果她看上去沒有被好好照料，我就會帶她走。就這樣吧。」她的語氣和緩下來，「但如果在那以前，你發現這份責任過於沉重，一定要馬上讓我知道，我會立刻派人來接她。或者你可以親自把她帶到公鹿堡。我向你承諾，那時我不會責備你，不會對你說：我早就警告過你。我只是會負責照料她。」

我想要告訴蕁麻，這樣的事情絕不會發生。但經過了這麼多年，我已經學會不要嘗試和命運打賭，我發誓絕不會做的事情，到頭來卻總是我最終的選擇。所以我只是向我強大的女兒點點頭，含混地回答：「這聽起來不錯。如果妳明天要早起，現在應該去睡一下了。」

「是的，」蕁麻表示同意。她向妹妹伸出一隻手，「來吧，蜜蜂。現在該是我們去睡覺的時候了，不要不聽話。」

蜜蜂低垂著頭，一副不情願的樣子。我只好出面打圓場。

「我會帶她去睡覺。我說過，我可以在各方面照顧她。現在就應該開始了。」

蕁麻的身子晃了一下，她在猶豫。「我知道你會怎樣做。你打算就讓她留在這裡，直到她在壁爐前睡著，然後再把她送到床上去。」

我看著蕁麻，知道我們都在回憶什麼。不止一次，我在博瑞屈馬廄裡的火爐前睡著，手中拿著馬具或者簡單的玩具。當我醒來的時候，我總會發現自己躺在他床邊的一張小床上，身上蓋著羊毛毯子。我懷疑博瑞屈在蕁麻小的時候也是這樣照顧她的。「這對我們都沒什麼害處。」我對蕁麻說。蕁麻迅速地點一點頭，眼睛裡帶著淚水轉身離開了。

我淚眼矇矓地看著她走遠。她的肩膀低垂在身側。她失敗了，又變成了孤兒。她已經是一個成年女子，但她的母親走得太過突然，就像那個養育她長大的男人一樣。儘管她的父親就站在她面前，她卻依然覺得自己被孤零零地拋棄在這個世界上。

她的孤獨更放大了我的孤獨。博瑞屈，我突然非常想念他。我想要見到他，他會給我建議，讓我知道該如何對待我的哀傷。珂翠肯太過冷靜，切德太過實際，晉責又太年輕，弄臣早已不知身在何方。

我控制著自己的心靈，不讓它沉陷在失落之中。這是我的缺點之一，莫莉有時便會責備我過於放任自己沮喪的情緒。如果我遇到一件壞事，就會立刻將它與過去一個星期中所有的壞事聯繫起來，甚至可能會認為它預示了未來一個星期裡可能會發生更多的壞事。當我傷心的時候，我就會撲倒在自己的哀傷裡，堆積起所有悲哀的事情，匍匐在上面，就像是盤踞在財寶堆上的龍。我需要將精神集中在我所擁有的事物上，而不是失去的事物上。我需要記住還有明天，而我剛剛承擔起了另一個人的明天。

我看著蜜蜂。她立刻將目光別向一旁。儘管心中充滿痛楚，我還是微笑著說：「我們兩個，我們需要談談。」

蜜蜂盯著爐火，像石頭一樣一動不動。然後她慢慢點了點頭。她的聲音很小、很細，但很清晰。她的措辭沒有半點孩子氣：「你和我的確需要談談。」她朝我這邊瞥了一眼，「但我從來都不需要和媽媽談。她總是能明白。」

我的確沒有預料到能夠從她那裡得到回應。她剛才的點頭和那些簡短的話語已經遠遠超過我們以前全部的直接溝通。她以前和我說過話，那往往只是她需要更多的紙，或者需要我為她削新的筆。而這一次，這一次完全不同。我看著我的小女兒，心中充滿了冰冷的認知。真實的她和我心中對她的印象有著深刻的區別。這是一種非常奇怪的感覺——曾經的熟悉感煙消雲散，我驀然間撞入了完全未知的迷霧。這是我的孩子，我提醒自己，是我和莫莉夢寐以求的女兒。自從莫莉奇怪地懷孕和蜜蜂出生之後，我一直在努力讓自己接受我心目中的蜜蜂。九年前的一天晚上，我從擔心自己珍愛的妻子妄想成癡的丈夫，變成了一個嬌小卻又完美的嬰兒的父親。在她生命中最初的幾個月裡，我沉浸在任何父母都會為自己的孩子做的最瘋狂的美夢裡。她將變得聰慧、友善和美麗。她一定想要學習莫莉和我教給她的一切知識。她會很有幽默感，充滿好奇心、活力充沛。她會一點點長大，成為我們的伙伴，是的，就像所有老故事裡講的那樣，在我們年邁的時候成為我們的慰藉。

然後，一週一週，一月一月，一年一年地過去了，她並沒有按照我們的設想長大，也沒有說話，我曾經被迫面對她的與眾不同。就像一隻蟲子慢慢吃掉一顆蘋果，她的現狀蠶食並蛀空了我的心。她長不大，也不會笑，甚至一點微笑都沒有。蜜蜂永遠都不會成為我想像中的孩子。

最糟糕的部分是我已經將自己的心給了那個想像中的孩子，要原諒蜜蜂沒有成為她，這實在是太難了。那個孩子的存在激發了我的一切情緒。要殺死我的希望真是太難了。當她緩慢地顯示出其他孩子提前幾年就已擁有的能力時，我的希望又開始在心中閃爍，也許她還是會越變越好。而這些空洞的希望每一次崩塌，都讓我覺得更加難過。深深的哀傷與失望有時會變化成冰冷的、對命運的憤怒。在這一切之中，我依然可以對自己說，至少莫莉並不知道我對於我們孩子的矛盾心理。為了掩飾自己有多麼難以接受這樣的她，我變得對她有著強烈的保護欲。我不能容忍其他人像談論缺陷一樣談論她的不同。無論她想要什麼，我都會滿足她。我從不期待她會嘗試任何不想去做的事情。莫莉完全不知道，蜜蜂一直被我與我創造出來的那個幻想的孩子進行著比較。她對我們的女兒非常滿意，甚至寵溺有加。我從未想過要問她，在看到蜜蜂的時候，是否希望得到的是另一個孩子。我一直在拒絕去想，我有一天會不會在看到她的時候，希望她從未出現過。

我總是會想，當她長大，我們變老的時候，她會是什麼樣子。我曾經以為她的語言障礙意味著可能在某些方面確實有智力匱乏的問題。我也一直在以這樣的標準對待她，直到她在記憶遊戲中讓我大吃了一驚。直到去年，我才發現了她的聰慧，並因此而欣喜異常。我終於放鬆下來，開始享受她帶給她母親的喜悅。失望的風暴變成了平靜的接受。蜜蜂就是她自己而已。

但現在，蜜蜂在清楚無誤地對我說話。這喚醒了我心中的羞愧。以前，她也曾經和我說過一些簡單的句子，但那些模糊不清的聲音就像是金幣一樣稀有。今晚，當她第一次用簡短的話語提出要和我在一起的時候，慰藉之情猛然襲上我的心頭。她也許還很小，但她能夠說話。為什麼我要感到慚愧？因為我突然感覺到，現在讓我去愛她，要比她啞口無言的時候容易得多。

我想到了那個古老的寓言，心中決定我不會再有別的選擇。這次我一定要抓緊這一叢蕁麻。不過，我還是盡量保持著謹慎：「妳不喜歡說話？」

她短暫地搖了一下頭。

「那麼妳對我保持沉默是因為……？」

她淺藍色的眼睛瞥了我一下：「不需要和你說話。我有媽媽。我們一直都在一起。她會聽我說話。即使在我沒辦法把話說清楚的時候，她也明白我的意思。她不像你這樣，需要很多詞彙才能理解我。」

「那麼現在呢？」

她的小肩膀在我面前縮緊，我們的對話讓她開始不舒服地蠕動起來。「我不得不說話。為了讓自己安全。但在以前，安靜會更安全。我要成為僕人們已經習慣的那個我。他們大部分對我很好。但如果我突然對他們說話，就像我這樣對你說話，就算是無意中聽到，他們也會害怕我。然後他們就會認為我是一個威脅。那樣我在面對那些成年人的時候，也會遭遇危險。」

也會？我心中想道，然後我猜到了實情：「就像那些孩子讓妳遇到的危險？」

一次點頭。僅此而已，當然，一定是這樣，當然。

她是這樣早熟，這樣像一個成年人。那個稚嫩的聲音卻說出了如此成熟的話語。她評估現實形勢的樣子就像是切德，而不是我的小女兒，這讓我打了一個冷戰。我曾經希望聽到她對我說一些簡單的句子，我會很喜歡那種孩子氣的簡單邏輯。但鐘擺在一剎那就搖到了另一個極端：我曾經接受了我的女兒是啞巴，智力有缺陷，而現在我又開始為她不自然的複雜心智，和可能充滿了欺騙的生活感到恐懼。

她看著我的腳：「你現在有一點害怕我了。」然後，她就這樣低著頭，用兩隻小手抱著盤起來的腿，等著我說謊。

「不安，不是害怕。」我不情願地承認。我竭力想找到正確的形容詞，卻沒有成功，便只好繼續說道：「我很……吃驚，還有一點不安，因為妳突然變得這麼善於說話，而我從沒有想到過妳會有這些見解。這的確讓人感到不安，蜜蜂。不過，我對妳的愛遠遠超過了對妳的畏懼。而且假以時日，我一定能習慣……真正的妳。」

那顆粉色的小頭帶著一頭金髮緩慢地點了點：「我覺得你可以。我不確定蕁麻是否可以。」

我發現我也有著和她一樣的顧慮，但我覺得自己有必要為長女做一下辯護：「實際上，要讓她很快接受這一點對她來說是不公平的。甚至對我也是不公平的！為什麼妳一直要隱瞞自己？為什麼不在學會說話以後就張開口，而是一直要這樣保持沉默？」

蜜蜂依舊低垂著頭，聳起一側的肩膀，又無聲地搖了搖頭。我並沒有期待她會回答。實際上，我理解她隱瞞自己的心情。在我自己幼小的時候，我也一直向莫莉隱瞞著我是私生子的祕密，裝作我不過是一個為抄寫員跑腿的男孩。這不是為了欺騙莫莉，而是因為我一直希望自己能夠沒沒無聞。我很清楚，一個祕密被包藏得越久，它就越難以被表露出來，同時又不讓自己像是一個騙子。我怎麼會沒有看出蜜蜂真實的一面？我該如何讓女兒不至於像我一樣，承受這種錯誤帶來的傷害？我竭力像一位父親那樣對她說話。

「嗯，妳隱瞞的真是一個奇怪的祕密。我建議妳不要繼續隱瞞它了。妳應該和其他人說話。不是像我們現在這樣，而是偶爾說上幾個詞。指著某樣東西說出它的名字。然後開始提出簡單的要求。」

「你想要我進行一種新的欺騙。」蜜蜂緩緩地說，「你想要我裝作剛剛開始學會說話。」

我意識到，我的訓導聽起來更像是一名刺客的導師，而不是一個慈愛的父親。我正在像切德那樣對她提出建議。這種想法讓我感到不安，我也因此讓語氣變得更加堅定：「嗯，是的，我想是的。但我認為這是有必要的欺騙，因為妳首先選擇了一種欺騙方式。妳到底為什麼裝作妳幾乎完全不會說話？為什麼妳要如此隱瞞語言能力？」

蜜蜂將雙膝收攏到胸前，用手臂環抱住它們，讓自己小小的身子緊縮起來。我猜，她是在嚴密地守住她的祕密。懷疑落入我的心中，她還有更多我不知道的事情。我考慮是否應該讓自己的視線離開她。不要盯著她，她還只有九歲。這樣小的一個人能夠包藏一個多大的祕密？我想到自己九歲的時候，便壓抑住了內心的疑問。

她沒有回答我的問題，卻反問道：「你是怎樣做到的？」

「做到什麼？」

她微微搖晃了一下身子，咬住嘴唇：「你現在正控制著它，沒有將它發洩出來。」

我揉搓了一下自己的臉，決定繼續她的話題，即使這樣只會讓我再次陷入痛苦之中。就讓她習慣於同我說話吧……而我將傾聽她說的每一個字。「妳的意思是，我曾經是那麼悲傷，今天為什麼能不哭？」

她不耐煩地搖了搖頭：「不，我的意思是一切。」又一次，她側過小腦袋，從眼角看著我。

我考慮著自己的言辭，輕柔地說道：「妳應該向我更確切地做一下解釋。」

「你……在沸騰。就像是廚房裡的大鍋。當你靠近我的時候，各種想法、影像和你腦子裡的一切都會從你那裡迸發出來，就像是蒸氣從鍋裡冒出來。我感覺到了你的熱量，嗅到了你體內滾沸的東西。我竭盡全力想要躲開，但它們浸透了我，燙傷了我。然後，當我的姐姐在這裡的時候，你突然給大鍋扣上了蓋子。我依然能感覺到裡面的熱量，但你壓制住了那股熱氣和那些氣味……就是這樣！就是現在！你將蓋子扣得更緊了，讓裡面的熱量也冷卻了下來。」

她是對的。我這樣做了。就像她說的那樣。恐懼感在我的心中升起。精技在她的概念裡和我的認知並不相同，但她所形容的不可能是別的東西。此時此刻，我意識到她一直能覺察到我的想法和情緒，我將精技牆築得更緊，將自己封閉在這道牆後面，就像惟真在許多年以前教我的那樣。惟真曾經很高興我能夠牢固地築起這道高牆。因為我青春期時關於莫莉的美夢總是在他入睡的時候滲透進他的思維，浸染了他自己的夢，讓他無法安心休息。而現在我用高牆將精技和我的小女兒隔開了。我開始回想過去九年中的每一個日夜，心中尋思她在她父親的思緒中聽到和看到了什麼。我回憶起當我碰觸她的時候，她的身子總是會變得僵硬，她的眼睛總是躲避著我的目光，就像她現在所做的那樣。我曾經懷疑她不喜歡我，這讓我非常難過。但我也總是會想，如果她知道了我全部關於她的想法，那麼她完全有權利不喜歡我。畢竟我是一個從沒有對她感到滿意的男人，總是希望自己的女兒能是另外一個人。

但現在，她只是小心地抬起頭看著我，在不到一眨眼的時間裡，我們的目光交會在一起。「這樣要好多了。」她低聲說道，「你把它們控制起來的時候，感覺要平靜多了。」

「我並不知道妳……因為我，因為我的思維而受到這樣的困擾。我在妳身邊的時候，應該盡量讓我的圍牆豎立起來。」

「哦，你可以一直這樣嗎？」她懇求著，聲音中帶著明顯的慰藉，「那麼蕁麻呢？你能要求她也這樣嗎？在靠近我的時候把圍牆豎立起來？」

不。我不能。告訴她的姐姐在她周圍必須設置精技牆，無異於讓蕁麻知道她的妹妹對這種魔法有多麼敏感。我還沒有準備好讓蕁麻思考蜜蜂擁有多麼強的瞻遠家族魔法。這是我正在思考的問題——蜜蜂將變得多麼「有用」？我突然變成了切德，看著我眼前的這個外表非常幼小的孩子，卻又知道她早已少年老成，並且擁有精技魔法。迷迭香曾經是一名優秀的孩童間諜。但蜜蜂的光輝將遠遠勝過她，就像太陽能夠輕易讓一根蠟燭黯然失色。我緊鎖著圍牆，並沒有將這個想法洩露給她。現在就讓她擔心這種事是沒有意義的。我將承擔我們兩人全部的憂慮。於是我讓自己的聲音鎮定下來。

「我會和蕁麻說這件事，但不是現在。也許是下一次她來探望我們的時候吧。我要仔細考慮如何提出這個請求。」我並不打算立刻將這個訊息傳遞給蕁麻，至少要等到我想好如何處理這件事才最恰當。我在我的思緒中來回翻找，竭力想找到最妥當的方式，詢問她為什麼要隱瞞自己的智慧和說話能力，而她卻在這時突然站立起來，抬起頭，用一雙藍色的大眼睛直視著我。她的紅色小睡袍落在軟鞋上。我的孩子，我的小女兒，睜著一雙睏倦而天真的眼睛。我的心中充滿了對她的愛意。她是莫莉留給我的最後一件禮物，莫莉對她的愛意充盈在她身上。她是一個奇怪的孩子，這沒有錯，但莫莉對人的判斷一直都很精準。我突然明白了，如果莫莉認為應該全心全意地信任蜜蜂，那麼我就不必再有任何顧慮，只要像莫莉那樣去做就好了。我低下頭，向她露出微笑。

她驚訝地睜大了眼睛。隨即眼睛轉向一旁，離開了我的凝視。但彷彿是在回應我，笑容同樣綻放在她的臉上。「我睏了。」她低聲說道，「我要去睡覺了。」她向爐火和燈光無法照亮的那個黑暗門洞望了一眼，端起她的小肩膀，準備面對那片黑暗。

我從書桌上提起燈，對她說：「我會帶妳去臥室。」眼前的一切突然讓我感到非常陌生。在蜜蜂人生的全部九年中，一直都是莫莉在晚上把她抱上床。莫莉會帶她來到正埋頭於書籍和寫作中的我身邊，我向她們道晚安，然後她就會帶著孩子離開。莫莉自己也經常先於我去床上睡下，她知道我在把腦子裡的東西都寫在紙上以後就會去找她。我突然覺得好奇怪，為什麼我要浪費掉所有那些本可以在她身邊度過的時間？為什麼我不和她們一起去臥室，去聽一段床頭故事或是一首催眠曲？去將昏昏欲睡的莫莉抱進我的懷裡？

悲傷堵塞了我的喉嚨，讓我無法說話。我一言不發地跟著我的女兒，讓她引領著我走過兩側鑲嵌護牆板的走廊，這個本屬於她的祖父母的家。我們走過先人的肖像，織錦掛毯和裝飾在牆上的武器。我們爬上二樓的時候，她的小軟鞋在大臺階上發出輕微的響聲。這些走廊很冷，她用小手臂抱緊自己，一邊走一邊打著哆嗦，現在她已經失去了母親的懷抱。

她必須踮起腳尖伸手去摸門把，推開門，走進了一個只有正在熄滅的爐火發出微弱光亮的房間。僕人們在幾個小時以前就為她準備好了臥室。她們為她點亮的蠟燭已經燃盡了。

我將油燈放在她的床帳旁邊一張桌子上，走到壁爐前，為她重新把爐火撥旺。她靜靜地站在一旁看著我。當我相信新放進爐膛中的原木已經充分燃燒起來的時候，我向她轉過身。她鄭重地向我點頭致謝，然後踩著一只矮凳子爬上了高床。我們曾經為她製作的小床終於容不下她的身子了。不過這張床對她而言還是巨大得有些不合適。她脫下軟鞋，讓它們落到床邊。我看見她打著哆嗦爬行在冰冷的白色床單之間。她讓我想到了希望能在大狗舍中找到舒適休息位置的小狗。我來到她身邊，用毯子裹好她的身體。

「很快就能暖和起來了。」我安慰她。

「我知道。」她的藍眼睛掃視著這個房間。我第一次意識到，這個世界在她的眼中顯得多麼奇怪。和她相比，這個房間大得嚇人，這裡的每一件物品都是為成年人製作的。她站在這裡的時候能夠望出窗外嗎？她能打開放毯子的箱子上沉重的雪松木箱蓋嗎？我突然回憶起自己在博瑞屈馬廄的閣樓上舒適地安睡了許多年以後，在公鹿堡房間裡度過的第一個晚上。至少這裡的織錦上繡著的都是花卉鳥雀，沒有金色眼睛的古靈盯著一個心驚膽戰、努力想要睡去的少年。但我還是看到了這個房間的十幾個地方需要進行改造，一名有心的父親在數年之前就應該做好這些事了。羞愧的心情如潮水般湧來。將她一個人留在這個巨大空曠的地方不是一件好事。

我在黑暗中站在她身旁，向自己承諾我會做得更好。我伸手撫平了她頭頂上的淡金色短髮。我的碰觸讓她蜷縮起身子。「不，請不要。」她在黑暗中悄聲說著，眼睛望向另外一邊。這如同一把匕首刺進我的心臟，但這是我應得的懲罰。我收回手，沒有按照我的心思，俯身去親吻她，並且壓抑住自己的歎息。

「那好吧，晚安，蜜蜂。」

我提起油燈，向門口走去，卻聽到她膽怯地問：「你能留下一根點亮的短蠟燭嗎？媽媽總是會為我留下一根蠟燭。」

我立刻就知道了她的意思。莫莉經常會在我們的床邊點亮一根短粗的蠟燭，讓蠟燭散發出的芬芳充滿房間，伴她入睡。我已記不清自己有多少次來到床邊時，發現她酣然入夢，而最後一點燭火正在淹沒於蠟油之中的棉芯上跳動。蜜蜂床邊桌子上的一個陶瓷小碟，應該就是放這根蠟燭的地方。我打開桌子下面的櫥格，發現了一排排這樣的蠟燭。它們的香氣飄散出來，彷彿是莫莉悄然走進了這個房間。我選擇了一根薰衣草蠟燭，因為它的香味最有助於睡眠。用油燈的火頭點亮這根蠟燭以後，我將它在陶瓷小碟中安放好，又拉緊床帳，在心中想像著跳動的燭火映透幔帳，溫柔地照亮裡面那個封閉的空間。

「晚安。」我又說了一遍，提起油燈。

正要向門口走去時，她細微的聲音如同蒲公英的飛絮一般，輕輕飄入我的耳朵：「媽媽總是會唱一首歌。」

「一首歌？」我愚蠢地問。

「你什麼都不知道。」她得出結論。我聽到她轉過身，背對著我。

我對著床帳說：「實際上，我知道一些歌。」我的確是個笨蛋，首先蹦進我的腦海裡的是〈火網小組〉，一個關於軍事和戰術的故事，完全不適合用來哄孩子入睡。我仔細思考著自己還知道什麼歌曲，以前學到過的曲調和節拍隨著我的思考一點點冒了出來。〈投毒者的草藥〉其實是一份致命草藥的名單。〈出血點〉其實是一段帶韻律的朗誦，表明人體被刺後會大出血的具體部位。這些也許都不適合當催眠曲。

她又悄聲問：「你知道〈十二治療草藥〉嗎？」

「我知道。」博瑞屈曾經教過我這首歌，耐辛女士又讓它更加牢固地嵌進了我的腦子裡。我清了清喉嚨。我最後一次單獨清唱一首歌是在什麼時候？可能是上輩子吧？我深吸一口氣，又突然改了主意，「我比妳現在還年輕許多的時候學過一首歌。那是關於馬匹的，是一首好歌。」我又清了清喉嚨，找到了韻律。

一隻白蹄子，就買下來。
兩隻白蹄子，先試一試。
三隻白蹄子，好好想一天。
四隻白蹄子，快把牠送掉。

我的努力歌唱之後是一陣短暫的寂靜。然後她的聲音響了起來：「這聽起來好殘酷。因為牠的蹄子是白色的，你就要把牠送掉？」

我在黑暗中微笑，心中回憶著博瑞屈給我的答案：「因為牠的蹄子是柔軟的。有時候是。白色的蹄子會比黑色蹄子更軟。妳肯定不會想買一匹蹄子會輕易裂開的馬。這條規則並不一定總是對的，但它會提醒妳在想要購買一匹馬之前先檢查牠的蹄子。」

「哦。」之後是一陣停頓，「再唱一遍吧，求你。」

我又為她唱了四遍，直到我的小聽眾不再向我提出要求。我提起油燈，輕步向門口走去。薰衣草的香味和溫柔的燭光被留在房間裡，我則已經步入走廊。我回頭看了一眼被幔帳遮住的臥床。和睡在裡面的小人相比，它是那麼大。那個人又是那麼小，只有我能保護她。我輕輕將屋門在身後關閉，向我自己寒冷而空曠的臥室走去。

第二天早晨，我在黎明時分醒來，一動不動地躺在床上，看著臥室天花板被陰影充滿的角落。我只睡了一、兩個小時，而睡眠依舊逃離了我。我的心裡裝著東西。

那隻小狼。

我突然吸了一口氣，這種事曾經發生過，但並不常有。我聽到我的狼在意識中說話，清晰得就好像牠還活著。這是一種原智現象。如果一個人曾經有過長久的動物伙伴，那麼他在動物伙伴死後依然會受到影響。自從我失去夜眼之後，已經過去了將近二十年，但此時此刻，牠就在我的身邊，我清晰地感覺到了一隻冰冷的鼻子伸到毯子下面，在拱我的身體。我坐起身，口中嘟囔著：「現在天還沒亮。」但我還是讓雙腿從床沿落了下去。

我找到乾淨的束腰外衣和長褲，穿好衣服。窗外是一個美麗的夏日清晨。我放下窗簾，深吸了一口氣，發現生活對我已經不再重要了。這個發現讓我吃了一驚。莫莉，我在心中想。我一直都相信，是我在用自己的關注和力量寵愛她。而實際上，是她在寵愛我，允許我在一早醒來，立刻就想到這一天我需要做些什麼，而不是覺得自己彷彿變成了另一個人，而且已做完了該做的事。

我體內的狼是正確的。我輕敲響蜜蜂的屋門，聽到她模糊的應答聲之後才走進她的臥室。我發現她已經醒了，正在審視她從裝滿小衣服的箱子裡，拿出的幾件不同樣式的衣裙。她的金色短髮蓬亂地豎在頭頂上。「妳需要幫助嗎？」我問她。

她搖了搖頭：「在穿衣服上不需要。不過每天早晨媽媽都會站在床的另一邊，幫我一起鋪床。我試過自己一個人做，但總是鋪不平。」

我看到了她的努力結果。感覺就像是她試圖一個人升起一整艘船的船帆。「好的，我知道該怎麼做，」我對她說，「我會為妳把床鋪好。」

「我們要一起做。」她責備我。深吸了一口氣，聳起自己的小肩膀，「媽媽對我說過，我必須能夠照顧好我自己，這個世界上沒有幾個人會容忍我的弱小。」

是的。莫莉早已想到了這一點。

「那麼就讓我們一起來鋪床吧。」我說道，然後我按照她非常精確的指示做完了這件事。我沒有告訴她，我只需要告訴一名女僕，現在整理這個房間是她的任務。我不會破壞莫莉在我們的小女兒身上仔細建立起來的品質。

她在穿衣服的時候將我趕出了房間。我站在屋門外等待著她出來，這時，我聽到蕁麻的靴子敲擊石板地面的聲音。她停在我面前。不誇張地說，當她看到我的時候，明顯是被嚇了一跳。

「早安。」我向她問好。還沒等她有所回應，屋門被拉開，蜜蜂已經穿著妥當，準備迎接新的一天了。

「我梳了頭。」她對我說道，彷彿我這樣問了，「但頭髮太短，沒辦法梳得服貼。」

「我的也是。」我對她說。其實我根本沒有試過想要把頭髮梳好。

她抬起頭看著我問道：「修剪一下鬍子對你來說也很難嗎？」

蕁麻笑了，妹妹的問題和我窘迫的反應都讓她覺得很好笑。

「不，不會。」我鄭重地承認，「我只是忘記了。」

「我走以前會幫你整理好。」蕁麻說。我很想知道她對於莫莉的日常工作瞭解多少。

蜜蜂嚴肅地看著我，慢慢搖了搖頭：「你沒有理由再留鬍子了。你應該把它們都剃掉。」

這讓我感到一陣心痛。她是怎麼知道的？難道莫莉告訴過她，我蓄鬍是為了讓自己看上去更接近真實的年齡？「也許再等一段時間吧。現在我們應該下樓去吃早餐了，妳的姐姐想要早一些啟程。」

蜜蜂走在我們中間。吃飯的時候，她試著對僕人說了幾個詞，但大部分時間裡她只是衝著自己的盤子嘟囔。不過這依然引起了僕人們的驚訝。而且我覺得蕁麻也看出了讓她慢慢顯示自己能力的聰明之處。

告別對我們所有人都很艱難。蜜蜂忍受了蕁麻的一個擁抱。而只要蕁麻允許，我希望能將我的長女在懷中抱得更久一點。蕁麻在向我們說「再見」的時候，眼睛裡閃著水光。我承諾會時常給她訊息。她低頭看著蜜蜂，叮囑妹妹要「學一些句子，寫信給我，小蜜蜂。我相信妳一定能像妳的爸爸一樣努力做好這件事。」讓我感到慶幸的是，蕁麻沒有看到蜜蜂和我在她轉過身之後交換的那個內疚的眼神。

謎語靜靜地站在一旁，看著我們告別。然後，他滿臉嚴肅地向我走過來。我本以為他會笨拙地和我說幾句話，但他只是突然間將我抱緊，幾乎壓斷了我的肋骨。「要勇敢。」他在我耳邊說了這三個字就放開我，走向他的坐騎，跨上馬背。他們很快就策馬跑遠了。

我們站在細柳林的大道上，當蕁麻和她的隨從們漸漸從視野中消失之後，我們又站了一會兒。管家樂惟和另外幾名僕人也都和我們一起來送別蕁麻。他們紛紛散去，只剩下蜜蜂和我留在原地。幾隻小鳥在樹林中啁啾鳴唱。一陣清晨的微風吹動了大道兩旁白樺木的樹葉。又過了一段時間，蜜蜂說道：「好吧。」

「是的。」我低頭看著她。我該拿這個小女孩怎麼辦？我清了清喉嚨，「我經常會在這個時候去馬廄走一走。」

她抬頭看看我，又迅速將頭轉開。我知道她害怕莊園中的那些大動物。她會和我一起去嗎？如果她拒絕，我肯定無法責備她。我只是等待著。過了一會兒，那顆金髮的小腦袋點了一下。

於是，我們在那一天開始了一種新的生活。我希望她能坐在我的肩頭，卻知道她很害怕我的碰觸，而且現在我已經知道了其中的原因。所以，她只是小跑著跟在我身後，我則減慢了步速，讓她能追上我。我們來到馬廄，和塔爾曼寒暄了一會兒。客人們的離去顯然讓這位馬夫鬆了一口氣，他的工作量又恢復到平日的水準了。牧羊人．林恩和我說話的時候瞥了一眼我的小跟班。他的狗則慎重地用鼻子頂著蜜蜂的下巴，直到蜜蜂開始拍撫牠。

葡萄園需要騎馬才能到達。當我這樣告訴蜜蜂的時候，她考慮了更久才對我說：「我已經有幾天沒有查看過媽媽的蜂箱了。你知道的，我也有自己的任務。」

「我不知道該如何幫助妳打理那些蜂巢。」我對她說。

她抬起頭，再一次聳起了自己的小肩膀：「我知道必須做什麼。我比我看起來的還要強壯。」

於是，我們分開了。不過等到午飯的時候，我們又聚在一起。我向她報告了葡萄長得很好，我也看到她的許多蜜蜂在葡萄園中忙於牠們的工作。她鄭重地點點頭，說蜂箱那邊的情況也都不錯。

吃過午飯之後，我去了細柳林書房，揀起被棄置很久的帳簿。管家樂惟整理出一張清單，上面列出了他認為非常重要、絕不容忽視的修柳林維修項目。在他的一些建議旁邊附有小段的批語，那是莫莉的筆跡。我完全無法看到這個。她在至少兩個月以前就將這份清單整理完畢了，我曾經向她承諾，我們會在這個夏天開始其中最緊要的工作。但我一直都沒有履行這個承諾，只是將它放到一旁，相信等到事情必須去做的時候，她自然會提醒我。

她不會了，再也不會了。

我的書桌上還有其他資料。從偏遠農場運送來的物資需要支付相應的收購款項，帳單也都擺到我的面前。還有在草場工作的人們要重新分配工作。一份單據表明我們必須僱用更多的人手為葡萄收穫季做準備。如果想要找到好工人，我們最好現在就開始行動。每一件事情都需要立刻著手進行。

又是一張清單，筆跡很凌亂，有不少拼寫錯誤。上面寫的是各種食品物料。我盯著它看了一段時間。我的表情一定是很困惑，所以蜜蜂走過來，越過我的肩膀望向這張清單。「哦，我想這是廚娘肉豆蔻寫的清單。她總是問媽媽下個星期想要吃些什麼，這樣她就能將需要的食材全部準備好。媽媽通常會讓她寫好食材以及一些所需物品的清單，好派人去鎮上採購。」

「我明白了，那麼這是什麼？」

蜜蜂皺起眉頭看了一分鐘。「我不能確定。我覺得這個詞應該是『羊毛』。這也許是『鞋匠』。媽媽一直在說要為僕人們準備過冬的毛織衣物，還有為你我做新鞋子。」

「但現在還是夏天！」

蜜蜂向我側過頭。「這就像照顧花園一樣，爸爸。你必須現在就為三個月以後的事情做好計畫。」

「我想是的。」我盯著這些莫名其妙的筆跡，尋思是否能讓樂惟把這份清單翻譯一下，然後擔負起分派人手進行採購的任務。這些工作突然變得這麼繁重。我將清單放回到桌上，從書桌前向後退開，「我們應該去看看蘋果樹了。」

於是我們出發了，在外面一直待到晚上。

一個又一個心痛的日子過去了。我們試圖摸索出一條可行的生活之路。我們對馬廄、羊圈和葡萄園進行並無必要的日常巡查。我並未能完全投入到工作之中，我沒有什麼目標——不過那些帳單總算沒有支付得太晚。當樂惟拿到食材清單的時候，也幾乎是大大鬆了一口氣。我不在乎他會將什麼樣的菜餚放到我面前，進食已經成為了一個不得不完成的任務。睡眠一直在逃避我，只會在下午時伏擊坐在書桌後面的我。蜜蜂愈來愈經常地跟隨我在夜晚走進我的私人書房。她在那裡裝作閱讀我丟棄的紙張，然後在那些紙的背後畫出大量圖繪，以此為樂。我們很少說話，甚至一起玩遊戲的時候也沒有多少語言的交流。大多數晚上，她最後都會在地板上睡去。我會把她抱回到床上。當她從我的臂彎裡滾進被褥中以後，我會回到書房。我開始對太多的事情視而不見。有時候，我們彷彿都在等待著什麼。

那天晚上，我意識到自己在等待莫莉回來。我將頭埋進手臂中，任自己苦澀的眼淚毫無意義地流淌。直到一隻柔軟的小手輕拍我的肩膀，才讓我醒轉過來。我聽到她的聲音在說：「這已無法改變，親愛的，無法改變了。你必須對過去放手。」

我抬起頭，看著我的小女兒。我本以為她正在壁爐前熟睡。這是她第一次主動來碰觸我。她淺藍色的眼睛就像珂翠肯的一樣。有時候，她看上去的確……不是眼盲，相反的，她的目光彷彿穿透了我，在看著另外一個地方。我從沒有想過一個孩子能夠說出這樣的話。這是莫莉才會說的話，如果她還在，一定會用這樣的話來安慰我。我的小女兒正在努力讓我堅強起來。我眨眨眼，讓眼中的淚水落下，然後清了清喉嚨向她問道：「妳想要學習如何下棋嗎？」

「當然，」她說道。即使是我也知道，下棋並不是她真正的用意所在。那天晚上，我一直在教她，我們一直下到將近清晨，又一起睡到第二天中午。

秋意漸濃的時候，訊息傳來，傳遞訊息用的是常規手段。我正和蜜蜂一起坐在早餐桌邊，桌上放著一顆肥大的橡實，上面還帶著兩片橡樹葉。我曾經在一只小匣子蓋子上雕刻過這樣的圖案。那只匣子裡放著我的毒藥和刺客工具。現在它早已無影無蹤，但這個意思我很清楚。切德希望與我見面。我向這枚橡實皺起眉頭。只要我生活在細柳林，他就能做出這種事。僕人中沒有一個承認是自己將這顆橡實放在桌子上，也沒有人承認忘記拴住門窗。不過我的老導師早就提醒過我，無論我覺得自己有多麼聰明和警惕，他只要想做，就還是能滲透進我的防禦。在黃昏時分，會在一家名為橡樹杖的客棧裡等我，那是在靠近絞架山的一個十字路口旁。騎馬去那裡需要兩個小時。這意味著如果我要去赴約，就一定會回來得很晚。如果和切德談及任何複雜的事情，我也許要到第二天早晨才能回來。而切德又不從精技裡向我透露任何關於這次會面的內容。這也意味著精技小組中沒有人能知道他到底有什麼打算。看來又是他藏在肚子裡的一個該死的祕密了。

蜜蜂看著我把玩那顆橡實。當我將它放回到桌子上的時候，她便將橡實拿起，仔細審視它。現在她已經開始向僕人們說一些短句子了，比如：「請，再一些麵包。」或者「早安。」她孩子氣的發音相當真實，而我則無法確定自己對於她的表演天賦到底是感到驕傲還是沮喪。在過去的幾個晚上，我們玩了更多的記憶遊戲和石子棋，她在這兩方面都有著令人驚異的才能。我對於心中作為一位父親的驕傲很不以為然，不斷提醒自己，每一個做父母的都會認為他的孩子是最聰明最美麗的。在我的一再請求下，她向我展示了一張細心臨摹的草藥繪圖。她擁有她母親的繪圖天賦。她還給蕁麻寫了一封短信，字裡行間幾乎沒有半點瑕疵，而且筆跡和我的非常像，甚至讓我擔心她的姐姐會不會認為這是我偽造的。我們一同度過的最近這幾個星期，就像是一劑治癒創傷的靈藥。簡而言之，它讓我的痛楚緩和了許多。

但我不能忽視切德的召喚。我知道，只有當他擁有某種最能吊起我的胃口的東西時，才會重新使用這種在我幼年時使用的祕密聯絡方式。這是只有他一個人才知道的祕密嗎？它是不是過於危險，不能讓旁人知曉？想到這裡，我的心沉了下去。現在又該怎麼辦？在公鹿堡到底發生了什麼，竟然需要用這種極為祕密的方式聯絡我？他到底想把我捲進什麼樣的漩渦裡？

而我今晚又該如何安排蜜蜂？如果我去見切德，就無法照顧她上床睡覺了。我們已經開始建立起了一種只屬於我們兩個人的生活，我不想如此輕易就將它拋在腦後。就像蕁麻警告我的那樣，全天候地照顧孩子並不如想像中那樣容易，當然，也不會像她渲染的那樣困難。我很喜歡和女兒在一起，哪怕我們在一個房間中忙碌著各自的事情，彼此之間一言不發，也會讓我感到幸福。最近蜜蜂很想要一套畫筆和顏料。她對於那些古老插畫的臨摹細緻且精確。這種工作常常讓她歎息不止，但我建議她讓蕁麻看到她的能力，所以她還是畫了它們。實際上，更加吸引我的是她用畫筆和墨水創作的那些特殊又充滿童心幻想的圖畫。她畫了一個鼓起雙腮，彷彿正在吹氣的小男人，告訴我這個人是在吹出霧氣。她從未見過大海和船隻，卻畫了一艘小船在蜿蜒的水波中游蕩。在另一幅畫上，她畫了一排有小臉的花朵。她給我看這幅作品的時候很是害羞，我感覺到她正在讓我進入她的世界。我不願讓女僕為她整理床褥，也不想把她拖進黑夜中，讓她和我一起趕路。秋季的暴風雨對她來說是一種威脅。

蜜蜂正好奇地看著進退兩難的我。「這是什麼？」她用孩子氣的聲音問道，手中舉著那枚橡實。

「一顆橡果，橡樹的種子。」

「我知道！」她說道，語氣彷彿是在責備我竟然會以為她如此無知。但她立刻又閉住了嘴。塔維婭正端著一罐熱氣騰騰的麥片粥從廚房中走過來。她把粥放在桌子上，又分別給我們盛了兩大碗。一罐奶油和一小罐蜂蜜已經被放到桌上，旁邊是一條剛出爐的麵包。名叫榆樹的年輕廚房女僕跟在塔維婭身後，手中端著一碗牛油和一碟燉梅乾。我注意到，她一直都沒有看向蜜蜂。同時我也發現當這個女孩從蜜蜂的椅子後面經過的時候，蜜蜂的身子微微顯得僵硬，連呼吸也停頓了一下。我向塔維婭點頭致謝，等到她和她的女兒返回廚房，我才說道：

「今晚我必須出去一趟。也許整晚都不在家。」

我感覺到蜜蜂的眼神向我的臉上閃動了一下，似乎是在努力解讀我的心思。這是她的一個新習慣。她依然不會和我對視，但有時候，我感覺到她在看我。自從我一直將精技約束起來之後，她顯然是輕鬆了許多。不過我相信這也讓我在她的眼中變得更神祕了。我不能不好奇，她在生命最初的九年裡從我這裡看到了多少事情。但這個念頭又勾起了傷心的過去，所以我把它推到一旁。她還沒有說話。「今晚，我是否應該讓塔維婭送妳上床？」

她飛快地搖了搖頭。

「那麼，輕柔呢？」這名廚房女僕更年輕一些，才二十幾歲。也許她更合蜜蜂的胃口。

蜜蜂低垂下雙眼，看著自己的燕麥粥，用慢一些的速度搖了搖頭。嗯，那麼兩個相較之下容易的選擇都不行了，除非我直接命令她必須接受我的安排。我還沒有準備好對她這樣嚴厲，而且也不知道有朝一日會不會這樣對她。但我隨後又責備自己也許會成為那種寵溺孩子、對孩子一味縱容的父親。我向自己承諾，我會認真考慮這件事，然後就暫時把它置之於腦後了。

儘管切德的來訪一直沉甸甸地壓在我的心裡，我還是開始在心中梳理每天例行的任務。一個采邑永遠都在需要各種各樣的東西，即使是死亡也無法讓這些需求停下來。我很快就發現，管理好一座莊園竟然需要做好這麼多無形的工作，即使樂惟已經完成了其中很大一部分，剩下的工作量還是有些令人咋舌。一直以來，都是莫莉負責和他進行協調。他們一同討論餐點內容，每一季額外要做的事情，常規維護專案和僱用人手的計畫。我對這些工作從來都是視而不見，而現在，我的管家堅持每天下午都要和我見面，討論采邑和莊園的日常所需，這幾乎要把我逼瘋了。樂惟是一個討人喜歡的傢伙，而且很擅長他的工作，但他每次敲我的書房門時，都會讓我想起莫莉已經不再會和他一起去處理好那些瑣事了。他有兩次提及了應該在冬天到來之前完成的維修工作，並向我提供了詳細擬定的建議，包括應該去找哪些商人、採買哪些材料，以及工作日程。這些都讓我感到不勝其煩。現在它們全都堆積在我的日常工作上。今天，我已經延遲了付給僕人們酬金的日期，儘管他們似乎都理解我的哀傷。但我知道，他們的生活也要繼續。該如何應付這一切？僱用另一個人整天向我嘮叨？能不能找到一個可以信任的人，這一點讓我很擔心，而當我想到蜜蜂還需要一名保姆或者導師的時候，我的心就更沉。我很想知道蜚滋機敏是否已經做好了準備，然後又想到對於一個小女孩來說，一名女性撫育者可能會更加合適。那個人應該能睡在蜜蜂臥室旁空著的僕人房間裡。等到蜜蜂長大的時候，她就能從一名保姆變成一名侍女。想到要讓另一個女人進入蜜蜂的生活，來做本應該由她的母親為她做的事情，我的哀傷又變得益發沉重。但我知道，我必須做好這件事。切德的來訪將是第一件讓我從蜜蜂身邊離開的事情，但它不會是最後一件。

只是我仍然不知道該從什麼地方開始，尋找一名能夠充任這一角色的僕人。

我靜靜地吃著早餐，思考著我的困境，然後又一言不發地站起身。我想到了自己在人生中的特殊位置，給予我的這種奇怪的孤獨處境——這不是我第一次意識到這個問題，也不會是最後一次。對於公鹿堡周邊的領主和上流人士，莫莉和我既不是貴族，也不是普通人，而是一種處於這兩個階層之間的怪物。那些為我耕種土地、照顧馬匹的人都很和我談得來，並且欽佩我對於他們的工作瞭若指掌，但他們並不認為我是他們的朋友。而在我周圍那些擁有封地的貴族，都知道我們是湯姆．獾毛管理人和莫莉女士。在他們的眼中，莫莉能得到晉升，只是因為博瑞屈對於王權的效忠。和他們打交道的時候，他們都表現出了很和善的一面，但他們都不會邀請我們進入他們的社交圈子。而莫莉也明智地不會逼迫他們這樣做。我們只滿足於彼此的陪伴，我們的親人偶爾也會闖入到我們的生活中，同時帶來混亂和快樂。這對我們兩人來說已經足夠了。

但現在，莫莉走了，我環顧周圍，才意識到沒有了她，我在細柳林的生活是多麼孤單。我們的孩子都有各自的人生，只把我一個人留在這裡。不過，我還有一個孩子。我低頭瞥了她一眼。讓一個孩子這麼孤獨地成長是不對的。

蜜蜂的小軟鞋踏在地面上幾乎不會發出聲音。她就這樣悄無聲息地跟在我身後走過這棟房子。我回頭瞥了她一眼說道：「我必須去馬廄一趟。暴風雨就要來了。我們需要替妳找一些暖和的衣服。」

「這件事我自己可以做。」蜜蜂輕聲堅持著。

「妳能找到那些衣服嗎？」我不由自主地皺起眉頭。她的冬裝是不是還收在某只箱子裡？那些衣服還合身嗎？

我的問題讓蜜蜂思考了片刻，然後她慎重地點了點頭，歪過頭抬眼看著我。我感覺到她的目光從我身上掃過。「我不像你感覺的那麼小。我九歲了。」

「好吧，我會在私人書房等妳。」

她又嚴肅地一點頭。我看著她快步走上了樓梯。現在攀爬這道樓梯對她來說還有些困難，每一個臺階都需要她邁開腿才能構到。我竭力去想像這麼小的人兒在這樣巨大的成人世界是如何生活的，卻還是想像不出來。她真是個非常有能力的孩子，我一邊這樣想著，一邊懷疑自己是不是低估了她。向一個孩子要求太多是危險的，但要求太少也幾乎是同樣危險的。不管怎樣，我應該為她做好準備，以免當她需要我的時候，我卻不能在她的身邊保護她。我做出了一個決定。

蜜蜂走進我的書房時，已經穿上了靴子和暖和的長褲，她的冬季斗篷就掛在臂彎裡，一頭金髮也被匆匆梳到了腦後。我能看出來這是她自己做的，不過並沒有批評她。她向房間裡環顧了一圈，顯然在奇怪我們為什麼要這麼早就來到這個房間。這個房間比我的正式書房要小一些，不過也很舒適。房間四壁覆蓋著光色潤澤的烏木護牆板，壁爐是用大塊的扁圓河底石砌成。這是一個令人感到愜意的地方，一個男人的隱居之處，但這並不是我將它選作巢穴的原因。我思考著，心中感到猶豫。但她已經九歲了。我在這個年紀已經知道了公鹿堡的許多祕密。

「請把門關上。」她走進來的時候，我對她說。

她照我的話做了，然後雙眼望過我的肩膀，對我的要求感到奇怪：「我還以為我們要出門。」

「是的，但不是馬上。我想要讓妳看一樣東西。看看妳是否能做到一些事。但首先，我必須和妳做一下解釋。請坐下。」

她爬上一把軟墊椅，坐穩身子，看著我，但並沒有盯住我的眼睛。「這是一個祕密。」我警告她，「只有妳和我才知道的祕密。耐辛曾經在我和妳的母親第一次到這裡來的時候，向我們展示過它。耐辛已經走了。現在莫莉也走了。」我等待了片刻，嚥了一口唾沫，繼續說道：「所以，現在只有我知道它了。很快，妳也將知道。它沒有被寫下來，而且絕不能被寫下來。妳不能讓任何人知道它。明白嗎？」

她沉默了良久，然後緩慢地點點頭。

我從書桌後面的椅子裡站起身，向門口走去，確保屋門被牢牢拴住。「這扇門必須被完全關閉，」我一邊對她說，一邊伸手指向這道厚重門板的鉸鏈，「看這裡，這道門一共有四副鉸鏈。兩個在上面，兩個靠近底部。它們看上去完全一樣。」

我一直等到她再次嚴肅地點頭。

「這一個，不是最下面的，而是更靠上的這個，是假的。妳將這副鉸鏈的栓釘從頂部抽出來，它就變成了一個把手。看到了嗎？然後妳可以這樣做。」我拉出那根黃銅栓釘，抓住假鉸鏈一拉。一道偽裝成護牆板、又高又窄的門打開了。覆蓋在那道門中的蜘蛛網也隨之被紛紛扯破。

門後是一片黑暗。我回頭瞥了蜜蜂一眼。她專注地看著我的每一個動作，下嘴唇被啣在兩排完美的小牙齒中間，「這是一道祕門。」

「是嗎？」她問道。我發現我又在向她解釋一件顯而易見的事情了。我撓了撓面頰，感覺自己的鬍鬚又長了一些。我突然意識到自己還沒有好好修剪鬍鬚。莫莉從沒有因為這件事而責備過我。片刻之間，許多思緒飄過我的腦海，彷彿波濤般再次將我浸透和淹沒。

「爸爸？」蜜蜂拉了拉我的襯衫袖口。

「我很難過。」我說著，又深吸了一口氣。

「我也很難過。」蜜蜂說道。她並沒有握住我的手，只是繼續揪著我的袖口。我甚至沒有察覺到她已經從椅子上下來，走過房間來到了我身邊。她清了清小喉嚨，我發現了她面頰上閃光的痕跡。我收緊自己的精技圍牆，她無聲地點頭向我致謝，然後用微弱的聲音問我：「這是通向哪裡的？」

於是，我們一起越過了這道哀傷的波濤，繼續向前。

「這裡通向上方的一個小房間，和那個小房間一牆之隔就是樓上我的書房。小房間裡有一個小窺視孔就開在書房壁爐的左側，一個人可以坐在那裡，監視書房中人們進出和交談。」我揉了揉眼睛，「從那裡有一道窄樓梯通向一條非常低矮的廊道，廊道盡頭是另一個小房間，可以監視這幢房子的另一部分。」我嚥了一口唾沫，當我繼續說下去的時候，聲音幾乎還能算是正常，

「我想，這大概屬於瞻遠家族的一種喜好。我們似乎很喜歡在家中設置一些偷窺孔和祕密房間。」

蜜蜂點點頭，目光越過我，望向那道門。那些破碎的蜘蛛網還在微風中不斷地搖曳著。一抹微笑出現在她的臉上，她將兩隻小手握在一起，頂住下巴。「我喜歡這個！這是為我準備的嗎？」

我完全沒有預料到她會有這樣的反應。我發現我也在和她一起微笑，「是的。還有另外兩條路徑也能進入這裡。一條是從我的臥室，另一條是從一間食品室。不過那兩條路徑的入口很難打開，主要是因為它們已經有非常非常久的時間沒有被使用過了。這一個打開更容易些。不過它也閒置了很長時間，所以裡面充滿了蜘蛛網和灰塵，當然還有老鼠和蜘蛛。」

蜜蜂來到入口的邊緣，把手伸進蜘蛛網裡，將它們撥到一旁，蛛網上那些有許多條腿的小東西絲毫沒有嚇到她。她回頭瞥了我一眼：「我現在能進去嗎？能給我一盞燈嗎？」

「我想可以。」蜜蜂的熱情感染了我，讓我也失去了警惕之心。我本以為今天只是要讓她知道有這樣一個地方，如果她遭遇危險，我又不在她身邊，至少她可以逃遁至此處。我拴好書房門，確保沒有人能進來，然後拿起書桌上的油燈，又將祕門關閉，把鉸鏈機關復原，「妳試試打開它。」

鉸鏈栓釘相當牢固，蜜蜂費了些力氣才把它拔出來。「我們可以在這裡上一點油。」她喘著氣說道。然後她站起身，將祕門開啟，回頭瞥了我一眼，「我能拿著燈走在前面嗎？」

如果她摔倒，或者將油燈掉落，潑出的油火會將整座細柳林點燃。「小心一些，」我把燈交給她，叮囑她說：「用兩隻手拿，不要讓它掉了。」

「我不會的。」她回答道。但油燈一到她的手裡，我就開始懷疑自己這樣做是不是妥當。蜜蜂則顯得很興奮，一心只想探索面前這個未知的世界，毫不猶豫地走進了這條狹窄黑暗的走廊。我只能彎下腰，跟在她身後。

細柳林的窺伺通道並不像環繞公鹿堡的通道那樣精緻。我相信構建它的並非是我的父親，否則一定會讓它能適應高個子男人的身材。也許這些通道可以追溯到這幢房子第一次重建的時候，那時的人們為它添加了南翼。我經常會好奇這裡是不是還有我不曾發現的密道，只不過打開那些密道入口的方法已經隨著這幢房子主人的更換而失傳了。

我們沒走多遠就遇到了一道陡峭的臺階。上了臺階之後，密道突然左轉。這裡的走廊變得寬敞了一些。又上了六個臺階之後，通道重新變得平坦，最終通向樓上我的書房壁爐的一側。我在這個狹小的空間中完全無法站直，不過最初使用它的人肯定能舒適地待在這裡。這裡有一張結實的小凳子，能夠讓監視的人坐在上面，還有一個烏木小櫥櫃，櫃門緊閉著，一座小架子，讓蜜蜂能夠把油燈放在上面。蜜蜂的直覺是正確的——我剛剛注意到窺視孔周圍的小遮板完全能夠將燈光擋住，不至於被外面的人發現。她沒有撣掃凳子上的塵土就坐了上去，向前俯過身，朝我的書房中看了一眼，然後坐直身子說道：「我喜歡這個，它對我完全合適。哦，爸爸，謝謝你！」

然後她站起身，向那個小櫥櫃走去，很輕鬆地就抓住櫥櫃把手，打開櫃門向裡面望去。「看啊！這裡有一罐墨水瓶！裡面全都乾了，不過我可以灌一些墨水進去。這裡還有一枝舊鵝毛筆，毛全都被吃掉了。我需要一枝新筆。你看，把這個架子打開，它就能成為一張供書寫用的小桌子！這設計可真精巧！這些全都是為我準備的嗎？」

就算是對於一名身材矮小的間諜，這裡也是一個相當侷促的空間，但對於她來說卻完全合適。我本來只把這裡當做是她的一個緊急藏身之處，她卻將這裡看成了一個容身之所，甚至是一個遊戲室。

「這是一個安全地點。如果妳覺得自己遇到了危險，又找不到我，就能藏到這裡來。或者如果我告訴妳有危險，要妳逃走藏起來的時候，也可以來這裡。」

她認真地看著我，並沒有看我的眼睛，但淺藍色眼睛一直在掃視我的臉。「我明白了，當然，嗯，那麼，我需要蠟燭，還有一只火絨匣。還有盛水的容器，一個有密封蓋子的容器，可以儲存硬麵包。這樣，如果我必須在這裡躲藏很長一段時間，也不會感到饑餓了。還要有一個墊子和一條毯子用來禦寒。也許還應該有幾本書。」

我驚訝地盯著她，「不！不，蜜蜂，我絕對不會讓妳在這裡躲藏好幾天！等等……幾本書？妳真的能夠讀書了？」

看蜜蜂臉上的表情，我就好像是在問她能不能呼吸。「當然，難道不是所有人都能讀書嗎？」

「不，一般來說，只有受過教育的人才能看懂書中的內容。我知道妳的母親教過妳字母，但我沒想到……」我驚愕地盯著她。我曾經看到過她使用紙筆。但我以為她所做的不過是能寫出一些字母而已。她寫給姐姐的信也都是一些非常簡單的詞句，寥寥數言而已。現在我回憶起她曾經向我要紙，好寫下她的夢境，我以為她的意思是要畫一些奇怪的圖畫。我突然很想知道她都寫了一些什麼，看看她都夢到了什麼。我將這種欲望壓了下去，如果她不主動讓我看，我就會一直等下去。

「媽媽給我讀過書。她的那本書又大又漂亮，上面全都是草藥和花朵，是耐辛女士送給她的。她讀得非常慢，給我指明了每一個單詞，告訴我它們的拼寫和發音。這樣我就學會了。」

莫莉很晚才能閱讀，而且掌握閱讀對她來說相當困難。我立刻就知道了她讀給蜜蜂的是哪一本書。那本書不是用紙做成的，而是薄木板，文字和插畫都是雕刻在木板上的。草藥和花朵的浮雕上都按照它們原本的色彩進行了圖繪。耐辛曾經非常珍視這件來自於我的禮物。莫莉又用它來教我們的女兒認字。

「爸爸？」

我一時失神了。聽到女兒的話，我向她低下頭。

「耐辛女士怎麼了？媽媽和我說了許多關於她的故事，卻從沒有告訴過我她的故事是怎樣結束的。」

「她的故事的結束。」我繼母的故事結束的那一天，我恰好在場。我回想起那個時刻，感覺到它對我突然有了一種完全不同的重要意義。我清了清嗓子，「嗯，那是在早春的一天。李子樹剛剛從寒冬中醒來。耐辛女士監督工人們，趁它們的花苞還未綻放的時候為它們剪枝。那時她的年紀已經很大了，卻還是一直關心著自己的花園，於是她將身子靠在窗戶，向園藝工人們不停地發號施令。」

想到那段時光，我不由得露出了微笑。蜜蜂幾乎在看著我的眼睛。她皺起眉頭，顯然是完全被我的話吸引了。「她從窗口跌出去了？」

「不，也許會讓人感到驚訝，但她沒有摔倒，更沒有跌出窗口。不過她很不喜歡那些剪枝工人的工作。所以她說要出去指揮他們，順便帶一些修剪下來的花枝回來插在案頭，讓它們在那裡開花。我提議去為她取花枝，但她已經走出房間，找到靴子和一件厚羊毛斗篷之後，就出去了。」我停頓了一下。那時的情景依舊清晰地映在我的腦海中。藍色的天空，猛烈的寒風，耐辛氣憤地瞪大了眼睛，因為那些園藝工人竟然敢無視她的命令。

「然後呢？」

「她出去了一會兒。我正在晨間起居室裡的時候，聽到通向室外的大門被用力關上了，然後是她的喊聲。她要我去拿一些花枝。我來到走廊裡，看見她抱了滿滿一把細枝，走過來的時候還不斷有樹枝和泥土從她的手臂中掉下來。我正要過去把她懷裡的樹枝都接過來，她卻突然停住了腳步，盯著前方，張開了嘴。她的面頰被冷風吹成了粉紅色，而那種紅色還在加深。她突然喊道：『駿騎！你來了！』然後她張開手臂，樹枝落得到處都是。她就那樣舉起雙臂，兩步就從我身邊跑過，撲倒在地上。」

淚水突然刺痛了我的眼睛。我眨了眨眼，卻無法阻止它們。

「然後她就死了。」蜜蜂悄聲說道。

「是的，」我嗓音沙啞地說道。我回憶起自己在那個時候抱起耐辛纖瘦的身體，讓她臉朝上躺在我的臂彎裡。她死了，沒有閉上眼睛，但臉上還帶著微笑。她在笑。

「她看見你的時候，以為你是她死去的丈夫。」

「不。」我搖搖頭。「她並沒有看我。她在看著我的身後，是我身後的走廊裡。我不知道她看見了什麼。」

「她看見了他。」蜜蜂似乎對自己的判斷感到很滿意。她向自己點了點頭，「他終於來接她了。她的故事有一個很好的結局。我能把她的書放在這裡嗎，就是那一本關於草藥的書？」

我很想知道莫莉是否有一天會來接我。一陣希望在我的心中湧起。然後我的心神又回到了現實之中——在這個小房間裡，我的女兒正坐在那張打開的摺疊書桌前。「如果妳願意，大可以把書放在這裡。妳可以把妳選中的任何東西放在這裡。妳還會得到蠟燭和火絨匣，只要答應我會非常小心地使用它們。但妳必須記住，這個房間和它的入口是一個祕密，一個不能告訴任何人的祕密。只有妳和我知道它的存在。保守這個祕密對我們來說非常重要。」

她嚴肅地點點頭：「你能帶我去看看其他通道都通向哪裡嗎？我記得我們在路上就經過了一條。還有，要如何打開另外那兩道門？」

「也許明天吧。現在，我們必須離開這裡去看看照顧羊群的那個人了。」

「林恩，」她漫不經心地提醒我，「牧羊人．林恩負責照管羊群。」

「是的，林恩。我們需要和他談談。」一個主意出現在我的腦海中，「他有一個名叫博基的兒子。博基娶了妻子，還有一個小女兒。也許妳會想要見見他們？」

「不，謝謝。」

蜜蜂乾脆的回答扼殺了這個希望。我也知道她絕不會善罷甘休，於是只好一言不發地耐心等待她拿起我們的油燈，領著我走過狹窄的樓梯。她在通向另外一條通道的岔路口充滿希望地停下腳步，舉起油燈向黑暗中看了幾眼，卻還是微微歎了口氣，帶我回到了書房。我舉著油燈為她照亮，等她關閉祕門，將鉸鏈復位之後，我就吹熄了燈火，拉開沉重的窗簾，讓灰色的陽光照入屋內。外面已經開始下雨了。我眨眨眼，調整了一下眼睛的光感，意識到今晚大概就要結霜了。樹葉的顏色正在改變。樺樹葉的邊緣和葉脈都變成了金色。冬天正在靠近。但我還是沒能把話說出口。

「其他孩子都不喜歡我。我讓他們感到不舒服。他們認為我是一個穿成女孩樣子的小孩。就算是我能做許多事情，比如用鋒利的刀子削蘋果皮，他們也都認為……我不知道他們在認為什麼。但是當我走進廚房的時候，塔維婭的兒子們就會出去。他們原來每天都會和塔維婭一起來工作的，但現在他們不這樣了。」蜜蜂的目光從我身上移開，「榆樹和草坪，廚房裡的那兩個女孩，她們恨我。」

「哦，蜜蜂，她們不恨妳！她們幾乎都還不瞭解妳。塔維婭的兒子們已經到了要跟隨他們父親的年齡了。他們現在全天都需要從父親那裡學習工作技能。這不是因為妳，蜜蜂。」我帶著同情的微笑低頭看著我的小女兒。她抬起頭瞥了我一眼，就在我們目光接觸的那一瞬間，那雙藍眼睛裡燃燒的火焰灼燒著我。

她低下頭看著地板，整個身子都顯得非常僵硬。「也許今天我應該留下來，不應該淋雨。」她用冰冷而稚嫩的聲音說道，「這也許是一個我單獨留下來的好日子。」

「蜜蜂，」我說道，但還沒等我繼續說下去，那股怒火又在我的眼前閃耀了一下。

「我恨你說謊。你知道其他孩子會害怕我。我知道他們是不是恨我。我沒有作假。這是真的。不要對我說謊，這會讓我覺得是我對他們做出了很壞的判斷。謊言是壞的，無論是誰說出了它們。媽媽一直在忍受你，但我不會。」她將雙臂抱在胸前，用挑釁的眼神盯住我的膝蓋。

「蜜蜂！我是妳的父親。妳不能這樣對我說話！」

「如果我不能對你說實話，我就不應該對你說任何話了。」她全部的意志力都被灌注在這句話上。我知道她完全能恢復原先那種長久的沉默。自從莫莉死後，她成為了我唯一的陪伴，想到這種陪伴也將要被剝奪，我感覺到自己受到了沉重的打擊，而這也讓我立刻意識到我和我的女兒之間正在形成一種多麼緊密的羈絆，另一道閃電隨即刺穿了我的意識——如果我任由自己對她的需要壓倒作為她父親所應有的責任心，那麼我們兩個都將會陷入怎樣的險境！

「妳可以在對我誠實的同時也對我保持尊敬。就像我可以這樣對妳。蜜蜂，妳是與眾不同的。這會讓妳的人生中的某些部分變得非常艱難。但如果妳總是用自己的不同，去解釋妳對這個世界的一切不滿，妳就會陷入自怨自艾的牢籠。我毫不懷疑妳會讓塔維婭的孩子感到不安。但我也知道，他們之中沒有一個人喜歡在廚房裡工作。所以他們的父親將他們帶去了磨坊，看看在那裡會不會更合適。這些並不都是因為妳。有時候，妳只是事情發生的原因之一。」

蜜蜂將目光垂到了地板上。但她並沒有鬆開自己的手臂。

「穿上妳的斗篷。我們要去看林恩了。」我用充滿自信的聲音說道。我不知道如果她拒絕服從我，我該怎麼辦，但我只能將這種忐忑的心情深藏起來。當椋音將幸運交給我的時候，他之前的人生是那樣悲慘，以至於只要能讓他睡在房間裡，有食物吃，他就已經感激涕零了。直到他十歲以後，他才真正開始質疑我的權威。如果要我用強力制約，來對付蜜蜂這樣小的孩子，我只能對自己感到厭惡。但我知道，我必須贏得這場戰鬥。

看到蜜蜂將斗篷披在身上，我終於在暗中鬆了一口氣。當我們走出書房，來到室外時，我沒有再說任何刺激她的話。我們往草場和羊圈棚子走去，我刻意縮小了步幅，而她還是要小跑著才能追上我。

林恩正在等我。他讓我看了從羊群中挑出來的三隻羊。這三隻羊都生了皮疹，這讓牠們不停地在樹幹和籬笆樁上摩擦身上的皮膚，甚至把皮都蹭破了。我對於羊所知甚少，而林恩從年輕時起就在照顧牠們。現在這位牧羊人的頭髮已經像他管理的大部分羊一樣，變成了灰白色。所以我只是傾聽，點頭，並請他在有任何其他羊隻受感染的時候通知我。就在我們說話的時候，他的目光不斷地從我身上轉移到我的小女兒身上，又轉回到我。瘦小的蜜蜂在我們對話的過程中一直都直立在原地，一言不發。也許我剛才責備她的話還在讓她感到傷心。林恩的狗黛茜一直在她身邊轉來轉去。當黛茜向蜜蜂靠過去的時候，蜜蜂向後退去。黛茜高興地搖晃起自己的尾巴，舌頭拉到嘴唇外，發出狗的笑聲。這麼容易就馴服牠了。我有意忽略她們。黛茜讓我的女兒退到一處牆角，繼續用鼻子拱她，一邊不停地擺動著尾巴。林恩有些憂慮地向她們瞥了一眼，而我已經走向一隻母羊，問林恩牠有幾歲了。林恩心緒煩亂地向我走過來。我又問他皮疹會不會是寄生蟲導致的。這讓林恩緊皺起眉頭，俯下身，分開羊毛，找起了蟲子。

在我眼角餘光的邊緣，我看到蜜蜂正伸出手，愛撫黛茜一隻絲絨般的小耳朵。黛茜坐下來，靠在她身上。蜜蜂將一雙冰涼的小手伸進牧羊犬的金色長毛中。我突然察覺到，她和那隻狗很熟悉，她們已經能非常輕鬆地相處了。剛剛蜜蜂在黛茜面前後退並不是因為害怕，而是邀請黛茜一起遊戲。我聽到林恩開始講述這隻羊的早期症狀，卻幾乎沒有心思去聽這位牧羊人具體在說些什麼。

我只聽出了林恩的憂慮，並對他所採取的措施表示信任，這足夠讓林恩感到滿意，我們的會面也就此結束了。我從來都不喜歡羊，當我在公鹿堡長大的時候，和這種動物幾乎沒有打過交道。所以我就以博瑞屈在公鹿堡對待馴鷹人的方式對待林恩。我找到了一個好人，他對於這些滿身羊毛的生物非常瞭解，而這些都是我不願意去學的智慧，所以我將蕁麻的的羊群完全委託給了他。但聽他的報告的確耗費了我一些時間，我感覺到上午的時間正在流逝。

當我轉過身去找蜜蜂的時候，她已經不在那個角落裡了。只有黛茜還平靜地坐在那裡。我的反應完全是直覺性的——我向身邊的狗和人同時伸展過去，並問道：「她在哪裡？我的女兒去了哪裡？」

「小貓們，」他們的回答如出一轍。我不知道林恩是否擁有原智，而黛茜是不是他的動物伙伴。至少他從沒有告訴過我。現在也不是問他這件事的時機。即使沒有原智的人也能夠和自己的動物伙伴交談、溝通，他並不是我遇到的第一個這樣的人。但我現在關心的並不是他和他的狗，而是蜜蜂。

「小貓們？」

「在一個食槽下面有一窩幼貓。牠們兩個星期以前剛剛睜開眼睛，現在已經開始探索周圍的世界了。」

確實，那裡有四隻小貓正在探索我的女兒。蜜蜂趴在潮濕的稻草上，讓牠們在自己的身上爬行。一隻橙白兩色的小貓坐在她的背上，用針尖一樣的牙齒咬住她的短髮，蹬起小腳，將她的頭髮向後拉。兩隻花斑小貓在蜜蜂的臂彎裡，緊挨著她的下巴。不遠處，一隻黑白小貓將尾巴繞成一個結，盯著蜜蜂，蜜蜂也在盯著牠。「蜜蜂，該走了。」我警告她。

蜜蜂不情願地慢慢挪了過來。我伸出手，從她的頭髮上摘下那隻橙色小貓。小貓用力踢蹬著我，我把牠們放在蜜蜂身邊的乾草上，一邊催促蜜蜂：「我們要走了。」

蜜蜂歎了口氣。「我喜歡這些小貓。我以前從不曾抱過小貓。牠們好可愛，但那一隻總是不讓我碰。」

林恩說話了：「哦，那隻黑貓就像牠的父親，脾氣大得不得了。牠會成為一名捕鼠好手，但我可不會選牠當寵物，蜜蜂小姐。」

「我們並沒有選擇任何一隻貓。」我糾正他，「她只是想要抱抱牠們。」

林恩向我側過頭。在他的身邊，他的狗也擺出同樣的動作。「嗯，我只是說，如果你們想要一隻，我會很贊成。牠們的母親已經離開了牠們，現在牠們都開始狩獵了。一個小小的朋友也許能給小女孩帶來一些安慰，主人。一個溫暖的小同伴。」他清了清嗓子，又說道，「但我認為一隻小狗應該更適合她。」

我的心中感到一陣煩躁。無論是小貓還是小狗，都無法治癒母親去世給她帶來的哀傷。然後，一隻名叫大鼻子的小狗帶著如同刀刃般的回憶衝進我的腦海。不管怎樣，一隻小寵物成為蜜蜂的朋友，肯定對蜜蜂會有好處，很多很多好處。但這些好處也許都是錯誤的。於是我堅定地說：

「謝謝，但不必了，林恩。也許當她年紀大一些的時候吧，但現在不行。來吧，蜜蜂。我們要回房間裡去了。」

我以為她會求我再待片刻。但她只是坐起身，輕輕地讓那一對花斑貓落回到乾草上。她又盯著那隻黑貓看了一會兒，用一根手指朝小貓點了一下，彷彿是在對牠發出警告。然後她就站起身，順從地跟隨我離開了羊圈棚。在走回房子的路上，我將腳步放得更慢，向蜜蜂問道：「那麼，妳聽到了什麼？」

蜜蜂沉默了良久。就在我想要催促她給我一個回應的時候，她承認道：「我並沒有真的注意。你們談的只是羊，並沒有關於我的事。然後我發現了那些小貓。」

「我們談論的是屬於妳姐姐的羊。那個人以照顧那些羊謀生。總有一天，妳要自己來這裡和他交談，或者和他的女兒、孫子談論這些羊。下一次，妳要仔細聽我們說什麼。」我停下腳步，給了她一些時間思考這些話，然後又問道：「既然這一次妳沒有聽，妳看到了什麼？」

我的問題根本沒有進入她的腦子，但她的確聽到了我說的一些話，這讓她說出了一番讓我吃驚言論。她的聲音猶豫，而且充滿了憂慮，「也就是說，細柳林並不屬於你，也不屬於我。這是蕁麻的房子，而那些羊也都是蕁麻的。它們永遠都不可能是我的。還有那些葡萄園和果園，它們都不真正屬於我。蕁麻是媽媽的長女，她現在擁有這一切。但總有一天，我將必須為她照料這些，就像你一樣。」她考慮了片刻，「爸爸，當我長大，你去世的時候，有什麼將是屬於我的？」

一枝箭射中了我的心。有什麼東西能屬於我這個奇特的孩子？就算是我為她安排一份豐厚的嫁妝，當她成年的時候，會有男人願意娶她嗎？而且必須是一個好男人？我要如何找到那樣的男人，或者說，當那個男人出現的時候，我如何才能知道？當我死去的時候，她又會遭遇怎樣的狀況？多年以前，切德曾經問過我同樣的問題，我那時回答說她還只是一個嬰孩，為這種事擔憂太早了。從那時到現在，九年過去了。再過九年，她就到了要嫁人的年紀了。

而我是一個只會拖延的傻瓜。我用飛快的話語填充了長久的沉默，「我相信，妳的姐姐和哥哥們絕對不會讓妳的生活貧乏。」我相信自己對她說的是實話。

「這和知道有一些東西屬於我並不一樣。」她低聲說。

我知道她是對的。還沒等我向她保證我會竭盡全力為她留下一些財產，她又說道：「我看見了這些：我看見了羊，還有羊糞和乾草。我看到籬笆低處的橫檔上有許多羊毛，還有許多小蜘蛛，紅色和黑色，牠們在橫檔的下面。我看見一隻母羊躺在地上，牠的毛全都掉了，一些皮膚也從臀部脫落了。另一隻母羊正在一根籬笆樁上蹭牠的屁股，還不停地舔著嘴唇。」我點點頭，為她的觀察力感到高興。她瞥了我一眼，又將目光轉向一旁，繼續說道：「我還看到林恩在看我，然後把視線轉開，彷彿他很不願意看見我。」

「他是這樣，」我表示同意，「但並不是不喜歡妳。他為妳感到傷心。他非常喜歡妳，認為妳應該有一隻小貓或者小狗。看看他和他的狗相處的樣子，妳就會明白他不會向一個他不喜歡的孩子提出這個建議。」

蜜蜂從喉嚨中發出一個充滿懷疑的聲音。

「當我還是孩子的時候，」我平靜地對她說，「我恨自己是個私生子。我認為無論是誰，只要在看我，腦子裡的第一個想法都是在想，我是個私生子。所以我讓這個身分成為了我人生中最重要的一部分。每當我遇到一個人，我想的第一件事都是他在遭遇私生子時會怎麼想。」

我們在沉默中走了一段時間。我能察覺到，她已經累了。我發現自己正在打算要強化她對於一般挑戰的耐受力，便提醒我自己，她不是一條狗，也不是一匹馬，而是我的孩子。

「有時候，」我小心地說，「我認為人們不會喜歡我，除非他們有機會瞭解我，再自己做出決定。所以我不會和其他人說話，或者努力去讓他們喜歡上我。」

「私生子的身分不會掛在你的身上讓人們看到，除非你想讓他們知道。」蜜蜂說。她又向自己指了指，「我不能藏起這些——看起來很小，比我的實際年齡更小。其他人的皮膚顏色都很深，我的卻很蒼白。我能隱藏成熟的說話能力，但你又說我不應該那樣做。」

「的確，妳的一些不同之處是無法隱藏的。妳可以慢慢讓人們看到，妳要比大多數的同齡人聰明許多。這會讓他們不再那樣害怕妳。」

她又發出了那種懷疑和鄙視的聲音。

「妳害怕黛茜嗎？」我問她。

「黛茜？」

「那頭牧羊犬。牠嚇到妳了嗎？」

「不，當然不會！黛茜喜歡用鼻子頂我。但牠非常好。」

「妳怎麼知道的？」

蜜蜂猶豫了一下才回答道：「牠在搖晃尾巴。牠不害怕我。」然後又是一次停頓，「我能有一隻小狗嗎？」

這不是我希望的話題方向，但這又一次變成了不可避免的話題。「對我來說，讓妳現在就有一條狗是一件困難的事情。」不能在我的內心還如此充滿了強烈孤獨感的時候；不能在我無論是否有意，都會向看著我的眼睛裡充滿同情的動物伸展出去的時候。即使我沒有和一條狗建立聯繫，那條狗也會被我所吸引，而不是被她吸引。不。「也許等到以後，我們可以再談這件事。而我想讓妳看到的是……妳累了嗎？我是否應該背著妳？」

色。

她拖曳著腳步，前進的速度明顯放慢了。她的面頰因為用力過度和寒風的親吻而變成了亮紅色。

她挺直身子，用鄭重其事的聲音說：「我已經將近十歲了，早就過了被背著的年齡。」

「但妳的父親不一樣。」我說著，伸手把她抱了起來。就像以往一樣，她的身子在我的臂彎裡變得異常僵硬。但我沒有放棄。我將她舉起來，放到左肩上，然後就邁開了大步。她坐在那裡，一語不發，身子像根木棍一樣僵直。我相信自己明白她的問題所在。我深吸一口氣，將精技的圍牆收得更緊。這並不容易。片刻之間，我感到一陣迷惑，彷彿突然失去了嗅覺或者視覺。當一個人擁有原智的時候，使用它完全是出於本能。而未經訓練的精技擁有者更是會任由精技從體內溢流出來。但我的努力獲得了成果——她的身子放鬆了一點。然後她高聲喊道：「我能看得這麼遠！你一直都能看這麼遠嗎？是啊，我相信你一定可以！這可真奇妙！」

她是這樣高興和興奮，我並不想把她拖回到我的訓誡之中。再找時間吧，不會很久的，我向自己承諾。她剛剛失去母親，她和我剛剛發現如何與對方交流。明天，我會再和她談談該如何才能讓身邊的人不那麼緊張。而現在，我要享受這個時刻，在這短暫的時光中，她只是一個普通的孩子，我可以只是她的父親。

12

探索

曾經有一位老婦人，一個人生活在一座忙碌的城市中。她為幾個富有的商人家庭做洗衣婦，以此謀生。每一天，她會去其中一個家庭，收拾起那裡的髒衣服帶到她自己的家中，將它們搓洗捶打，在自家的茅草屋頂上散開晾曬，並做一些有必要的修補。這並不能讓她過上富足的生活，但她喜歡這份工作，因為這是她自己可以做的事情。

她並非一直都是孤身一人。曾經有一條狗陪伴著她。這條狗是她的原智伙伴，她的朋友。但狗不可能永遠活下去，而且幾乎沒有一條狗能活得像人那樣長久。所以，當這名婦人發現只剩下自己一個人的時候，哀傷的日子也到來了。從那時起，她的生命中只剩下孤獨，或者她是這樣想的。

一天早晨，她從床上起身時滑倒在地。她想要站起來，卻做不到。她的腿骨在靠近臀部的地方跌斷了。她發出求助的呼喊，卻沒有人聽到她的聲音，自然也沒有人過來。她就這樣在地上躺了一天又一晚，接著又是第二天。她因為饑餓而虛弱，乾渴奪走了她的聲音。她的意識游離出體外，跑到城市街頭，就像她的狗曾經做的那樣。在她的夢裡，她成為一條狗，遇到了一個年輕人，並對他說：「我的主人需要你的幫助。請跟我來，求求你。」

她醒來的時候，發現一個人正將一杯涼水捧到她的唇邊。「我夢到了一條狗，他將我帶到了這裡。」年輕人告訴她。她的生命因為年輕人而得到拯救。儘管在傷勢痊癒之後，她只能拄著拐杖，緩慢地蹣跚而行，但從那時起，他們成為了朋友。

——《獾毛的原血者傳奇》

當我相信我的父親確實已經離開之後，我便從床上溜了下來，從床邊桌子的櫥格裡拿出媽媽的一根香味蠟燭，在爐火上點燃，插在燭臺上，又把燭臺在地上放穩。然後我從冬季衣箱裡找了一條暖和的羊毛長袍。我不喜歡這只大箱子。它的箱蓋上雕刻著美麗的鳥雀和花卉，卻非常沉重，我的身高還不足以將它全部打開，所以必須一隻手將箱蓋撐住，用另一隻手在箱子裡翻找。幸好在靠近衣服堆上方就有一件長袍。羊毛刺到手指的感覺讓我知道，這正是我想要的那一件。我把它拿出來，向後一跳，讓箱蓋重重地落回去。我決定，明天我會要求父親把這個箱蓋撐起來，這樣我就能將暖和的衣服從裡面拿到他為我做的小箱子裡。今晚的暴風雨表示著冬天正在靠近，該是為衣服換季的時候了。

我將長袍套在睡衣外面，又穿上暖和的長襪。我並沒有打算穿鞋。我的居家鞋套在厚羊毛襪外面有些太緊，我的舊靴子又太沉，不適合我現在要做的事情。我拾起蠟燭，打開屋門，向外面的走廊裡窺看了兩眼。一切都寂靜無聲。我悄悄走出屋，在身後輕輕把門關上。我終於能夠隨心所欲地探索那條祕密通道了。自從瞥到它以後，我的心裡就裝不下別的東西。我很想在我們從羊圈回來以後立刻就趕往那裡，但我們還要吃一頓飯，然後我的父親一直把我留在身邊，他還在為不得不將我一個人留下過夜而焦躁不安。這可真傻。難道當他坐在他的書房裡，或者在床上睡覺的時候，我不是一個人度過了每一夜嗎？這和他遠離我們的家又有什麼區別？

我父親書房中的壁爐裡堆積著灰燼，只能看到不高的一點火頭。我又在上面加了一根原木，好讓房間裡更亮，也更暖和一些。然後我從他的書桌抽屜中拿出兩根長蠟燭，又模仿他先前的樣子，小心地開始了行動——首先是拉緊窗簾，拴好書房門，然後打開假鉸鏈上的祕密栓鎖。當那道窄門打開的時候，這幢房子彷彿向我呼出了一口氣，一陣包含了許多古老祕密的冰冷氣息。我將它吸進肺裡，感覺到自己全身寒冷。隨後，我手中舉著燭臺，向面前狹窄的通道中走進去。

我首先來到了父親帶我來過的小房間，更加仔細地對它進行了一番調查，卻沒有什麼新的發現。一個人坐在這裡讓人感到很愜意，蠟燭在我的周圍灑下了一圈黃色光暈。我開始考慮該如何將我的書放在這裡的小架子上，再把墨水瓶和筆放到旁邊。我從沒有意識到自己是多麼渴望擁有一個完全屬於我的空間。我的臥室在我看來，似乎一直都是一個巨大寒冷的空間，睡在那裡的床上，感覺和睡在餐廳大桌子的中間沒有什麼區別。而在這裡，我感覺到舒適和安全。我決定，下一次來到這裡的時候，我會帶掃把來掃掉這裡的蜘蛛網，讓這裡顯得整潔如新，還要帶一床墊子和毯子來，讓這裡變成一個舒服的小窩。我會用繪畫裝飾這裡的牆壁。想想，這個空間將多麼適合我，我覺得非常滿意。我在這種遐思中耽擱了太長時間，以至於香味蠟燭已經變得很短了。我點燃了從父親桌子上拿來的一根細蠟燭。我從沒有經歷過這樣的時光。我將另一根細蠟燭放在小架子上，轉身捏熄了香味蠟燭的小火頭。一縷輕煙帶著芬芳的氣息從我的指尖升起，飄散在空氣中。我把那根蠟燭頭放在我的桌子上，將點燃的細蠟燭在燭臺上插好。我應該帶一些媽媽和我製作的香囊過來，玫瑰和金銀花香囊。我可以隨心所欲地用各種東西填滿這裡的小櫥格。杏乾和葡萄乾、我很喜歡咀嚼的小根硬香腸。這裡會變得舒心又愜意，是一個適合閱讀、繪畫和書寫的地方。我自己的小房間。

第二根亮起的蠟燭提醒著我時間在流逝。我想要探索早先只是一瞥而過的第二條通道。我還記得父親說過，那條通道通向另外兩個出入口，其中一個在他的臥室，另一個在一間食品室裡。那間食品室在一樓廚房後面，我父母的臥室在樓上房子的主區。所以我推測這條通道中一定有樓梯，於是我立刻就決定要探索它。

我回到了早先看到的那個岔路口，這一次，我沒有返回書房，而是踏上了另外那條路。我注意到這條走廊兩側牆壁上覆蓋著深褐色的護牆板，不由得開始尋思這裡是不是比我曾經探索過的地方更古老。我的父親警告過我，這裡已經有相當長的時間不曾使用過了。蜘蛛網垂掛下來，碰到我的燭火就發出細微的「嘶嘶」聲，收縮捲曲。這條通道沿著房間牆壁走向一次次轉彎，引我來到一個地方。這裡的牆壁能看到裸露的磚塊和灰泥，並且非常寒冷。一股股氣流讓我的燭火不斷跳動，我用手掌遮住蠟燭，感覺自己現在也許應該是在房子的主區了。我快步向前，走過一隻老鼠的骨架。牠已經死了這麼久，甚至不會再散發出半點臭氣。我又發現了兩個窺視孔，每一個都用小蓋子蓋住。我將蠟燭放下，想要看看自己所處的位置，但透過窺視孔，我只能看到對面的房間裡一片漆黑。我不太能確定自己在哪裡，也不知道是不是走過了臥室和起居室。

我來到一個地方，通道在這裡分出不是兩條，而是三條岔路。所以，這個窺伺通道的出入口也許比我父親告訴我的更多。我選擇的第一條岔路讓人失望。它沒有延伸多遠，就來到了一個窺視孔。這裡也擺放著一張小凳子。我將蠟燭放下，經過一番努力之後，我把窺視孔上牢固的小蓋子撥到了一旁。然後我驚愕地發現我正看著自己的臥室。臥室中的爐火已經不是很旺，不過還能夠照亮房間，讓我看見裡面的狀況。我正貼在房間的壁爐牆上，從這裡能夠看到我的床。我有些懷疑我的臥室也有通向這裡的祕門，便仔細地摸索附近的牆壁，尋找門閂或者鉸鏈。但我沒有找到這些，這讓人實在是很失望——如果能夠從我的臥室中走進我的新密室，那實在是太讓人興奮了。

我回到通道的岔路口，決定不再繼續耽擱，因為我的蠟燭幾乎已經燒掉了一半。如果要繼續在這裡進行探索，我就需要一盞油燈。我相信，父親絕不會允許我擁有，更不會放任我借一盞油燈在細柳林的牆壁中漫遊。不知道如果我從母親的女紅室中拿一盞，他是否會注意到。自從母親去世之後，他就一直有意避開那個房間。想到要背著父親偷拿我需要的東西，這讓我感到一陣良心的譴責，不過這種譴責並不算嚴厲。我非常確定，父親嚴重低估了我的能力。這是否意味著我應該將自己的能力限制在他所認為的程度？我可不這麼想。

我隨便選了一條路。這條路沿牆壁蜿蜒向前，有兩次，我遇到了對於成年人會非常狹小的拐角。我走下一段粗糙的階梯，然後又向上走，不久之後，又是一段更長的向下斜坡。一路上我遇到了更多老鼠的痕跡，還有一次，我停住了腳步，因為我聽到細微的爪子刮蹭地面的聲音，彷彿有某種小東西從我身邊跑開。我不在乎那是家鼠還是倉鼠，家鼠不像倉鼠那麼臭，但我不喜歡家鼠那種珠子一樣的眼睛。牆邊上的老鼠屎愈來愈多，尿騷氣味也愈來愈強。我還發現了牆上有兩個窟窿：很明顯，這些齧齒動物發現了這個安全且舒適的通道，一直在使用它，但我推測這條路應該是通向食品室的。

的確如此。現在我的蠟燭只剩下四分之一了，我決定離開這條通道，以免在蠟燭熄滅的時候被困在黑暗中。打開這裡祕門的扳桿很明顯，但異常牢固。我用力將它抬起，終於聽見牆壁上發出一聲輕響。隨後我推動我所推測的祕門，但那道門板只開啟了一掌的寬度。這道門被設計成朝食品室內打開，但我伸出手向外摸索了一下，清楚地感覺到門外堆積著一些東西，應該是成袋的豌豆或者豆子。這些麻袋將門扇堵住了。我用力推動門，但那些沉重的麻袋紋絲未動。我沒辦法從這裡出去。

現在該是離開我的小窩的時候了。我關閉了通向食品室的祕門，回身走上我來時的道路，同時感覺到寒冷和困倦。我撞上了一層厚實的蜘蛛網，不得不停下來清理眼睛上的蛛絲。我注意到，我的長袍現在變得非常髒，上面覆滿了蛛網。我不知道自己是否能將它清理乾淨，不引起疑問。我相信父親肯定不會贊同這種單獨探險。

我到達了岔路口，朝父親的書房走去。我的腳很冷，寒意已經開始爬上雙腿。我感覺到脖子上一陣刺癢，幾乎失手掉落了燭臺。我把燭臺放下，用手指撥去頭髮上的蛛絲。經過一段時間徒勞的搜尋，我並沒有找到蜘蛛。於是我又拿起燭臺，繼續向前走。昏暗的通道讓我的眼皮也更加沉重。能回到我的房間，縮進毯子裡，那樣的感覺一定會很好。

我又將燭臺放下，再次清理掉一路落在身上的蛛網，然後繼續沿走廊前行，繞過一個轉角，卻突然意識到，如果我是在走回去的路，那麼這裡不應該再有蜘蛛網了。我猛然停住腳步，舉起燭臺，向前方狹窄的走廊看了看。不，這裡和我之前走過的道路根本就不一樣。這裡的蜘蛛網全都是完整的，地上的塵土中也沒有腳印。我又轉回身，高興地注意到我的腳印和長袍拖過的痕跡在這裡非常明顯。找到回去的路並不難。我又邁開了腳步。

當我回到岔路口的時候，燭臺上的蠟燭只剩下了短短一截。我憤怒地想到自己怎麼會將另一根蠟燭放在第一個窺探密室的小桌子上。好吧，剩下的路已經不算遠了，很快我就會回到父親的書房。我渴望著那裡的壁爐，希望我放在爐中的原木還在燃燒著。我順著足跡快步前行。鋪著深褐色壁板的牆壁彷彿正在從兩側向我壓迫過來，而我手中的燭火已經開始搖曳不定。我將燭臺傾斜了一點，讓一些蠟油流出來，燭芯在蠟燭中心的位置高了一些，大概也能堅持更久一點，但我已經能透過融化的蠟油看到蠟燭底部了。一陣微風從附近的石牆中吹出來。我伸手遮住燭火，一動不動地站在原地，開始思考。我是否又轉錯了方向？這不是通向食品室祕門的石牆走廊嗎？或者這是通向我的臥室窺視孔的通道？我眨了眨疲倦的眼睛，突然想不起自己走過的環境了。我留在地上的腳印也無濟於事。老鼠骷髏！我是在哪裡見到了這個老鼠骷髏？

我盯著手中即將熄滅的燭火。「下一次，」我對凝聚在周圍的黑暗說道，「下一次，我會帶粉筆來，在每一條通道上都做好標記。」透過石牆的冷風正在撩撥著我的長袍。我朝來時的道路轉回身。現在不能快跑，最後一點燭火正在奄奄一息地跳動。我向自己承諾，只要回到第一個岔路口，一切就都不會有事了。即使那時我的蠟燭熄滅了，也能摸索著找到返回那個祕密小巢的道路。我能做到嗎？我將對老鼠的恐懼從腦海中趕走。我的燭光已經將牠們趕走了，牠們絕不會來到離開廚房這麼遠的地方。老鼠總是會留在有食物的地方。

除非牠們餓了，在尋找更多的食物。

有什麼東西碰到了我的腳。

我跳起來跑了兩步，然後跌倒在地。蠟油被潑出燭臺，蠟燭熄滅了，黑暗淹沒了我，充斥了燭光曾經堅守的空間。片刻間，我無法呼吸，我的周圍沒有空氣，只剩下黑暗。我在長袍中縮起雙腳，害怕老鼠會跳到我的腳上，咬掉我的腳趾。我的心臟劇烈地跳動，讓我的全身都隨之顫抖。我在黑暗中坐起身，甩了甩被燙到的手，讓上面的蠟油落下，然後向周圍望了一圈。但我能看到的只有絕對的黑暗。這種黑暗壓迫著我，如同一種讓我無法呼吸和推開的實體。恐懼在我心中升起。

「媽媽！」我尖叫著，突然間，媽媽死亡的真實感完全包圍了我，就像這種黑暗一樣厚重，令人窒息。她已經走了，再沒有人陪在我身邊，沒有人能援救我。黑暗和死亡對我來說變成了同一件事。

「媽媽！媽媽！媽媽、媽媽！」我一遍又一遍哭喊著她的名字，因為如果我繼續留在黑暗中，等待我的就只有死亡，那時她就一定能夠來到我身邊了。

我哭喊著，直到喉嚨沙啞，在那以後，我就只剩下了卑微的顫抖和寂靜的恐懼。沒有人來。如果有人醒著，聽見我微弱的呼喊，向我發出回應，我也完全沒有聽到。在最初的驚悸感消失之後，我在黑暗中蜷縮成一個球，不住地喘息著。至少我讓自己暖和起來了：我的頭髮浸透汗水，貼在頭皮上，只有雙腳和雙手還是冰冷的。我抱住膝蓋，把手塞進袖子裡。我的心跳聲充滿了耳朵。我渴望著能夠有更加敏銳的聽力，儘管我害怕會聽到老鼠爪子刮蹭地板的聲音，但我更害怕再一次被牠們突襲。我的喉嚨裡還響著微弱、無助而又充滿恐懼的聲音。我的前額貼在粗糙的地面上，胸口還在起伏不定。我閉起眼睛，將迫近的黑暗置之度外。

13

切德

有許多傳奇和風俗都牽涉到遍布於六大公國以及國境之外的那些高聳的岩石。即使這些巨石的真正用途已經被遺忘，對它們的敬重之心卻依然保留了下來。人們傳誦關於它們的傳說，對其崇敬有加。這些故事大多講述了粗心大意的人們，通常是年輕愛侶信步走進這些石柱環，靠在其中一塊巨石上，就此消失不見。在一些故事裡，這樣的人會在百年後回到世上，發現自己所熟悉的一切都已煙消雲散，而他們只不過衰老了還不到一天。作為我對於精技研究的一部分，我經常會懷疑，到底有多少擁有精技魔法卻又不自知、不懂得如何控制這種力量的倒楣人，在無意中觸發了這種傳送石，永遠地消失在裡面。每當我回憶起自己在艾斯雷弗嘉島和公鹿堡之間，用精技石柱穿行時所遭遇的那場災難，我都能清晰地感覺到自己的身體在顫抖。我知道你已經讀過我關於那件事的紀錄。難道沒有人會留意這個警告嗎？

晉責國王也親身體驗過這種危險。有一次，我們從一根沉沒於潮汐之下的石柱中出來。那麼如果換做是正面向下倒在地上的石柱，我們又會如何？我們不知道會被永遠地困在石柱中，還是被硬推出來，在地底的泥土中窒息。

即使已經發現了許多與精技相關的卷軸，我們對於這些石柱的知識依然很不完整。在切德的領導下，我們繪製了關於六大公國境內石柱分部狀況的許多地圖，關於這些石柱的古代符文都得到註釋，它們現今的情況也被詳細寫明。這些石柱中有不少已經倒塌，其中一些的雕刻符文或者因為風雨侵蝕而消磨乾淨，或者被人為故意破壞了。

所以，我心懷敬意地提請對此一事項保持謹慎。我認為只有經驗豐富的精技小組成員才能夠嘗試這種探索。有一些傳送石柱的終點依然不為我們所知，它們的符文指向對我們還是未解之謎。而對於那些符文指向已經明確的石柱，我認為首先應該派遣探索團隊以常規方式前往它們的目的地，確認那裡的終點石柱依然完好地立在遠處，沒有損傷。

至於那些符文被磨蝕或者損壞的石柱，我認為沒有理由再嘗試使用它們。難道要精技使用者冒生命的危險去探索那些完全未知的地方嗎？

——蜚滋駿騎·瞻遠致精技師傅蕁麻的信

在我對於切德最早的回憶中，他一直都會盡情享受每一個為生活增添精采戲碼的機會。從百里香女士到麻臉人，他所扮演的角色總是會給他帶來許多樂趣。年齡並沒有消磨他對於詭計和偽裝的酷愛，現在他有了更多的時間和資源能夠進行這種遊戲，這讓他更是樂此不疲了。

所以，當他送信告知我要與我會面的時候，我完全不知道自己會遇到一個什麼樣的人。他曾經扮成一名老賣貨人，扛著一口袋準備販賣的葫蘆。另一次，我走進客棧，看到了一名貌不驚人的女性吟遊歌者正扯著嗓子演唱一首悲傷的浪漫歌曲，惹得大堂裡的酒客們紛紛發出嘲弄的喊聲。歲月的積累只是讓他愈來愈喜歡這種戲謔。我知道，他會通過門石從公鹿堡來到這裡，將數日的旅行縮短為彈指一瞬。只要走進距離公鹿堡不遠的見證石，下一步就能踏到絞架山的山頂。從絞架山到橡樹杖的大廳，則只相當於在溫暖的夏日夜晚進行一次愉悅的散步。但今晚切德很不走運，他走出門石的時候正迎上一場凍雨，而這場雨等到早晨的時候很可能就要變成大雪了。

我坐到大壁爐附近，用濕透的斗篷為他在最靠近爐火的凳子上佔了一個位置。橡樹杖位於一個岔路口，有許多商人和旅人會行經此處。我並不經常來到這裡，所以我估計這裡不會有人認出我。不過為了這次會面，我還是用白堊染灰了自己的鬍鬚，並穿上了農夫的粗布衣服。我破舊的靴子上沾滿了泥巴。頭頂上的羊毛帽子被我拉得很低，遮住了眉毛和耳朵。只有當切德要求與我會面的時候，我才會來到橡樹杖。我並不打算讓湯姆．獾毛的鄰居看到我在這座大廳裡，對我出現在這裡的原因生出疑心。所以我在喝著加香料的熱葡萄酒時也聳起肩膀，擺出一副悶悶不樂的樣子，希望能用這種方式擋開所有想和我搭訕的人。

客棧大門被打開了，一陣風雨隨之吹襲而入。一名全身濕透的馬夫走進來，身後還跟隨著兩名衣服在滴水的商人。他們身後是正在變黑的夜空。我不由得感到有些鬱悶——我本希望切德能早一些來，這樣我就能快一點和他談完事情。我一點都不喜歡把蜜蜂一個人留在細柳林。她向我保證會乖乖待在房間裡，在燈光下作畫，只要睏了就去睡覺。我曾經勸說她與林恩和他的妻子一同度過這一晚，向她保證這樣會很愉快，但我的勸說全屬徒勞，只是讓她的臉上充滿了驚恐畏懼的神色。於是，我只得留下她一個人，並向她承諾一回去就會去看她。我吮了一口熱葡萄酒，努力確定自己到底是在為一個人被留在家裡的蜜蜂擔心，還是在為行走於暴風雨中的切德而憂慮。

那個女人第二次撞了我，我在凳子上轉過身，盯著她。我首先想到的是切德又換了一身古怪的偽裝。但她的個子太矮，不可能是那個我熟識的又高又瘦的老傢伙。因為我坐在凳子上，所以在轉過身的時候平視的目光剛好落在她的胸部。這個胸部毫無疑問是真的。我的目光向上挑起，看到她正向我露出笑容。她的門齒中間略有一點縫隙，再上面是一雙睫毛很長的綠色眼睛。她的頭髮則是很深的赤褐色。「你好。」她說道。

看樣子，不是切德。也許是切德的信使？一名過分友善的酒吧女招待？還是一個妓女？可能性很多，但都有機會讓這個夜晚變得很糟。我舉起酒杯一飲而盡，把杯子遞給她，用不算很友善的聲音說：「請再給我來一杯。」

她向我挑起一道眉弓。「我不是送啤酒的。」她聲音中的輕蔑是真實的。我頸後的毛髮微微豎起。要小心。

我向她俯過身，裝作努力想要看清楚她的面孔。我認識這個女孩。我以前見過她，但卻想不起見到她的具體事件和環境，這讓我感到沮喪又警惕。在市場中？我們的牧羊人的一個女兒？因為剛剛長大，相貌發生了變化？她並沒有稱呼我的名字，瞳孔中並沒有認出我的反應。繼續裝醉好了。我伸出手撓了撓鼻子，再一次測試她。「不是啤酒，是熱葡萄酒。外面實在是太冷了。」

「我也不送葡萄酒。」她對我說。她的聲音中有一點口音，不是在公鹿堡長大的。

「這太可惜了。」我又轉回身面朝向爐火。

她將我的濕斗篷推到一旁，大膽地坐到我身邊。那麼她只應該是妓女或者信使了。她向我靠過來：「你看起來很冷。」

「不。我在火爐旁有一個好位置。我還有熱葡萄酒。我只是在等一個老朋友。」

她微微一笑：「我可以成為你的朋友。」

我以醉酒後的困惑樣子搖搖頭：「不，不，妳不可能。我的朋友比妳高得多，也老得多，而且他是一個男人。妳不可能是我的朋友。」

「嗯，也許我是你朋友的朋友。這也就讓你成為了我的朋友，對不對？」

我微微搖晃著腦袋。「也許吧，」我用手指摸了摸腰間的錢袋，一皺眉頭，又露出微笑，「嗨，如果妳是我的朋友的朋友，那麼妳也就是我的朋友，也許妳可以請我喝杯酒？」我帶著空洞的笑容和期待的神情舉起酒杯，看著她的臉。任何像樣的妓女都不會理睬沒錢給自己買一杯酒的男人。

不確定的神情在她的臉上擴散開來。我說不清她到底是如何想的，只是突然感覺自己非常老。曾幾何時，我肯定會很喜歡這種突發狀況。切德總是會對我進行一些小測試，而我每次都會從掌控這些測試中得到很大的樂趣。我曾經不止一次地參與他的各種小陰謀，幫助他迷惑其他人。但今晚，我突然只想見見我的老主人，確認他到底想要什麼，然後就回家去。那些陰謀詭計真的還有存在的必要嗎？我們已經獲得和平與穩定政局，為什麼還需要使用間諜刺探他人？現在我應該結束這種猜謎遊戲，直奔主題了。但我也不能太過直率，這樣會冒犯切德。所以我再一次看著她的臉問道：「妳認為怎樣最好？在寒冷的日子裡坐到溫暖的火爐旁喝熱葡萄酒，還是拿著啤酒杯坐在陰影裡？」

女子向我側過頭。她比我想像的要年輕得多，我突然確信她經歷過的夏季應該還不到二十個。我到底在哪裡見過她？「陰影裡的啤酒，」她毫不猶豫地說道，「只不過當太陽連續多日不出現的時候，陰影也會很難找到。」

我點點頭，拿起濕斗篷，向她提出建議：「為什麼我們不去找切德？」她微微一笑。

我站起身，她挽住我的手臂，領著我走過一眾酒客，向大堂的木臺階下面走去。外面的風暴更強了，一陣強風吹過客棧，百葉窗隨之咯咯作響。眨眼間，客棧大門猛然打開，疾風驟雨傾瀉而下。幾乎所有酒桌旁邊都有人在呼喊，要求把大門關上。這時兩個人彼此扶持著從門口走進來。其中一個人來到一張空桌旁，雙手按在桌面上，站在那裡不住地喘息。另一個人向大門轉過身，頂著暴風雨用力將門扇關閉。我立刻認出那是謎語，並且也隨即認出靠在桌邊的是切德。

「他來了。」我低聲對我的女伴說。

「誰？」她問道。片刻之間，我覺得很懊惱。

「我的朋友。我正在等的那個人。」我的話音有些含混。隨後我將手臂從她的手中掙脫出來，向切德和謎語走去。半路上，我稍稍轉了一下頭，從眼角的餘光中看到她正走上樓梯，同時向我瞥了一眼。一個男人從樓梯上走下來，與她對視，並用幾乎難以察覺的動作向她點了一下頭。是妓女嗎？

那麼這就是一個誤會了。切德的陰謀讓我陷入尷尬的境地已經不是第一次了。

「你還好嗎？」我來到他身邊低聲問道。切德還在吃力地喘息著，彷彿剛剛跑了很遠的路。我向他伸出手臂，讓他抓住。看樣子，現在他的感覺一定很糟糕。謎語一言不發地扶住了切德的另一隻手臂。我們交換了一個關切的眼神。

「可怕的風暴。我們在爐火邊找一個地方吧。」切德提議道。他的嘴唇現出青黑色，鼻腔裡有雜亂的聲音響起。他的「偽裝」僅限於樣式樸素但剪裁精良的暗色衣服。他的鋼灰色頭髮顯示出他的年紀，但是面孔和儀態中卻看不出老邁的樣子。他的弟弟和三個侄子都已經過世了，我懷疑他也會比我——他的侄孫——活得更久。但今晚的旅程的確消耗了他很大的體力，他現在需要休息。精技能夠維持他的肉體，卻不能讓他再變回年輕人了。

我環顧了一圈這個擁擠的大廳，在壁爐旁找到的那個座位在我離開的時候就被人佔據了。「估計沒有位子了。」我對他說，「不過樓上的兩個房間裡有壁爐。我會問問其中的一個房間是不是空著。」

「已經做好安排了。謎語，請確認我的要求已經得到執行。」聽到切德的話，謎語點點頭。在離開之前，他和我交換了一個眼神。謎語和我在很久以前就相識了，那甚至要比他與蕁麻的友誼更久。早在他遇到並愛上我的女兒之前，他就已經是我的兄弟和戰友。我們在艾斯雷弗嘉島和蒼白之女的小戰爭中，我曾經將他拋棄在比死亡更可怕的境況中。他早已原諒了我；我則原諒了他作為切德的間諜來監視我。我們對於彼此的理解也許比切德所知道的更深。所以我們的這一次點頭代表的是深厚而長久的友誼和默契。他是一個標準的公鹿堡人，深褐色頭髮、深褐色眼睛，今晚的衣著和這家客棧中的普通酒客沒有兩樣。他以輕盈靈活的腳步在人群中移動，沒有人因為被他妨礙到而向他瞪眼。我一直都很羨慕他的這種能力。

「我們先坐下，等謎語回來。」我一邊提議，一邊做出示範。我們所在的這張桌子算不上什麼好位置，正位於客棧大門附近，距離兩個壁爐和廚房都很遠。但在這樣一個人頭鑽動的地方，這已經是我能找到的最私密的談話地點了。切德有些笨拙地坐進桌子對面的椅子裡，目光在整個房間中掃了一圈，又向上瞥了一眼樓梯，自顧自地微一點頭。我很想知道他是不是在找什麼人，抑或只是依從一名老刺客的習慣，警惕任何可能產生威脅的人。而我只是等待著他提出此行的目的。

「為什麼這裡有這麼多人？」他問我。

「一支經營牛馬的商隊路經此地，這是我在爐火邊聽到的。三名商人、六個隨從。他們本打算在今天趕到下一座城鎮，但天氣迫使他們留在了這裡。我聽說他們並不想將牲口留在開放畜欄中過夜，但這個地方只能提供這樣的條件。他們的隨從今晚只好睡在穀倉的閣樓裡了。那些商人說他們有一些頂級牲口，很擔心會招來盜賊。但我聽這裡的兩名馬夫說，他們的馬都已經勞累不堪，體力不濟。一名商人沒有說多少，不過他坐騎上的行裝是恰斯國風格。而那的確是一匹好馬。」

儘管面帶倦容，切德還是點點頭，嘴角露出一絲饒有興致的冷笑。「這是我教你的，」他滿意地說。他看著我的眼睛，神情中對我的喜愛讓我吃了一驚。年老是不是讓他變得多愁善感了？

「向你報告，內容正確而且周詳，這是你教我的第一件事。」我向他表示贊同。我們全都沉默了片刻，回想著他教我的其他事情。

我曾經反抗並逃避成為國王刺客的命運。切德卻從沒有動過這樣的心思。他也許已經不再是隱匿在公鹿堡密道中的蜘蛛，他也許已經成為受人敬仰的切德大人、晉責國王公開的諫臣，但我絲毫不懷疑，如果晉責國王認為某個人必須死，切德依然會重拾舊日的老本行。

現在他的呼吸更輕鬆了一些。一名客棧男侍走過來，將兩大杯熱牛油甜酒放在我們面前的桌子上，站在一旁等待著。切德向我微微一笑。我頭向他一歪，搖了兩下，裝出一副不情願的態度，在我的腰帶裡找出硬幣，付了我們的酒錢。等到那個小夥子走開之後，我問切德：「帶謎語通過石柱是不是比你預想的更難？」

切德沒有否認這一點，卻轉而承認說：「這件事他比我做得更好。而且我為此還從他那裡借了力量。」他舉起熱氣騰騰的杯子喝了一口，又歎了一口氣，目光越過酒杯上緣，再一次掃視了一遍房間。

我點點頭，然後不得不問道：「你是怎麼做到的？他並不具備精技。」

「是不具備。但蕁麻教過謎語如何將力量借給她，這造成了一種孔道……嗯，這樣說不對。應該是，一個握柄？我不確定該怎樣稱呼它。那就像是一匹有韁繩的馬，當他需要的時候，就能找到一種方式來控制方向。謎語擴充了蕁麻的力量，就彷彿他是一個力量之源。而這讓謎語對於其他幾個人也能做到這一點。」

我不會吞下這個誘餌。我吭了一口酒。酒的味道很糟，不過畢竟是熱的。「如果他沒有精技能力，又怎麼能將精技能量借給別人。」

切德咳嗽了一聲，啞著嗓子說：「就像博瑞屈將力量借給你的父親。這其中涉及到一種深厚的個人羈絆。博瑞屈和謎語另一個相同的地方在於他們都有強悍的體力。當然，如果他擁有精技，那麼這種關係一定會更容易建立。但即使是以謎語現在的狀況，他也能夠憑藉足夠的信任讓另一個人汲取他的力量。」

這件事讓我陷入沉思。「你們以前進行過這種實驗嗎？」我好奇地問道。

切德深吸了一口氣，突然打了個哆嗦。他的身體正在這個無風的大堂中漸漸回暖，但他現在還是很冷。「沒有。我認為這是一個好機會。公鹿堡的天氣還很好。而且以前我經常利用那些石頭到這裡來。我不知道為什麼這一次會如此吃力。」

我很想說他現在的年紀已經不比往昔，不過我壓抑住了這種衝動。「關於這種事的說明，你是在卷軸或者石碑上讀到的嗎？」他是否打算對那些精技石柱進行更廣泛和更加常規性的應用？我決定要勸說他放棄這種念頭。

切德點點頭，他的眼睛沒有看我，而是在看著謎語。後者正向我們走回來，手中也高舉著一杯熱甜酒。他的身後跟隨著一名客棧侍從，手中提著木柴和蠟燭。「他會為我們把房間準備好。」謎語坐下來向我們說道。那個男侍已經提著木柴桶上了樓。「給他幾分鐘時間把火升起來，然後我們就上樓去。」謎語又把眼睛轉向我，「湯姆，你看起來比我們上次見面的時候好了一點。」

「是好了一點。」我表示同意，然後我將手伸過桌子，抓住他的手腕。當我的手指碰到他的皮膚時，我感覺到一種微弱卻奇怪的刺麻感。他是屬於蕁麻的。在碰到他的時候卻意識到蕁麻的存在，這的確是一種怪異的感覺，就好像我在謎語的衣服上嗅到了蕁麻的香水氣味。我心中的狼坐起來，感到警覺。我很想知道切德是否像我一樣清晰地感覺到了這一點。一種想法在我的意識深處展開。我懷疑我知道了為什麼他們這次穿越門石的旅行是如此吃力。蕁麻是否伴隨在謎語身邊，能夠透過他的耳朵聽見、透過他的眼睛看見？也許這只是直覺的臆想，但我相信蕁麻的存在讓他們的旅行變得更加複雜了。我將這個想法藏在心裡，讓自己的目光射進謎語的眼睛，尋思著是否能在那雙瞳仁裡瞥到我的女兒。我什麼都沒有看到，但謎語的微笑變得更加燦爛了，而這一切都轉瞬即逝。「這可真是一趟艱苦的旅行。今天的暴風雨實在太猛烈了。」我說道。

我放開握住謎語的手，轉回頭看著切德：「那麼，到底是什麼讓你們要在如此糟糕的一個晚上，到這麼遠的地方來？」

「等到進了有爐火的房間再說。」切德一邊說，一邊又拿起了酒杯。謎語向我瞥了一眼。我注意到他挑起了一道眉毛。他有訊息要告訴我，但我不知道那是什麼。

我們繼續坐在桌子旁，用甜酒暖和身子，靜靜地等待著。當那名男侍來到桌邊，告知我們爐火已經升起，謎語扔給他一枚硬幣，我們便上了樓。我們的房間在走廊末端，和樓下大廳的壁爐共用一個煙囪。那些牲口商人並沒有租下它，這讓我感到驚訝，不過也許他們的錢包畢竟沒有切德的這樣沉。謎語打開屋門，一把小匕首以令人驚歎的速度出現在他的手中——在房間裡的一張床尾上坐著剛才那個令我感到困惑的女孩。不過切德似乎完全沒有驚訝的樣子，這讓我約略得到了一點暗示。看到我們突然走進來，那個女孩也沒有顯示出任何警惕的神情，只是略微低垂下頭，用一雙翠綠色眼睛的眼角謹慎地看著我們。

我在意識深處似乎察覺到了什麼，卻沒辦法一下子拿到眼前來。我盯著那個女孩。她翹起嘴角，露出貓一般的微笑。

切德停頓了一下，隨後徑直走到房間裡的桌子旁坐下。這是一個裝潢良好的房間，足以容納一支旅行團隊。房間中有一張桌子，四把椅子，四張窄床，窗口掛著厚重的窗簾。房間角落裡有一只大箱子，包裹住箱子的皮帶是全新的，幾乎還沒有磨損。切德幾乎沒有留意那個女孩，好像她根本不存在一樣。他只是對謎語說：「看看能不能為我們找到一些熱飯菜，還有再來一些喝的。湯姆，你也要一份嗎？」

我緩慢地搖搖頭。突然間，我覺得自己已經喝得夠多了，不應該讓精神變得更加遲鈍。「我只要吃的。他們剛剛烤了一塊好牛肉，也許再加上一大塊麵包就好。」

謎語看了我片刻。他知道，我們又想將他支開，就像我一樣，他不知道切德到底有什麼打算，並且他很不喜歡這樣——這一點也和我相同。關於那個陌生女孩，切德什麼話都沒有說。

我直接盯住那個女孩。「我認為我們早先有一些誤會。也許妳現在該走了。」

女孩看著切德。切德開了口：「不，她要留在這裡。」他說話的時候沒有看任何人，「謎語，請照我說的去做。記住，再拿些熱酒回來。」然後他才將目光轉向女孩，「妳呢？」女孩微微一點頭。「我們都要。」切德向謎語做了確認。

謎語的目光和我略作接觸，我知道他想要問什麼。我大聲說道：「我在這裡，他不會有事的，謎語，你可以走了。」

切德想要說些什麼，卻只是點了點頭。謎語又不情不願地瞥了我一眼才離開了房間。我繞過房間，毫不掩飾地查看床底，尋找其他的闖入者，檢查唯一的一扇窗戶關閉是否嚴密，是否被牢牢拴上，然後又查看了那只鑲嵌皮帶的箱子。「沒有這種必要，」切德用低沉的嗓音說。

「你不是這樣教我的。」我一邊說，一邊完成了搜索工作，回到桌邊坐下。

那個女孩坐在床尾，一直沒有半點動作。不過她現在終於說話了：「在我看來，你忘記了他教你的許多東西。現在檢查床下已經太遲了，而且根本就沒有什麼意義。」她向我側過頭，「我能看出來他為什麼需要我。」

切德輕聲說道：「請到桌邊來。」然後他清清嗓子，又將目光轉向我，「我希望自己沒有遲到。不過我們畢竟都在了，那麼就開始討論吧。」這差不多相當於他在為了不曾事先把詳細狀況告知我而向我道歉——無論這個「詳細狀況」是什麼。有些事情，他不想透過精技進行交流。而且如果謎語知道了，就算晉責國王不知道，蕁麻也一定會知道。我將這些想法推到一旁。把注意力集中在眼下這一刻。

我看著那個女孩接受了切德的邀請，站起身走過來。她的動作就像一隻貓，唯一比貓多的大概只有隨著她的步履而左右搖曳的渾圓臀部。如果她的腰上掛著鈴鐺，那麼她每走一步都會發出清脆的「叮噹」一聲。我竭力盯住切德的眼睛，他的目光卻一直在躲避我。於是我轉而開始審視這個走過房間的女孩。她看起來並不危險。我知道，最危險的人往往是看上去反而無害，但她也沒有顯示出這種天真無邪的樣子。她的樣子只是很普通，卻又顯示出泰然自若。不，不是泰然自若，而是心中充滿傲氣，隨時有可能爆發出來。她的步態就像是一隻叼著小鳥的貓，而且那隻鳥還沒有徹底死掉。片刻之間，她彷彿放開了她的獵物，只為了享受再一次撲擊獵物的樂趣。

我突然意識到她的身上是什麼讓我感到如此熟悉。她無疑擁有瞻遠血統。我已經習慣於看到這種血統呈現在我的男性同族的身上。現在蕁麻更像是她的母親，和我的相似之處反而少了。而我面前的這個年輕人在盡顯女性柔美的同時，也顯示出諸多惟真、甚至是我的特徵——這一點尤其讓我感到怪誕。我在心中用最快的速度將各種零星資訊拼接成完整的理論。一名瞻遠家族成員。比晉責更年輕，但還沒有年輕到可能是晉責的子嗣。肯定也不是我的孩子。那麼又是誰的？我感覺到整個房間彷彿都傾斜了。這個嫩芽到底來自於家族的哪一個分支？

我等待著他們中的一個人說話，並且心中對女孩走向桌邊的緩慢步伐產生了疑問。如果我這樣做，切德一定會因為我的傲慢無禮而斥責我，至少要在我的腦袋上狠狠敲一下。但切德在容忍她。這也是一件值得思考的事情。

她坐進椅子之後，切德說道：「報告吧。」

女孩瞥了我一眼，就將注意力集中在切德身上，直白地說道：「他很粗心，疏於防備。他的『偽裝』也很糟糕。我碰了他兩次，他才注意到我。任何笨蛋都能輕易湊到他身邊。他一心只想著要見你。」她又將目光轉向我，彷彿要得到我的反應，「我可以殺死他超過三次，或者給他下藥，或者偷走他的錢包。」

女孩的話很刺人。「對此我非常懷疑。我認為這是我聽過的最站不住腳的報告。」

女孩向我揚起眉毛。「我已經提供了全部必要的資訊。」她向我的老導師側過頭，用不容置疑的語氣說：「如果切德大人需要更多細節，他一定會問我的。」然後她就站起身，繞過桌子來到我身邊。我轉頭看著她。她用充滿自信的話語對切德說：「告訴他，他現在應該讓我碰他。」

切德看著我的眼睛說：「沒有危險，她是我們的人。」

「顯然，她要碰我的原因不止一個。」我反唇相譏。我聽到她暗中發出的呼氣聲，但我無法確定這是因為我的話擊中了目標，還是她覺得我很有趣。我一動不動地坐著，但在我心中那一頭狼豎起了頸部的毛髮，發出低吼。

我感覺到她輕輕碰觸到我頸後的衣領，然後是我的襯衫肩部。她俯下身，撫摸我的腰部，接著又用一隻手劃過我的肋骨。當她將手指抽走的時候，我的襯衫隨之被扯動了一下。然後她將一些細釘子放在桌上。一共是六枚，不是四枚，每一根都不到半根手指長。釘子頭的形狀就像是綠色的小蜘蛛。

「如果我將它們之中的任何一根用力推一下，它們就會刺穿你的皮膚。」女孩俯身到我的肩頭，在我的耳邊說，「它們被浸了毒液，或者是安眠藥。你會跪倒在爐火前，人們會以為你只是一個醉鬼，直到發現你根本無法被喚醒。」

「我已經告訴過妳，」切德嚴厲地說，「這些蜘蛛只是一種虛榮的表現，是任何刺客都不應該使用的。絕對不要留下任何會讓別人聯想到妳的標記。我對妳很失望。」

因為切德的責備，女孩的聲音也繃緊了。「我只會在這種場合使用它們，以證明放置它們的是我，而不是之前的某個間諜或者刺客。我絕對不會在祕密或者重要的任務中使用它們。今天我用它們只是為了證明我告訴過你的事。他很粗心，疏於防備。」女孩的鄙夷刺痛了我。她站在我身後略靠左側的地方。這時她又說道：「這種睜眼瞎子能夠被任何一個人殺死，他的孩子也不會好多少。」

我並不知道自己會這樣做。隨著我的動作，我的椅子傾翻在地。我的速度不像以前那樣快了，但還是比她更快。她躺倒在地板上，被我壓在身下。我的左手抓住了她的右手腕，一把小刀剛剛出現在她右手的掌心中。我的右手大拇指按住了她喉頭的凹陷處，按得又狠又深，另外四根手指扣進了她的頸後。她露出牙齒，雙眼凸起。而我這時察覺到切德就站在我身後。

「停下！你們兩個！我讓你們在這裡見面不是為了這個。如果我想要你們之中的一個人死，可以有很多更有效的辦法，而不是讓你們互相殘殺。」

我從她的喉頭抬起拇指，同時將匕首從她的右手中奪下來，向後一躍，站穩腳跟，也脫離了她的反擊範圍。隨後我又後退了一步，背靠著牆壁，讓他們兩個人完全落入我的視野之中。我希望他們不會看出這消耗了我多麼大的體力。儘管心臟還在拚命捶打我的肋骨，迫切需要更多的空氣，我還是放慢了呼吸，穩定住胸口的起伏，伸手一指那個女孩：「絕不要威脅我的孩子。」

「我沒有！」女孩憤怒的反駁幾乎卡在還處於窒息狀態的喉嚨裡。她扶著一把椅子站起身。我沒有理睬她，而是將我的怒火發洩在我的老導師身上。我質問切德：「為什麼你要讓你的刺客來對付我？」

「我並沒有派刺客來對付你。」切德帶著厭惡的語氣說道。他繞過桌子，坐回到他的椅子裡。

「我得到的命令不是殺死你，只是探查你的弱點。這是一個小測試。」女孩插口道。她又喘了一口氣，恨恨地說道：「而你在這場測試中失敗了。」說完，她恢復了身體的平衡，坐了下去。

我很想否認這一點，但我不能。我只是對切德說道：「就像你以前派出的那個人一樣？當蜜蜂還不到一歲的時候。」

切德絲毫沒有畏縮的樣子。「大概是這樣。只不過那還只是一個男孩。而且就像我懷疑的那樣，他並不適合接受訓練。這也是我們希望能夠在他身上進行確認的事情之一。我已經讓他朝另一個方向發展了，就像你提議的一樣。這是我自己的失誤。他那時根本沒有準備好對付你。」

「但我準備好了。」女孩非常得意地說道。

「不要沾沾自喜。」切德對女孩說，「妳總是管不住自己的舌頭。妳在嘲諷一個一分鐘之前能夠在瞬間殺死妳的人，這樣做毫無意義。妳在他身後完全站錯了邊，而且妳完全沒辦法再與他合作了。」

我沒有離開我的位置，冷冷地對那個老人說：「我也不會再做那種『工作』了。我現在也不需要將所有陌生人都看做以我為目標的殺手。除非你採取手段，讓這種威脅再次出現。」

切德將雙臂抱在胸前，靠坐在他的椅子裡。「蜚滋，不要發脾氣了，回到桌邊來。這些威脅從來不會遠去。在所有人裡面，你最應該清楚這一點。你讓自己在很大程度上擺脫了險境，但傷害還是有可能落在你身上。絕大多數推測出你的真實身分的人也許對你沒有惡意，現在也沒有多少理由希望你去死。但是當你有了一個孩子，一切就都變了。我本以為你肯定已經認識到了這一點，並採取了相應的防範措施。我第一次對你進行測試，進入你的邊界時，你似乎對危險看得很清楚。

「但是當蕁麻告訴我，你在哀痛的泥沼中陷得有多麼深，那個孩子也許終生都需要特殊保護的時候，我就決定，只要你需要，我一定會給你幫助。尤其是當蕁麻提到你也許會將孩子送到公鹿堡，你自己也有可能回來的時候。」

「我並不打算返回公鹿堡，也不需要任何人幫助我保護自己和蜜蜂！」我痛恨他在這個女孩面前稱我蜚滋。這是他的疏失還是故意？「我最近遇到的威脅，似乎只來自於我以為能夠信任的人。」

切德看了我一眼，他似乎在這個眼神中向我表達著懇求，我卻不知道他想要什麼，而他的言辭則否定了他的表情：「我早料到你會有這樣的反應。這也是我為什麼會命令深隱先來決定你是否需要幫助。顯然，你是需要的。」

謎語用敲門聲向我們表明他回來了，然後才用肩膀將房門頂開，捧著裝滿食碟和酒杯的大托盤走了進來。他深褐色的眼睛朝整個房間裡閃動了一下，注意到了我的站姿、翻倒的椅子，還有女孩陰沉的面孔。我看到他的眉梢微微一揚，但他沒有對此做出任何評論。當他將沉重的托盤放在桌子上的時候，他只是說：「我帶來了足夠我們吃喝的酒食。我相信她是我們的客人？」他彎下腰，把椅子扶起來，有禮貌地抬手示意，請女孩入座。

「我們在說話之前先填飽肚子吧。」切德說。

我不情願地來到桌邊。我的自尊心還在感到一陣陣刺痛。我不喜歡切德將許多關於我的事情在這個女孩面前毫無忌憚地說出口，而我對於這個女孩的瞭解還僅限於我的一點推測。切德竟然在她面前說出了我的名字！我卻只知道她和我們有親緣關係。她幾歲了？母親是誰？切德訓練她有多久了？她是否有貴族身分？那些政治絲線是否已經牽連到了她的身上？為什麼切德突然就想將她放在我面前？

切德顯然是打算將這個女孩安置在我的家中，表面上是作為蜜蜂的保鏢。從某種角度來看，如果我的孩子真的需要護衛，這個主意不算壞。耐辛就總是讓蕾細陪伴在她身邊，沒有人會質疑駿騎王子的妻子應該有一名隨時侍奉左右的貼身僕人，也不會因為蕾細總是將編製蕾絲的織梭和長針帶在身邊而感到奇怪。蕾細一直在看護耐辛，保障她的安全，在刺客殺害了耐辛的丈夫之後更是兢兢業業，對主人看護有加。當她們年老的時候，她們的角色翻轉了過來。耐辛滿懷關愛地照料她日漸衰弱的「侍女」，直到蕾細人生最後的日子。

但我懷疑這個女孩是否願意接受這樣的角色。她看上去倒是符合作為治療師或保姆照管小孩的年紀，不過她沒有顯示出任何能夠勝任這份工作的跡象。她的潛行技巧令人讚歎，卻沒有足夠的肌肉和體重能夠應付正面格鬥。她的瞻遠容貌也會在公鹿堡吸引太多人的注意。作為一名間諜，她在那裡將毫無用處。

而更令我感到懷疑的是我和她能否建立起融洽的關係，讓我能放心地把女兒交到她手中。我不喜歡謎語看到她時驚訝的表情。直到現在，謎語依然在小心翼翼地觀察著她。很顯然，謎語對於切德的計畫就像我知道得一樣少。他並不認識這個女孩。我也無法判斷他是否意識到了這個女孩和王室家族有關係。

我坐到了女孩的對面。謎語首先為女孩倒了一杯酒，將盛滿食物的盤子放在她面前。沒過多久，他就讓我們面前都擺滿了酒食。剛剛從烤肉叉上切下來，還冒著熱氣的大塊牛肉呈現出令人食欲大振的棕褐色，上面還不斷滲出肥油。馬鈴薯皮被烤得酥軟裂開，露出裡面白色的薯泥，浸透了深褐色的肉汁顯得格外美味，另外還有一塊熱麵包和一罐淺黃色的牛油。食物很簡單，但量很足。深隱大口吞嚥著面前的食物，絲毫不掩飾口中發出的咀嚼聲音。她的胃口很好，也沒有虛假矯情地等我們一同進餐，只是自顧自地抓起刀叉就吃了起來。她這種孩子氣的行為讓謎語揚了揚眉毛，卻什麼都沒有說，只是依次為切德、我和他自己擺放好飲食。他還拿來了一壺茶和四只茶杯。

隨後，謎語走到房門前，將門拴好，才回到桌邊，開始和我們一同用餐。謎語吃得也很多。切德卻只是不慌不忙地撥弄著食物，就像是一個老人吃東西的樣子。至於我，我知道這些食物都很好，卻無法把心思放在這些美食上。我喝著熱茶，看著他們。切德很安靜，他一邊吃飯，一邊來回審視著我和那個女孩。在用餐接近結束的時候，他也因為吃了東西而氣色好了很多。深隱則吃得專心又享受。她提起茶壺再次倒滿自己的杯子，並沒有問我們其他人是否還想要茶。拿起碟子裡的最後一個馬鈴薯的時候，她也沒有絲毫猶豫。吃完之後，她仰身靠在椅子裡，滿足而又響亮地歎了一口氣。當謎語開始收拾殘局，將空盤子放回到托盤裡時，我直率地對那名老刺客開了口。

「你訓練我要詳盡地向你彙報一切我所得知的訊息。當我們將一切事實都在眼前攤開之後，才能構建起我們的推測。但你卻毫無預警地將這件事甩到我頭上，更沒有做出任何解釋，只是要我謙卑而且毫無疑問地接受它。你想要幹什麼，老頭子？你想要什麼？我知道，你來這裡並不只是為了讓這個年輕人成為我女兒的保護人。」

「很好。」切德靠回到椅子裡，目光從我轉向深隱，然後又轉向謎語。

謎語也在看著切德。「我現在要離開嗎？」他問道。在他的聲音中滲透著一絲寒意。

對此，切德以極快的速度進行了考慮，所以他的回答彷彿沒有絲毫的停頓：「讓你迴避沒有什麼意義。我能看出來，你已經猜出來了。」

謎語的目光向我閃動了一下，說出了他的猜測：「你要將這個女孩放在湯姆身邊，這樣他就能為你保護她了。」

切德嘴角的肌肉抽動了一下。「這是一個相當準確的推斷。」

我看著深隱。她顯得很沮喪。明顯地，她從未以這樣的角度看待這件事，一直認為她即將得到自己第一個真正的任務。而現在，她卻發現自己被逐出公鹿堡，這可能只是因為她的相貌會讓幾乎所有人認出她是瞻遠一族的成員。不，她原先就不在公鹿堡。無論她在那個城堡的任何地方，謎語都會知道她。那她是在哪裡？我看著那個女孩在椅子裡挺直身體，憤怒的火星在她的眼睛裡閃爍。她張開嘴想要說話，但我的速度更快。

「在我接納她以前，我想要知道她是誰。」我直白地提出要求。

「你已經認出了她的血統。這一點我能看出來。」

「這到底是怎麼回事？」我有些困惑地問道。

「就像以前一樣。」切德喃喃地說道。他看起來有些不安。而他的情緒也觸動了那個女孩。

女孩搖搖頭，她赤褐色的髮卷也隨之擺動。一種近於指責的寒冷語氣出現在她的聲音中：「我的母親在隨父母前往公鹿堡參加春季節的時候剛剛十九歲。她回家時被發現有了身孕。她生下了我。我出生兩年後，她的父母為她找了一個丈夫。我由我的外祖父母收養。我在他們的養育下長大，直到兩年以前我的外祖父去世，外祖母也在六個月之後故去了。那時，我第一次回到母親的身邊生活。但她的丈夫並不把我當做女兒，而是一直在用異樣的目光看我，進而開始對我動手動腳。我的母親為此感到憤怒和嫉妒。她送我上路，還給了我一封密函，讓我交給公鹿堡的王后。」

「於是王后將妳交給了切德大人？」這不像珂翠肯的行事風格。

「不。」女孩向切德瞥了一眼。切德正將雙手搭成尖脊的形狀，緊緊抿起嘴唇，表明他一點也不喜歡女孩的講述，卻也明白，想要打斷女孩的話只是徒然。

深隱用一隻臂肘靠在桌面上，勉強裝出一副輕鬆自如的模樣。我看到了她喉頭肌肉的緊張，還有她攥住桌子邊緣的那隻手。「我離開母親的家沒多久，我和我帶在身上的信就被人截獲，送到切德大人那裡。他開始照管我，將我安置在一個應該是很安全的地方。從那以後，他一直都是我的保護人。」女孩的語氣中帶著怨恨，但是為什麼？我注意到她用了「應該是」這個詞。我們是否接近了她來這裡的謎底？但我依然不清楚她的出身。她的瞻遠相貌是否來自於她的母親？還是父親？她和瞻遠家族的關係要追溯到第幾代的身上？

謎語在座位裡微微動了一下身子。他不是截獲這個女孩的人。他是否知道那是誰幹的？我感覺到他和我一樣，正在搜集和分析各種線索。這是他第一次見到深隱？切德大人到底將這個女孩安置在哪裡？切德嘴角不以為然的扭曲，表明他並不喜歡深隱講述這些細節。

「妳多大了？」我問她。

「這重要嗎？」深隱不願回答我的問題。

「她今年十九歲。」切德平靜地說。看到我和謎語交換了一個眼神，他皺起眉頭，「就像你猜到的那樣，她的外貌帶有明確的血統特徵，所以帶她去王室不是一個好主意。」看到女孩的面色陰沉下來，切德急忙又補上一句：「至少目前不是！」切德對這個女孩的態度非常謹慎。這個女孩在我看來相當暴躁，有著與她的年齡不符的高傲。我很想知道她是誰的孩子，以及她認為自己是誰。她顯然認為自己是一個重要人物，這一點是我無法理解的。

我心念一動。深隱。我將這股意念指向她，並伴隨以強大的精技。她甚至沒有打一個哆嗦。

這至少回答了我的一個問題。即使從未接受過訓練，她也應該有所感覺，除非她對於精技沒有任何敏感之處。我想知道這是否讓切德感到失望，還是這名老刺客會慶幸不必將她用於此道？切德在看我，他清楚我剛剛做了什麼。我將注意力調轉了方向。

我有幾十個問題。誰是她的母親，現在她母親嫁給了誰？深隱是否知道誰是她的父親？她一直沒有提到父母的名字。為什麼你要向所有人隱瞞她的存在？還是說有別的人知道她？珂翠肯是否將她添加到了不被承認的瞻遠宗譜裡？

現在不要說這些！切德給出回應的時候甚至沒有向我這裡瞥一眼。他也沒有去看謎語。蕁麻也不知道這個女孩嗎？我的心中充滿了問題，又不知道自己是否有機會能私下問問他們。畢竟有的問題不能在這個女孩面前說出口，而有的問題最好不要在謎語面前提起。但有一個問題，我是可以問的。

「你對她進行訓練了嗎？」

切德向女孩瞥了一眼，轉頭看著我的眼睛。「她接受過一些訓練。我沒有親自訓練她，但她有一個不錯的導師。她和你所受的訓練不一樣，我為她制定了適切的訓練內容。」切德清了清嗓子，「大致而言，她可以保護自己。但我懷疑她也許並不適合走上我的道路。」咳嗽了兩聲以後，切德繼續說道：「你可以教她很多東西，如果你願意的話。」

我歎了口氣。我懷疑對於這個女孩，切德已經不打算再向我提供任何訊息了。「但我還有很多事情不知道，你也沒有告訴我。你一定很清楚，我需要在家中做好準備。我不能只是在一個暴風雨的夜晚騎馬來到這家客棧喝上一杯酒，就在馬背上帶著一個女孩回家。」

「這就是我們帶謎語來的原因。我在幾天以前就派深隱來到這裡，現在謎語也在這裡，他可以充當深隱的保護人，直到他能夠將深隱送到你的家門口。」

謎語的嘴唇抽動了一下，他也是剛剛才得知這個安排。

我努力想要在切德計畫的急流中找到一個立足點。「那麼，再過幾天，她就會前往細柳林。我將在那裡歡迎她，將她當做我的一名遠親，前來在我的哀悼期幫忙照顧我的孩子。」

「正是如此。」切德微笑著說。

我一點也不覺得有趣。這一切對我來說太快了。現在我能找到的力量僅夠支撐我自己。我必須拒絕他。我不能這樣做。我剛剛失去莫莉，又重新認識了我的孩子，還在摸索著尋找瞭解她的方式。我感覺到焦慮給我帶來的驟然痛楚。蜜蜂安全嗎？她是不是在害怕？今晚我將她一個人丟在家裡，來到此地與別人會面，本以為這只是一場簡短的商談，切德只是希望得到我對於當前政治局勢的看法和建議。而現在，他要求我接納一名年輕女子進入我的家庭，一個我完全不瞭解的女孩。我要保護她，並教導她懂得如何保護自己。我對她的第一印象是我不會喜歡她，她肯定也不會喜歡我。我的心中充滿了懊喪，只希望切德能提前和我單獨溝通這件事。那樣我就會告訴他所有必須拒絕的原因。而現在，切德將我困在了一張同時有深隱和謎語見證的桌子旁邊，可能蕁麻也在關注著我們。我在這樣的環境中又該如何拒絕他？

我深吸了一口氣。「我不知道這是不是最好的辦法，切德。蜜蜂還很小，我還在哀悼亡妻。」我又轉向深隱，「妳有沒有照顧小孩子的經驗？」

深隱盯著我，連續兩次張開嘴又閉上。隨後，她將目光固定在切德身上。我看到警惕和怨恨的神情同時在她的臉上積聚。她終於問道：「多小的孩子？幾歲大了？我住在媽媽那裡的時候，曾經要照料我媽媽那些被寵壞的侄子們，儘管他們已經有了保姆和教師。我不喜歡這樣。如果你以為能將我趕出王室，把我藏在某個鄉下莊園裡，偽裝成那裡的家庭教師，某個女孩的保護人，那麼你一定是想錯了。我也不接受讓這個湯姆照看我。我已經向你和我自己證明了，不管他曾經有多麼鋒芒犀利，現在他已經變得粗心大意、軟弱不堪。他連自己都保護不好，又怎麼能保護我？」

「沒有人說妳是『家庭教師』。我們只是在討論，當蜚滋繼續對妳進行訓練時，妳在表面上該有怎樣的身分、做些什麼。保護他的女兒，作為她的保鏢，對妳來說也是一種絕佳的練習。」

我打了個冷戰。這是切德第二次在深隱的面前稱我為蜚滋了。這個女孩看上去還遠未成熟，將這樣的祕密交託給她肯定是不合適的。而深隱也似乎完全沒有意識到自己知曉了多麼重要的一個祕密——這對我幾乎是一種侮辱。我覺得彷彿有一根針突然刺穿了我的虛榮心。十九歲，難道她真的沒有聽說過蜚滋駿騎．瞻遠？

深隱將雙臂抱在胸前，高揚起頭，用挑釁的目光看著切德。「如果我拒絕呢？我根本沒想到來這裡是為了這種事。我還以為你有一個任務要交給我，一個對於我的人生有重大意義的任務。我已經厭倦了像老鼠一樣躲藏在黑暗裡。我沒有做錯任何事。你告訴我，和你在一起，我的人生會變得更好。我本以為我會居住在公鹿堡，在王室中！」

切德將手指搭成尖脊形狀，看著它們，小心地說道：「當然，妳可以拒絕。妳可以做出自己的選擇，深隱。」他突然歎了口氣，抬起眼睛看著那個女孩，「但我沒有選擇，我很清楚這件事有多麼重要。所以，我會為妳竭盡全力。我希望我能告訴妳，妳有很多選擇，但我只能服從命運的安排，就像妳一樣。」

我看著女孩的臉，看到她漸漸明白切德這番話的意思——她只能接受切德給她的選擇。對此我並不感到驚訝。這就是瞻遠私生子的人生。切德和我全都知道，作為這棵家族樹上不被承認的分支，意味著必須接受怎樣的約束。我們可能成為家族的危險，必須被剪除掉；或者我們可以作為一個職能明確的角色，為家族所用。我們不能選擇脫離家族。切德忠於他的家族。他會確保深隱的安全，並對她進行指引，借此來拱衛王座。我發現我其實同意切德的決定。他是對的。但對於深隱，這種感覺一定很像是被一張網漸漸裹緊。切德仔細審視深隱的表情，然後說道：「我非常理解妳對我的憎恨。我已經做了力所能及的一切來減輕這種恨意。妳仍然有權利怨恨所有創造了當前這種局勢的人，因為這些困苦都必須由妳來承受。也許再過一段時間，妳會明白我是在盡力為妳做出最好的選擇。如果妳願意，可以在細柳林有一個家，至少暫時會是如此。那裡是一片平緩的山谷，一個可愛的地方。也許那裡不是公鹿堡，但也不是一個簡陋的偏僻小鎮。妳在那裡將有機會享受愉悅而精緻的社交生活，得到很好的對待，並擁有一份屬於妳自己的津貼。」他向我瞥了一眼，看出了我的猶疑。他臉上懇求的表情變得更加迫切。我將目光轉向一旁。火星在深隱的眼睛裡蹦跳。

但切德還是冷酷無情地說道：「就是這樣，細柳林是妳現在必須去的地方。不過，如果妳發現在那裡過得不快樂，我會再為妳做安排。妳可以在公鹿公國境外選擇一個合適的地方。我會在那裡為妳安排好生活所需。妳將得到足以悠遊度日的津貼，還有最多兩名僕人。只要妳安靜地過日子，這份津貼就會一直持續下去。這是為了妳的安全。」

深隱揚起頭：「如果我不呢？如果我現在就走出這道門呢？」

切德有些挫敗地低聲歎了口氣，搖搖頭。「這樣妳就越界了。我會竭盡全力保護妳，但這樣並不夠。妳會變得身無分文，妳的家人會將妳視為叛徒和包袱。妳的身世也會被人們發現。」我早就預料到他會這樣說，「親愛的，妳就像是一把沒有握柄的雙刃劍，持有妳是危險的，放下妳也是危險的。會有人找到妳，或者殺死妳，或者利用妳對付瞻遠家族。」

「他們要怎樣利用我？他們怎麼可能利用我對抗國王？我對他又有什麼危險？」

不等切德回答，我已經開了口：「如果他們將妳當做人質，就可以威脅切德大人，比如寄給切德大人一隻耳朵或者一片嘴唇，證明他們是認真的。」

深隱抬起一隻手遮住嘴，她彷彿突然變成了一個被嚇壞的孩子，只是透過張開的指縫說道：「難道我不能回去嗎？你可以要求他們更加用心地保護我。我可以留在我原先……」

「不。」不等女孩透露出她原先居住在哪裡，切德已經厲聲打斷了她。這對我來說的確是一個有趣的謎題。應該是一個足夠靠近公鹿堡的地方，讓切德能夠方便經常往來，但也要有足夠的距離，才能讓謎語從不曾見過這個女孩。不過切德的話讓我停止了思索，「用用妳的腦子，深隱。」女孩睜大了眼睛，向切德搖搖頭。

我的心沉了下去。我知道了。「已經有人在逼迫切德採取行動。這也是為什麼這件事會發生得如此突然。」

深隱給了我一個充滿恨意的眼神，然後又轉向她的導師。切德正在看著我。「對此我感到抱歉。但你能看清楚我所處的局勢。蜚滋，想要殺死她的不是她父親的家人。她有自己的敵人。我需要將她安置在一個安全的地方。我能想到的，只有在你身邊。」他望向我的目光中充滿了真誠的懇求。正是他的這種眼神，曾經讓我在一面鏡子前連續練習了幾個小時。我沒有笑。我們不會在其他人面前透露我們的小把戲，我只是用我自己的一個眼神和他對視。

「你還沒有告訴我她是誰，她的敵人是誰。如果我連危險將從何處襲來都不知道，又該如何保護她？她的敵人到底是誰？」

面具從切德的臉上落下來，現在他眼睛裡急切的神情是真實的。「請信任我，為我做好這件事。我還沒有準備好和你討論那些敵視她的人。在我向你提出這個要求之前，你就應該明白這一點。你在這件事上幫助我，的確也會讓你承擔風險。我的孩子，但我沒有別人可以求助了。你會收留她，保護她的安全嗎？為了我？」

他的話擊中了我。一切關於拒絕的念頭都煙消雲散了。他不僅僅是在求我幫一個忙，這是他在確認我們對於彼此意味著什麼。他沒辦法求別人幫他。沒有人能夠像我一樣理解這個女孩的危險，也沒有人能像我一樣懂得如何在保護她的同時，也確保她不會傷害我們。其他人都不可能將這柄雙刃劍收入鞘中。這是一個我無法拒絕的要求。切德知道這一點，但也不願向我提出這個要求。就在切德吸氣的時候，我控制住了局勢。

「我會的。我會竭盡全力照顧她。」

切德身子一滯，然後虛弱地點點頭，面孔也因為心情的寬慰而鬆弛下來。現在我才看出，他是多麼害怕我會拒絕他。這讓我感到慚愧。

深隱吸了一口氣，想要說話，卻被我抬起一隻手攔住了。「不過我現在必須先走了。我需要為妳在細柳林準備一個住所。」我高聲說道。

深隱看起來很驚訝。這樣不錯，在一切塵埃落定之前，最好還是讓她處在心神失守的狀態。

我用平靜的聲音將操控權徹底從切德手中取了過來。「妳將得到足夠的錢，可以在這家客棧住上三天。謎語會留下來陪妳，保護妳的安全。妳不需要害怕他。他是一個恪守榮譽的人。妳似乎並沒有從妳的舊家帶來什麼家當。所以，如果妳需要什麼，就告訴謎語。三天以後，他會護送妳前往細柳林，我會在那裡迎接妳，將妳當做我的遠親，前來幫助我管理我的家庭。」我深吸一口氣。對於她的到來，這是唯一符合邏輯的解釋，是最好的解釋，但當我說出下面這句話的時候，還是感到一陣痛苦，「因為我的妻子剛剛故去。」我清了清嗓子，「我的家中有一個小女孩，我還要為蕁麻女士管理很大的一份產業。」我抬起眼睛看著深隱，「妳將受到歡迎。只要妳喜歡，無論在那裡住多久都可以。不過妳要知道，我的生活並不像貴族那樣奢華，我只是一個莊園管理人，一個值得信賴的巨大產業管理者。我不知道妳習慣於什麼樣的生活，也許妳會覺得我們那裡只是簡樸的鄉下地方。作為我的『遠親』，妳也需要承擔各種工作，但我向妳保證，妳不會被任何人當做僕人對待。妳是前來幫助我應對患難時局的家族成員。」

「工作？」深隱開口的時候，彷彿這個詞對她而言異常陌生，「但……我來自於貴族家庭！從我母親的血統而言，我是……」

「妳不是。」切德決絕地打斷了她，「那個姓對妳來說只是一個危險。妳必須將它丟棄。我會給妳一個新的姓。我自己的姓。妳現在姓秋星，我的姓氏，也是我的母親給我的姓氏。妳現在是深隱．秋星。」

女孩緊盯著切德，滿臉驚駭。然後，淚水開始在她的眼中凝聚，這讓我感到害怕。她張著嘴，看著切德，淚滴緩緩從她的面頰上滾落。切德面色蒼白，陳舊的斑點傷痕在他的臉上顯得格外突出。有許多人認為那些斑點是他從某種瘟疫中倖存下來所留的痕跡。我卻知道它們出現的真正原因：那是切德在調配一種混合藥劑時被炸出的傷痕，他完全沒有預料到這種藥劑有如此強烈的爆炸性。像切德一樣，我的身上也有一些我們一同經歷的爆炸所造成的傷痕。而這個女孩的人生，可能又會是我們要共同經歷的一場爆炸。

我想到了其他可能會受到影響的人生。我的孩子，她剛剛開始認識我。蜜蜂還在適應母親離去之後的生活。我很想知道當她面對這個突然增加的家庭成員，並且知道真相的時候，會有什麼樣的反應。蜜蜂不會歡迎這個人的，至少不會比我更歡迎她。如果我們的運氣很好，那麼這種生活可能不會持續很久，切德也許會為我們找到一個更好的解決之道。但現在，我們必須接受現實。我看著深隱：「妳到底有沒有和小孩子打交道的經驗？」

深隱迅速擦乾了眼淚，搖搖頭，「我和外祖父母一起長大。我的母親是他們唯一在世的孩子，所以他們的家族中沒有其他小孩，只有我。僕人們也有孩子，但是我和他們沒有什麼往來。我母親的侄子們都是她丈夫的兄弟的，都是些徹頭徹尾的小野獸。」她深吸一口氣，放聲喊道：「我告訴過你，我不能裝作是她的家庭教師。我不會這樣做的！」

「妳不必這樣做。我只是想知道妳是否和孩子們處得來。看來妳並非如此。這對我不是什麼問題。我想，妳還在以為妳需要為我而看護我的孩子。我認為這完全沒有必要。我能夠為妳找到其他工作，比如監督莊園裡的僕人。」我必須為她找些事情，忙碌的工作會讓她無暇他顧。

想到蜜蜂的處事風格，我忽然覺得也許深隱最好還是不要有任何與其他小孩相處的經驗。這樣也許蜜蜂反而不會讓她覺得很奇怪。當她以為自己也許要照顧小孩子的時候，她那種直接而激烈的反應，對我是一個小小的警告。我會讓蜜蜂和她保持安全距離，直到我確認了她的真實性格。我站起身準備離開。切德卻露出驚訝的神情。

「我還希望能和你多談些事情！難道你不能在這裡過夜嗎？外面的暴風雨愈來愈猛烈了。謎語，你能不能去看看這家客棧還有沒有空房間？」

我搖搖頭。我知道他想要和我進行一場長久而私密的交談。他渴望著能有機會把這件事詳細地向我解釋，並和我探討每一種可能的解決方法。但現在還有人更需要我。「我不能。蜜蜂不習慣一個人被丟下。」蜜蜂睡了嗎？還是醒著躺在床上，心中尋思她的爸爸什麼時候會回來？當眼前這個怪異的事件突然襲來的時候，我竟然把她完全忘記了，對此我感到慚愧，隨之而來的還有不安和急迫。我需要回家了。我注視著切德。

「她的保姆肯定……」

我搖了搖頭，因為切德的耽擱而感到焦躁。「她沒有保姆。一直以來都是莫莉和我在養育她。在她的母親去世之前，她不需要別人照顧。現在她只有我了。切德，我必須走了。」

切德看著我，然後惱怒地歎了口氣，向我擺擺手：「那就走吧。但我們還是需要談談，在私下裡。」

「我們會的。換個時間，我還想瞭解一下由你推薦的那位家庭教師的近況。」

切德點點頭。他會再找到方法和我聯絡。今晚，他需要留在這個房間裡，說服他情緒不佳的被監護人接受他的建議。但這是他的事情，不是我的。我自己的事情已經夠多了。

謎語跟隨我一同走出了房間。「這一路我們的運氣都不好。」他說道，「通過門石的時候他費了很大力氣，然後我們又被暴風雨拖慢了腳步。他本來希望能夠和你先一起度過一、兩個小時的平靜時光，再和你提起『某個問題』。而當他提出這個問題的時候，我才驚訝地得知這是一個女孩——深隱，一個令人膽寒的名字，不是麼？我相信這不是她的外祖父母稱呼她的名字。我也希望她不會決定保留這個名字。」

我疲憊地看著謎語，尋找合適的應答之詞。「嗯，至少我知道了瞻遠家族惹人矚目的天賦有人繼承了，這也不錯。」

謎語咧嘴一笑。「我要說，你和蕁麻也都有這樣的天分。」看到我沒有回應他的微笑，他又用更加輕柔的聲音問：「你過得如何，湯姆？」

我聳聳肩，搖了搖頭，「就像你看到的，還算過得去。我正在調整自己。」

他點點頭，沉默了一段時間，然後說道：「蕁麻正在為她的妹妹擔憂。我告訴她，你要遠比她想像的更有能力，但她還是為小蜜蜂準備好了房間和看護者。」

「蜜蜂和我真的相處得很好。我認為我們兩個都很適合對方。」談到這件事，我實在是很難保持禮貌。我喜歡謎語，但蜜蜂真的不關他的事。蜜蜂是我的，而我正變得愈來愈焦躁，愈來愈確定我需要回家去。我突然厭倦了這些人，一心只渴望著離開這裡。

謎語繃緊了嘴唇，然後我看出他下定了決心，再次開口說道：「但你卻將她一個人丟下，今晚來到了這裡。沒有保姆、沒有看護、沒有教師？湯姆，即使是一個普通孩子也需要成年人不間斷的看護。而蜜蜂還不是……」

「這不需要你擔心。」我打斷了他。他的話刺痛了我，只是我竭力不顯現出來。該死的。他會不會一回到蕁麻那裡，就向她報告我對她的小妹妹不管不顧？我緊盯著謎語，謎語也毫不退讓地和我對視。我們是多年的舊識，一同經歷過不少非常艱難的時刻。我曾經丟下他一個人等死，甚至可能是比死亡更可怕的結局。他從沒有為此而責備過我。我欠他的，應該好好聽他說話。於是我收起下巴，等待他說話。

「我們都很擔心。」他平靜地說，「擔心各種可能和我們並沒有關係的事情。今晚見到你的時候，我非常吃驚。你已經不能用消瘦來形容，你的樣子根本就是憔悴。你完全嚐不出喝進嘴裡的是什麼，吃東西時也根本不會看著食物。我知道你還在為莫莉哀悼，這樣做不算是錯。但悲傷會讓人忽略最明顯的事實，比如他的孩子需要什麼。」

謎語說得沒有錯，但我現在沒有心情聽這些話。「我並沒有忽略她的需求。這正是我現在要回去的原因。給我三天時間做準備，然後你就能帶深隱到我家來了。」謎語點點頭，用真誠的目光看著我，讓我的火氣也漸漸平息，「那時你就能見到蜜蜂，和她說話。我向你保證，她沒有被忽視，謎語。她是一個非同尋常的孩子。公鹿堡對她而言並不是一個好地方。」

謎語露出懷疑的神情，但出於對我的好意，他只是將懷疑留在心裡。「到時候見。」他回答道。

當我沿走廊前行的時候，我感覺到他的目光一直跟隨著我。走下樓梯時，我感到全身疲憊、滿心懊喪。我承認，我很失望。我本來還在心中希望切德安排這場會面，只是因為他想看看我，給我這個喪偶之人一些安慰或同情。他作為我的導師和保護人已經是多年以前的事情了，但我仍期望再一次感覺到他智慧的庇護。當我們還是孩子的時候，會相信長輩無所不知，能夠一眼看透我們完全無法理解的世界，搞清楚各種事情紛繁複雜的意義。就算是長大之後，偶爾當我們感到畏懼或哀傷時，還是會本能地向長輩求助，希望最終能夠從他們那裡，學到一些關於死亡和痛苦偉大而又隱祕的真義。但我們能夠知道的只有生活還要繼續。我知道切德還無法好好地面對死亡。我不應該期待他會給我答案。

我將衣領豎起，用潮濕的斗篷裹緊身子，走入暴風雨之中。

（上冊畢）

中英名詞對照表

A

Ant　安特

B

Bee　蜜蜂

Bee-ee　蜂子

Beloved　小親親

Blood Points　《出血點》

Boj　博基

bond　牽繫

Buckkeep Bay　公鹿堡海灣

Bulen　布勒恩

Byslough　白斯洛

C

Careful　細辛

Cat of Cats　眾貓之貓

Caul Toely　考爾・托利

choking sickness　窒息瘟疫

Cook Nutmeg　肉豆蔻廚娘

Cooper　考博

Copper　黃銅

Cor　科爾

Courser　阿獵

Cowshell Village　牛獄村

Cravit Softhands　克拉維特・妙手

culkey leaves　醋栗葉

D

Daisy　黛茜

Dapple　花斑

Daratkeep　德拉特堡

Dixon　迪克遜

Duchess Able　有能女大公

E

Eld Silverskin　銀膚長者

Elm　榆樹

Eulen Screep　艾倫・斯克利普

F

Fern　蕨草

FitzVigilant　蜚滋機敏

Foxglove　狐狸手套

G

Gallows Hill　絞架山

Goldenrod　金穗草

Granny Wirk　薇珂婆婆

Great Hearth　大壁爐

H

Hap Gladheart　幸運・悅心

Healer Molingal　治療師莫林高爾

Heny　亨尼

Highdowns　高陵地

Holder Barit　巴里特領主

Holder Tom Badgerlock
　湯姆・獾毛領主

Hunter　獵狩

Hyacinth Fallstar　風信子・秋星

I

Inky　墨水

Instructing Potential Skill-Students in Guarding One's Mind
　《指導有潛力的精技學生守衛自己的意識》

Integrity　誠毅

J

Jeruby　結魯比

Jet　傑特

jig　吉格舞

Judgment Stone　判決石

K

Kelsingra　克爾辛拉

King in Waiting　王儲

King's Dogs Inn　國王忠犬旅店

King's Road　國王大道

L

Lacey　蕾希

Lady Celestia's Guide to Manners
　《聖天女士的儀禮行為指南》

Lady Essence　精質女士

Lady Fennis of Tilth
　提爾司的芬妮絲女士

Lady Solace　慰藉女士

Lakesend　湖濱

Lant　機敏

larkspur　燕草

Lea　草坪

Lily　百合

Lord Canterby　坎特比大人

Lord Diggery　狄格瑞大人

Lord Durden　杜爾登老爺

Lord Stoutheart　剛膽大人

Lozum　羅蘇姆

Lukor　盧考爾

M

Merchant Cottleby　商人考特雷比

Merjok's Two Hundred Seventy-Nine Ways to Kill an Adult
《梅喬克的兩百七十九種殺死成年人的方法》

Mild　輕柔

Mockingbird　嘲鶇室

Molly Redskirts　莫莉・紅裙

Myrtle　桃金娘

N

Natural Magics　天賦魔法

nepenthe　忘憂之地

O

Oaken Staff　橡樹杖

Oaksby Guard　橡林衛隊

Oaksbywater　水邊橡林

Oatil　奧提爾

old Lord Peek　瞄縫老大人

old Lord Pike　矛鋒老大人

Old Man of winter　冬日老人

On the Aging of the Flesh
《關於肉體之衰老》

Opal　奧珀爾

P

Pacer　跬步

Pale Isle　白色島嶼

Pansy　潘茜

Per　小堅

Perseverance　堅韌不屈

Priss　嚴謹

Q

Queen Dextrous　機巧女王

Queen Efficacious　靈顯女王

Quiver　箭囊

R

Ratsy　拉特希

Ready　雷迪

Revel　樂惟

River Road　河邊大道

Rivertown　河邊鎮

Roder　羅德

Rogan Hardhands　羅根・硬手

Rono　羅諾

Rube　魯布

S

Salin　薩琳

Sally　薩莉

Scribe FitzVigilant　書記員蜚滋機敏

Scribe Martin　書記員馬丁

Scribe Sweet-tongue　書記員甜舌

sealed　封鎖

Servants　僕人

Servants of the Archives　檔案館僕從

Shakerloom's Travels, Repple Shakerloom　《莎柯隆姆遊記》，雷普・莎柯隆姆

Shaky Amos　晃晃艾默思

Shepherd Lin　牧羊人・林恩

Shortlegs's History of Buck　短腿的《公鹿國歷史》

Shun　深隱

Silk　絲絹

Skillmaster　精技大師

Skillmaster Clarity　精技大師明晰

Skillmistress　精技師傅

Skillmistress Inkswell　精技師傅墨水井

snake boat　蛇船

Sparrow Chamber　麻雀室

Spruce　雲杉

steams　蒸氣室

Stocker's Holding　斯托克的家

Stripy Cat　條紋

sweetbreath　甜息草

T

Taffy　阿愚

Tallerman　高塔曼

Tallestman　至高塔曼

Tallfellow　高個兒

Tavia　塔維婭

The Poisoner's Prayer
《投毒者的祈禱》

The Twelve Healing Herbs
《十二治療草藥》

Thyme　百里香

Tinker Dan　匠人丹恩

Tinker John　匠人約翰

Toymaker　玩具工匠

U

Unexpected Son　意外之子

W

Wildeye　狂眼

Willow sisters　柳樹姐妹

Winter Fest　冬季慶

Wit-beast　原智伙伴

Withy River　細柳河

Woodsedge　林緣鎮

Y

Yellow Suite　黃色套房

BEST 嚴選 刺客系列圖書

書號	書名	作者	定價
1HB013	刺客正傳 1：刺客學徒（經典紀念版）	羅蘋．荷布	299
1HB014	刺客正傳 2：皇家刺客（上）（經典紀念版）	羅蘋．荷布	320
1HB015	刺客正傳 2：皇家刺客（下）（經典紀念版）	羅蘋．荷布	320
1HB016	刺客正傳 3：刺客任務（上）（經典紀念版）	羅蘋．荷布	360
1HB017	刺客正傳 3：刺客任務（下）（經典紀念版）	羅蘋．荷布	360
1HB057	刺客後傳 1：弄臣任務（上）（經典紀念版）	羅蘋．荷布	360
1HB058	刺客後傳 1：弄臣任務（下）（經典紀念版）	羅蘋．荷布	360
1HB059	刺客後傳 2：黃金弄臣（上）（經典紀念版）	羅蘋．荷布	360
1HB060	刺客後傳 2：黃金弄臣（下）（經典紀念版）	羅蘋．荷布	360
1HB061	刺客後傳 3：弄臣命運（上）（經典紀念版）	羅蘋．荷布	450
1HB062	刺客後傳 3：弄臣命運（下）（經典紀念版）	羅蘋．荷布	450
1HB083	刺客系列〈蜚滋與弄臣 1〉弄臣刺客（上）	羅蘋．荷布	499
1HB084	刺客系列〈蜚滋與弄臣 1〉弄臣刺客（下）	羅蘋．荷布	499

城邦文化奇幻基地出版社
Fantasy Foundation Publications
http://www.ffoundation.com.tw
TEL：02-25007008 FAX：02-25027676

BEST嚴選 083

刺客系列〈蜚滋與弄臣〉1 弄臣刺客（上）

原著書名／The Fitz and The Fool Trilogy: Fool's Assassin
作　　者／羅蘋・荷布（Robin Hobb）
譯　　者／李鐳
校　　對／金文蕙
副總編輯／王雪莉
責任編輯／楊秀真
行銷業務經理／李振東
業務主任／范光杰
行銷企劃／周丹蘋
發 行 人／何飛鵬
法律顧問／台英國際商務法律事務所　羅明通律師
出版／奇幻基地出版
城邦文化事業股份有限公司
台北市 104 民生東路二段 141 號 8 樓
電話：(02)25007008　傳真：(02)25027676
網址：www.ffoundation.com.tw
e-mail：ffoundation@cite.com.tw
發行／英屬蓋曼群島商家庭傳媒股份有限公司城邦分公司
台北市 104 民生東路二段 141 號 11 樓
書虫客服服務專線：(02)25007718・(02)25007719
24 小時傳真服務：(02)25170999・(02)25001991
服務時間：週一至週五 09:30-12:00・13:30-17:00
郵撥帳號：19863813　戶名：書虫股份有限公司
讀者服務信箱 E-mail：service@readingclub.com.tw
歡迎光臨城邦讀書花園　網址：www.cite.com.tw
香港發行所／城邦（香港）出版集團有限公司
香港灣仔駱克道 193 號東超商業中心 1 樓
電話：(852)25086231　傳真：(852)25789337
e-mail : hkcite@biznetvigator.com
馬新發行所／城邦（馬新）出版集團
【Cite(M)Sdn. Bhd】
41, Jalan Radin Anum, Bandar Baru Sri Petaling,
57000 Kuala Lumpur, Malaysia.
Tel: (603) 90578822　Fax:(603) 90576622
email:cite@cite.com.my
封面設計／黃聖文
排　　版／極翔企業有限公司
印　　刷／高典印刷有限公司
■ 2016 年（民 105）11 月 8 日初版
■ 2018 年（民 107）10 月 9 日初版 2.8 刷
售價／ 499 元

國家圖書館出版品預行編目資料

刺客系列〈蜚滋與弄臣〉1弄臣刺客（上）
／羅蘋・荷布（Robin Hobb）著；李鐳譯. -- 初版. -- 臺北市：奇幻基地, 城邦文化出版：家庭傳媒城邦分公司發行, 民105.11
面；　公分. --（BEST嚴選：083）
譯自：The Fitz and The Fool Trilogy: Fool's Assassin
ISBN 978-986-93169-9-6　（平裝）

874.57　　105014412

ISBN　978-986-93169-9-6

廣　告　回　函
北區郵政管理登記證
台北廣字第000791號
郵資已付，免貼郵票

104台北市民生東路二段141號11樓

英屬蓋曼群島商家庭傳媒股份有限公司城邦分公司 收

請沿虛線對摺，謝謝

奇幻基地

每個人都有一本奇幻文學的啓蒙書

奇幻基地官網：http://www.ffoundation.com.tw
奇幻基地粉絲團：http://www.facebook.com/ffoundation

書號：**1HB083**　　書名：刺客系列〈蜚滋與弄臣〉1弄臣刺客（上）

15 annual

奇幻基地15周年龍來瘋慶典

集點好禮獎不完！還可抽未來6個月新書免費看！

活動期間，購買奇幻基地作品，剪下回函卡右下角點數，集滿點數，寄回本公司即可兌換獎品&參加抽獎！

集點兌換辦法

2016年06月起至2017年12月20日前(郵戳為憑)，奇幻基地出版之新書，剪下回函卡右下角點數，集滿點數貼至右邊集點處，寄回奇幻基地，即可兌換贈品(兌換完為止)，並可參加抽獎。

集點兌換獎品説明

5點：「奇幻龍」書擋一個（寬8x高15cm，壓克力材質)

10點：王者之路T恤一件 (可指定尺寸S、M、L)

回函卡抽獎説明

1.寄回集滿5點或10點的回函卡，皆可參加抽獎活動！回函卡可累計，每張尚未被抽中的回函卡皆可參加抽獎。寄越多，中獎機率越高！

2.開獎日：2016年12月31日(限額5人)、2017年05月31日(限額10人)、2017年12月31日(限額10人)，共抽三次。

回函卡抽獎贈書説明

中獎後，未來6個月每月免費提供奇幻基地當月新書一本！

(每月1冊，共6冊。不可指定品項。)

特別説明：

1.請以正楷書寫回函卡資料，若字跡潦草無法辨識，視同棄權。

2.本活動限台澎金馬。

【集點處】

1	6
2	7
3	8
4	9
5	10

（點數與回函卡皆影印無效）

個人資料：

姓名：＿＿＿＿＿＿＿＿＿＿ 性別：□男 □女

地址：＿＿＿＿＿＿＿＿＿＿

電話：＿＿＿＿＿＿＿＿＿＿ email：＿＿＿＿＿＿＿＿＿＿

想對奇幻基地説的話：＿＿＿＿＿＿＿＿＿＿

請剪下右側點數，貼於背面的集點處，集滿5點以上，即可寄回兌換抽獎

1P 2016